CALOR HELADO

CALOR HELADO

M. J. McGrath

Traducción de Luis Murillo Fort

EDICIONES B
GRUPO ZETA

Barcelona • Bogotá • Buenos Aires • Caracas • Madrid • México D.F. • Miami • Montevideo • Santiago de Chile

Título original: *White Heat*
Traducción: Luis Murillo Fort
1.ª edición: octubre 2011

© M. J. McGrath Ltd
© Ediciones B, S. A., 2011
   Consell de Cent, 425-427 - 08009 Barcelona (España)
   www.edicionesb.com

Printed in Spain
ISBN: 978-84-666-4738-0
Depósito legal: B. 23.851-2011

Impreso por S.I.A.G.S.A.

Para Simon Booker

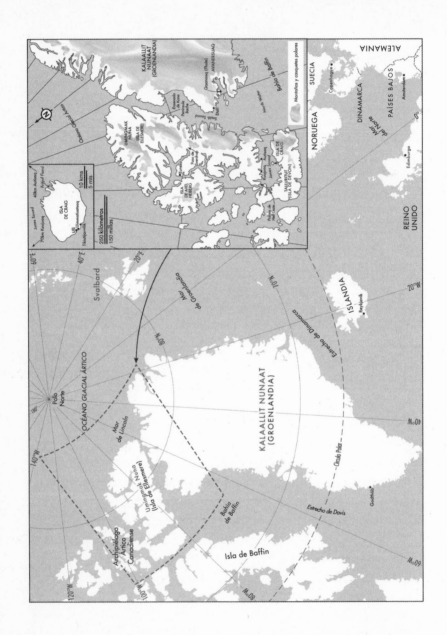

1

Mientras ponía a calentar un trozo de iceberg para el té, Edie Kiglatuk reflexionó sobre los motivos por los que la expedición de caza había resultado un fracaso tan espectacular. De entrada, los dos hombres a quienes servía de guía eran pésimos tiradores. En segundo lugar, no parecía que a Felix Wagner y a su compinche Andy Taylor les importara cobrar o no alguna pieza. Los dos últimos días se los habían pasado estudiando mapas y haciendo anotaciones. Tal vez sólo estuvieran en el Ártico por aquello de la aventura, seducidos por la romántica idea de convivir en tierras vírgenes con los esquimales, tal como prometía el folleto de la expedición. Ella, sin embargo, decidió que a menos que mataran algún animal para comer no iban a durar mucho tiempo vivos.

Vertió el agua que acababa de hervir en un termo que contenía *qungik*, lo que los blancos llaman té del Labrador, y reservó el resto para ella. Había que recorrer más de tres mil kilómetros en dirección sur desde *Umingmak Nuna*, isla de Ellesmere, donde se hallaban en ese momento, para encontrar *qungik* silvestre en la tundra, pero por alguna razón los del sur pensaban que el té del Labrador era más auténtico. De ahí que ella sirviera siempre esa variedad de té a sus clientes. Su preferido, en cambio, era el típico English Breakfast, concretamente el de la marca Soma, preparado con agua de iceberg, mucho azúcar y una gotita de grasa de foca. Una vez, un cliente le había dicho que en el sur el agua había pasado por intestinos de dinosaurio antes de llegar al grifo, mientras que el agua de iceberg no la había tocado animal ni ser humano prácticamente desde el inicio de los tiempos. Quizá fuese uno de los motivos, suponía Edie, de que los sureños estuvieran dispuestos a apoquinar decenas de miles de dólares para subir al norte de los nortes. Desde luego, Wagner y Taylor no habían viajado para ir de cacería.

Dentro de muy poco, aquel par de turistas iba a recibir una dosis de auténtico Círculo Polar mucho mayor que lo que habían imaginado. Pero aún no lo sabían. Mientras Edie preparaba el té, el viento había cambiado; soplaban borrascosas rachas procedentes del este, del casquete glaciar groenlandés, lo que presagiaba una ventisca. No sería inminente, pero tampoco tardaría mucho. Había tiempo de sobra para llenar de té los termos y volver a la playa de grava donde Edie había dejado a los dos hombres preparando el campamento.

Tiró otro trozo de iceberg al cazo y mientras el agua se calentaba, sacó de su mochila un pedazo de *igunaq* y cortó unas rodajas de aquella tripa de morsa fermentada. Masticar *igunaq* llevaba su tiempo, lo cual formaba parte de la gracia, y mientras se ponía a ello, Edie empezó a pensar otra vez en el dinero y de ahí pasó a su hijastro, Joe Inukpuk, que era el principal motivo de que en ese momento se encontrara en compañía de dos hombres que no sabían disparar. Hacer de guía le salía más a cuenta que dar clases, su otra ocupación, y Joe necesitaba dinero si quería sacarse el título de enfermería. No iba a recibir ninguna ayuda de Sammy, su padre (y ex de Edie), ni de su madre, Minnie. Edie no se asustaba fácilmente —no en vano había sido cazadora de osos polares—, pero le daba un poco de miedo lo mucho que Joe deseaba seguir adelante con sus estudios. El Ártico estaba repleto de profesionales *qalunaat*, médicos blancos, enfermeros y enfermeras blancos, abogados e ingenieros blancos, y en general eso estaba bien, pero ya iba siendo hora de que los inuit contaran con sus propios profesionales. Joe era listo y parecía muy comprometido con la idea. Con un poco de suerte, y siendo ahorrativa, Edie calculaba que para el siguiente verano reuniría dinero suficiente para costearle el primer año de facultad. Hacer de guía para cazadores aficionados no era nada del otro mundo, venía a ser como salir de excursión por esos hielos tirando de un par de niños de pecho. Conocía hasta el último glaciar, fiordo o *esker* en ochocientos kilómetros a la redonda. Y nadie sabía tanto de caza como ella.

El trocito de iceberg se había fundido y Edie estaba desenroscando la tapa del primer termo cuando un chasquido atravesó la penumbra ártica. Edie dio un respingo, lo que hizo que se le cayera el recipiente. Al instante el líquido se evaporó formando un penacho de cristales de hielo. Como cazadora que era, identificó rápidamente aquel sonido: el estampido de un calibre 7 milímetros, rifle de caza, algo por el estilo de los Remington 700 que llevaban sus clientes.

Escrutó el hielo marino confiando en encontrar una pista de lo que había sucedido, pero el iceberg oscurecía su visión de la playa. Hacia el este, la tundra le devolvió la mirada, tan vasta como inflexible. Una ráfaga de viento levantó vapor de escarcha del hielo. Edie sintió una oleada de cólera. ¿Qué diablos estaban haciendo aquellos *qalunaat* cuando se suponía que tenían que estar montando el campamento? Dada su falta de entusiasmo en lo que a cazar se refería, era improbable que hubiesen disparado a algún animal. Tal vez un oso se había acercado más de lo debido y habían hecho un disparo de advertencia, aunque, de ser así, le parecía raro que *Bonehead*, su perro, no hubiese advertido su presencia y se hubiera puesto a ladrar. Un perro tan sensible como *Bonehead* podía olfatear a un oso a dos o tres kilómetros de distancia. Tendría que ir a investigar. Hasta que regresaran al poblado de Autisaq, aquellos dos hombres estaban bajo su responsabilidad, y Edie se tomaba muy a pecho sus responsabilidades. Sobre todo últimamente.

Cogió el termo que se le había caído, nerviosa por haber derramado el agua, y luego, tras comprobar su rifle, se encaminó hacia la motonieve atravesando el ventisquero con su habitual paso firme y decidido. Al verla, *Bonehead*, que estaba atado al remolque, alzó la cabeza y meneó la cola; si hubiera captado el menor rastro de un oso, en aquel momento ya estaría como loco. Edie le dio unas palmaditas y empezó a recoger sus cosas de cocinar. Justo cuando estaba metiendo los termos debajo de la lona, sonó un grito desesperado que resonó por todo el mar de hielo.

Bonehead empezó a ladrar. Al instante, Edie notó que el cuello se le ponía rígido y se le aceleraba el pulso. Hasta entonces no se le había pasado por la cabeza que alguien pudiera estar herido.

Una voz empezó a pedir auxilio a gritos. Fuera quien fuese el pobre diablo, se había olvidado del consejo que ella les había dado, de no alzar la voz cuando estuvieran en campo abierto. En este terreno, un grito podía provocar que se desmoronara una pared de hielo, o un alud de nieve. O alertar a un oso que estuviera en las cercanías. Edie pensó en gritarle al imbécil que se callara, pero el viento soplaba hacia ella, de modo que los cazadores no la oirían.

Ordenó a *Bonehead* que dejara de ladrar y se dijo a sí misma: «*Ikuliaq!* ¡Cálmate!»

Uno de los dos debía de haber sufrido un accidente. No era poco habitual. En los doce años que llevaba haciendo de guía para cazadores sureños había visto más accidentes que peces hay en una charca de desove: egos hinchados como globos, gente inexperta dándose importancia por ir cargada de artilugios de alta tecnología, creyendo que aquello iba a ser como la cacería de patos en Iowa durante el puente de Acción de Gracias, o como la matanza selectiva de ciervos en Wyoming por Año Nuevo. Y luego ponían el pie en los hielos del Ártico y la cosa ya no les parecía tan sencilla. Si no los asustaba un oso, lo hacían el frío o el viento extremados, el sol inclemente y el rugido del hielo de la banquisa. Para quitarse el miedo del cuerpo recurrían a las bravatas y al alcohol, y ése era el origen de los accidentes.

Puso la motonieve en marcha, rodeó el iceberg y atravesó un *tuniq*, hielo marino viscoso. El viento había arreciado y acribillaba sus ojos con cristales de hielo. Cuando se ajustó las gafas de nieve, los cristales se cebaron en la piel sensible de alrededor de la boca. Mientras nadie estuviera gravemente herido, pensó, podían esperar a que pasara el temporal; ya iría alguien a ayudarlos en cuanto mejorara el tiempo. Por el momento construiría un iglú para que estuvieran cómodos, y echaría mano del botiquín de primeros auxilios para salir del paso. Tenía conocimientos suficientes para eso.

Sus pensamientos derivaron brevemente hacia lo que pensaría el consejo de ancianos. Todos a excepción de Sammy veían con malos ojos que una mujer hiciera de guía a unos hombres. Siempre estaban buscando algún pretexto para desbancarla, aunque por el momento no habían dado con ninguno. Sabían que ella era el mejor guía de todo el Ártico superior. Jamás había perdido a un cliente.

La motonieve empezó a dar brincos por una zona de agujas de hielo, y eso la devolvió a la realidad. Como su abuelo Eliah solía decir: hacer conjeturas es una enfermedad de los blancos. Claro que ella era medio blanca, de modo que quizá no pudiera evitar hacerlas. En cualquier caso, ahora no servía de nada. La clave para sacar a todo el mundo del apuro, fuera éste el que fuera, consistía en centrarse en el presente. El Ártico superior sólo tenía cabida para el ahora.

Del otro lado de la loma de hielo viscoso, una silueta humana emergió de la penumbra: era el tipo flaco, el ayudante de Wagner. Edie hizo un esfuerzo por recordar su nombre. Mentalmente lo tenía registrado como Stan Laurel, sólo que sin gracia. Ah, sí, Andy, Andy Taylor. Vio que agitaba frenéticamente los brazos. Al aproximarse ella a la playa de grava, Andy volvió corriendo al lugar donde su jefe yacía boca arriba. Edie detuvo el vehículo en el trecho de hielo y recorrió a pie el esquisto cubierto de nieve. Taylor le indicaba por gestos que se diese prisa —el muy capullo—, pero ella siguió al mismo paso. Correr significaba sudar; sudar significaba hipotermia.

Al acercarse comprobó que la situación era más grave de lo que había imaginado, y de repente comprendió el pánico de Taylor. El herido no se movía. Bajo el brazo derecho se había formado un gran charco de sangre, que empezaba a derretir la nieve de alrededor para formar una especie sorbete de tonos violáceos del que se elevaba un hilo de vapor.

—¿Qué ha pasado?

—Yo estaba allí, en la otra punta —musitó Taylor—. Oí el estampido y vine corriendo. —Señaló unas huellas que el viento ya estaba borrando—. Mira, mira, ¿lo ves?

«Piensa, mujer.» A pesar de la compañía —o tal vez precisamente por ello—, Edie se sintió irremediablemente sola. Lo primero era llamar por el teléfono vía satélite y hablar con Robert Patma o con Joe. El bueno de Joe, que llevaba un año trabajando de voluntario en la clínica de Patma y que parecía haber adquirido casi tanta experiencia como el propio enfermero jefe. Echó un vistazo al herido. No, pensándolo mejor, lo primero era detener la hemorragia.

Volvió a la motonieve, sacó el botiquín y regresó por la playa hasta donde yacía el herido. Taylor estaba de rodillas al lado de Felix Wagner, con una expresión de pavor en el rostro y procedía a aflojarle la parka. Ella se arrodilló a su lado y le indicó que se apartara.

—El disparo ha venido como de la nada, te lo juro —dijo Taylor, y a punto estuvo de quebrársele la voz. Puso cara de desesperación, como si comprendiera que aquello no era suficiente, y añadió—: Como caído del cielo.

Edie nunca había visto a un hombre tan mal herido. Tenía espuma en la boca, jadeaba, y miraba a un lado y a otro, pero sin ver. Estaba pálido como la tiza. Un olor a orina flotaba en el ambiente, pero Edie no conocía tan bien los olores de aquellos dos como para saber cuál de ellos se había meado encima. Retiró la parka de Wagner hacia los lados e inspeccionó la herida a través del forro polar. Al parecer la bala había entrado por el esternón. La sangre no manaba a chorros, por lo que Edie dedujo que la bala había pasado cerca de una arteria pero sin tocarla; no obstante, en el caso de que hubiera colapso pulmonar la vida de Wagner correría grave peligro.

—De modo que no has visto nada ni a nadie... —musitó Edie.

—Yo no he sido, joder, si es eso lo que piensas. —A Taylor volvió a quebrársele la voz—. Ya te lo he dicho, yo estaba allí, echando una meada.

Edie lo miró a los ojos y recordó que dos días atrás, nada más verlo bajar del avión, no le había caído bien. Y nada de lo que había hecho en los últimos cinco minutos había contribuido a mejorar esa opinión.

—Por el amor de Dios, yo no tengo nada que ver.

—Te equivocas —dijo ella, volviendo a mirar al herido—. Esto tiene que ver contigo y conmigo, y no sabes cuánto.

Wagner sudaba profusamente y su pulso era rápido y débil. Edie había visto animales en ese estado. Era el shock. Aunque el pulmón aguantara, Wagner lo tendría muy difícil para sobrevivir. Lo prioritario era cortar el flujo de sangre y mantenerlo caliente. Dada la localización de la herida, era muy improbable que Wagner se la hubiese infligido a sí mismo por accidente, pero su instinto le dijo a Edie que Taylor no mentía. Lo miró de reojo: sus guantes no estaban sucios de pólvora. A menos que estuviese muy equivocada, el flaco no era el autor del disparo. Acercándose más a la herida, extrajo de la carne dos pequeños fragmentos de hueso y le hizo señas a Taylor de que se aproximara. Wagner jadeó un poco y luego pareció calmarse.

—Presiona la herida y no dejes de apretar. Voy a pedir ayuda por teléfono.

Taylor parecía a punto de desmayarse.

—¿Apretar? ¿Con qué?

—Con la palma de la mano. —«O con la polla, si es que tienes», pensó Edie, y se quitó las bufandas que llevaba al cuello para que presionara con ellas sobre la herida.

Taylor las cogió con la mano izquierda e hizo lo que le decía.

—¿Y si vuelve el que ha disparado? —preguntó.

Edie lo miró largamente, con dureza.

—Se supone que eres cazador, ¿verdad?

El teléfono estaba dentro de su estuche hermético en el fondo de la alforja donde ella lo había guardado. Era norma del consejo de ancianos de Autisaq que todos los guías locales que llevaran extranjeros tuviesen uno. Por lo demás, a Edie no le gustaban esos teléfonos. El frío inutilizaba las baterías y la línea sonaba distorsionada. Sea como fuere, hasta el momento no había tenido que utilizar ninguno.

Oyó la voz de Sammy e inspiró hondo. Precisamente ese día su ex marido estaba de servicio en la oficina comunitaria. Miró el reloj. Otro hábito de la gente del sur, habría dicho Sammy. Eran las dos de la tarde.

—Ha habido un accidente de caza. —Por aquello de no complicar las cosas de momento—. La cosa pinta mal. Herida en el pecho. Si tenemos suerte no se desangrará, pero parece que el herido podría sufrir un shock. Necesitamos a Robert Patma y un avión.

—¿Dónde estás?

—En la zona de Craig. En Uimmatisatsaq. Patma lo conoce. Una vez Joe lo trajo aquí a pescar —dijo Edie, y por el sonido de su respiración supo que Sammy estaba moviendo la cabeza.

—Aguarda mientras averiguo cómo estamos de aviones y echo un vistazo a la previsión del tiempo.

Edie buscó en su alforja, extrajo un trozo de poliuretano y con el cuchillo cortó un cuadrado.

El teléfono crepitó ligeramente y por un momento Edie oyó otra conversación, dos personas hablando en un idioma que no conocía. Luego la voz de Sammy sonó de nuevo por el auricular.

—Edie, se aproxima una ventisca.

—Sí, bueno. —Por todas las morsas, qué irritante podía ser ese hombre—. Será una de esas típicas de primavera.

—No podemos enviar un avión hasta que haya pasado.

—¿Y una ambulancia aérea desde Iqaluit?

—Ya lo he mirado. Hay temporal.

Edie barajó las opciones y luego dijo:

—Con un sanitario quizá nos apañemos por el momento. Robert Patma podría venir en motonieve.

Silencio al otro extremo de la línea. Y luego otra voz:

—Kigga. —Era Joe. Edie notó que se relajaba un poco.

Kiggavituinnaaq, o sea «halcón», el apodo con que él la llamaba. Joe siempre decía que ella vivía en un mundo propio, en las alturas. Estrictamente hablando, Edie ya no era su madrastra, al menos de manera oficial. Pero él seguía llamándola Kigga.

—Robert Patma se marchó ayer al sur. Su madre ha muerto en un accidente de coche, su padre está en el hospital. Dijeron que iban a mandarnos un enfermero suplente, pero aquí no ha venido nadie.

Edie gruñó.

—Cuando dices «iban» supongo que te refieres a los federales, que siempre tienen la culpa de todo. Como en «los espíritus estaban enojados con mi hermana y se aseguraron de que los federales no le dieran a tiempo el tratamiento para curarla de la tuberculosis». Ya se sabe, Autisaq puede pasar de sus guías. —Estaba furiosa, no con Robert, sino con un sistema que los dejaba a todos tan vulnerables.

—Vale —dijo Joe, nervioso por el hecho de que ella hubiera sacado eso a relucir, siquiera por un momento—. Pero el herido respira, ¿verdad?

—Por los pelos. Si conseguimos estabilizarlo y detener la hemorragia...

—¿Tienes algo de plástico?

—Acabo de cortar un trocito.

Se produjo como un intercambio de energía entre los dos. Amor, admiración, quizás una mezcla de ambas cosas.

—Preparo la motonieve de la clínica y voy para allá —dijo Joe—. Mientras tanto, si la ventisca afloja, ellos enviarán el avión. Sigue haciendo lo que haces y no le des nada por vía oral. —Su voz se suavizó—. Kigga, hagas lo que hagas, no empeorará.

—Joe... —Edie se disponía a decirle a su hijastro que fuera con cuidado, pero advirtió que él acababa de colgar.

Volvió a donde estaban los dos hombres, sacó el saco de vivac del remolque y en pocos minutos ya lo tenía montado y cubriendo al herido. Había empezado a nevar. La ventisca llegaría al cabo de un par de horas. Apartó a Taylor, se inclinó sobre el rostro de Wagner, le palpó el cuello para comprobar el pulso y la temperatura, se sacó el trozo de poliuretano del bolsillo, le abrió el forro polar con la navaja y aplicó el plástico a la herida presionando con fuerza. Una idea cruzó fugazmente por su cabeza. Hacía sólo tres días aquel hombre bajo y corpulento creía que estaba a punto de vivir la gran aventura, algo de lo que fanfarronear en el bar del club cuando regresase a Wichita. Las probabilidades de que Felix Wagner volviera a poner el pie en ese club acababan de aumentar considerablemente. Se volvió hacia Taylor.

—Haz todo lo posible para que no entre ni pizca de aire en la herida, o el pulmón podría colapsarse. Yo voy a montar un refugio para la nieve. Si la ventisca se pone seria, este saco no aguantará en pie. Avísame si adviertes algún cambio, ¿de acuerdo?

—¿No irás a ver si encuentras al que disparó? —dijo Taylor.

Edie se tragó la furia. Si algo no soportaba era a un quejica.

—Mira, ¿quieres jugar a los detectives, o quieres que tu amigo no se muera?

Taylor suspiró. Edie esperó a que se metiera en el saco y luego montó en la motonieve para ir hasta los ventisqueros que había junto al acantilado, al fondo de la playa de guijarros. De ahí siguió hasta el punto más alto de la cuesta en busca de huellas y cartuchos. No iba a darle el gusto a Taylor de saber que ésa era su intención, pero quería convencerse a sí misma de que el supuesto tirador no andaba por los alrededores. En terreno alto, el viento ya soplaba racheado y cargado de nieve. De haber habido huellas, ya estarían cubiertas. Dio media vuelta con la motonieve y estaba pasando junto a un saliente rocoso cuando reparó en algo que había en el suelo. Apretó los frenos, se apeó de un salto y fue a mirar otra vez. Sí, era lo que quedaba de una pisada, una sola, que el viento no había borrado por completo al estar resguardada bajo una roca. La examinó de cerca, tratando de recordar el dibujo de las huellas de Taylor. Ésta era diferente. En cualquier caso, una pisada de hombre, y reciente. Tal vez de Wagner, o, lo más probable, del tirador. Permaneció allí un instante, grabándose en la memoria aquel dibujo en zigzag con algo que parecía el perfil de un oso blanco en el centro, antes de que el viento acabara de cubrir la huella de nieve. Al incorporarse, pudo distinguir apenas las marcas que había dejado el reguero de pisadas camino de la tundra. Si correspondían al tirador, éste se había marchado hacía ya mucho rato.

Regresó a la playa e intentó concentrar sus energías en encontrar la clase de nieve adecuada. Si era demasiado dura, no habría forma de unir los bloques; si demasiado blanda, toda la estructura correría peligro de desmoronarse. En un libro de texto que había leído hacía años en el instituto decía que la nieve ideal para construir debía tener una densidad de entre 0,30 y 0,35 gramos por centímetro cúbico y una dureza de entre ciento cincuenta y doscientos gramos por centímetro cúbico. Le habían quedado grabadas las cifras por lo abstracto y absurdo de la idea. En campo abierto, uno dependía de sus propios cálculos.

Tuvo la suerte de encontrar justo el tipo de nieve perfecto, el de tres capas, en un ventisquero situado en el extremo septentrional de la playa. Con el cuchillo de colmillo de morsa se dedicó a serrar ladrillos rectangulares del tamaño de un bloque de cemento. Los fue apilando en el remolque y luego los transportó en pequeñas remesas desde el pie del acantilado hasta donde estaba el vivac. Tardó bastante, pues procuraba moverse despacio para no echarse a sudar. Cuando terminó de cortar ladrillos, fue a ver cómo seguía Wagner. El herido estaba calmado, la respiración somera. Edie le miró las botas. No llevaban dibujo de un oso.

—¿Todavía sangra?

Taylor negó con la cabeza.

—En ese caso, ven a echarme una mano.

Le enseñó a colocar los ladrillos y a unirlos entre sí. Mientras él se ocupaba de eso, ella cavó en el hielo para allanar el terreno. Finalmente construyeron la pequeña galería de entrada, muy baja, a fin de evitar la pérdida de aire caliente. Una construcción tosca, pero serviría. Entre los dos metieron dentro a Wagner y lo dejaron sobre unas pieles de caribú. Edie le vació los bolsillos —un bolígrafo blanco, una pequeña navaja, un puñado de monedas—, lo metió todo en su propia mochila y luego salió a recoger sus cosas y desatar a *Bonehead*. La sensación térmica de frío era ya de unos cuarenta y cinco grados bajo cero, y el aire estaba cargado de escarcha. Construyó un tosco y pequeño anexo junto al iglú, hizo entrar al perro y lo dejó allí encerrado. Sobre el piso de nieve se sentiría a gusto. Después entró en el refugio grande, sirvió lo que quedaba de té caliente, le pasó un tazón a Andy Taylor y levantando el suyo propuso un brindis:

—Por otra metedura de pata —dijo.

Andy le lanzó una mirada asesina. Quizá no lo había entendido. O quizás era de desprecio.

—Lo decían el Gordo y el Flaco.

—Ya lo sé —replicó Taylor entre dientes, meneando la cabeza, y chasqueó la lengua como un pato cabreado porque alguien le ha tocado el nido—. Joder, ¿es que no ves que eso no viene a cuento?

Edie arrugó la nariz y se miró las manos, una manera de reprimirse. De lo contrario le habría dado un puñetazo. En situaciones apuradas, lo mejor era contar anécdotas, beber té caliente, hacer bromas al respecto. Cosas para no perder la cabeza. Transcurrieron quince minutos de silencio. La ventisca estaba lejos todavía. Iba a ser una larga espera.

Pasado un rato, Edie dijo:

—Deberías comer algo.

Hacía varias horas que no probaban bocado, y tanto ella como Andy habían gastado gran cantidad de energía construyendo el refugio. Un cuerpo con hambre no pensaba bien. Escanció más té y luego sacó de su mochila una bolsa con cierre fruncido de cordón, cortó con la navaja un trozo de lo que había dentro y se lo pasó a Andy Taylor. Taylor miró aquella cosa con gran suspicacia.

Edie cortó otro trozo para ella y empezó a masticar, al tiempo que le hacía la señal del pulgar levantado y decía: «Está rico.»

Taylor dio un mordisco y, muy despacio, sus mandíbulas empezaron a moverse. Instantes después una mueca de repugnancia afloró a su cara. Escupió la carne en el guante de su mano.

—¿Qué cojones es esto?

—*Igunaq*. Tripa de morsa fermentada. Un alimento muy sano. Te da calor.

El viento aullaba. Edie siguió masticando. Taylor permaneció sentado en silencio. El granizo, al chocar con las paredes, producía un sonido como de truenos en la lejanía. Taylor dio rienda suelta a su ansiedad.

—Ese hombre que tiene que venir ¿sabe lo que se hace? —preguntó, a voz en grito entre el rugir del temporal—. ¿Qué garantías tenemos de que pueda llegar hasta aquí?

Era una pregunta rara, una pregunta propia de un sureño. ¿Para qué iba Joe a ponerse en camino si no estaba completamente seguro de que podía llegar a la meta?

—El tiempo tampoco es tan malo —dijo ella.

Andy Taylor la miró exasperado.

—Pues a mí me lo parece. Y si no es tan malo, ¿por qué coño no envían un avión o algo?

—Porque el viento sopla del este.

Taylor se pasó el guante por la cara. Su voz sonó preñada de agresividad o, tal vez, de frustración, le pareció a Edie. Claro que podía estar equivocada. No era fácil entender a los sureños. Le explicó que el viento se colaría por las brechas de los desfiladeros, lo cual incrementaría su virulencia, convirtiéndolo en lo que se denominaba un viento catabático, pequeños tornados en descenso vertical. El avión tendría que volar a través de esos vientos, algo potencialmente muy peligroso, mientras que a ras de suelo las cosas serían menos complicadas. La travesía no iba a ser fácil, desde luego, especialmente llevando a Wagner en el remolque, pero Joe tenía mucha experiencia en travesías difíciles y traería utensilios médicos adecuados, aparte de que tenía mucha más experiencia que ella en ese terreno.

Cortó otro pedazo de *igunaq* y empezó a masticar. Notó que Taylor se aplacaba un poco.

—Sabes que yo no he tenido nada que ver, ¿verdad?

—Mira, si quieres saber mi opinión, no creo que le hayas disparado tú. —Edie pensó en comentarle lo de la huella, pero decidió que de momento no merecía conocer ese detalle—. Pero será difícil demostrarlo.

Una ráfaga de viento sacudió el refugio haciendo caer sobre Wagner un fragmento de masilla. El herido empezó a gemir otra vez.

—¿Y si tu amigo no nos encuentra?

Edie cortó otro pedazo de *igunaq*.

—Tendrías que comer algo, en serio —dijo.

—¡Pero, joder, aquí hay un hombre malherido!

Edie miró a Wagner y dijo:

—Me parece que él no tiene hambre.

Taylor se quitó el gorro y se frotó los cabellos.

—¿Es que a ti no te afecta nada?

Edie lo meditó. No era una pregunta sumamente interesante, pero sí la única de cuantas había hecho que contribuía a mantener viva la conversación, de modo que estaban haciendo progresos.

—En una escena de *¡Ay, que me caigo!*... —empezó a decir Edie.

—¿Una escena? —interrumpió Taylor con una voz como de

zorro en celo. A pesar de lo delicado de la situación, Edie empezaba a pasárselo bien.

—Sí, hombre. Hablo de cine. Bueno, pues resulta que Harold Lloyd está colgando de un andamio en lo alto de un rascacielos, imagínate, como si estuviera agarrado con la punta de los dedos al borde de un acantilado y el viento lo zarandeara.

Andy Taylor la miró como quien mira a un loco.

—¿Y ahora me vienes con películas?

La gente solía incurrir en ese error, y Edie siempre tenía que dejarles las cosas claras.

—Claro que es una película, pero Harold Lloyd siempre rodaba él mismo todas las escenas peligrosas.

Taylor se rio, aunque no como a ella le habría gustado.

—Hablo en serio —dijo Edie—. Ni dobles ni especialistas ni trucos de cámara. A pelo.

El flaco se enjugó la frente y meneó la cabeza. Después de eso no volvió a abrir la boca durante un rato. El aullido del viento era ya espeluznante. Inquieto, Taylor empezó a rebullirse.

—Vosotros los de aquí, en este tipo de situaciones, ¿no contabais anécdotas sobre animales y sobre vuestros antepasados, o algo de eso?

«Los de aquí. Tiene gracia que me digas tú eso», pensó Edie, precisamente el que venía en busca de aventuras.

—Acabo de contarte una —respondió.

—No, no, me refería a historias verídicas. Cosas de esquimales y eso.

—Ah, ya. —Edie notó una vibración familiar en el ojo derecho, un zumbido en los oídos.

De niña, su abuelo solía decirle que eso eran los antepasados que se movían por dentro de su cuerpo. «Atenta —le decía en voz baja—. Un antepasado tuyo quiere contarte su historia.» Cerró los ojos, aquellos discos negros como el carbón que a Sammy le recordaban un eclipse de sol, el arco perfecto de las cejas elevándose como la curvatura de la tierra sobre la frente ancha y plana. Pensó en su abuela Anna, que había venido desde el lejano Quebec y que conoció a Eliah durante una excursión de caza, en Eliah haciendo todo el viaje desde Etah, en Groenlandia, para estar con ella. Y pensó luego en Welatok, el bisabuelo de Eliah, que guiaba a hombres blancos y venía desde tan lejos como la isla de Baffin y que, al final, se instaló en Etah. Después pensó en su madre, Maggie, que subió a un avión para ir hasta Iqaluit en busca de su hombre pero no lo encontró porque él la había engañado y no estaba allí.

—¿Qué tal una historia de antepasados? —dijo—. ¿Por qué no empiezas tú?

—¿Yo? —Taylor la miró desconcertado.

—Háblame de tus ancestros.

—¿De mis qué? —Pareció que se ponía nervioso, y luego su cara se frunció, como si intentara exprimir todo el jugo que tenía dentro—. No sé qué decir. —Agitó una mano en un gesto de impotencia—. Mi abuelo materno era de Irlanda. No teníamos costumbre de contar rollos de familia.

La vehemencia de su respuesta, el desprecio en el tono, pillaron a Edie por sorpresa.

—¿Y cómo puedes vivir así, sin saber de dónde vienes?

—¿Vivir? Perfectamente. De puta madre.

—Mi tatara-tatarabuelo fue guía de exploradores *qalunaat*.

—Oh, vaya, maravilloso —dijo él, no sin sarcasmo—. Menudo negocio familiar tenéis montado, generaciones y generaciones de experiencia en dejar que los blancos la palmen donde Cristo perdió el calcetín.

—Se llamaba Welatok —prosiguió Edie, haciendo caso omiso—. Hizo de guía a un tal Fairfax.

Andy Taylor se sobresaltó.

—Ya —dijo. Metió la mano en el bolsillo y sacó una petaca. De repente parecía haberse calmado. Echó un par de tragos y luego agitó la petaca en el aire—. ¿Crees que a Felix le apetecerá un sorbito?

—Está durmiendo.

Taylor se guardó la petaca en el bolsillo. Edie sabía por qué no le había ofrecido un trago a ella. Inuit y alcohol: una mezcla explosiva. De todas formas le habría dicho que no. Su noviazgo con el alcohol quedaba ya muy atrás.

—Aquí el amigo Felix sabe unas cuantas cosas sobre exploradores de los viejos tiempos, de todos aquellos héroes: Peary, Stefannson, Scott, Fairfax, Frobisher. Muy interesante —dijo Taylor.

—¿Alguna vez ha mencionado a Welatok? —preguntó ella.

Taylor se encogió de hombros.

—Ya veo —dijo Edie—. A nosotros nunca se nos atribuye el mérito que merecemos.

Wagner empezó a emitir pequeños gemidos. Edie pensó en Joe, que debía de estar ya bregando por el mar de hielo para llegar hasta ellos, y en lo que le depararía el futuro cuando el Ártico hubiera sido pasto de urbanistas, prospectores y exploradores de todo tipo. La culpa era de la codicia, aunque ella jamás había experimentado nada parecido. Bueno, codicia de amor, tal vez, incluso de sexo, pero no de cosas materiales, eso nunca. Como la mayoría de los inuit, Edie poseía lo suficiente, cazaba lo suficiente, comía lo suficiente, dejaba tras de sí lo suficiente para ser respetada. La vida no consistía en acumular, sino en tener lo suficiente de todo.

Al cabo de un rato, Edie reparó en que *Bonehead* estaba inquieto y escarbando en su perrera de hielo. Andy Taylor se había dormido. Wagner permanecía inmóvil pero respiraba. Edie se puso la parka de piel de foca y salió por el túnel del refugio. Afuera, el aire iba cargado de hirientes cristales y de humo de hielo, y el viento rugía como un oso herido. Rodeó el refugio, sacó su cuchillo y practicó un agujero en la perrera. *Bonehead* salió disparado de su calabozo salpicando copos de nieve por doquier, la saludó apenas y se lanzó a la carrera para ir en busca de Joe.

Edie volvió a meterse en el refugio y despertó a Taylor para comunicarle que Joe estaba al llegar. Ninguno de los dos oyó la motonieve hasta que estuvo muy cerca. Pocos minutos después Joe asomaba la cabeza por el túnel.

—¿Qué ha pasado? —Antes de que nadie pudiera responderle, Joe gateó hasta el herido. Se quitó los guantes y presionó con el índice y el medio de su mano derecha el cuello de Wagner, contando el pulso en la arteria carótida. Luego sacó de su mochila una libreta azul y anotó algo.

Edie levantó el pulgar, pero Joe se limitó a encogerse de

hombros. Luego, al mirar cómo inspeccionaba la herida, experimentó por su chico la oleada de orgullo que ya conocía.

—¿Cuánta sangre ha perdido?

—Mucha, quizá más de un litro.

Joe volvió a hurgar en la mochila, sacó unas toallitas antibacterianas y empezó a limpiarse las manos. Cinco minutos después Felix Wagner estaba enchufado a un gota a gota salino con codeína para el dolor. Joe explicó que la situación era grave. El herido estaba en pleno shock hipovolémico. Que sobreviviera dependía sobre todo de la gravedad del shock, cosa que no se podía determinar hasta que no estuviera debidamente hospitalizado. En caso de que el shock fuera muy grave, se produciría un fallo renal y poco a poco, todos los órganos vitales dejarían de funcionar. El proceso podía durar unas pocas horas o toda una semana, pero, a no ser que Wagner tuviera muchísima suerte, el resultado sería el mismo.

—Necesitamos el avión, Sammy. —Edie estaba otra vez al teléfono.

—Aquí estamos en pleno temporal.

—¿No puedes avisar a Thule? —Sabía que era pedir mucho. La base aérea que Estados Unidos tenía en Groenlandia disponía de aviones grandes, mejor construidos para soportar las extremadas condiciones del Ártico que los Twin Otters de Autisaq. Por regla general se mostraban reacios a intervenir en lo que consideraban problemas de los canadienses, salvo en caso de un brote de tuberculosis, sarampión u otra enfermedad infecciosa, pero al fin y al cabo Wagner era de los «suyos», un estadounidense.

Apenas pudo oír la respuesta cuando llegó segundos después, y tuvo que pedir a Sammy que se lo repitiera, pero perdió bruscamente la comunicación. Tras unos minutos de espera, el teléfono sonó. Aunque la señal era pobre, Edie alcanzó a oír una voz de hombre entre las interferencias, diciendo algo sobre la visibilidad.

—Escucha, Sammy. —Tuvo que gritar; el viento aullaba—. ¿Y Thule? —Pero el teléfono había enmudecido de nuevo.

—¿Mandan un avión? —preguntó Joe con tono esperanzado.

Taylor fue a decir algo, pero Edie le hizo callar con un ademán perentorio.

—Ni se te ocurra.

Se terminaron el té que quedaba en los termos y esperaron. El viento estaba virando hacia el noroeste y empezaba a perder fuerza. Al cabo de un rato *Bonehead* se puso a escarbar y a ladrar. Edie aplicó el oído al suelo y detectó la vibración de un motor. Martie. Seguro que era ella. Nadie más que su tía podía cometer la locura de atravesar en avión la cola de una ventisca ártica.

Visto y no visto, el paciente estaba a bordo del Otter de Martie Kiglatuk, así como las motonieves y el resto del equipo. Martie era una mujer corpulenta, al menos para lo normal en la etnia inuit, su piel del color de un maletín de cuero, y su voz como un choque de trenes de dibujos animados. Por cierto, era la mejor amiga de Edie.

El avión siguió la franja de hielo unida a South Cape y viró después al oeste sobrevolando la costa de Ellesmere. Al cabo de un rato, el cielo empezó a despejarse y Edie pudo ver tierra firme. Las escasas ocasiones en las que volaba, solía sorprenderse de hasta qué punto el Ártico se estaba encogiendo, témpano a témpano, glaciar a glaciar. Ser testigo de ello era como ver deteriorarse inexorablemente por la vejez a un ser muy querido. Cada año más cerca de la muerte, más lejos de la vida. Dentro de trece años, cuando Joe tuviera la edad que ella tenía ahora, el Ártico tal vez habría desaparecido por completo.

Los peñascos fueron suavizándose hasta convertirse en un litoral llano, y finalmente apareció el poblado de Autisaq, semejante a una dentadura prehistórica, mellada por los años y el desgaste y aferrada precariamente al maxilar de la playa. Joe, detrás de ella, lanzó vítores.

—Los cinturones, por favor —dijo Martie—. Allá vamos.

Edie notó el familiar *plop* en los oídos cuando iniciaron el descenso e inmediatamente después, amortiguada pero inequívoca, la voz de Joe, sólo que esta vez tenía un deje de alarma. Al volver la cabeza, vio a Felix Wagner echando espuma por la boca, tenía convulsiones y los ojos en blanco, y vio a Joe indicar a Andy Taylor que sujetara al herido mientras él preparaba una jeringa. Se produjo como un salto en el tiempo. Edie era consciente del brusco descenso del aparato y al mismo tiempo de los gritos en la parte de atrás. Intentó desabrocharse el cinturón para ir a ayudar, pero no lo consiguió. A todo esto, Joe estaba intentando reanimar al herido haciéndole el boca a boca, y el avión seguía descendiendo hacia la pista de aterrizaje. De pronto, Martie gritó: «¡Los cinturones, rápido!» Y los dos hombres se desprendieron de Felix Wagner como pétalos viejos.

Momentos después un chasquido de neumáticos señaló su llegada, y justo cuando Edie se volvía, vio salir el brazo de Wagner de debajo de la manta.

El avión rodó hasta el final de la pista y Matie apagó el motor.

—¿Qué tenemos?

—Problemas —dijo Joe. Se había levantado y estaba de rodillas junto a Felix Wagner, con el rostro desencajado—. El *qalunaat* acaba de morir.

—*Iquq*, mierda. —Martie miró por la ventanilla y vio acercarse al comité de recepción, formado por Sammy Inukpuk y el hermano de Sammy, Simeonie, alcalde de Autisaq.

—Creo que iré a dar la buena noticia.

Martie abrió la puerta del piloto y bajó a la pista. Tras una breve charla, hizo señas de que alguien abriera la puerta principal del avión y sacase la escalinata, y Sammy y Simeonie subieron al aparato.

Simeonie Inukpuk, que era más astuto y más calculador que su hermano, le preguntó a Edie:

—¿El *qalunaat* flaco entiende inuktitut?

Andy Taylor no reaccionó.

—Ahí tienes la respuesta, supongo —dijo Edie. Simeonie no le caía bien, por más que fuera su cuñado.

—¿El tipo ha tenido algo que ver en esto?

Edie comprendió que su cuñado ya estaba haciendo conjeturas, moldeando la historia para dar una versión que se adaptara a su propio gusto.

Edie repasó mentalmente lo ocurrido. Andy Taylor tenía dos rifles, un Remington 700 y un Weatherby Magnum. Felix Wagner había insistido en llevar tres: un Remington, un Springfield 30-60 y un Winchester, casi seguro un 308. Ambos cazadores habían descargado sus respectivos Remington durante una abortada cacería matutina de liebres, pero no habían vuelto a disparar desde entonces. Barajó la posibilidad de que Felix Wagner se hubiera pegado un tiro, pero por la posición del orificio de entrada parecía absolutamente improbable y no valía la pena considerarlo siquiera. Luego estaba la huella en forma de zigzag atravesando la imagen de un oso blanco. De repente todo pareció encajar.

—Según lo veo yo —dijo Edie en inuktitut—, alguien que estaba cazando creyó que Wagner era una presa y le disparó.

El tirador estaría probablemente volviendo en estos momentos a Autisaq o alguno de los otros poblados. A buen seguro trataría de pasar inadvertido por el momento, y después confesaría. No sería la primera vez; el *qalunaat* había firmado un documento eximiendo a la comunidad de cualquier responsabilidad en caso de accidente. Era una desgracia, pero no una catástrofe. Los ancianos dirían *ayaynuaq*, que había sido inevitable, la familia de Wagner cobraría una sustanciosa indemnización de la compañía de seguros y el asunto sería olvidado enseguida. El Ártico era un lugar lleno de peligros. Y así se lo había advertido ella a Felix Wagner.

Simeonie tosió, miró de soslayo a Taylor para cerciorarse de que no entendía lo que estaban diciendo y luego, irguiéndose cuan alto era, dijo:

—Hacer conjeturas es enfermedad de blancos. Lleva al otro *qalunaat* al hotel y asegúrate de que no le falte de nada.

Edie asintió.

—Una cosa, no tendrá un teléfono vía satélite, ¿verdad?

Edie negó con la cabeza.

—Bien, tú procura que no llame a nadie. —Se volvió hacia Andy Taylor y añadió—: Lamentamos mucho este accidente, señor Taylor. Debemos pedirle que no se marche hasta que hayamos investigado el caso. Pura formalidad, unos cuantos detalles y nada más.

Andy Taylor pestañeó dando a entender que lo comprendía.

Joe se inclinó y dijo con voz grave:

—Tío, Edie no ha tenido ninguna culpa en todo esto.

Inukpuk hizo caso omiso y volvió a hablar en su lengua nativa.

—Mañana habrá reunión del consejo de ancianos para decidir qué medidas se van a tomar —dijo.

Acto seguido abandonó el avión y bajó de nuevo a la pista de aterrizaje. Su tono había tenido algo de amenaza.

Joe sacudió la cabeza.

—*Aitiathlimaqtsi arit.* —«Que te den a ti también.»

De regreso en el hotel, Andy Taylor no mostró el menor interés por hacer llamadas. Sólo quiso darse una ducha y descansar un poco. «He aquí a un hombre no habituado a la muerte», pensó Edie viéndolo arrastrar la mochila por el pasillo hasta la parte de atrás, donde tenía su habitación. Se le ocurrió que lo mejor sería ir a casa y esperar a Joe. Había tenido una especie de presentimiento, la sensación de que ella y Joe estaban siendo empujados hacia algo. No podía concretar nada todavía, pero no le había gustado el tono en que Simeonie había hablado. Aun cuando era de la familia siempre le había inspirado una cierta desconfianza. Ahora se fiaba todavía menos de él.

Esperó en la planta baja hasta que oyó los ronquidos de Taylor y luego se marchó a casa. En cuanto hubo puesto un pie en los escalones del porche, supo que Joe ya estaba esperándola dentro. Así como una perdiz blanca medio congelada revive poco a poco junto a un radiador, así también la casa parecía revivir en presencia de Joe. Edie abrió la puerta, se quitó las botas y las prendas exteriores en el porche, y entró.

Joe se encontraba sentado en el sofá mirando una película. Charlie Chaplin hacía bailar sobre una mesa dos tenedores metidos en sendos panecillos. Edie se dejó caer al lado de su hijastro y le alborotó el pelo.

—No puedo dejar de pensar que ha sido culpa mía, Kigga.

—¿Qué dices? Nadie te va a echar la culpa de nada, Joe. Y si lo hacen, tendrán que responder ante mí también. —En el televisor, Chaplin continuaba ejecutando piruetas y *pas de bourrées* con los panecillos bailarines—. Ha sido un accidente. Alguien de Autisaq, o de otro de los poblados. Quizá no le vio bien, o puede que hubiera bebido un poco. No sería ninguna novedad.

—¿Tú crees? —dijo Joe.

—Claro. No pasará nada, ya verás.

La bailarina-tenedor salió a saludar al público y Edie desconectó el aparato.

—Lo único que sé es que ha muerto un hombre —dijo Joe.

Ella lo miró, avergonzada de su momentánea falta de principios. Nunca era mejor persona que cuando estaba con él; Joe ya se ocupaba de ello.

2

—Be, ele, u, be, be, e, erre... —Edie escribió las letras en la pizarra blanca conforme las iba enumerando. No había dormido bien y le estaba costando concentrarse, ocupada su mente con la muerte de Wagner y el inminente consejo de ancianos, donde iba a tener que responder de sus actos.

Pauloosie Allakarialak levantó la mano.

Edie subrayó la palabra con el dedo. *Blubber,* «grasa de ballena».

Pauloosie empezó a mover el brazo.

—Señorita, ¿a ese *qalunaat* lo mataron?

Edie se frotó la cara con la mano. Maldición, si lo sabía Pauloosie, entonces lo sabía todo el mundo. Señaló la palabra escrita en la pizarra y preguntó:

—¿Sabes lo que significa?

El chico puso cara de perplejidad. Pobre chaval. A veces Edie se preguntaba qué sentido tenía pasarse horas tratando de meter en la cabeza de los jóvenes de Autisaq palabras que iban a utilizar en inglés, habiendo otras en inuktitut que significaban lo mismo y de manera mucho más sutil, y que incluso eran más bonitas puestas por escrito. Claro que el gobierno federal de Ottawa confiaba en que algunos de aquellos jóvenes terminaran el instituto e incluso se sacaran algún título en universidades del sur, tal como Joe tenía pensado hacer. Pero que un inuk tuviera semejantes ambiciones era sumamente raro. El sur significaba abandonar a la familia, a los amigos, vivir en una ciudad donde las calles estaban llenas de edificios y los coches se amontonaban entre sí como salvelinos en una charca con poca agua, y encima hacía un calor insoportable durante seis meses del año. ¿Qué sentido tenía aguantar todo eso esperando que con el tiempo uno conseguiría un tipo de empleo que, durante muchas décadas, allí arriba sólo habían tenido los *qalunaat*?

Lo cierto era que la mayoría de los adolescentes que Edie tenía delante estarían ya casados y con hijos para cuando alcanzaran la edad de votar. Muchos de ellos tendrían suerte si llegaban hasta Iqaluit, la capital provincial, por no hablar del sur, y la gran mayoría no iba a tener la menor ocasión de decir «grasa de ballena» en inglés. Y lo irónico del caso era que todo el tiempo que estaban allí sentados en filas aprendiendo a deletrear *baleen* en inglés, podían haberlo dedicado a aprender las técnicas tradicionales, al aire libre, y a descubrir cómo ser un verdadero inuit.

Sonó el timbre del recreo. Camino de la sala de profesores, Edie tuvo una idea. Era algo que el director, John Tisdale, en caso de que se mostrase interesado, calificaría sin duda de «pedagogía poco ortodoxa», una falta disciplinaria. Pero a Edie le daba lo mismo. Había tenido que presentarse tantas veces ante él por saltarse las normas —las de Tisdale, normas de sureños— que había perdido la cuenta. En cualquier caso, sospechaba que en el fondo Tisdale aprobaba sus métodos, por más que la regañase a causa de ellos. Hacía unos años, a raíz de su llegada con la misión de «ampliar el sistema educativo en el Ártico», ella le había preguntado para qué pensaba él que estaban educando a los niños de Autisaq.

«Para que ocupen el lugar que les corresponde en el mundo», había respondido Tisdale, que por entonces era un pedante insoportable.

Y Edie, tras esperar a que su expresión hubiera perdido un poco de engreimiento, le dijo: «Usted quizá no lo entienda, pero su mundo está aquí y en ninguna otra parte.»

Tisdale la había puesto en la lista de conflictivos, pero a Edie no le afectó su paternalismo. Sabía que aquello no iba a durar.

Muy pronto Tisdale empezaría a sentirse fuera de su elemento y entonces acudiría a ella con el rabo entre las piernas.

Y así fue, sólo que mucho antes de lo que Edie esperaba, de resultas de un sermón que les largó a los padres de Autisaq sobre los peligros de los videojuegos violentos. ¡Qué papanatas! Todo el mundo se le rio en la cara. ¿Es que no se daba cuenta de dónde estaba? Allí, la violencia era algo cotidiano: violento era el sol implacable, violentos los vendavales, violento el tira y afloja del hielo.

De todos modos, la mayoría de los chicos de Autisaq no tenían tiempo ni dinero para videojuegos; empleaban sus horas de ocio en poner trampas para perdices blancas, liebres y zorros, cuando no en ayudar a sus padres a cazar focas. Casi todo el tiempo que no estaban en la escuela, eran violentos.

El día después de la charla, el director encontró un zorro muerto colgado del porche de su casa, pero en lugar de tomar el primer vuelo de vuelta al sur, como habrían hecho tantos en su misma situación, Tisdale había ido a ver primero a Edie y después a otras personas para preguntarles qué había hecho mal. Y al cabo de los años, y de aguantar estoicamente, había terminado entendiendo que aquello de «ampliar la educación en el Ártico» también lo incluía a él.

Esta vez Tisdale fingiría poner mala cara ante la «pedagogía poco ortodoxa», pero sólo como concesión a sus jefes de Ottawa. Con la cabeza gacha, para no tener que ponerse a conversar con nadie en la calle, Edie fue hasta el lugar donde almacenaba la carne en la parte posterior de su casa, sacó una pequeña foca pía que había cazado varias semanas antes, le ató una cuerda a la cabeza y la llevó a rastras por el hielo y la nieve reseca hasta el instituto. Luego, esperó a que no hubiera nadie a la vista y se coló furtivamente con el animal por una puerta de servicio.

En cuanto los chavales volvieron del recreo y se encontraron allí aquella cosa, sus caras, presintiendo que las abstracciones de la clase de lengua habían terminado, se iluminaron como farolas. Edie hizo que dos de los mayores la ayudaran a poner la foca encima de la mesa. Después les pasó un par de cuchillos de caza y los dejó que destriparan el cadáver entre todos, dando instrucciones a los de más edad para que enseñaran a utilizar los cuchillos a los pequeños, y para que escribieran en la pizarra el nombre de todo cuanto iban tocando así como los verbos de lo que estaban haciendo, en inglés y en inuktitut.

La cosa funcionó. Al cabo de un rato la foca estaba hecha pedacitos y los chavales se animaban unos a otros a ahondar más y a cortar más fino, entre empellones para ser los primeros en subir a la pizarra y escribir correctamente «bazo», «bigotes» o «desollar». Descuartizar el animal e ir anotando sus distintas partes se había convertido en un pasatiempo divertido... y muy propio de los inuits. Pauloosie Allakarialak, que no se acordaba ya del cazador blanco ni de cómo había que deletrear *blubber*, se sumó también al juego.

A la hora de comer, Edie fue a la Northern Store con la idea de comprar film adherente y unas bolsas de plástico grandes para empaquetar la foca descuartizada antes de que se deshelara y fuese difícil de manejar. Empujó la puerta basculante que daba al porche interior de la tienda, pasó las botas por el raspador, echó un rutinario vistazo a los anuncios del tablón (nada sobre Wagner) y entró.

Oficialmente Northern Store era una cooperativa propiedad de los habitantes de Autisaq, cada uno de los cuales tenía derecho a una parte de los beneficios, caso de haberlos. Lo regentaban Mike y Etok Nungaq.

Mike era un tipo afable y bastante equilibrado. Le interesaba mucho la geología, y no desaprovechaba la ocasión siempre que llegaban geólogos del sur. En agradecimiento por algún favor, un geólogo estadounidense le había regalado un portátil hacía un par de veranos, y ahora Mike era la persona a quien todos pedían consejo cuando tenían problemas informáticos. Cosa que no les pasaba a muchos. Parte de la generación joven disponía de consolas, pero poca gente en la comunidad se había molestado en tener un ordenador y había sólo tres de uso público con conexión a Internet: uno en el despacho del alcalde, otro en la enfermería y un tercero en la biblioteca de la escuela.

Cuando no estaba mirando piedras o hurgando en ordenadores, Mike Nungaq se dedicaba al comadreo, por lo general sin mala intención. Sencillamente le gustaba saber qué hacía cada cual, con quién y cuándo. Era algo inherente a su forma de ser. Si uno quería saber lo que estaba pasando en el pueblo, sólo tenía que preguntárselo a Mike.

Etok, su esposa, veía con malos ojos que Mike se pasara tanto tiempo de cháchara. En Autisaq y alrededores, se la conocía como Uismuitissaliaqungak, la Persona de los Dientes Torcidos que Da más Miedo que una Mamá Osa. Había que andarse con ojo, pues aunque Etok parecía bastante inofensiva, al menor indicio de cotilleo su expresión se transformaba y de su boca asomaban unos colmillos que no habrían desentonado en una morsa. Pero, a pesar de sus esfuerzos, el rumor y la insinuación sabían hallar su camino desde los pasillos de la cooperativa hasta el último rincón del poblado, proceso durante el cual un rumor inofensivo podía convertirse en calumnia o difamación detestable.

Edie tenía la costumbre de pasar por caja para saludar a Mike antes de hacer sus compras. Ahora, sin embargo, sabía que él querría conocer detalles del caso Wagner y no le apetecía hablar de ello, de modo que se dirigió directamente al tercer pasillo, donde estaban los plásticos, entre productos de limpieza y la sección de mantenimiento de motonieves. No tenían el film adherente extragrande que Edie había visto anunciado, de modo que cogió un paquete de tamaño normal y unas bolsas de plástico, y estaba volviendo ya por el pasillo cuando topó con Nancy, la madre de Pauloosie. Nancy Allakarialak era una mujer muy alegre, pese al dolor que le causaba haber traído al mundo un hijo con el síndrome de alcoholismo fetal, y una persona siempre dispuesta a hacer las paces. Se tomaba mucho interés por la educación de su hijo, y por lo general siempre se paraba a hablar con Edie sobre los progresos de Pauloosie. Esta vez, sin embargo, se limitó a esbozar una sonrisa y luego siguió su camino.

Era una mala señal. Sin duda había corrido la voz de que un *qalunaat* había muerto estando bajo la tutela de Edie.

Cuando llegó a la caja, estampó sus compras contra el mostrador. Etok, que se encontraba de espaldas al mismo, mirando la correspondencia, volvió la cabeza, vio a Edie y de inmediato se metió en la trastienda. Mike esperó a que su mujer se hubiera marchado y caminó junto al mostrador hasta la caja registradora.

—Qué tal, Edie. Bonito día, ¿eh? —La miró a los ojos y sonrió. Luego, al darle el cambio, sus dedos se demoraron un instante en la mano de Edie.

—La gente empieza a rehuirme.

—Qué me dices —exclamó Mike—. ¿Por lo de ayer? Bah, la gente está un poco molesta y nada más. Cuando se reúna el consejo de ancianos, todo se aclarará.

Ella asintió con una sonrisa, agradecida a Mike por intentar tranquilizarla. Pero se preguntó si el consejo de ancianos lo vería tan fácil. Tenían potestad para anular su licencia de guía, y al menos Simeonie estaba motivado para hacerlo; en plena campaña para su reelección como alcalde, se había producido el escándalo de Ida y Samwillie Brown.

Hasta que Edie no tomó cartas en el asunto, en Autisaq todo el mundo quería atribuir la muerte de Samwillie a un accidente. Era un hombre mal visto en la comunidad, aparte de que pegaba a su esposa. La intervención de Edie en el caso —Simeonie Inukpuk lo había llamado «entrometimiento»— se tradujo en la condena de Ida por el asesinato de su marido. La opinión generalizada era que Simeonie había perdido las elecciones a causa de la mala publicidad, y fueron tales las sombras que el escándalo arrojó sobre sus ambiciones políticas, que hubieron de transcurrir cuatro años hasta que consiguió ser reelegido. Muchas veces, Edie se preguntaba si la amenaza de muerte que recibió a poco de iniciarse el juicio contra Ida no habría sido cosa de Simeonie.

El ex cuñado de Edie tenía otras razones para odiarla. Le echaba las culpas de haber roto con Sammy. Demasiado feminista, había comentado en su momento. Además, ¿y el derecho del hombre a que su mujer lo apoye? Poco le importó a Simeonie que, en la fase final, ella y Sammy estuvieran prácticamente matándose a beber. De no haber optado por separarse, probablemente ya habrían muerto los dos. De hecho, Simeonie Inukpuk quizá lo hubiera preferido. No tenía ningún apego a su familia. Sammy siempre le había sido leal, pero Simeonie jamás le había devuelto el favor.

Edie sabía que tenía mucho que perder. Lo que le daba miedo no era la investigación de por sí. Joe llevaba razón. Un hombre había muerto muy lejos de su casa y era lógico que su familia quisiera llegar al fondo del asunto. Lo que más temía Edie era que Simeonie utilizara la muerte de Wagner como pretexto para persuadir a los ancianos de que le revocaran la licencia de guía. De todos ellos, a excepción de Sammy, ninguno veía con buenos ojos que hubiese mujeres guía; probablemente varios de los miembros del consejo llevaban años pensando la manera de librarse de ella. En resumidas cuentas, que la gran mayoría estaba en su contra.

Por sí misma, a Edie no le importaba mucho. Los años de alcohol habían acabado con el poco orgullo que pudiera haber tenido antaño. Pero sin lo que ganaba haciendo de guía, Edie no iba a poder ayudar a Joe en la financiación de sus estudios. Trabajar de maestra a tiempo parcial sólo le servía para cubrir gastos. Joe no podía recurrir a Sammy y a Minnie. Su madre se gastaba la pensión en alcohol y su padre tenía una idea anticuada de cómo debía ser un hombre de la etnia inuk, y en esa idea no entraba estudiar enfermería. Pero había más: Sammy no quería que su hijo hiciese nada que en un momento dado pudiera alejarlo de Autisaq. A lo largo de los años, Sammy había desaprovechado muchas oportunidades: varios empleos buenos, un par de esposas, un montón de dinero. Aparte de la bebida y los telefilmes de policías, sus chicos eran uno de los pocos consuelos que le quedaban.

Saliendo de la escuela, Edie volvió a casa dejando atrás la tienda y la pequeña iglesia en la que no había vuelto a entrar desde el funeral de su madre. Las botas de trabajo de Sammy estaban en el porche, su parka azul colgada de la percha. Dos años después de mandarlo ella a paseo, Sammy seguía utilizando la casa de Edie como si fuera la suya propia. Al principio ella había puesto reparos, pero al final había acabado cediendo, más que nada porque cuando estaba Sammy, Joe también aparecía más por allí.

Un olor a cerveza junto con otro aroma, éste más químico, le llegó de la sala de estar. Edie se despojó de las botas, colgó el sombrero, la bufanda y la parka, y entró en la casa. Sammy y Joe estaban mirando la tele sentados en el sofá.

—Hola, *allummiipaa*, cariño —dijo Edie. El saludo iba dirigido a Joe, pero Sammy alzó la cabeza con una sonrisa esperanzada. Edie no echaba de menos los días en que llamaba «cariño» a su ex, pero Sammy sí. De haberse salido él con la suya, todavía estarían casados y ella enganchada a la bebida.

—He dejado mis cosas en mi cuarto, Kigga —dijo Joe. El muchacho iba y venía (unas cuantas noches en casa de Sammy, una semana o dos con Minnie), pero últimamente pasaba más tiempo de lo acostumbrado con su madrastra, cosa que a ésta le encantaba.

—¿Has roto con Lisa, Sammy?

En los dos últimos años, Sammy había tenido un montón de amigas. Lisa era sólo la última. Por alguna razón, cada vez que le daban calabazas, Sammy comparecía en casa de Edie para lamerse las heridas. Su respuesta fue un encogimiento de hombros. Después apartó la vista.

—Perdona —dijo Edie. Conscientemente, no era mala con él, pero a veces dejaba escapar una pequeña burbuja de maldad. Suponía que, en cierto modo, todavía estaba enojada con él, lo cual quería decir que, en cierta manera, aún sentía algo por Sammy y hacía todo lo posible para olvidarse de que así era.

—Se me ha escacharrado la tele —dijo Sammy.

Edie sacó de su mochila un pedazo de foca, lo dejó sobre la encimera de la cocina y conectó el hervidor para el té.

—Y además he roto con Lisa.

Se rieron. Sammy levantó los ojos al cielo. Hasta él había acabado considerando una especie de chiste sus líos amorosos. Siempre y cuando quien contara ese chiste fuera él.

—¿Ya sales con alguna otra?

Sammy asintió con gesto dócil.

—¿Quién es? —preguntó Edie, demasiado rápido quizá.

—Nancy.

—¿Nancy Allakarialak? ¿La mamá de Pauloosie?

—Ajá.

Se miraron todos entre sí, brevemente. Era curioso que, a veces, se sintieran como una familia otra vez. Curioso, raro e inquietante. Joe se levantó para ir a su cuarto.

—Me avisas cuando tengamos que irnos —dijo. No era su rollo, la historia pasada entre Sammy y ella.

Una vez que se hubo ido, y tras un largo silencio, Edie decidió cambiar de tema.

—No he tenido ocasión de darte las gracias por ayudarme con lo de Felix Wagner.

Sammy tomó un sorbo de cerveza y guardó silencio.

—¿Has hablado con Andy Taylor?

—Simeonie acaba de estar con él. Ese chico parece tener muchas ganas de olvidar el asunto y volverse al sur.

—Imagino que habrá una investigación policial, ¿no? —dijo Edie—. Querrán que venga Derek Palliser.

Sammy carraspeó y se miró los pies.

—No es eso lo que yo tengo entendido —dijo, indicando que sabía algo pero que se lo guardaba.

Edie le miró de mala manera.

—Oye —se defendió Sammy—, que yo no controlo el consejo de ancianos.

Todos sabían quién controlaba el consejo: Simeonie. Sammy siempre había estado a la sombra de su hermano mayor, y no iba a superarlo ahora. De cuanto pudiera suponer una confrontación, en especial con su hermano, huía siempre a la carrera. Sammy agitó la lata de cerveza para asegurarse de que no quedaba ni una gota y se levantó.

—Edie —dijo—, no te metas en líos. Por una vez en la vida, procura acatar las normas.

Después de que él se hubo ido, Edie se puso su mejor parka, se engrasó las coletas y llamó a Joe. Fueron juntos hasta la oficina del alcalde. Los ancianos los habían convocado a la reunión en el bien entendido de que darían su versión de los hechos y no tendrían voz en el resultado. Por esa sola razón, Edie ya estaba inquieta. Era un ejemplo más de la complicada política local. Los ancianos eran partidarios de la integración sólo de boquilla, luego formaban piña como una manada de bueyes almizcleros en apuros.

Abrieron la puerta de la sala del consejo y entraron. Sammy estaba ya allí, flanqueado por Samuelie, el abuelo de Pauloosie, y por Otok, el sobrino de Sammy. Edie conocía de nombre a otros tres o cuatro, pero no personalmente. La butaca de madera de deriva y piel de foca en la cabecera de la mesa, que antaño ocupara Eliah, el abuelo de Edie, servía ahora de asiento a Simeonie Inukpuk. Éste indicó a Edie y a Joe que tomaran asiento en sendas sillas de oficina traídas especialmente para la ocasión, y les hizo señas de que guardaron silencio. Sólo había otra mujer en la sala, Sheila Silliq, la ayudante de Simeonie, que estaba tomando notas.

Simeonie empezó agradeciéndoles que hubiera acudido. El consejo sólo deseaba oír su versión de los hechos, les dijo. Y puesto que Edie estaba presente cuando Felix Wagner sufrió el «desgraciado accidente», quizá que empezara ella.

Con el rabillo del ojo, Edie vio que Sammy le lanzaba una mirada fulminante.

—Cómo no, el «percance» —dijo. Pensando, «acata las normas».

Hasta que el eco del disparo resonó en el hielo marino, la expedición se había desarrollado sin incidencias. Por la mañana habían ido a cazar liebres, aunque sin fortuna. Luego habían almorzado, y a primera hora de la tarde, es decir, unas dos horas antes del accidente, ella había dejado a los cazadores al socaire del esker de Uimmatisatsaq, en la isla de Craig, cerca de una charca de salvelinos. Los hombres dijeron que querían probar cómo se les daba la pesca en hielo y que después montarían el campamento. Puesto que el grupo andaba escaso de agua potable y ella sabía de un iceberg en las cercanías, los dejó allí y fue a buscar hielo de agua dulce. Los dos hombres portaban rifles, no había visto huellas de osos por el camino y al marcharse el tiempo estaba sereno, de modo que en principio no corrían ningún peligro. Llevó consigo a su perro de osos, *Bonehead*, pensando que de todas formas no tardaría más de una hora en volver.

Edie hizo una pausa y escrutó los rostros de los hombres sentados en torno a la mesa, pero los inuit sabían cómo ocultar sus sentimientos —viviendo en comunidades tan pequeñas era algo muy necesario, dependían mucho los unos de los otros— y no le fue posible detectar nada. Inspiró hondo antes de continuar su relato.

Cuando hubo terminado, Simeonie la felicitó. Edie se dispuso a esperar el interrogatorio, pero se llevó un chasco al ver que el alcalde simplemente hacía un resumen de lo relatado, añadiendo un par de acotaciones para Sheila Silliq, y daba paso a Joe. En ese momento, Edie supo ya cuál iba a ser el veredicto. Nada de lo que ella o Joe pudieran decir iba a importar: el consejo sólo estaba cumpliendo con las formalidades.

Joe empezó a contar su versión de lo acaecido aquel día. Él se encontraba en el despacho del alcalde recogiendo una remesa de condones que había llegado en el avión de suministros hacía unos cuantos días. Los preservativos iban envueltos en bonitos paquetes con forma de foca o buey o morsa, una bienintencionada pero paternalista iniciativa sureña para fomentar el sexo seguro entre los inuit del Ártico oriental, como si todo el mundo no supiera ya que la única forma de practicar el sexo seguro en la región era desmantelar las bases de las fuerzas aéreas.

Por la tarde, a primera hora, Sammy le había llamado para que se personara en la sala de comunicaciones. Había encontrado a su padre junto al receptor de radio, muy nervioso pero tratando de disimularlo. Sammy le explicó, a grandes rasgos, lo que había sucedido en Craig. Mientras él iba a mirar la previsión del tiempo, Joe echó un vistazo al programa de vuelos para ver si algún avión estaba en la zona y podía recoger al grupo de Edie, pero en la lista no había ningún avión. De todos modos, cuando se reunió con Sammy en el pasillo e intercambiaron la información, no les cupo duda de que las condiciones atmosféricas harían del todo imposible volar hasta Craig. Fue entonces cuando Joe sugirió ir personalmente allí en motonieve.

El trayecto hasta la isla había sido duro, porque el viento soplaba con fuerza y de vez en cuando las ráfagas casi volcaban el vehículo, pero la nieve reciente estaba seca y él había hecho esa misma ruta la semana anterior y sabía dónde podía haber derrubios y vías de agua entre la masa de hielo. A punto de llegar, el perro de su madrastra fue a recibirlo y lo llevó hasta el campamento. Edie estaba serena y era evidente que controlaba la situación. Por el contrario, Andy Taylor parecía muy nervioso y retraído. Joe pasó a explicar con detalle el estado de Wagner. Hizo hincapié en que Edie había procedido correctamente, es decir, detenido la hemorragia y cubierto la herida con plástico a fin de que no entrara aire en la cavidad torácica, pues ello podía colapsar los pulmones. La bala le había astillado la clavícula, destrozando la carne de debajo, y a la altura del omóplato se apreciaba un posible orificio de salida. Wagner tenía el pulso acelerado y débil y estaba claro que había perdido mucha sangre, pero lo más preocupante era que mostraba todos los síntomas de un shock hipovolémico avanzado. Joe comprendió entonces que el herido tenía escasas probabilidades de sobrevivir, pero no lo dijo por no desanimar a nadie, incluido el propio Felix Wagner. Juzgó importante que todos tuviesen claro que lo prioritario era salvar la vida de un hombre.

Simeonie quiso saber si el hecho de esperar al avión había influido en las posibilidades de que Wagner se salvara. Joe estaba seguro de que no ayudó, pero no podía determinar hasta qué punto había sido un inconveniente en ese sentido. Lo más probable era que Felix Wagner hubiera muerto igual.

Los ancianos escucharon sin hacer comentarios el resto del testimonio. Cuando Joe hubo terminado, Sammy Inukpuk les pidió a los dos que salieran y que esperaran en el despacho de administración.

Edie, para matar el rato, fue a la pequeña cocina y se preparó un té, mientras Joe se mordisqueaba las uñas sentado ante uno de los ordenadores. Ninguno de los dos estaba lo suficientemente relajado como para hablar. ¿Por qué los habían convocado? ¿Estaban allí en calidad de testigos, de sospechosos, de acusados? Edie pensó en Derek Palliser. En las últimas veinticuatro horas había pensado mucho en él, dando por sentado que la muerte de Wagner demandaba una pesquisa policial. Pero ya no lo veía claro. Normalmente el alcalde se ocupaba de solventar los pequeños incidentes locales —embriaguez, peleas domésticas, hurtos—, pero esto tenía más envergadura. Cuando se producía una muerte inesperada, siempre llamaban a Derek, ¿o no? Trató de recordar cuántas veces había sido así en los últimos años. Le parecía que solamente dos. La primera después de que Johnnie Audlaluk matara de una paliza a su hijastro, que entonces debía de tener ocho o nueve años. Los ancianos habían querido ocuparse de ello por sí solos, pero la noticia llegó a oídos de una pariente del niño y ésta llamó a la policía de Yellowknife, donde vivía, y la policía dio aviso a Derek Palliser. Audlaluk fue sometido a una valoración psiquiátrica y posteriormente juzgado y condenado por homicidio. Todavía estaba a buen recaudo en la sala de psiquiatría.

Ese caso ilustraba a la perfección por qué los ancianos se decantaban por no implicar a la policía salvo que no tuvieran más remedio. En Autisaq casi todo el mundo, incluidos los padres de Johnnie, opinaba que habría sido más humano hacerlo a la manera inuit; llevar al reo a las montañas y, cuando menos se lo esperara, tirarlo de un empujón precipicio abajo. Naturalmente, nadie se lo dijo al entonces agente Palliser, pero a él no se le escapó. Su insistencia en llevar el caso a los tribunales acabó granjeándole bastantes enemigos.

Aunque Edie no estuvo de acuerdo con los métodos de Palliser, sentía por él un cierto respeto, razón por la cual cinco años atrás le había echado una mano en el caso Brown. El resto del poblado era partidario, una vez más, de resolver la cuestión de puertas adentro. En las postrimerías de un invierno particularmente severo, un cazador había encontrado en la tundra el cadáver de Samwillie Brown. Los zorros lo habían devorado. El consejo de ancianos acordó atribuir la muerte a causas naturales, y el caso habría quedado sepultado lo mismo que los restos del pobre Brown de no ser porque la llegada del cadáver a Autisaq coincidió con una visita rutinaria de Derek. El policía insistió en abrir otra investigación, creándose así más enemigos de los que ya tenía. Samwille Brown era un timador y un matón, y la mayoría de la gente se alegraba de que hubiera estirado la pata. La única persona que parecía realmente afectada por su muerte era Ida, su esposa, que era asimismo la persona que con mayor frecuencia sufría los puñetazos de difunto. Pero esas cosas pasaban. Seguramente un psiquiatra blanco habría dicho que era un caso de codependencia. Sin embargo, en Autisaq lo llamaban lealtad. Ida había pedido a Edie que la acompañase a identificar el cadáver porque eran más o menos amigas. Ida había dormido en su casa algunas veces, cuando Samwillie se ponía peligroso por culpa del alcohol.

En cuanto Edie vio los restos de aquel cuerpo, lo primero que le llamó la atención fue el tono apergaminado de la piel. Al partir Ida, Edie se quedó en el depósito con el pretexto de que tenía que ir al baño, volvió a la sala de autopsias y le levantó al cadáver el único párpado que le quedaba. El ojo parecía un eclipse lunar de sol, la córnea grisácea ribeteada de diminutas llamas, síntoma claro de vitaminosis. Saliendo de allí, Edie fue directamente al despacho de Derek en el destacamento de policía para decirle que, en su opinión, Samwillie Brown había muerto de una sobredosis de vitamina A. En el Ártico, esto sólo podía significar una cosa: el difunto había comido hígado de oso polar.

Derek la escuchó sin interrumpir y luego se encogió de hombros, señalando que Samwillie Brown era un borracho y que casi siempre estaba medio amarillo. Esta aparente indiferencia sorprendió mucho a Edie. Tenía encasillado a Derek Palliser como un individuo chapado a la antigua: entregado a su trabajo, quizás un poco raro, pero riguroso. Sin embargo, ahora daba la impresión de querer negar responsabilidades. Edie se preguntó qué le habría pasado, si no estaría temporalmente mal de la chaveta. Los inuit solían decir que si uno pasaba más horas metido en una oficina que al aire libre acababa mal; primero perdía los sentidos, uno detrás del otro, y luego la cabeza.

El caso es que al final Edie le convenció para que la acompañara al depósito, y una vez allí le levantó el párpado bueno a Samwillie y Derek le dio la razón: las pequeñas llamas parecían indicar un envenenamiento por vitamina A.

Dos o tres días después un patólogo venido a instancias de Derek hizo unas pruebas que confirmaron la causa de la muerte por hipervitaminosis, unas dosis letal de vitamina A producida por la ingesta de hígado de oso. Sabiendo que ningún inuit, ni siquiera borracho como una cuba, era tan estúpido como para comer hígado de oso por voluntad propia, Derek se dirigió a la casa que habían compartido Samwillie e Ida, llevando consigo al perro de Edie. Ella intentó recordar ahora cuál de los *Bonehead*s había sido, y por la fecha dedujo que seguramente había sido *Bonehead* II.

En fin, cuando Derek Palliser insistió en descongelar unas hamburguesas que había encontrado en la trastienda de la carnicería, *Bonehead* II se volvió loco al oler la carne de oso. Poco después, Ida confesó. ¿Qué iba a hacer? Las pruebas circunstanciales y las forenses concordaban. Incapaz de tolerar por más tiempo la conducta violenta de Samwillie, Ida había empezado a darle a su marido hamburguesas contaminadas con hígado de oso. Nadie había reparado en que enfermaba porque a nadie le caía demasiado bien Samwillie. A raíz de aquel caso, Derek Palliser fue ascendido a sargento de policía por «su extraordinaria investigación», pero tanto él como Edie eran conscientes de haber pecado de ingenuos. No puede decirse que Autisaq diera las gracias a Derek por lo que había hecho, pero, con la excepción de algunos intransigentes que no le habían perdonado lo de Johnnie Audlaluk, el grueso de la población aceptó de mala gana que Palliser sólo estaba haciendo su trabajo. Con Edie no fueron tan comprensivos.

Edie y Joe terminaron el té en silencio. Al rato, Pauloosie Allakarialak pasó patinando por delante del edificio seguido de Mike y Etok Nungaq, que acababan de cerrar la tienda. Joe empezó a morderse las uñas otra vez. Edie intentó no tirarse de las coletas. El reloj dio las nueve de la tarde. El sol continuaba quemando. Les llegaron voces desde el interior, pero no pudieron distinguir lo que decían. Tras una eternidad, la puerta de la sala se abrió por fin y apareció Sammy Inukpuk con una expresión sombría en su rostro curtido. Hubo algo extraño, pensó Edie, algo entre la astucia y el disimulo, en la forma como volvió a meterse rápidamente en la sala, como dando a entender que su lealtad estaba con los hombres de allí dentro.

Edie y Joe entraron detrás de él y tomaron asiento. Los ancianos los miraron sin decir palabra. Ni una sola sonrisa. Al cabo de un momento Simeonie Inukpuk empezó a hablar en un tono curiosamente formal, un tono que Edie asociaba a los federales y a los buenos samaritanos del sur.

—Una vez estudiadas las circunstancias que rodearon la muerte del cazador Felix Wagner —dijo Simeonie—, el consejo de ancianos ha determinado que su muerte se debió a una bala disparada por su propio rifle, después de que dicha bala rebotara en una roca y se incrustara en su pecho. Hubo dos testigos presenciales, Edie Kiglatuk y el otro hombre blanco, Andy Taylor, que lo confirmarán.

Por un momento, Edie y Joe quedaron mudos de asombro. Luego, Edie oyó boquear a Joe y notó que se disponía a abrir la boca. Le dio un codazo por debajo de la mesa, haciendo que no con la cabeza. Dijera Joe lo que dijese, nada iba a cambiar.

—La familia del difunto será informada cuanto antes del accidente. Por cuestiones de protocolo, el sargento Palliser recibirá un informe escrito de este consejo. Dado que los dos testigos del percance están dispuestos a firmar una declaración jurada en el sentido de que la muerte de Felix Wagner se debió a un herida autoinfligida, consideramos que no es necesario pedir a la policía que investigue más a fondo el asunto.

Simeonie miró a Edie. Si ella quería hablar en su favor, tenía que hacerlo ahora. Contuvo el aliento, sus ojos se desviaron hacia los de Sammy, y le pareció que éste respondía con un minúsculo y casi imperceptible asentimiento de cabeza.

—Puesto que la muerte del cazador fue un desafortunado accidente, por lo demás poco habitual —prosiguió Simeonie—, el consejo de ancianos ha decidido que no hay ninguna necesidad de rescindir la licencia de Edie Kiglatuk.

Ya era un hecho: acababa de dar tácitamente su aquiescencia para justificar la mentira y así conservar su empleo. Se mordió el labio, recordándose a sí misma que estaba haciendo esto por Joe.

Sammy los acompañó a casa de Edie. Durante el camino nadie dijo nada. Edie presintió que su ex marido había insistido en ir con ellos porque estaba haciendo de recadero. Probablemente Simeonie le había encargado que se asegurara de que no iban a llamar a Derek Palliser mientras no hubiera un anuncio oficial. Edie no podía culpar a su ex. Cuando se casaron ya sabía que siempre iba a estar a la sombra de su hermano mayor. Y entendió ahora por qué Simeonie había ido al hotel a hablar con Taylor. También con él había llegado a algún tipo de acuerdo. Realmente, había que quitarse el sombrero ante Simeonie: era maquiavélico.

Nada más entrar en la casa, Joe se metió en su cuarto aduciendo que estaba cansado y que no pensaba cenar, pero a Edie no le cupo duda de que el verdadero motivo era que estaba asqueado: del proceso, del consejo de ancianos y hasta (cuando no especialmente) de ella y de Sammy. Calentó una sopa de foca mientras Sammy machacaba el mando a distancia hasta que dio con un episodio antiguo de una serie de policías. Cenaron en el sofá sin cruzar palabra. Ella no pensaba abrir viejas heridas echándole en cara lo que acababa de pasar. Sammy todavía pensaba que lo suyo al abandonarlo había sido una traición, y no, como lo veía ella, la única salida para sobrevivir. Seguro que él interpretaba la sesión del consejo como un ligero ajuste a la verdad en pro de objetivos más importantes. Y tal vez sí, tal vez había sido exactamente eso.

3

Derek Palliser se inclinó para ver mejor las pieles de foca de Jono Toolik, objeto de pintadas recientes.

—¿Qué le había dicho yo? —El tono de Toolik era de triunfo—. Puro vandalismo.

Las pruebas no dejaban margen a la discusión. Alguien había marcado la palabra *iquq*, «mierda», en mitad de una de las pieles, donde quedara bien a la vista. Y había más: dos *iquqs*, tres *itiqs*, «gilipollas», y, ya casi al pie de todo ello, un *qitiqhlimaqtisi*, «que te jodan», o, de hecho, «que te *godan*», puesto que la ortografía no parecía el fuerte del autor.

—Oiga —dijo Derek con un suspiro—, ¿por qué no guarda las pieles bajo llave una temporadita? —Qué lata. Problemillas de pueblo. Le entraron unas ganas terribles de fumar y sacó del bolsillo un paquete de Lucky Strike.

—Ni pensarlo —repuso Jono Toolik, que no estaba dispuesto a dejarlo correr tan fácilmente. Señaló con el dedo la piel donde habían escrito *qitiqhlimaqtisi*, la separó de las otras y la sostuvo delante de Derek como si fuera un péndulo—. Esto constituye una amenaza a mi medio de vida. Sé quién ha sido y quiero que lo detengan.

Derek también sabía quién había sido, como lo sabría todo el mundo al cabo de una hora o así, cuando la noticia hubiera corrido por todo Kuujuaq: Tom Silliq. Los Toolik y los Silliq eran enemigos acérrimos desde hacía ciento cincuenta años. Cuando no estaban mandándose mutuamente al cuerno, se dedicaban a contar anécdotas de los agravios perpetrados contra ellos a lo largo de los siglos por los malnacidos del otro clan.

Derek sacó un cigarrillo, lo encendió y esperó a que Jono Toolik soltara lo que tuviese que decir; no esperaba sorpresas. Pondría cara de que le estaba escuchando con gran atención y, mientras tanto, fumaría y pensaría en los lemmings.

Últimamente quizá pensaba demasiado en los lemmings. La gente empezaba a tomarle el pelo por ese motivo, pero era una ocupación que a Derek le servía para no calentarse la cabeza sobre lo mal que Misha Ludnova se había portado con él. Durante tres veranos había tenido a Misha en su corazón, y ahora ella se había marchado dejando en su lugar un gran agujero. Misha había llegado como monitora de unos campamentos de verano para adolescentes. Por supuesto, había demostrado ser un desastre, siempre lamentándose de las condiciones de vida en el campamento y de que estaba echando a perder su talento artístico en unos niños a los que les interesaba más matar caribúes que pintarlos. A pesar de todo, y aquí hubo tal vez algo de perverso, no llevaba ni una semana en el Ártico cuando Derek se enamoró perdidamente de ella. Su aspecto no había hecho más que aumentar la potencia del flechazo: aquellos largos y esbeltos miembros, aquellos ojos como un cielo de primavera, aquella melena del color de la hierba en otoño. Aunque Misha no mostró por él el más mínimo interés durante el primer verano, Derek alimentó la esperanza de que las cosas cambiarían cuando ella regresara el verano siguiente. Y así fue. Durante aquel segundo verano, se dio la circunstancia de que el hijo de Maria Kunuk no había perecido ahogado de milagro estando bajo la tutela (teórica, se entiende) de Misha. La aldea entera había puesto el grito en el cielo y exigido que la expulsaran. Pero Derek se había puesto de su lado, señalando que Kuujuaq era un lugar peligroso y que lo ocurrido nada tenía que ver con Misha y sí en cambio con el Ártico en sí mismo. El consejo de ancianos de Kuujuaq le impuso una multa, y Misha empezó a mostrar interés por Derek a raíz de que éste la pagara de su bolsillo. Hacia el final de aquel verano, ella lo tenía ya en el bote; Derek parecía un chico de veinte años y no un hombre de treinta y nueve, y fue lo bastante tonto —o engreído— como para suponer que ella le quería.

El tercer verano, Misha volvió para estar con Derek y dedicarse a pintar. Su verdadera vocación, decía ella, era el arte, y había conseguido que no sé qué fundación patrocinara su proyecto sobre «gestionar la interrelación entre el calentamiento global y la desaparición de la individualidad». (Cualquiera sabía qué significaba eso.) Resultó que el patrocinio era no tanto una ayuda económica cuanto una mera distinción, así que Derek la invitó a mudarse a su casa. Habían pasado juntos el mejor verano que Derek recordaba, al término del cual Misha había regresado a Yellowknife y no había querido aceptar ninguna de sus llamadas.

Lo más doloroso de todo no era que se hubiera aprovechado de él, sino el hecho de que eso no hubiera cambiado un ápice los sentimientos de Derek. «Para qué darle más vueltas: por lo que respecta a esa mujer, soy un inocentón.» Incluso meses después de que ella hubiera partido para no volver, Derek seguía sin ver un futuro que no entrañara una prolongación de esa inocencia suya. Pese a que le avergonzaba reconocerlo, incluso en su fuero interno, se había pasado buena parte del invierno devanándose los sesos para ver de reconquistarla, y había llegado a la conclusión de que tenía dos opciones. La primera de ellas era resolver algún crimen de campanillas que le hiciera salir en la prensa y así ganarse un ascenso. Cabía incluso la posibilidad de convencer a sus jefes para que lo enviaran en comisión a Yellowknife. Ser uno de los dos únicos policías en una isla tan grande como Gran Bretaña y con una población de dos centenares de personas, le daba a uno mucha libertad pero a la vez impedía enterarse de algo más importante que los chanchullos que uno oía a diario. Ni en Kuujuaq ni en ningún otro de los diminutos asentamientos de la isla de Ellesmere y áreas circundantes había hecho nadie algo digno de una investigación. Bueno, estaba eso de Autisaq, el cazador *qalunaat* que había muerto hacía una semana —¿cómo era que se llamaba?, ¿Wagoner?—, pero carecía de los ingredientes mínimos para ser un caso de campanillas; el tal Wagoner no era un actor famoso ni un político de altos vuelos.

Además, el consejo de ancianos había dejado bien claro que pondría mala cara si él intentaba reabrir el caso. Derek había leído el informe y sabía perfectamente que las probabilidades de que un hombre muriese a causa de una bala disparada por él mismo que hubiera rebotado en una roca eran tan endebles como una rodaja de hielo en un cazo de agua caliente, pero sabía también que Autisaq dependía en gran manera del negocio de la caza y los guías, y había tomado la decisión de no interferir. Amañar los hechos solamente constituía encubrimiento si alguien lo recusaba, y nadie lo había hecho.

La única forma segura de captar nuevamente la atención de Misha en el futuro inmediato era convencer al director de una de las grandes revistas científicas (quizá *Nature*) para que publicara su estudio sobre los lemmings. Y para eso era indispensable perder menos tiempo rumiando sobre trifulcas centenarias y estar más sobre el terreno.

Derek Palliser se terminó el cigarrillo. Había llegado el momento de hacerse valer. Se dejaba mandonear con demasiada frecuencia. Había tenido una actitud muy pasiva, muy timorata. Ahora tenía la oportunidad de cambiar todo eso. Y el punto de partida era aquí y ahora, poniendo punto final a la absurda pelea entre los clanes Toolik y Silliq. Se irguió cuan alto era —esto es, bastante por encima de Jono Toolik— y le dijo que lamentaba lo ocurrido con sus pieles de foca pero que confiaba en que la próxima vez los Tollik y los Silliq resolvieran sus problemas ellos solitos, sin meter a la policía por medio.

Atónito ante el nuevo, y no tan maleable, Palliser, Toolik retrocedió un paso y parpadeó, al tiempo que boqueaba como un pez fuera del agua. Derek llegó a pensar que el tipo le iba a dar un puñetazo. Pero ya había gastado tantísimas energías haciéndole el juego a la mezquina política local, que exonerarse a sí mismo fue poco menos que revelador. Quedaron mirándose a los ojos un minuto entero, la cara de Toolik una mueca de aversión. Finalmente, el cazador escupió al suelo, giró sobre sus talones y volvió a meterse en su casa, cerrando bruscamente la puerta del porche.

Derek hundió las manos en los bolsillos y regresó a su pequeña oficina, situada en el edificio prefabricado que hacía las veces de cuartelillo. Era en momentos así cuando lamentaba no haber aceptado aquella oferta de trabajo de un geólogo ruso que estaba de visita en la zona: limpiar torres de perforación en Novosibirsk. «¡Mucho dinero para alguien que no le tema al frío!», había dicho el geólogo.

Se dejó caer en su butaca con la mirada perdida y un tazón de té en la mano. Derek no era de los que se ponían furiosos con facilidad, pero los insignificantes problemas de la vida rural se le antojaron de pronto intolerables. Se sentía atrapado sin remedio. Apuró el té y repasó mentalmente la decisión que acababa de tomar. Justo en aquel momento, se abrió la puerta e irrumpió el guardia Stevie Killik, haciendo entrar con él una salvaje corriente de aire glacial.

—Ese Tollik es un chupamorsas —dijo Stevie, zapateando para quitarse el frío. El colega de Derek era un hombre moderado y de buen natural; si llamaba a alguien chupamorsas no era porque sí.

—A ver si lo adivino: has estado hablando con Tom Silliq.

—Exacto. —Stevie se quitó los guantes de lana y fue a poner el hervidor al fuego—. ¿Quieres té?

Derek miró el tazón que tenía en la mano. Verlo vacío le causó inquietud.

—Cómo no —dijo.

Mientras esperaban a que hirviera el agua, intercambiaron información. Tom Silliq había abordado a Stevie en la carretera de hielo junto al cementerio, muy alterado él, asegurando que Jono Toolik había mandado a la carnicería a sus dos huskies medio famélicos. Los chuchos habían devorado un anca de caribú y varias focas, abierto bolsas de galletas para perro —que Silliq guardaba para los suyos propios— para terminar meándose en una pila de cabezas de morsa; en resumen, unas pérdidas del orden de varios cientos de dólares en carne y pienso para perro. Stevie le había preguntado a Silliq si él había visto a los perros con sus propios ojos, a lo que el otro contestó que lo había soñado.

—Y entonces tú le has explicado en qué consistía eso del peso de la prueba.

—Exactamente.

—¿Y?

—Me ha llamado algo que prefiero no repetir. —Stevie meneó la cabeza—. A veces no sé por qué me metí a policía.

—¿Quizá porque en mil kilómetros a la redonda no se puede trabajar de ninguna otra cosa?

—Eso es mentira. —Stevie pareció reanimarse. Derek y él se pasaban horas fantaseando sobre los trabajos que habrían podido realizar en el sur—. Siempre se necesita alguien que haga el turno de noche con el camión de la mierda.

—Sí, claro, cómo se me ha podido olvidar ese chollo.

—Ambos sabemos de qué va eso, jefe —dijo Stevie, metiéndose en la pequeña cocina.

Derek fue hasta el fax y echó un vistazo a lo que había ido llegando. El Servicio de Policía del Ártico Superior era el más pequeño de varios cuerpos policiales autóctonos, independientes de la Real Policía Montada del Canadá pero con autorización para echar mano de ciertos servicios centralizados, como por ejemplo suministros y laboratorios. Una vez cada tres meses el cuartel general de la RPMC enviaba faxes rutinarios solicitando diversos formularios e informes administrativos, que el destacamento de Kuujuaq ignoraba rutinariamente también. El presente montón de papeles venía acumulándose desde hacía años, y en el cuartel general nadie parecía haberse dado cuenta. De uvas a peras, Derek les echaba otra ojeada, no fuera que se le hubiera pasado por alto algo urgente. El mero hecho de ir pasando las hojas le daba margen para pensar.

Fueran de quienes fuesen los perros que habían entrado en la tienda de Tom Silliq, el incidente requería pasar a la acción. Investido de su nueva personalidad, Derek se sintió motivado a tomar medidas, a decir basta. No se podía permitir que la gente dejara sueltos por la noche a los perros de trineo. Esos animales no eran mascotas. En más de una ocasión, varios huskies habían acabado devorando niños. De ninguna manera iba a permitir que eso ocurriera siendo él la autoridad.

Cuando Stevie volvió con el té preparado, Derek le dio orden de colocar un par de avisos en la oficina del alcalde y en la tienda anunciando que, con carácter inmediato, todos los perros que rondaran sueltos de noche por la comunidad serían tratados como lobos y eliminados a tiros.

Stevie asintió con la cabeza y encendió su ordenador. Momentos después, levantó la vista y dijo:

—Jefe, ¿me explicas otra vez cómo se hace para crear un archivo nuevo?

Derek puso los ojos en blanco y se acercó a la mesa. Después de años de pedirlo, había logrado que la oficina de suministros de la RPMC les enviara un par de ordenadores. Lo suyo con ellos había sido amor a primera vista, puesto que reducían a la mitad el tiempo empleado en papeleo, lo cual, a su vez, le permitía dedicar más tiempo a las patrullas de protección de la flora y la fauna, que era lo que de verdad le gustaba. Tras la partida de Misha, Derek había instalado una conexión a Internet por satélite y descubierto que, a un clic de ratón, tenía a su disposición infinidad de datos sobre lemmings: estudios finlandeses sobre ciclos de población, un informe de un noruego sobre la predación del búho nival, cosas de Estados Unidos sobre los efectos del calentamiento global en la hibernación bajo la nieve... Eso le hizo darse cuenta de que su interés por los lemmings no era un simple capricho personal. Había muchísima gente interesada en ellos, científicos, personas mucho más cualificadas que él. Aparte de ser fascinantes en sí mismos, esos pequeños y resistentes roedores constituían un barómetro del cambio climático. Que la gente se burlara, y qué, la investigación sobre el lemming estaba a la vanguardia de la ciencia.

Derek había intentado contagiar a Stevie su amor por la nueva tecnología, pero, a pesar de ser más joven que su superior, Stevie no había llegado a meterse. En su opinión, los ordenadores eran una cosa poco menos que siniestra, espíritus de antepasados solitarios. El guardia Killik entendía que las máquinas formaban ya parte del paisaje policial, pero a él que no lo buscaran por esos derroteros.

Derek sacó una hoja en blanco y regresó a su mesa.

—A propósito —dijo—, ¿qué te ha dicho exactamente Tom Silliq?

—No te va a gustar, jefe.

Derek le dirigió una mirada como diciendo «adelante, sorpréndeme».

—Que me dejaba mandonear por un pirado de los lemmings, y encima indio.

Derek rio sin entusiasmo. Una pequeña minoría de Kuujuaq solía burlarse de él debido a su sangre mestiza: parte *qalunaat*, parte inuit y, cosa casi imperdonable, parte indio *cree*, el enemigo natural de los inuit. Derek se había acostumbrado a la idea de que probablemente no pertenecía a ningún lugar, pero de ahí a que le gustara que se lo recordaran, había un trecho. Sacó una cajetilla de tabaco. Luego, pensándolo mejor, se levantó y fue al cuarto de la radio para hacer sus llamadas matinales. No quería que Stevie le viese alterado.

Desde los recortes de presupuesto, el destacamento de Kuujuaq tenía la misión de supervisar las comunidades de Hell Gate, Jakeman Fiord y la estación científica de la isla de Devon, aparte de Kuujuaq, Eureka y Autisaq. Poca cosa había en Hell Gate y Jakeman Fiord —un par de diminutas estaciones meteorológicas, unos cuantos campamentos de caza que abrían sobre todo en verano y, en Jakeman, un pequeño centro geológico—, pero se le pedía que estableciera contacto con alguien de cada una de las comunidades por lo menos tres veces a la semana, y que estuviera dispuesto a desplazarse cuanto antes en caso de producirse alguna eventualidad.

«Eventualidad» no se había producido ninguna en bastante tiempo, más allá de la muerte de Felix Wagner, y las llamadas de Derek habían ido adquiriendo un cierto tono de desesperación. No tanto porque ansiara que ocurriese algo malo en cualquiera de los cinco asentamientos y la estación científica que estaban bajo su supervisión, sino porque la ausencia de incidencias que reclamaran su ayuda o su intervención alimentaban esa sensación de impotencia y de estar de más que la partida de Misha había puesto ya en evidencia.

Por entretenerse, Derek había inventado una serie de categorías para determinar el orden de sus llamadas: un día, alfabético, el siguiente por orden inverso del número de vocales de cada nombre. Esta vez se decidió por un simple orden alfabético inverso, es decir, que empezaría por Jakeman y terminaría por Autisaq.

Se sentó en la butaca de piel de caribú y se puso los cascos.

—Hola, Derek —dijo una voz entre el crepitar de las interferencias—, me temo que pierdes el tiempo una vez más.

Continuó con la lista. Al llegar a Eureka hizo una pausa para fumar un cigarrillo. No había novedad en ningún lado. Una voz conocida contestó desde Autisaq, la última llamada.

—Joe Inukpuk, hacía tiempo que no te oía por radio. —Derek sonrió para sí. El chico siempre le había caído bien. Compartían su apoyo a Jordin Tootoo, el primer jugador profesional inuit de hockey sobre hielo, que jugaba con los Predators de Nashville. En una excursión al lejano sur, Derek había comprado para Joe un termo de los Predators y una gorra con el logotipo del macairodo. El chaval había usado la gorra hasta que se le cayó a pedazos.

—He tenido trabajo en la enfermería, señor.

Palliser había oído los rumores de que Joe tenía la esperanza de estudiar enfermería, cosa insólita en un inuit. Con todo, la ambición del chico era de admirar, pero no sólo por él sino por su comunidad. Ya iba siendo hora de que el territorio de Nunavut empezara a tener profesionales autóctonos en vez de depender siempre de sureños con contratos de corta duración.

—¿Viste el partido de los Predators?

—Madre mía, ¡menudo baño! —exclamó Joe.

—Y Tootoo estaba que se salía.

—Como una locomotora, ¡tooo-tooo! —Era una pequeña broma compartida, algo que Joe se había inventado cuando tenía catorce años y que no habían dejado de repetirse el uno al otro desde entonces.

—Bueno, ¿por ahí todo en orden? —preguntó Derek, recordando que se trataba de una llamada oficial.

—Sí, sí —dijo Joe tras una pausa.

Derek oyó voces de fondo. El chico no parecía convencido.

—¿Estás seguro?

—Sólo una cosa, señor. —Hubo como un siseo en las ondas;

tal vez interferencias, o quizás el chico hablara en susurros—. Mi madrastra, ya sabe, Edie Kiglatuk, dice que le gustaría hablar con usted.

—Adelante. Dile que se ponga. —A Derek siempre le gustaba hablar con Edie, y era consciente de que después de lo de Samwillie Brown le debía un favor.

—¿Puede llamar ella más tarde? —Otra vez interferencias. Probablemente algún problema técnico en Autisaq; cada vez le costaba más oír lo que decía el chico.

—Pero va todo bien, ¿no? —insistió Palliser.

—Sí, como siempre —respondió Joe.

Cerraron la transmisión. Derek volvió a su papeleo, pero la última parte del diálogo con Joe le dio que pensar. Había supuesto que Edie iba a querer hablarle del asunto Wagoner. ¿De qué, si no?

El resto de la mañana transcurrió sin la menor incidencia. A la hora de comer, Derek fue a la tienda, compró tres paquetes de fideos instantáneos y se sentó a comer a su mesa mientras Stevie se iba a almorzar a casa. Después, preparó café y echó un rápido vistazo a sus lemmings. El tiempo había mejorado; lucía el sol a través de unos cirros altos y tenues, y apenas estaban a veinticinco bajo cero, un día ideal para ir de excursión. Intentaría terminar el papeleo a tiempo de hacer una escapada vespertina a la polinia de la caleta de Inuushuck. Aprovechando las aguas transparentes, se había refugiado allí una manada de belugas para un breve descanso antes de proseguir viaje. Derek había visto rastros y sentía curiosidad por averiguar si los animales seguían allí.

Mientras esto pensaba, oyó la puerta del porche y a alguien zapateando para desprenderse el hielo de las botas. Stevie se presentó momentos después.

—¿Qué tal la comida? —Vio los paquetes vacíos de fideos e intentó cambiar de tema—. Bueno, finalmente se ha arreglado el día. —Cruzó el despacho y fue a mirar por entre la persiana de lamas—. Estaba pensando que como hace un día tan bonito, quizá monto la barbacoa para cenar. A los chicos les encantará si te apuntas tú también.

—Gracias —dijo Derek. Stevie se apiadaba de él, sin duda. Y lo hacía con buena intención, pero nada peor que ser compadecido por tu subalterno—. Lo que pasa es que estoy liado con esto de los lemmings. Otro día, ¿de acuerdo?

—Lo que tú digas, jefe.

Dedicaron la tarde a labores administrativas. Cuando fueron las cinco, Stevie se levantó y dijo que iba a colgar los avisos sobre perros sueltos y a hacer correr la voz. Una vez a solas, Palliser volvió a su cuartito en el lado meridional del edificio, se quitó el uniforme, se puso el mono de Polartec y sobre la parte de arriba el traje de piel de foca, luego agarró varios pares de manoplas y unos gorros y salió a buscar la motonieve.

Era uno de aquellos hermosos y diáfanos atardeceres árticos donde todo parecía resaltar con luz propia. El cielo estaba de un azul impecable, y ante él se extendía un sinfín de minúsculos picos, un panorama de hielo sin fisuras. A lo lejos, el iceberg que se había asentado en la bolsa de hielo circundante durante el invierno, tenía un rabioso color turquesa.

Derek enfiló la senda que él mismo había abierto en enero después de que el hielo recuperara su estabilidad. Al aumentar la velocidad, lo primero que notó fue que se le helaban las pestañas y, a continuación, los pelos de la nariz. Incluso con las gafas de nieve puestas, diminutas piedras de hielo empezaron a formarse en los rabillos de sus ojos. Derek adoraba esa sensación de sentirse voluntaria e irremediablemente asediado por la naturaleza. Un cuervo atravesó su campo visual, y por primera vez en todo el día se sintió satisfecho, casi feliz. Estando a la intemperie podía olvidarse de la conversación que había mantenido por radio con Joe Inukpuk, de las rencillas entre lugareños, de la bienintencionada pero humillante conmiseración de Stevie Killik, olvidarse también de Misha y —sobre todo— de que él era un mestizo, un híbrido, un hombre hecho con los retazos que nadie más quería.

Llegó a la orilla del témpano donde empezaba el canal de la polinia. En ese punto el hielo se notaba menos consistente, más húmedo; no como si fuera a resquebrajarse, pero había que ser prudente, de modo que se apeó de la motonieve y continuó a pie por el témpano entre pequeños canales de agua. Pese a que era un terreno peligroso, Derek tenía suficiente experiencia como para saber a qué atenerse. Estaba completamente concentrado y no pensó en ninguna otra cosa hasta que llegó al extremo opuesto del témpano, donde se abría una extensión de agua transparente y en movimiento, libre todo el año de hielo debido a las corrientes subterráneas y, en consecuencia, un vivero de zooplancton que a su vez atraía a salvelinos, focas, orcas y belugas, siguiendo sucesivamente la cadena alimenticia hasta el oso polar. Él sólo quería echar un vistazo a las belugas.

Hacía mucho tiempo que Derek no cazaba ninguna ballena, y por una buena razón. Años atrás había acampado en la playa de Jakeman Fiord. Al explorar los alrededores, había llegado a un trecho de aguas temporalmente abiertas al pie de un fiordo. Tomándolo por una polinia, donde las aguas permanecen libres de hielo durante todo el año, se había congregado allí una manada de belugas jóvenes y sin experiencia. Cuando el agua empezó a solidificarse, se turnaron para empujar el hielo hacia las márgenes con sus hocicos. A medida que el hielo las iba cercando, sus esfuerzos se volvían más frenéticos. A la postre, todo aquel chapoteo atrajo a un oso macho de gran tamaño. Cada vez que las belugas asomaban del agua para respirar, el oso las hostigaba con sus zarpas. Y para cuando finalmente logró izar una de ellas a la superficie, las otras, heridas y débiles, estaban ya completamente atrapadas y a su alrededor el hielo se había teñido de sangre.

Después de aquello, Derek no había podido ver otra beluga sin que algo se le removiera por dentro. Era su instinto protector lo que le llevaba ahora a la polinia, aunque las probabilidades de que estas belugas corrieran la misma suerte que aquellas otras eran mínimas, puesto que la polinia se había formado bastante lejos de la costa y sus aguas eran muy profundas. No mucho tiempo atrás, los osos habrían perseguido a sus presas sin importar la distancia, bien a nado, bien saltando de témpano en témpano. Pero en los últimos cuatro o cinco años el deshielo se había producido tan pronto que los grandes cazadores blancos no podían recurrir ya a sus viejas rutas y se cuidaban mucho de quedar varados en mar abierto. A corto plazo, esto era bueno para las ballenas y malo para los osos. A la larga, era malo sin más.

Derek llegó al borde del agua y esperó un poco, pero la superficie no presentaba ninguna alteración y advirtió, no sin alivio, que las belugas habían partido. De regreso en Kuujuaq se sintió invadido por la melancolía. Deseó, y no por primera vez en su vida, haber tenido la ocasión de ir a la universidad para estudiar algunos aspectos de la fauna ártica. Mientras ponía agua a hervir, pensó que le habría gustado más ser naturalista que policía. Luego, contemplando el pequeño apartamento en que vivía, se acordó de la invitación de Stevie. La siguiente vez diría que sí.

Después de cenar una lata de estofado de buey, Derek volvió al ordenador de la oficina para seguir trabajando en su proyecto. La opinión generalmente aceptada entre los científicos era que el ciclo de población del lemming era en cierto modo independiente de sus depredadores, a saber el zorro, el búho nival y el armiño, pero Derek empezaba a sospechar, a tenor de sus observaciones sobre el terreno, que en realidad lo que regía dicho ciclo era la población de depredadores. Se trataba de un enfoque completamente novedoso de la relación entre depredador y presa, y sabía que tendría que pulir mucho las pruebas antes de ponerse a buscar quien publicara sus descubrimientos. Abrió el correo electrónico, vio que no tenía ningún mensaje de Misha y trató de despistar su sensación de frustración levantándose de la silla y yendo a preparar té. Luego volvió a sentarse y buscó en Google «población de zorros + Ártico», pero a continuación, obedeciendo a un impulso más fuerte que él, lo borró y tecleó el nombre de Misha. Lo había hecho anteriormente en multitud de ocasiones, odiándose a sí mismo pero incapaz de evitarlo. Había personas que se enganchaban a los juegos, o al porno, pero la adicción de Derek consistía en buscar a Misha en Google. Su único consuelo era que los intervalos entre dos arrebatos consecutivos se habían ido espaciando. Hacía tres o cuatro meses que no buscaba a su ex en Google.

Fueron apareciendo en la pantalla unos cuantos *thumbnails*. Derek los fue mirando sin prestar mucha atención, puesto que siempre salía más o menos lo mismo, hasta que dio con uno que no había visto hasta entonces. En la foto aparecía Misha de pie al lado de un hombre, y daba la impresión de que se ceñían mutuamente con el brazo. Derek sintió el arrollador impulso de hacer clic en «aumentar», y al instante estaba mirando a los ojos a un *qalunaat* alto y recio, de ojos azules y pómulos muy prominentes. La pose del hombre y la desafiante felicidad en la mirada de Misha no dejaban lugar a dudas: eran pareja. Derek notó un vahído en el estómago y un ligero mareo, como si acabara de despegar en un cohete espacial. Al pie de la imagen se leía: «Tomas y Misha en Copenhague.»

Estiró el brazo y desconectó el ordenador. El monitor se oscureció, dejando en la retina de Derek la imagen congelada de la pareja. En aquel momento sólo tenía ganas de romper alguna cosa. Tuvo que volver al apartamento y tumbarse en la cama para que se le pasara un poco.

Estaba adormilado cuando el chasquido de la puerta del destacamento le despertó y una voz de hombre dijo a voz en grito:

—¡Eh, Palliser! Sal de ahí, *uhuupimanga*.

Un pestazo a vodka acompañó al sonido de la voz. No era la primera vez que a Derek lo llamaban «goterón de esperma», pero nunca en su propia casa. Al abrir la puerta que daba al despacho, la luz que entraba todavía por las persianas le permitió ver a Tom Silliq y Jono Toolik, ambos en pie pero tambaleándose.

—Espero que se trate de algo urgente —les dijo.

—Conque urgente, ¿eh? —gritó Tom, y abalanzándose sobre Derek trató de propinarle un puñetazo—. Ahora verás. —La borrachera que llevaba encima era catastrófica.

—Venga, señores, márchense a casa —dijo Derek, mirando alrededor para comprobar que ni él ni Stevie hubieran dejado un arma de fuego a la vista.

Silliq y Toolik intercambiaron miradas. El primero empezó a reírse como un tonto. Aprovechando esta momentánea distracción, Toolik le lanzó otro puñetazo a Derek, que éste logró esquivar.

Pensando que probablemente sería más seguro salir de allí, Derek avanzó hacia la puerta, pero Silliq lo agarró al pasar. El policía sacudió el brazo para zafarse, a lo que Silliq respondió blandiendo el puño al azar, y quiso el azar que impactara en el ojo izquierdo de Derek. Con sorpresa y dolor a partes iguales, Derek notó que trastabillaba, momento que Toolik aprovechó para redondear el castigo con un puñetazo de su propia cosecha, y esta vez sí encontró la nariz del policía. La sangre que manaba de la herida salpicó finalmente la parka de Silliq, y por un momento los tres quedaron inmóviles, sin saber cuál era el paso siguiente.

Recordando algún retazo de los agravios de aquella mañana, Toolik abrió la boca y dijo, o balbució:

—No te metas en nuestro camino.

Luego, girando en redondo, embistió hacia la puerta, soltó un eructo y se marchó. Tom Silliq permaneció un momento más en el despacho, como si esperara instrucciones, pero por fin salió trastabillando, sin decir nada, detrás de su vecino.

Derek corrió a la puerta y cerró con llave. Volverían a la mañana siguiente, colorados, medio sobrios y deshaciéndose en disculpas. Al pasarse el dorso de la mano por la nariz, le sorprendió ver tanta sangre. El ojo le dolía mucho, y, como no podía ver nada por él, supuso que se le había cerrado.

Fue al cuarto de baño del apartamento, y estaba ocupado en limpiarse aquel desastre de cara cuando oyó un zumbido procedente de la oficina. Primero supuso que eran Silliq y Toolik que volvían, pero luego, con alivio, se acordó de que Edie había quedado en comunicarse por radio. Se limpió rápidamente las manos, agarró una toalla y fue al cuarto de comunicaciones.

—¿Edie?

—Hola, Derek, ¿qué tal?

Derek abrió el ojo bueno e hizo unos cuantos estiramientos con la boca para asegurarse de que podía hablar.

—Oh, perfecto —dijo. No le preguntó cuál era el motivo de que hubiera querido llamarle tan tarde; sus razones tendría.

—¿Llamo en mal momento?

Derek se presionó el ojo con la toalla y notó que algo saltaba.

—No, en absoluto.

Se produjo una pausa, y Derek pensó que era él quien debía ponerle fin.

—No se trata de lo del cazador, el que murió, ¿verdad?

Por respuesta recibió una especie de suspiro incómodo. A Derek le latía toda la cabeza, tenía la boca seca, la lengua como papel de lija. Notó que su cerebro se batía en retirada.

—¿Te encuentras bien, Derek?

—Sí, sí —respondió él. Le gustó que Edie se lo hubiera preguntado.

—Lo siento —dijo Edie en tono serio—. Sé que esto no va a hacerte precisamente feliz.

—Bah, no te preocupes —dijo Derek. Se llevó los dedos al ojo lastimado. Había empezado a hincharse—. Estaba cenando tranquilamente...

—Respecto a lo de Felix Wagner —prosiguió Edie—. Mira, Derek, yo no debería haber firmado el informe del consejo de ancianos. —Parecía cansada y a la defensiva—. Hace una semana volví al lugar de los hechos, ¿sabes? Estuve caminando por allí, reviviendo el momento, por así decirlo.

—Edie, es tarde —dijo él—, y además firmaste el informe, ¿no? —Derek confiaba en hacer que se avergonzara por insistir y lo dejara allí, pero Edie no picó el anzuelo.

—La bala le entró por delante, disparada desde arriba. Aquel día encontré una huella en el risco, más arriba de la playa, donde supuse que habría estado el tirador. La huella tenía un dibujo en zigzag con un oso polar en medio. Lo dije en la reunión del consejo, pero ese dato no aparece en el informe. Yendo al grano, Derek, es imposible que Felix Wagner muriera por una bala que él mismo se disparó.

A todo esto, Derek intentaba tocarse el ojo sin aumentar el daño.

—Nadie ha impugnado el informe del consejo. Por lo que a

mí respecta, es un caso cerrado. —No bien lo hubo dicho, sintió cierta vergüenza.

—Venga, Derek...

Edie sabía cómo apelar a su lado bueno, a su conciencia, quizá. Nadie más sabía pellizcarlo de esa manera.

—Mira —dijo él, en un último intento de justificar su falta de iniciativa—. Esto no es Samwillie Brown. El tipo ese, Wagner, y su compinche no son de aquí, no sé si me explico.

—Con el debido respeto, Derek, me parece que no entiendes. Felix Wagner ha muerto. Nadie se traga eso de que la bala rebotó en una piedra, y la otra persona que sabemos que estaba allí no le disparó. De estos poblados no sale ni entra nadie sin que todo el mundo se entere, lo sabes muy bien.

Y así era. Vaya que sí. Uno no podía ni mear sin que alguien diera su opinión al respecto. Era una de las muchas ironías de vivir en el norte de los nortes. Probablemente, la tundra era el único lugar del planeta donde tenías todo el sitio donde esconderte y a la vez ninguno.

—Es decir... —continuó Edie—, quien mató a Wagner sigue todavía en Autisaq, o no anda lejos, seguramente en alguno de los poblados. Puede que incluso en la tundra.

De repente, Derek ya no pudo más. A raíz de lo de Ida Brown, mucha gente les había puesto mala cara, a Edie y a él. En el caso Wagner, los ancianos se habían lavado las manos. La pregunta era: ¿valía la pena removerlo?

—Edie, hay algo que no tienes en cuenta.

—¿El qué?

Derek tomó aire.

—A nadie le importa una mierda. Si quieres, te lo repito. No tienes nada que ganar removiendo el caso, y en cambio mucho que perder. —Por un momento se odió a sí mismo por decirlo, pero siguió adelante—. Tú sabes cómo es la política local. Esto traerá cola y no llevará a ninguna parte. Nadie va a cooperar.

Tras un breve silencio, la voz de Edie volvió a sonar, esta vez con claros indicios de resignación.

—Ya veo: y tú tampoco.

Derek oyó unos siseos y luego la comunicación se cortó.

Durante un rato se quedó escuchando el ruido blanco. No le había parecido que Edie lo dijese enfadada, sólo desilusionada, y eso era peor. En cualquier otro entorno habría tenido razón, pero eso era el Ártico, y por más que él y la policía regional y las otras agencias gubernamentales y las oenegés y los buenos samaritanos de turno quisieran pensar lo contrario, las únicas normas que importaban allí arriba eran las que imponía el territorio a quienes bregaban por vivir en él.

Volvió al apartamento y se miró el ojo malo en el espejo del cuarto de baño. Lo tenía ya morado y el párpado oscurecía por completo el globo ocular. Maldita sea, pensó, Edie no tenía ni una sola pista para seguir adelante. Aunque lo que decía fuese cierto y Felix Wagner no hubiera muerto a manos de Andy Taylor ni por accidente, lo más probable era que un cazador inuit hubiera confundido a Wagner con un caribú o un oso. Y al darse cuenta de que había disparado a un hombre por error, habría puesto pies en polvorosa.

Derek se metió en la cama y se tapó bien, pero el ojo le dolía y la conversación con Edie lo tenía inquieto, así que se levantó, se puso el Polartec y un pantalón de material aislante, tres pares de calcetines, dos bufandas, dos gorros y las botas mukluk y fue al anexo donde antes guardaban el carbón y que ahora servía de vivienda a sus lemmings. Prendió la iluminación de baja intensidad. Los animales dormían en la cisterna que él les había montado en simulación del espacio donde hibernaban en estado salvaje. Los últimos años habían sido duros para las pobres criaturas; la nieve bajo la cual pasaban normalmente el invierno, no hibernando de hecho, sino más bien durmiendo y guardando el calor, empezaba a pudrirse demasiado pronto. Vencía hacia dentro y los aplastaba en sus madrigueras. Los lemmings que él tenía en cautividad habrían muerto de no ser porque su perro *Piecrust* los había olfateado. Derek se quedó allí sentado unos instantes, mirándolos; dormían tan apaciblemente que cualquiera habría dicho que estaban muertos.

4

Edie se encontraba a solas delante del televisor, intentando animarse un poco con su cena favorita a base de *maktaq* y erizos de mar. El *maktaq*, correosa y espesa piel de ballena realzada con una capa de grasa ligeramente agria, le trajo a la memoria el olor del mar en verano. Ya no recordaba la última vez que había comido *maktaq*.

En todos los asentamientos del Ártico se advertía contra la ingesta de grasa de mamífero marino, pero Edie no estaba de humor como para que le preocupara la contaminación por PCB, bifenilos policlorados, algo que no se podía ver ni tocar ni oler, aparte de que la gente no se ponía de acuerdo sobre su procedencia. Según algunos, eran las centrales nucleares rusas; según otros, las estaciones de radar de cuando la guerra o los submarinos estadounidenses, de manera que dichas advertencias eran un tanto abstractas y nebulosas. Edie no dudaba de que los PCB fueran la causa de deformaciones del feto, tal como afirmaban los científicos, y de hecho apoyaba los esfuerzos de Robert Patma por hacer que las mujeres embarazadas se limitaran a comer pescado y caribú, carnes menos contaminadas, pero nada como el *maktaq* para sentirse en paz con el universo. Por otra parte, tener hijos no entraba en los planes de Edie. Había bebido hasta hartarse durante la mayoría de sus años fértiles, y ahora que tenía treinta y tres años y estaba dispuesta —en teoría, al menos— a fundar una familia, no había nadie con quien hacerlo. Pero tampoco se lo tomaba muy a pecho. Había sido madrastra de Willa y de Joe durante siete años y no podía estar más apegada a este último. Ojalá hubiera sido así con Willa, pero el caso era que no había funcionado.

La conversación con Derek Palliser la había dejado intranquila. Era consciente de que se había puesto pesada con él, de que había hecho gala de un excesivo *ihuma*, ese ego exaltado que en su momento le había permitido ser tan buena cazadora y después, como habría dicho Sammy, la había convertido en una esposa muy difícil. Su lado más racional sabía que él tenía razón. De una vez por todas debía aprender a acatar las normas. En realidad, ¿qué importaba cómo había muerto Felix Wagner? Por otra parte, Joe había conseguido generar dentro de ella una suerte de energía oscura, y Edie sabía que no iba a quedarse tranquila hasta obtener una respuesta. Quizás el hecho de estar sobria la había vuelto más consciente de una realidad que durante años se había empeñado en eludir. El caso es que ahora estaba comiendo *maktaq* pese a saber que era perjudicial para la salud. Tampoco le convenía ahondar en este asunto de Wagner, y sin embargo se sentía impulsada a averiguar la verdad a toda costa.

Oyó la puerta del porche y un momento después Sammy Inukpuk asomó la cabeza. Como no quería darle un pretexto para que se quedara, Edie apagó el DVD.

—Hola —dijo él, y al ver los restos que tenía en el plato añadió—: ¿Queda algo?

—No has tenido suerte. —Edie le indicó que se sentara en la butaca que había al otro lado del televisor, pero él no hizo caso y se sentó a su lado.

—¿La tele ha dejado de funcionar?

—Bueno, no exactamente.

—Una cerveza me vendría bien —dijo él, acercándose. Luego, en un tono alegre—: Oye, ¿has visto lo que ha hecho Joe con su motonieve? La ha dejado como nueva. ¡Lo que le habrá costado! ¿De dónde ha sacado tanto dinero?

Edie le dirigió una mirada asesina. Su ex sabía perfectamente de dónde lo había sacado Joe. Ella le había dado un dinero a cuenta de lo que debía cobrar por la excursión de Wagner y Taylor. Al morir Wagner, su esposa se había negado a hacer efectiva la cuota, y Edie no se había visto con ánimos de pedirle a Joe que le devolviera el adelanto. Sammy quería que ella supiese que él estaba al corriente de su penosa situación económica, y eso sólo podía querer decir una cosa: que guardaba en la manga algún tipo de proposición al respecto.

—¿Y esa cerveza?

—Mira, Sammy, lo que tengas que decir, dímelo sobrio.

Él puso cara de perro apaleado.

—Vamos, Edie, que ha sido un día difícil.

Sammy siempre se las ingeniaba para hacerla sentir mal, y que él lo supiera la sacaba de quicio. Entró en la cocina y puso el hervidor al fuego. Luego fue por la llave del armarito donde guardaba la bebida. Coger la llave era un engorro, y así quería ella que fuese. Cuando la gente le pedía alcohol, lo que ocurría raras veces, Edie les decía que lo guardaba para visitas e invitados. De hecho, tener botellas en casa era una prueba que se imponía a sí misma. Sabía que aún no estaba preparada para tener el armarito abierto, pero el objetivo era ése. Sólo cuando tener alcohol a mano dejara de constituir para ella una tentación, sabría que por fin lo había superado. Sacó una lata de Bud, volvió a cerrar el armarito con llave y se preparó un té azucarado. Sammy abrió la cerveza y echó un largo trago.

—Te he conseguido un trabajo de guía.

Era una noticia tan buena como inesperada. Las cosas que le proponía Sammy solían ser de muy poca envergadura. Edie se sintió un poco culpable por haber pensado mal de su ex. De un modo o de otro, siempre que estaban juntos acababa sintiéndose mal.

—Es un tal Bill Fairfax, descendiente de aquel famoso explorador *qalunaat*, no recuerdo el nombre.

—¿Sir James Fairfax? ¿Es ese tipo que ya estuvo aquí una vez?

Alguien que afirmaba ser descendiente de sir James había estado en Ellesmere varios años atrás con un equipo de filmación realizando un documental sobre el penúltimo periplo del famoso explorador. Edie no recordaba gran cosa, pues había sido durante su época perdida.

—Sí, el mismo. Por lo visto quiere localizar el cadáver de su antepasado. Podría estar en Craig, según dice. Viene con un ayudante, ellos dos solos. La idea es intentar conseguir que alguna cadena de televisión se interese por el proyecto.

Parecía el trabajo ideal. Un grupo pequeño, presumiblemente con conocimiento del terreno, y ella conocía la isla de Craig mejor que nadie. Pensó que era muy improbable que encontraran el cuerpo de sir James Fairfax, pero cosas más extrañas se habían visto. Debajo de toda aquella nieve y todo aquel hielo, la tundra era un enorme osario a cielo abierto: había huesos, astas y esqueletos por todas partes. Nada se pudría, ni siquiera quedaba enterrado mucho tiempo. Allí no había investigación arqueológica en profundidad ni «estratos» de historia.

Los del sur solían quedarse pasmados ante el hecho de que el pasado reciente y el más antiguo estuvieran presentes por igual, como si sólo hubiera existido un ayer y todo lo que llamamos pasado hubiera ocurrido ese mismo día. Hacía sólo un par de años un grupo de antropólogos de la Universidad de Alberta había localizado a un miembro de una antigua expedición. Sus compañeros lo habían sepultado bajo unas piedras, pero el viento y la intemperie terminaron por dejar el cadáver al descubierto, y así permaneció durante décadas, conservándose en el hielo en excelentes condiciones.

De todos modos, no era el momento ideal para ir en busca de un cuerpo, pues el hielo y la nieve aún no se habían fundido, y así lo manifestó Edie.

—Eso mismo les he dicho yo —repuso Sammy—, pero a ellos no parece importarles.

—Siempre y cuando sepan que difícilmente encontraremos nada.

Los *qalunaat* aprovechaban cualquier excusa para ir al norte, y muchas veces los verdaderos motivos no eran los que ellos suponían.

—A lo mejor dejaron el cadáver en alguna cueva o algo, yo no estoy al corriente.

—¿Pagan?

Sammy asintió con la cabeza.

—Lo habitual.

—Entonces, ¿por qué no lo haces tú? —Edie entornó los ojos, esperando que saltara la presa.

Sammy bajó la vista antes de hablar.

—Tengo cosas que hacer en el consejo de ancianos. —Apuró la cerveza y eructó—. Además, Edie, tú siempre tienes prioridad si hay que ir a Craig. —Era cierto, aunque él sólo lo decía para pararle los pies.

—Claro —dijo ella, pensando en el dinero. Seguía a la espera de la presa.

—Llegan mañana en el avión de suministros. —Su ex dudó por un instante—. Sólo hay una cosa...

Edie arrugó la nariz. Cómo no. Genio y figura: el escurridizo Sammy, el que nunca hablaba claro, el Sammy del que ella se había divorciado. ¿«Prioridad para ir a Craig»? ¡Una mierda!

—No pasa nada —continuó él—, sólo que el ayudante de Bill Fairfax... —Tiró la anilla dentro de la lata—. Es ese Andy Taylor que estuvo por aquí.

Fue como si una ráfaga de viento helado hubiera sacudido a Edie por sorpresa. ¿Qué diablos hacía Taylor otra vez en Autisaq? Justo ahora que había decidido dar por zanjado el asunto de Felix Wagner. Con su presencia todo se le echaba encima otra vez.

—Ya sabes lo que opino de ese tipo. ¿Por qué no le haces tú de guía? Yo ya iré la próxima vez. —Edie sentía que la furia crecía en su interior.

—Ya te he dicho que tengo cosas que hacer, Edie —repuso Sammy, sacudiendo la lata.

Ella no quería saber nada más de Andy Taylor. Por otro lado, si rechazaba la oferta tendría que ponerse a la cola para la siguiente expedición. Necesitaba el dinero y Sammy lo sabía muy bien. La tenía acorralada.

—Descuida, lo he arreglado para que tú trabajes con el otro.

—¿Y por qué? ¿Es que Taylor se va a quedar en el poblado?

—Bueno, no exactamente —respondió Sammy—. Él y ese tal Fairfax quieren salir en grupos separados, uno hacia el oeste por Uimmatisatsaq, cerca de donde estuvisteis aquella vez, y el otro hacia el este por el fiordo de Fritjof. Les he dicho que tú llevarías a Fairfax a Fritjof. Joe está de acuerdo en acompañar a Taylor.

Era evidente que Sammy lo había estado tramando todo, y resultaba que también había engatusado a Joe, sin pedirle a ella su opinión.

—Aguarda un momento, Sammy Inukpuk —dijo Edie—. No puedes dejar que tu hijo salga con ese hombre. Andy Taylor es inexperto, se asusta por nada, no es de fiar.

—Tú no tienes que decirme cómo debo tratar a mi hijo —replicó Sammy—. ¿Ya has olvidado que nos abandonaste? —Se puso de pie y se encaminó hacia la puerta.

No era la primera vez que Edie asistía a ese espectáculo: Sammy haciéndose el íntegro. Era como si, a juicio de su ex, ella se hubiera convertido en una especie de excéntrica que le había dejado en la estacada. Se agarró las coletas y pudo ver que él se mordía el labio. Al menos estaba claro que era consciente de lo mucho que a ella le dolía la palabra «abandonar».

—Serán tres días, máximo seis —dijo Sammy, despidiéndose con un gesto de la cabeza.

Edie fue tras él, abrió bruscamente la puerta interior que daba al porche. El impacto del frío fue como un mal sueño.

—Sammy...

Él levantó la vista mientras se ataba una bota.

—Si algo sale mal, no te lo voy a perdonar.

Sammy se incorporó y la hizo a un lado.

—Ya no te pido que confíes en mí, Edie, pero al menos intenta tener un poco de fe en tu hijastro.

Edie sintió en el vientre un aguijonazo de vergüenza al tiempo que las mejillas se le encendían. Sammy estaba en lo cierto: Joe era un guía muy competente y conocía Craig casi tan bien como ella. Tampoco podía afirmar que Andy Taylor fuese un mal hombre. Sencillamente había que estar pendiente de él a cada momento.

—Está bien —dijo en el tono de quien ha escarmentado.

Él le guiñó un ojo y sonrió antes de abrir la puerta exterior y salir. Entonces ella lo llamó:

—Sammy.

—¿Qué?

—Me debes una cerveza.

A la mañana siguiente Edie recorrió la playa en su motonieve y luego tomó la pista a la altura de la escuela para ir hacia el aeródromo. Mientras daba tumbos sobre el hielo compacto, repasó mentalmente los detalles de la excursión. La primavera estaba ya muy avanzada y era probable que el hielo estuviera empezando a desestabilizarse, pero no se había iniciado aún el proceso de putrefacción; para eso faltaban unos tres meses. Algunas fisuras se habrían abierto en el hielo lindante con la costa, pero mientras Joe y ella obrasen con cautela, las rutas no tenían por qué ser un problema. El plan de Taylor y Fairfax era pasar en la tundra unos tres días, que podían alargarse a cinco en el caso de que el tiempo se convirtiese en un problema. De todas formas, en esa época del año las ventiscas duraban muy poco.

Al poco rato oyó un zumbido lejano; era el avión, que ya se aproximaba, pero las nubes bajas que cubrían el cielo le impidieron verlo. A mil quinientos metros de altitud debían de estar bailando de lo lindo. Confió en que a Andy Taylor y Bill Fairfax se les diera bien volar.

Dejó atrás el pequeño y solitario cementerio, pensando en los cuerpos de sir James Fairfax y su equipo perdidos en algún punto de la tundra, tan lejos de casa. Como su tatara-tatarabuelo Welatok, enterrado cerca de Etah, en Groenlandia, otro país, sin raíces, extraño.

Las lápidas en Autisaq estaban completamente oscurecidas por la nieve, pero los familiares habían puesto flores de plástico en el suelo y ahora el cementerio parecía una especie de instalación artística. Cuando llegase el momento, ella quería que la enterrasen según la manera tradicional inuit, en la tundra, debajo de unos guijarros y con un *inukshuk,* o pequeño mojón de piedras, que señalara el lugar.

¿Y si los que habían sobrevivido a sir James, pensó de repente, habían erigido una especie de mojón para señalar la tumba del explorador? Si lo hubiesen hecho, era raro que ella no lo hubiese visto. Claro que también podía ser que no conociera la isla de Craig tan bien como pensaba.

El Twin Otter surgió de entre las nubes. Edie había comprobado el registro de vuelo la noche anterior y era tía Martie quien estaba a los mandos. Cuando no bebía, era el mejor piloto explorador de toda esa vasta región. Había muy pocos pilotos inuit y sólo uno que fuese mujer, y ésa era Martie. Para sacarse el permiso había tenido que demostrar ser el doble de buena que cualquiera de los varones. De acuerdo, era un poco excéntrica y un tanto solitaria también, pero le había tendido la mano a Edie tantas veces que ésta ya había perdido la cuenta, y pese a su batalla personal contra el alcohol, Martie siempre había intentado que su sobrina no se diera a la bebida. Edie la respetaba y la quería más aún por ese motivo.

Martie se estaba aproximando por detrás de los montes a fin de eludir un tramo de viento turbulento. Ladeándose para efectuar un viraje brusco, descendió en picado y puso el Otter horizontal. Por momentos pareció que flotaba sin más sobre la pista de aterrizaje, hasta que por fin el aparato tocó tierra y patinó larga y controladamente por la grava, frenando justo enfrente del pequeño edificio prefabricado que hacía las veces de terminal. Momentos después, la portezuela se abrió y un individuo alto y delgado descendió por la escalerilla, visiblemente sorprendido por el frío con que se encontró. Detrás, con el rostro desencajado, apareció Andy Taylor. En cuanto hubo puesto un pie en la pista, se dobló por la cintura y vomitó con violentos estertores. Fairfax miró para otro lado, hizo una mueca de asco y caminó hacia la terminal. Bien, pensó Edie, estaba visto que la relación entre los dos era meramente profesional.

Fairfax era un hombre de cincuenta y tantos años, muy elegante y de rasgos marcados. Lucía las tradicionales botas mukluk de caribú, signo inequívoco de nostalgia por el Ártico. Al andar, el pelo de su parka de piel de foca captaba la luz dándole un halo casi místico. Los chismosos que haraganeaban en la Northern Store tendrían alimento para varias semanas.

Edie fue hacia él, se presentó y pidió disculpas por la ausencia de Joe, que estaba ayudando a Robert Patma en la enfermería. Visto de cerca, el joven Fairfax se parecía extraordinariamente a su antepasado, cuyo retrato Edie había mirado un sinfín de veces en el libro de historia de la escuela. La semejanza era lo bastante asombrosa como para resultar inquietante; daba la impresión de que un espíritu del pasado se presentaba en un atavío contemporáneo para resolver algún asunto pendiente.

—Dice Taylor que es usted cazadora de osos. —Bill Fairfax tenía un acento inglés muy marcado y preciso. Sammy no le había comentado de dónde era, pero Edie supuso que de Inglaterra. O «Isabelandia», como solían llamarla por allí.

—Antiguamente —respondió—. Hace mucho tiempo que no practico.

—Oh. —Fairfax pareció un tanto contrariado.

Siguió un momento de engorro mientras ambos trataban de no mirar a Taylor, que en ese momento estaba tapando el vómito con grava que iba empujando con el pie.

—Pero me han dicho que usted es la experta —continuó Fairfax, volviendo al tema de la caza de osos.

Edie se preguntó si aquel hombre estaba expresando cierta falta de confianza hacia ella, pero luego comprendió que se trataba de lo contrario.

Pese a ser medio *qalunaat*, a menudo comprobaba lo difícil que era interpretar a la gente del sur.

—Parece que esa expedición de caza fue una pesadilla —prosiguió Fairfax.

A Edie le dio un vuelco el corazón. ¿Tan estúpido era Taylor como para haberle contado a Fairfax los entresijos del caso Wagner?

—Mala suerte, nada más —contestó, saliéndose por la tangente.

—Es demasiado modesta. Taylor me lo ha explicado todo, incluido lo del refugio de nieve. Por lo visto se vieron envueltos en una ventisca de envergadura.

—Ah, eso. —Edie se tranquilizó un poco. Taylor había mentido y ella iba a secundar sus mentiras por la misma razón: ambos necesitaban el trabajo. Quizás el flaco no era tan estúpido, en el fondo.

Después de dejarlos a ambos en el hotel, Edie se encaminó a la clínica para avisar a Joe de que había concertado una reunión en la oficina del alcalde. Cuando Robert Patma salió a recibirla, le explicó que Joe estaba ocupado hablando con Minnie Toluuq, pero que no tardaría mucho.

Patma llevaba tres años en la comunidad, y en ese tiempo Edie le había tomado cada vez más cariño. Como tantos otros *qalunaat*, había llegado con un contrato para dos años pero, a diferencia de la mayoría, él se había quedado. Era una persona fuerte, nunca se quejaba, y aunque en apariencia se mostraba muy cínico sobre los motivos que lo habían empujado a permanecer en Autisaq (según él, los dos principales eran lo mucho que costaba ganarse la vida en el norte y el tener derecho a largos permisos), con frecuencia había ido mucho más allá de lo que su contrato le exigía. Por ejemplo, Patma no tenía ninguna obligación de permitir que Joe trabajara voluntariamente en la enfermería y, en cambio, se había mostrado extremadamente generoso con él y ahora eran muy buenos amigos. Muchas veces, Joe se pasaba por el apartamento de Robert al salir del trabajo, y escuchaban música o cenaban el curry que al enfermero le gustaba cocinar.

Edie insistió en seguirlo hasta la cocina, donde Patma estaba preparando té, y le preguntó por su padre.

—¿Mi padre? Bien —dijo él—. ¿Azúcar?

—Sí. —Vio cómo Robert echaba un solo terrón en la taza—. Siento que tu madre no tuviera suerte.

—Mira —dijo él, pestañeando—, prefiero no hablar mucho de eso.

Edie hizo ademán de coger más azúcar, pero él le pasó el tazón tal como estaba.

—Procura controlarte —dijo Robert Patma—. La diabetes es la epidemia del Ártico.

—Sólo un terrón más.

Robert sonrió sin ganas.

En ese momento, Joe salió del cuartito donde pasaban consulta. Robert y él hablaron de varias cosas que había que hacer, y luego Joe se puso la chaqueta y las botas y acompañó a Edie por la pista de hielo hasta la oficina del alcalde.

—Cariño, si no quieres hacer lo de Andy Taylor —dijo ella—, no tienes por qué hacerlo. Ya lo sabes, ¿verdad? Que lo diga tu padre no te obliga a nada.

Joe la miró con afecto y se encogió de hombros.

—La cosa cambiará cuando me saque el título.

—Te quedarás aquí en Autisaq, ¿no?

Joe negó con la cabeza.

—Pienso ir a Yellowknife, o quizás a Iqaluit, a algún sitio más grande —dijo. Luego, dándole unos toquecitos en la nariz, preguntó—: ¿Tú también vendrás, Kigga?

—Claro que sí —respondió Edie—. Eso está hecho. —Y era sincera.

En la oficina del alcalde hacía un calor asfixiante. Como Fairfax se había quejado del frío, Sammy había subido la caldera, y Edie comprobó que el termostato marcaba dieciséis grados. Una sauna. Taylor llevaba puesto el Polartec y no paraba de enjugarse el sudor del cuello de la prenda, con cara de sentirse a disgusto. Fairfax estaba arrellanado en una butaca delante de él y parecía el dueño del lugar.

Tras el éxito del primer documental para la televisión, la cadena le había propuesto otra idea: la búsqueda del cuerpo de su célebre antepasado.

—Imagino que están al corriente de los rumores.

Sammy, Joe y Edie asintieron. Todo el mundo estaba al corriente. Cuando la última expedición de sir James se vio en apuros, unos inuit que pasaban por el campamento habían visto lo que les pareció carne humana puesta a secar. La noticia llegó a oídos de diversos comerciantes blancos que se encontraban de viaje por la región, pero muy elaborada y adornada. Y para cuando llegó a Londres, se había convertido ya en un escándalo y arrojó tétricas sombras sobre la reputación del explorador británico. Fue por este motivo que los patrocinadores de sir James se negaron a enviar un grupo de rescate que intentara localizar a los miembros de la expedición. De todos modos, habría servido de poco. Un ballenero estadounidense encontró el barco de Fairfax, el *Courageous*, abandonado y a la deriva al norte del Cumberland Sound. No se pudo recuperar ninguno de los cuerpos.

Mientras Bill proseguía con su relato, Joe miró de reojo a Edie en busca de alguna clase de consejo. A menudo la consideraba un puente entre su propio mundo y aquel otro lugar más al sur, tan desconocido. Ella le devolvió la mirada y sonrió; hablarían de todo ello después. Había leído lo suficiente sobre los antiguos exploradores blancos para saber que la perspectiva del canibalismo pendía sobre todos ellos cual espectro malévolo. Comer carne humana, para los inuit, era simplemente el último recurso para la supervivencia. La cosa más deshonrosa que un varón inuk con familia podía llegar a hacer era tomar el camino fácil, renunciar a la lucha por dar sustento a sus seres queridos, tumbarse y morir. De ese modo condenaba a su familia (descendientes incluidos) y llenaba de vergüenza a sus antepasados. En el mundo *qalunaat*, ocurría al revés. Si el nombre de sir James había quedado mancillado era precisamente porque había hecho todo cuanto estaba en su mano, incluido comer carne de su propia especie, a fin de sobrevivir.

Bill Fairfax pasó a explicar que el último diario conocido de sir James había salido a la luz entre los efectos de su tía abuela. El famoso explorador había sido un diarista de lo más meticuloso. Anotaba con detalle condiciones atmosféricas y decisiones sobre navegación, elaboraba listas de provisiones y llevaba un registro de todo cuanto acontecía entre la tripulación. Sus diarios de las dos primeras expediciones al Ártico, en 1840 y 1843, formaban parte de la colección permanente del Scott Polar Institute, con sede en la Universidad de Cambridge. Siempre se había dado por hecho que el diario del penúltimo viaje, en 1847, se hallaba entre los papeles de la familia, pero no había aparecido hasta que el propio Bill lo descubriera en una vieja caja de oporto repleta de cosas que su tía abuela le había dejado en herencia.

Bill dudaba de que ella hubiera sabido todo lo que contenía la caja; había una docena de ellas, la mayoría de las cuales no contenía nada más interesante que algunas copias de viejos registros. Pero aquello fue un golpe de suerte. El diario reflejaba un plan pormenorizado para el siguiente viaje, aquel en que, a la postre, sir James y su tripulación desaparecieron.

Bill Fairfax tenía sus dudas. Del recién rescatado diario se desprendía que sir James planeaba permanecer en la isla de Craig durante la migración de las ballenas beluga, que discurría cerca de allí en su trayecto hacia el sur durante el mes de septiembre. Él confiaba en matar suficientes ballenas como para disponer de carne todo el invierno, y en una expedición previa había localizado ya posibles lugares donde acampar; uno de los cuales se hallaba cerca del actual Uimmatisatsaq, y el otro en el este de la isla, en el fiordo de Fritjof. Bill Fairfax extendió mapas sobre la mesa y señaló los dos puntos.

Nadie sabía exactamente qué había pasado, si las belugas tomaron una ruta diferente aquel otoño, o si la tripulación fue víctima de alguna enfermedad, pero él tenía la corazonada de que sir James había conseguido llegar a Fritjof. En cualquier caso, si lograba encontrar el cuerpo de su antepasado, Bill estaba convencido de que los últimos avances en medicina forense permitirían determinar que la verdadera causa de su muerte fue el escorbuto o la vitaminosis, y no la inanición que supuestamente le habría empujado a cometer actos innombrables.

Edie y Joe guardaron silencio. Fue ella quien lo rompió:

—Incluso teniendo estos mapas y el diario, a menos que haya algún tipo de indicador señalando la tumba, será como tratar de encontrar un copo de nieve dentro de un iceberg. Resultaría más fácil intentarlo en verano, cuando no está todo cubierto por la capa de hielo y nieve.

Fairfax tosió.

—Verá, la situación no es fácil. Me están presionando para que venda el diario, y cuando eso ocurra, la información será de dominio público. Confiamos en reunir material para suscitar el interés de los de la televisión. Después volveríamos en verano con todo el equipo de filmación y demás.

Oh, vaya, entonces la cosa iba de dinero y de ego, pensó Edie. A ella le daba lo mismo. No sería la primera vez en su experiencia como guía —se acordó de aquel magnate inmobiliario francés empeñado en demostrar que los galos habían descubierto Baffin mil años antes que los vikingos y del actor americano que quería vivir en un iglú para así explorar «la parte de hielo que todos llevamos en el alma»—, y sin duda alguna habría más casos.

—Bien —dijo—, pero debe entender que lo más probable es que no encontremos nada.

Bill Fairfax se inclinó para estrecharle la mano, diciendo:

—Lo entiendo perfectamente.

Aquella noche, después de revisar a fondo la motonieve y dejarlo todo listo para partir, Edie se sentó por fin y se puso a mirar *El maquinista de la General*. De todas las grandes películas cómicas del cine mudo, ésa era su preferida. Había algo tremendamente vital en la osadía de Buster Keaton, en el ánimo con que se lanzaba al vacío desde un rascacielos, esquivaba un tren o se metía en el camino de un caballo desbocado, sacudiéndose la muerte de encima una y otra vez como quien se sacude cuatro impertinentes gotas de primavera. Edie había podido comprobar que, por más que supiese lo que iba a pasar en cada gag, el placer de verlo de nuevo nunca disminuía.

Hasta tal forma perdió la noción del tiempo, que no supo el rato que llevaba mirando la película cuando alguien llamó a la puerta. Enseguida supo que debía de ser uno de los *qalunaat* (para los inuit, llamar con los nudillos a la puerta era un insulto, un avance de que la visita no iba a ser muy placentera), y alzando la voz dijo que pasaran. Segundos después la cara de Andy Taylor asomaba a la puerta interior del porche. Olía a whisky y llevaba en la mano una lata de Budweiser.

—¿Hablamos un momento?

—Adelante —dijo Edie, sin dejar de mirar la pantalla con la esperanza de que él se diera por aludido.

Taylor se plantó delante de ella, demacrado y aparentemente nervioso, luciendo un pendiente de diamante en el lóbulo de la oreja derecha. Había ido para hacer las paces, eso estaba claro, pero dudaba de cuál iba a ser el recibimiento.

—Seguramente no esperabas verme más.

—En efecto —dijo Edie. Aquel hombre le causaba cierta repugnancia—. ¿Qué es lo que andas buscando? —preguntó.

Taylor echó un trago y dejó la lata encima de la mesa. Aparentemente, no se tenía en pie.

—Como ha dicho Fairfax, hacer un documental.

—A otro husky con ese hueso.

—Mira, estoy sin un céntimo. —Se encogió de hombros en un gesto de disculpa—. La zorra de la viuda de Wagner se negó a pagarme. —Edie reparó en que tenía las uñas comidas. Se le veía con los nervios a flor de piel, como un animal acorralado—. Tú crees que soy un mercenario, ya veo, pero a mí no me vengas con humos. Mírate bien, haciendo el papel de la esquimal auténtica. ¡Bah! Estamos los dos en el mismo bando, amiga.

—Puede que sí —dijo Edie—. Me tienen sin cuidado tus motivos, pero si te comportas con Joe igual que lo hiciste conmigo hace unas semanas, ten por seguro que te buscaré la ruina.

—Tres días y me perderás de vista —dijo Andy Taylor.

Edie se puso de pie y fue hacia la puerta.

—Hasta mañana.

Él captó la indirecta, sonrió al pasar frente a ella y salió al porche para ponerse de nuevo las botas.

Una vez que se hubo ido, Edie cogió la lata de Budweiser y la agitó; el sonido del líquido que quedaba dentro le resultó muy agradable, tentador. Fue a la cocina y vació la lata por el desagüe del fregadero. En ese momento oyó la puerta, y al ver que era Joe, se apresuró a tirar la lata al cubo de la basura y taparlo antes de que él lo viera.

—¿Has estado con tu padre?

Joe asintió y cruzó la cocina hasta la nevera.

—Hemos revisado las motonieves y el equipo. Le he prestado a Andy una de mis fisgas para que pueda pescar en el hielo.

Por primera vez desde el asunto de Felix Wagner, Joe parecía relajado y contento. No preguntó por las huellas recientes de bota y ella tampoco dio explicaciones. Edie comprendió que lo que él necesitaba era eso, una sencilla excursión, y que nadie muriese estando bajo su tutela.

—¿Has cenado?

—O así —dijo él. Era su respuesta siempre que iba a casa de su padre y se llenaba de comida basura.

—Oye —dijo Edie—, ten cuidado con el flacucho. Es un tipo escurridizo.

—Kigga —dijo él, tocándole la punta de la nariz—, ya estoy crecidito.

El grupo partió muy de mañana en las motonieves siguiendo el hielo costero y sus toboganes hasta alcanzar la vasta extensión de hielo formado en el último año. A media mañana la gradería de nubes bajas había desaparecido y el aire era límpido y seco, perfecto para viajar.

La expedición se había dividido en dos; Joe iba en cabeza camino de la costa occidental de Craig, y Edie hacia el este por las muy transitadas veredas que atravesaban las dunas de hielo en dirección a Fritjof. Pararon dos veces para comer y tomar té caliente antes de seguir adentrándose en el desierto helado. La visibilidad se mantuvo excelente a lo largo de toda la tarde, iluminando el largo y mellado perfil de Taluritut, que la gente del sur llamaba isla de Devon. Por el camino, Edie oía cómo Fairfax iba lanzando exclamaciones detrás de ella, contento como un crío.

A la centelleante luz de la noche primaveral del Ártico superior, montaron campamento en el hielo costero y se lanzaron con hambre a comer un estofado de pato y unas tortas de avena. Exhaustos, contemplaron un rato el sol moviéndose en el horizonte.

—Cuéntame algo, Edie —empezó Fairfax.

—¿Sobre qué?

—Oh, pues qué sé yo, algo de esta región.

Edie lo meditó un momento: ¿por dónde empezar? Rebuscó mentalmente en su archivo de cosas del Ártico.

—Aquí el arco iris es un círculo.

—¿En serio? —Fairfax se rio, una carcajada sincera y relajada, convertido en un hombre completamente distinto del que había aterrizado hacía apenas un día—. Vaya, entonces seguro que en el otro extremo no habrá ningún recipiente lleno de oro.

—Eso me temo.

Dos eiders, tal vez extraviados o simplemente tempraneros, pasaron volando. En los últimos años las aves migratorias aparecían antes de lo acostumbrado. Edie los siguió con la mirada hasta que se perdieron en el tenue ocaso que en esa época del año hacía las veces de crepúsculo, tanto vespertino como matutino.

—Antes de conocer el Ártico, yo no entendía por qué demonios se empeñó mi tatarabuelo en volver al norte una y otra vez: frío, congelación, la ceguera transitoria, vivir de sangre de ballena y galletas de barco...

Edie le escuchaba sólo a medias mientras pensaba en su hijastro. Taylor y él habrían montado ya el campamento en Craig. Se imaginó a Joe preparándole la cena al blanco. Tal vez había exagerado un poco la nota con Taylor la noche anterior, pero así era ella en lo tocante a su hijastro: mamá oso protegiendo a su cachorro. Taylor le inspiraba una profunda desconfianza. Por otra parte, Sammy y Joe llevaban razón: era hora de que empezara a confiar más en el muchacho. Le parecía que era apenas ayer cuando ayudaba a Joe con los deberes, pero tenía que aceptar que ya había cumplido veinte años, edad más que suficiente para cuidar de sí mismo.

—Imagino que habrás leído los diarios de tu antepasado y sabes que su guía fue Welatok.

—Por supuesto, pero acabaron mal. Sir James lo menciona en el penúltimo diario, que si alguna vez volvía a la región, seguramente tendría que buscarse otro.

—Sí, eso ya lo sé —dijo Edie.

—No me digas. —Fairfax estaba estupefacto.

—Welatok era mi tatara-tatarabuelo.

—¿En serio? Oye, pues podría hacerte salir en el documental —dijo Fairfax, radiante de felicidad—. La descendiente del guía de sir James Fairfax haciendo de guía al tataranieto del famosísimo explorador.

Ella hizo que no con la cabeza, y Fairfax puso cara de ofendido.

—Sería cobrando.

Edie sonrió sin más. Los *qalunaat* no parecían entenderlo. ¿Acaso no era suficiente con venderse a sí misma? ¿Encima tenía que vender también a sus ancestros?

Fairfax se sorbió los dientes y dijo:

—Simeonie me contó que vuestra gente vivía en Quebec y que el Gobierno canadiense os obligó a trasladaros aquí en los años cincuenta...

—Es verdad —dijo ella.

Era un episodio no superado todavía y prefería no hablar de ello. Todo empezó después de la guerra, cuando los americanos decidieron explorar la zona y el Gobierno quiso que hubiera allí canadienses. Pensaron que los únicos capaces de sobrevivir en tan extremas condiciones eran los inuit, de modo que convencieron a diecinueve familias para que hicieran un viaje de casi dos mil kilómetros, diciéndoles que podrían cazar todo lo que quisieran y regresar a Quebec cuando se hubiesen hartado. Sólo después de ver aquellas rocas peladas y tener que buscarse la vida para subsistir en aquel primer invierno con veinticuatro horas de oscuridad y temperaturas de hasta cincuenta grados bajo cero, comprendieron que habían sido víctimas de un timo. La mayoría de ellos no volvió a ver jamás a los parientes que habían dejado en el sur. Mucha gente decía ahora que los problemas que tenían con el alcohol, los suicidios, etcétera, se remontaban a aquel traumático suceso.

Edie le explicó que su propia abuela materna, Anna, formó parte del primer contingente de exiliados, pero que su abuelo era descendiente directo de Welatok. Había nacido en Groenlandia y había viajado hasta Ellesmere para comerciar con los recién llegados inuit.

Se pusieron de nuevo en camino a la mañana siguiente y llegaron al fiordo de Fritjof hacia el mediodía. El fiordo estaba todavía muy helado y tuvieron que abrirse camino con los picos a través de crestas de presión. Al cabo de una hora consiguieron trasponer la barrera.

—Santo Dios —exclamó Fairfax, maravillado por el panorama que se desplegaba ante sus ojos.

Porque no había para menos. La parte interior del fiordo se extendía hasta muy lejos, toda blanca, sin viento, mágica. A lo largo del invierno habían caído capas y más capas de nieve, que ahora formaban prietas y densas ondulaciones sólo interrumpidas aquí y allá por huellas de oso, buey almizclero o ser humano.

El punto que Fairfax había marcado en el mapa como lugar que más se ajustaba al que su tatarabuelo había señalado para pasar el invierno, era una amplia playa de grava apretujada al pie de sendos peñascos de granito unos quinientos metros fiordo adentro, alejada de lo más crudo de la marea y resguardada por las rocas que había detrás. Una vez allí, Edie empezó a montar el campamento mientras Fairfax iba a explorar la zona circundante a pie. Varias horas después, regresaba con fotografías y medidas que había ido tomando.

—Tenías razón en lo del cuerpo. —Estaban cenando unas chuletas de caribú—. La excusa perfecta para volver en verano con un equipo de filmación.

Pasaron el resto de la tarde en sus respectivas tiendas de campaña, Edie recordando viejas historias y Fairfax sentado dentro del saco de dormir a pocos metros de distancia, escribiendo frenéticamente en su cuaderno.

Después de desayunar gachas con carne de foca, levantaron el campamento y pusieron rumbo a Autisaq. No hubo incidencias durante el trayecto y llegaron al poblado aquella misma noche. Bill se fue al hotel a cambiarse de ropa y Edie a su casa para darse una ducha caliente, después de lo cual se dirigió a casa de Sammy para interesarse por la expedición de Joe. Esperaba ver la motonieve de su hijastro aparcada fuera, pero no estaba y tampoco había huellas recientes. De camino había pasado frente a la casa de Minnie por si Joe había decidido quedarse a dormir allí, pero tampoco estaba su motonieve. El acostumbrado olor a alcohol rancio combinado con comida basura la recibió al entrar en casa de Sammy.

—¿No has visto a Joe todavía?

—No —respondió él. Estaba en el sofá mirando un episodio de *Colombo* y no levantó la vista—. Y no creo que vuelva antes de un par de días.

—¿Han tenido mal tiempo?

Sammy asintió con la cabeza. No parecía preocupado.

—¿Muy malo? —insistió ella, pero esforzándose por mantener la voz serena.

—Tanto como para no poder comunicarnos por teléfono.

—¿Ha salido ya algún avión observador?

—Puede —dijo Sammy de manera vaga, todavía pendiente del telefilm—. Hoy había mala visibilidad en Craig, pero no durará mucho; en esta época del año siempre pasa.

Edie le envidió su sangre fría. A los varones inuit los enseñaban desde pequeños a preocuparse únicamente por las cosas sobre las que nada podían hacer. El resto quedaba bajo la superficie. Joe era igual. Edie se preguntó si el que ella se preocupara tanto se debía a su sangre *qalunaat*, o quizás al hecho de ser mujer.

Fue al hotel para darle la noticia a Fairfax y se lo encontró en la zona comunitaria, tomándose un gran tazón de chocolate caliente y haciendo anotaciones en su lujosa libreta de tapa dura. Bill estaba inmerso en sus propias cosas, y a Edie no le pareció especialmente preocupado por la situación, salvo en el sentido de que eso podía retrasar su vuelta a casa. Tenía que atender ciertos asuntos de familia. Si Taylor tardaba más días de la cuenta, tendría que partir sin él.

—Al fin y al cabo, fue idea suya.

Edie enarcó las cejas.

—¿Creías que el dinero lo había puesto yo?

—La verdad, sí —dijo Edie.

Fairfax meneó la cabeza.

—Fue Andy quien se puso en contacto conmigo. Me dijo que una cadena de televisión estaba interesada, pero que por cuestiones de programación tendríamos que partir cuanto antes para hacer un reconocimiento.

Edie recordó que Taylor le había dicho que estaba sin blanca. Tal vez sólo estaba haciendo de alcahuete para los de la televisión.

—Perdona la pregunta, ¿y para qué te necesitaba?

Fairfax alzó los ojos, un poquito ofendido pese a la disculpa previa, y dijo:

—Por el nombre. Mi apellido es un reclamo.

Aquella noche Edie no pudo conciliar el sueño, ocupada en repasar mentalmente la lista de posibles explicaciones a la ausencia de Joe. Los problemas derivados del tiempo eran moneda corriente. El hielo se desplazaba, podían abrirse canales de agua de un momento a otro, las ráfagas de viento impedían avanzar, el aire se llenaba de cristales de hielo. Era normal —absolutamente normal— llegar con dos, tres o incluso cuatro días de retraso, aun cuando sólo hubieras ido a la vuelta de la esquina. Así se lo estuvo repitiendo una y otra vez, de forma que cuando despuntó el día estaba agotada de tanto pensar.

Le fue difícil concentrarse en enseñar ese día, y los niños lo notaron. A la postre, las clases no fueron bien; los niños se aburrían y empezaron a hacer travesuras. Edie se sentía mal por haberles decepcionado pero no era capaz de sobreponerse. Y cuando sonó el timbre, corrió a ponerse las botas y se dirigió a la oficina del alcalde. Ninguna novedad sobre la expedición a la isla de Craig.

A las cuatro llegó el avión de suministros, descargó lo que llevaba, cargó la correspondencia y cuatro o cinco piezas de la planta eléctrica que mandaban a reparar. Fairfax ocupó su sitio al lado del piloto y despegaron.

De camino a casa, Edie sintió un irrefrenable impulso de registrar la habitación de Andy Taylor en el hotel. No era ético, lo sabía, pero ahora le daba igual. Subió las escaleras y recorrió el pasillo asomándose a cada puerta hasta que dio con la única que estaba habitada. Tenía cerradura, pero la llave se había perdido mucho tiempo atrás y nadie se había molestado en reemplazarla. Aparte de lo que había llevado consigo a Craig, Taylor no había traído gran cosa: un par de revistas, una libreta vacía, una grabadora y un iPod. Edie se puso los auriculares, oyó unos compases de una canción de Guns N' Roses y volvió a dejar el aparato sobre la mesita. En una bolsa de piel encontró un par de vasos y, envuelta en papel de plata, seguramente para burlar a los perros especialistas, una pizca de droga. Encima de la cómoda descansaba una botella de whisky medio vacía.

La lobreguez de aquel cuarto de hotel le dio una nueva determinación, pero ella sabía que si iba a ver a Sammy o volvía a la oficina del alcalde, simplemente le dirían que dejara de preocuparse. Y ya no quería oír eso otra vez. De acuerdo, Joe sólo llevaba cuarenta y ocho horas de retraso, pero para Edie eran veinticuatro horas de más. Saliendo del hotel se dirigió a casa de Minnie y Willa y encontró a este último sentado frente al televisor jugando al Grand Theft Auto.

—Necesito que me acompañes a Craig mañana por la mañana. He de encontrar a Joe.

Willa se dignó mover la cabeza en señal de que la había oído, pero no dijo nada. Últimamente tenía ese comportamiento con ella, hosco y poco cooperador. De dos zancadas, Edie se plantó delante de él y le arrebató el *joystick*.

—No es una petición, Willa.

Willa hizo ademán de recuperar el *joystick*, pero ella levantó el brazo para impedírselo. Quedaron un momento trabados en una especie de humillante pelea.

—Joe ha topado con mal tiempo, joder. ¡No hay para tanto! —Lo dijo en un tono de niño caprichoso y resentido—. ¿Por qué le sigues tratando como si fuera un crío? Además, resulta que no es tu hijo, ¿vale? Es el hijo de Minnie y de Sammy y, ya que estamos, insisto en que no es ningún crío.

Edie le devolvió el *joystick*. El ruidito de los coches chocando entre sí emergió del aparato.

—¿Por qué a mí no me pagas los estudios?

Edie inspiró hondo. Era todo tan repetido, tan dolorosamente inútil. Edie había dado clases a Willa en el instituto, pero había resultado ser un alumno indolente, siempre haciendo aspavientos delante de sus amigos para dar a entender que eso de estudiar era una lata. Willa no terminó los cursos.

—Bueno, vale —dijo al final—. Pero que conste que lo hago por mi hermano, no por ti. Y ahora déjame tranquilo.

—Salimos temprano. —En voz más serena—. Revisa a fondo la motonieve.

Las horas siguientes fueron un continuo de indecisiones y dudas. Edie estaba acostada, sin poder dormir, bajo la intensa luz de la noche de primavera. En algún momento debió de quedarse dormida porque despertó en mitad de un sueño al oír la voz de Sammy.

—Edie. Levanta. ¡Vamos, arriba! —Estaba dentro de la habitación y llevaba las prendas de exterior. Joe había vuelto. Estaba en la enfermería.

Edie apartó las mantas y saltó de la cama, sabiendo que estaba desnuda pero sin que eso le importara, y empezó a vestirse.

Mientras iban hacia el edificio médico, Sammy le explicó que Joe se había presentado en su casa hacía cosa de una hora. Había perdido a Taylor en plena ventisca y después se le había averiado la motonieve, de modo que había tenido que volver de Craig esquiando. El viaje le había llevado dos días y una noche. Estaba débil, consternado y con síntomas de hipotermia, decía muchas incoherencias.

Por lo que Sammy había podido deducir, Taylor y él habían ido a investigar cada cual un mojón. Joe estaba en terreno elevado cuando llegó la ventisca, a diferencia de Taylor, que estaba en llano. Joe consiguió llegar hasta la playa, donde habían quedado en reunirse, pero para entonces la visibilidad era tan escasa que no pudo ver la menor señal de su compañero. La nieve estaba cubriendo ya sus propias huellas y supo que era inútil ponerse a buscar ningún rastro. Había intentado comunicarse por el teléfono vía satélite, pero el aparato no funcionaba.

Desvariaba, dijo Sammy, repetía las cosas. Decía haber visto a su antepasado Welatok acercarse a él por la nieve, pero que cuando ya estaba muy cerca se convertía en un oso y salía huyendo. En un momento dado, contaba Joe, el cielo clareó y pudo ver un avión verde. Hizo señas, gritó para llamar su atención, el avión perdió altura y se acercó, pero de repente desvió el rumbo. Joe se metió de nuevo en el refugio que había construido, convencido de que el avión haría una segunda pasada para ver dónde podía aterrizar, pero cuando volvió a salir comprendió que lo que había tomado por un avión no era sino un saliente rocoso en los peñascos que había más allá, y se figuró que el supuesto ruido de un motor era sólo el viento que rugía. Presintiendo que empezaba a perder la cabeza, decidió regresar a Autisaq en busca de ayuda antes de que la hipotermia lo volviera completamente loco. Fue entonces cuando se dio cuenta de que la motonieve no arrancaba. El trayecto con esquís le había llevado tantas horas que temía que Taylor pudiera estar muerto.

Llegaron a la clínica y subieron las escaleras a toda prisa. Robert Patma les estaba esperando en la puerta.

—Acabo de despertar al alcalde —dijo—. Simeonie ha hablado ya con el sargento Palliser. Va a ir con un avión de rescate.

—Déjame ver a Joe —fue todo lo que dijo Edie.

Dormía tendido en una camilla de la enfermería bajo una lámpara fluorescente, el pelo sobre la frente, la boca entreabierta. La congelación le había dejado la nariz medio gris, pero no parecía grave.

—Supongo que Sammy te habrá contado que no se le entendía gran cosa —dijo Robert—. Se pondrá bien, Edie. Le he dado algo para que durmiera. Luego lo llevaremos a una de las salas de observación.

Edie se sintió repentinamente serena.

—No. Quiero que se despierte en su cama. En la de mi casa.

Sammy y Robert intercambiaron una mirada. El primero se encogió de hombros.

El enfermero arqueó las cejas y dijo:

—No creo que sea buena idea. Necesita estar bajo control.

Edie le miró como suplicando y no dijo nada. Por la mañana tenía que dar clase, pero a primera hora de la tarde estaría de vuelta y podría cuidar de él.

—De acuerdo —dijo finalmente Sammy—. Yo me quedaré con Joe mientras ella está en la escuela.

Edie le dio las gracias.

Robert esbozó una sonrisa, diciendo:

—Bueno, está bien, si os empeñáis.

Sólo a media mañana, al mirar la lista de alumnos, se percató Edie de que no había tomado nota de los presentes. Pensó en ir a almorzar a casa para ver cómo seguía Joe, pero decidió terminar la jornada sin moverse de la escuela. Si Joe estaba durmiendo, no querría despertarle, y si estaba despierto, no querría que viera lo mal que se sentía ella. Era consciente de que el primer encuentro no iba a ser fácil. Joe se culparía por haber perdido a Taylor y ella por haber dejado que fueran los dos juntos.

La tarde transcurrió muy despacio y cuando por fin sonó el timbre señalando el fin del día lectivo, los acontecimientos de las doce horas previas le parecían ya turbios y un tanto irreales. Edie fue a su taquilla, metió sus cosas en la mochila y se dirigió a la tienda con la idea de comprarle a Joe una hamburguesa de caribú y un Tang de mandarina, su comida y su refresco favoritos.

Una vez en casa, le llamó en voz baja desde el porche pero no obtuvo respuesta. Mientras se quitaba las botas de trabajo, pensó si no habría tenido que gastar un poco más y comprar costillas en lugar de hamburguesa.

Al lado del sofá, en el suelo, había unas latas vacías. El aire estaba cargado y desacostumbradamente quieto. Edie dedujo, irritada, que Sammy acababa de marcharse.

La puerta del cuarto de Joe estaba cerrada; seguramente dormía aún. Pegó la oreja y no oyó más que el crepitar del revestimiento en la fachada de la casa, donde el sol daba de lleno, y sus propios dedos al rozar el envoltorio de la carne.

Dejó las cosas sobre la encimera de la cocina y en ese momento advirtió un olorcillo a sangre, de modo que cogió la hamburguesa, la metió en la nevera y volvió a la sala de estar. El olor la siguió hasta allí. De repente, fue como si le hubieran propinado un puñetazo en frío: un dolor indescriptible. El olor a sangre no venía de la cocina, sino del cuarto de Joe.

La puerta cedió al empujarla ella con la mano. Las cortinas estaban echadas y tardó unos segundos en adaptarse a la penumbra. En el suelo estaba la videoconsola de Joe, al lado una lata medio vacía de Dr Pepper. Cosas de la costumbre, Edie se agachó para recoger la lata y dejarla en la mesita de noche, para que Joe no la volcara al levantarse de la cama, pero al mismo tiempo lo supo: algo malo pasaba, algo muy malo.

Joe Inukpuk estaba acostado con las piernas ligeramente dobladas por las rodillas, el rostro oscurecido por el edredón. Al acercase a la cama, Edie notó que pisaba un objeto. Dejó la lata sobre la mesita, levantó la pierna derecha y arrancó de la suela del calcetín unos restos de pastilla. Levantó la vista y alargó el brazo para dejar los fragmentos encima de la mesita. El tiempo parecía arrastrarse.

Miró a su hijastro tendido en la cama y supo que tenía que decidirse, dejarse de excusas. Inspiró hondo y apartó el edredón.

Joe tenía los ojos cerrados y la boca ligeramente abierta. Se podría haber pensado que dormía de no ser porque había sangre en sus labios y en la barbilla, y porque, allí donde la piel estaba en contacto con la almohada, su cara empezaba a ponerse negra.

5

Derek Palliser estaba haciendo todo lo posible por no prestar atención al mareo. Se encontraba a disgusto en los aviones, especialmente si eran pequeños. Cada vez que volaba le venía a la mente la cara de su viejo amigo Lott Palmer. En veintitrés años de experiencia pilotando Twin Otters más arriba del paralelo 60, Palmer había caído dos veces y en ambas vivió para contarlo. La tercera vez, volaba bajo la línea de nubes frente a la costa de la isla de Cornwallis cuando un inesperado viento catabático se adueñó del avión y lo despeñó unos mil metros a través de las nubes. Lott consiguió dominar el aparato lo suficiente para tomar tierra de una pieza. Pidió ayuda por radio y enseguida le mandaron un avión con patines de esquí desde Resolute. Justo cuando estaba llegando, un rayo salió disparado de las nubes mandando a Lott Palmer y a su avión al otro mundo. Cuando los rescatadores tomaron tierra, no encontraron más que una pelota de metal renegrido que al arder estaba abriendo un boquete en el hielo.

Cuando no tenía asuntos urgentes que atender, a Derek le gustaba tomarse un Xanax para que le ayudara a sobrellevar los bandazos y sacudidas propios de volar en avionetas a través de los impredecibles y ventosos cielos del Ártico. Ahora, sin embargo, volaba sin ayuda química. Una llamada por radio de Simeonie Inkupuk le había despertado poco después de las siete. Por lo visto, una ventisca inesperada había barrido la isla de Craig y un hombre, *qalunaat* para más señas, estaba desaparecido. El sujeto en cuestión viajaba en compañía de Joe Inukpuk cuando la tormenta de nieve los había separado. Dado que el único avión disponible en Autisaq no podía despegar porque su piloto, Martie Kiglatuk, estaba demasiado borracha para volar, Simeonie le pedía que llevara a cabo una operación de búsqueda y rescate desde Kuujuaq. Derek y el piloto policía, Pol Tilluq, debían sobrevolar Craig en busca de cualquier señal del desaparecido. Cabía la posibilidad de que hubiera encontrado la manera de refugiarse y aún estuviera con vida.

Pol había tardado casi dos horas en poner a punto el avión y mirar el parte meteorológico, pero hacia las nueve y media ya estaban en el aire y rumbo a la zona del incidente. Pol Tilluq era uno de los pilotos más competentes de la región; la visibilidad era buena y Derek sabía, con todo y su miedo a volar, que estaba en buenas manos.

Simeonie le había mandado por fax el cuestionario que Joe y Edie habían rellenado antes de partir de expedición. Básicamente, consistía en marcar casillas y era un requisito que se exigía a todos los guías de Ellesmere a fin de llevar un registro de la ruta prevista, el equipo elegido, el número de días que iba a durar la expedición... Derek sacó el papel y se puso a leer, con lo que el mareo no hizo sino empeorar. Sin embargo, no renunció a continuar pues cuantas más cosas supiera acerca de la expedición, más probabilidades había de que Pol y él localizaran al desaparecido. Sobre el papel, tenía todas las trazas de una pequeña excursión para turistas primerizos. Craig no suponía ningún problema para alguien como Joe Inukpuk, con experiencia en viajes por el Ártico superior, y la isla era un destino habitual. Las rutas a través del hielo estaban bien establecidas y el terreno revestía poca dificultad: no había glaciares ni precipicios ni grietas. Ahora bien, para alguien que desconociera las condiciones del Ártico superior, Craig podía presentar grandes dificultades. El consejo que daban los guías por si en un momento dado sus clientes se extraviaban, era quedarse donde estaban y esperar a que llegara alguien. Así pues, quedaba la esperanza de que Andy Taylor hubiera encontrado dónde guarecerse y estuviese a la espera. Pero si había sido tan estúpido como para intentar salir por sus propios medios de la isla, lo más seguro era que ya estuviese muerto, y entonces tendrían tan pocas probabilidades de dar con el cadáver como de encontrar duendes en una madriguera de lemmings.

Sobrevolaron Cape Storm y continuaron rumbo al este hacia South Cape. Al poco rato aparecieron las calles y edificios de Autisaq, como píxeles en una pantalla por lo demás negra. Se habían ofrecido a recoger a Robert Patma y llevarlo consigo por si encontraban a Taylor en un estado que requiriese atención médica urgente, pero la previsión del tiempo anunciaba nubes bajas y el alcalde pensaba que no había que perder tiempo mientras el cielo estuviera todavía despejado. Si encontraban a Taylor, sería fácil volver directamente a Autisaq y que lo atendieran allí.

Pol viró al sur hacia Cape Sparbo. Al frente, más allá del campo de hielo del Jones Sound, se distinguía la elipse morada de la isla de Craig. Desde aquella altura parecía una ciruela en un platito de nata, pero en realidad eran dos filas de suaves acantilados divididos por un altiplano de unos veinte kilómetros de anchura cubierto de hielo. La costa occidental era más baja y suave, la oriental más pedregosa, bifurcada en fiordos como dedos al norte y al sur, pequeños glaciares que iban a dar al mar. El clima del litoral variaba sensiblemente según su orientación. Podía haber una fuerte ventisca en el este mientras que en el oeste lucía el sol. La zona de los fiordos en el noreste era también peculiar, lo cual había permitido que Edie y Fairfax regresaran en motonieve a Autisaq con tiempo prácticamente despejado, mientras que Joe y Taylor tenían que vérselas con ráfagas de doscientos kilómetros por hora.

Pol y Derek habían planeado recorrer sistemáticamente la isla volando de este a oeste hasta llegar al margen meridional. Si divisaban algún indicio de vida en Craig, intentarían tomar tierra en el altiplano helado y luego Derek iría solo a investigar. Llevaban a bordo una motonieve, un trineo y un botiquín, y Derek había cogido el teléfono vía satélite del cuartelillo.

Durante más de una hora volaron en línea recta de un lado al otro de la isla a una altitud de quinientos metros, pero solamente vieron algunas aves y, en la costa occidental, un solitario oso en el hielo ribereño. Ni rastro del hombre ni de las dos motonieves. Habían cubierto casi toda la isla cuando las nubes bajas anunciadas por el servicio meteorológico hicieron su aparición y ya no pudieron ver nada.

—Ni locos atravesamos eso —dijo Pol, meneando la cabeza.

No tenía sentido continuar la búsqueda hasta que no despejara. Derek llamó de mala gana a Autisaq para comunicar que anulaban temporalmente la operación, y dijo a Pol que pusiera rumbo a Taluritut en el sur. El plan de Palliser era pasar por la estación científica de la isla de Devon mientras esperaban a que Craig estuviera despejado otra vez.

Hacía años que un equipo de la NASA y una extraña asociación sin ánimo de lucro —Space Intelligences Research— trabajaban en la estación científica de la costa norte de Taluritut, ensayando, entre otras cosas, prototipos de vehículos para futuras expediciones a Marte. Como miembro de mayor rango del equipo de dos personas que conformaba el destacamento policial nativo de Ellesmere, Derek tenía jurisdicción en la zona y entraba en su cometido echarles un vistazo de vez en cuando, se entiende que en términos amistosos. El equipo solía aparecer durante el mes de marzo y Derek había procurado tomar la costumbre de hacerles una visita en los primeros quince días, cosa que no había podido hacer ese año. Su idea era charlar un rato con el director de la estación, el profesor Jim DeSouza, mirar algunos artilugios espaciales de última generación y echar un bocado antes de despegar nuevamente para Craig.

DeSouza fue personalmente a recibirlos a la pista de aterrizaje. Era un hombre simpático, tremendamente inteligente y, sospechaba Palliser, muy ambicioso. Se había hecho cargo de la estación un par de años atrás, y aunque Derek no había tenido mucho contacto con él, lo que había visto hasta el momento le había gustado. DeSouza era menos estirado que la mayoría de los *qalunaat* que trabajaban allí y parecía tener un interés especial en comprender los puntos de vista de la gente del lugar. Al mismo tiempo, no exageraba haciendo ver que le interesaba muchísimo todo cuanto le decían, como hacían en cambio algunos *qalunaat* del género buenista. DeSouza tenía confianza en sí mismo y se sentía a gusto como era.

El profesor se miró el reloj.

—No creáis que no me he fijado en que siempre venís a la hora de comer o de cenar —dijo, dando sendas palmadas en la espalda a Derek y Pol.

Se sentaron en una sala con muebles modulares a comer hamburguesas con patatas fritas. DeSouza parecía un poco tenso, no tan solícito como siempre; ésa fue la impresión que tuvo Derek, pero no lo comprendió hasta que llegaron al postre. El profesor explicó que habían agotado una de las subvenciones y que les habían avisado de una inminente revisión por parte de la NASA, lo cual muchas veces era el precedente educado de la guillotina.

—Ahora estamos menos por la exploración pura y mucho más por la adquisición de recursos y la biosostenibilidad —dijo—. Nos vamos a quedar todos sin trabajo a menos que nos saquemos de la manga algún otro proyecto.

—Biosostenibilidad es una manera de decir «vida», ¿cierto? —preguntó Derek, quien veía en DeSouza un aliado para su propia investigación científica.

DeSouza asintió:

—Quieren que les busquemos un planeta adonde podamos trasladarnos cuando éste se achicharre del todo. Qué simpáticos son. —Su risa tuvo el filo de un bisturí.

—¿Tan delirante es la idea? —dijo Derek.

DeSouza apartó el plato de postre antes de responder.

—No, pero es que tú no entiendes.

—Tenemos algunos asuntos entre manos —dijo Derek, cambiando de tema, sorprendido ante la mordacidad del profesor.

DeSouza se calmó y les preguntó si querían café. Derek pidió un té.

—Claro, se me olvidaba —dijo DeSouza—. Los británicos os tienen el coco comido. —Meneó la cabeza y, levantando el dedo meñique, añadió con acento británico—: Té.

Al poco rato volvió con tazas y las dejó encima de la mesa.

—Vosotros sois policías, quiero decir que hacéis trabajo de polis, ¿no?

Derek y Pol se miraron. Realmente, el profesor estaba muy alterado.

—Cuando nos dejan —respondió Derek.

—Ésa es la cuestión, ni más ni menos —dijo DeSouza—. Yo soy científico, ¿de acuerdo? Muy buen científico, qué caramba. Si hubiera querido ser político, o un capitoste de la pasma, lo habría sido sin problema. La ciencia era ya mi obsesión desde muy pequeño. Pero los putos políticos, las entidades patrocinadoras, los *think tanks*, esa pandilla de inútiles, joder, nos lo ponen imposible. La de cosas que haríamos y sabríamos si nos dejaran trabajar en paz.

—Y que lo digas —terció Derek. Miró de reojo a Pol como diciendo: «Larguémonos de aquí.»

Menos de una hora y media después de haber aterrizado, estaban de nuevo volando y rumbo a Craig, pero la isla continuaba envuelta en una mortaja gris y Derek decidió regresar a Autisaq hasta que despejara. No se podía hacer otra cosa. Por educación y por experiencia, había aprendido a no sentirse frustrado ante los avatares del clima. Fuera como fuese, nadie había visto con vida a Taylor en los últimos tres días y lo más probable era que hubiese muerto. Una hora, o un mes, no iba a cambiar mucho las cosas.

Estaban iniciando el descenso sobre el poblado cuando Derek reparó en unas pintadas que alguien había hecho en una esquina de la ventanilla del copiloto. No se había fijado hasta entonces.

«Palacer es un mamón.»

Intentó que no le afectara. Todo policía tenía enemigos. En determinados círculos se le consideraba todavía una especie de colaboracionista. Y había mucha gente en la zona que no veía ninguna necesidad de que hubiera un sistema jurídico, lo consideraban otra moda importada del sur. No les interesaba saber que, si algo hacía Derek, era evitarles precisamente tener que apechugar con el sistema jurídico del sur.

Se lamió un dedo y lo pasó por la inscripción. Las letras se difuminaron momentáneamente con la humedad, pero al secarse recuperaron poco a poco su forma anterior. Sacó del bolsillo su navaja multiusos, miró de soslayo a Pol para asegurarse de que no le estaba observando, abrió uno de los accesorios, hizo pequeñas modificaciones en el texto pintado, tachó la parte de en medio y leyó mentalmente la frase:

«Placeres un montón.»

Luego se guardó la navaja, cerró los ojos y se preparó para el aterrizaje.

Simeonie Inukpuk los estaba esperando en la diminuta terminal, y su aspecto era el de una liebre que acaba de percatarse de que se ha metido en la madriguera de un zorro. Derek respondió al brillo expectante de su mirada con un gesto negativo de la cabeza. Luego sacó sus Lucky Strike y ofreció un cigarrillo al alcalde.

—Habíamos mirado en casi toda la isla cuando han llegado las nubes —dijo Derek—, pero no hay ningún rastro, nada. Y hasta que no despeje, es imposible seguir buscando.

—*Ajurnamat*, mala noticia —gruñó Simeonie, y dio una chupada al pitillo.

—Me gustaría hablar con Joe —dijo Derek—; quizás él podrá darnos una idea aproximada de dónde vio a Taylor por última vez.

—A todos nos gustaría hablar con Joe —rezongó Simeonie.

Derek quedó conmocionado por la noticia de la muerte del joven. Allí de pie como si hubiera echado raíces, empezó a menear la cabeza y a murmurar «No, por Dios, eso no», presa de una horrible estupefacción. Nada menos que Joe Inukpuk, que era un rayo de esperanza, un faro, en medio de aquella espesa niebla de borracheras, aburrimiento, embarazos no deseados, bajas expectativas y pobre rendimiento escolar. Sacó otro cigarrillo, lo encendió, aspiró el humo e intentó sobreponerse.

—¿Cómo lo lleva la familia?

Simeonie se encogió de hombros como diciendo «¿Y a ti qué te parece?».

—El cadáver está en la enfermería.

Derek aplastó el cigarrillo con la bota y le dijo a Pol que llamara por radio a Kuujuaq y pusiera a Stevie al corriente. Luego fue con Simeonie a la enfermería.

Sabía que en la última década el número de suicidios en Nunavut y Nunavik, los dos principales distritos inuit del Canadá oriental, se había multiplicado por dos. En la actualidad los inuit tenían once veces más probabilidades de quitarse la vida que sus compatriotas canadienses de más al sur. Un ochenta y tres por ciento de los suicidas estaba por debajo de la treintena, y el ochenta y cinco por ciento eran varones. En el sur se tenía la idea de que la mayoría de los suicidios cometidos al norte del paralelo 60 tenía lugar cuando la persona en cuestión estaba borracha, pero eso no era sino un subterfugio más para no asumir responsabilidades respecto de los compatriotas del norte. El Ártico tenía un numeroso cupo de alcohólicos, desde luego, pero ello no justificaba establecer una relación causa efecto como querían sociólogos, políticos y especialistas en salud. El caso de Joe, por ejemplo. Derek conocía al muchacho lo bastante bien para saber que casi nunca bebía; había tenido suficiente con ver los efectos causados por el alcohol en sus padres.

Subió los escalones de la enfermería detrás de Simeonie, se quitó las botas de nieve y empujó la puerta interior. Nada más entrar vio a Edie Kiglatuk sentada al fondo de la sala de espera. Ella levantó la vista e hizo un breve saludo con la cabeza, pero sin su acostumbrada sonrisa. Sentados en el otro extremo estaban los padres y el hermano de Joe; Minnie se había quedado dormida con la cabeza apoyada en el hombro de Willa. Derek fue a darles el pésame. Al acercarse más, pudo ver que Minnie estaba durmiendo la borrachera y que Sammy tenía una mirada vidriosa. Un olor a hierba emanaba del banco en que estaban los tres. Derek dijo que lo sentía muchísimo.

—Yo estaba a su lado —dijo Sammy, casi sin fuerzas, pero su voz tenía un punto de histerismo—. Estaba allí sentado con él, y entonces fui a decirle a su madre que estaba a salvo. ¡A salvo! ¿Se imagina? Cuando me levanté, Joe estaba durmiendo. Yo no tenía ni idea de que pensaba hacer una cosa así. —Su cuerpo se inclinó hacia delante al tiempo que se le quebraba la voz.

Derek esperó antes de dirigirse a Willa, pero el hermano de Joe seguía con la cabeza gacha, mirándose los pies. El shock o la desdicha —imposible saberlo—, pero Derek se dio cuenta de que no podía hacer nada por él.

Se acercó después a Edie y simplemente tomó asiento a su lado. Al cabo de un rato reparó en que ella temblaba.

Entró Robert Patma y lo llevó directamente a ver el cadáver. Joe yacía dentro de una bolsa en la camilla del depósito. Robert bajó la cremallera hasta dejar la cara a la vista.

—¿Quién lo encontró?

—Edie. Está muy afectada. Acabo de comprobar el botiquín —dijo Robert—. Faltan quince envases de Vicodin, ciento cincuenta comprimidos. Debió de tomárselos mientras Sammy y yo estábamos en la otra sala. —El enfermero chasqueó la lengua—. Joe tenía las llaves de los armarios donde guardamos las medicinas. Yo qué sé, igual es culpa mía por habérselas dado, pero él me echaba una mano aquí, ¿no? No te imaginas lo mal que me siento.

Derek hizo un gesto de cabeza dando a entender que le comprendía.

—¿Has tomado muestras? —preguntó.

Patma señaló unas bolsas y unos frascos que había sobre la superficie de trabajo.

—Lo llevaré todo al laboratorio de la policía en Ottawa —dijo Derek, e indicó a Patma que subiera otra vez la cremallera.

—¿Qué probabilidades hay de encontrar con vida a ese Andy Taylor?

—Ni con vida ni sin. Si estuviera muerto o agonizando, habríamos visto lobos en las inmediaciones, o tal vez zorros. Ahora bien, si está vivo, ha decidido quedarse calladito y no dar señales. En un caso como en el otro, no hay pistas. —Derek miró hacia la puerta para ver si estaba cerrada, y al ver que sí, continuó—: Tú conocías bien a Joe, ¿verdad?

—Sí, bastante bien.

—¿Notaste algún cambio, algo sospechoso?

Patma le pasó una bolsa con muestras etiquetadas y le pidió que firmara un papel.

—Joe era más bien reservado, pero le afectó bastante la muerte de aquel cazador, Wagner, o algo así. Y esto último pudo con él. Cuando llegó ayer aquí estaba destrozado: con hipotermia, desorientado, medio loco. No paraba de repetir que el otro tipo había muerto por culpa suya.

—¿Dirías que ocurrió algo en Craig?, ¿que tuvieron una discusión y la cosa fue a mayores?

Patma le miró a los ojos.

—No, imposible, no... —Miró hacia donde estaba el cadáver, pensando, y luego echó un vistazo a la puerta—. Bueno, claro, todo es posible... —dijo—. Otra cosa. No he querido decir nada a la familia, pero hace dos o tres días estaba yo sentado al ordenador (Joe era el único, aparte de mí, que lo utilizaba) y en el historial encontré una página web. Por lo visto Joe la visitaba con frecuencia. Me picó la curiosidad y al abrirla para ver de qué iba, me aparece un juego de póquer virtual. La página pedía una contraseña, de modo que no pude entrar. Joe siempre se ofrecía a ayudarme con la parte administrativa, y la verdad es que yo le dejaba a su aire...

De pronto oyeron gritos procedentes de la sala de estar. Derek se llegó en dos zancadas a la puerta, la abrió y vio a Edie junto a la salida.

A su lado estaba Sammy. Por lo que Derek pudo deducir, el hombre intentaba contener a su ex mujer, la cual amenazaba a la otra con los puños.

—No dejes que se me acerque —repetía Edie.

Minnie lo intentó de nuevo pero Sammy la sujetó. Al mirar hacia el otro lado, Derek vio a Willa sentado en el mismo sitio que antes, con una expresión de desdén en la cara.

—Esa zorra me robó al marido y ahora me ha quitado a mi hijo —graznó Minnie.

Se tambaleó un momento y luego se derrumbó en brazos de Sammy.

—Maldita sea, quítame de encima a esta loca, ¿quieres? —le espetó Edie a Sammy.

Derek se interpuso entre ellos.

—Vamos —le dijo a Edie—. Te acompañaré a casa.

Llegaron allí sin haber cruzado palabra y se despojaron de las prendas exteriores.

—¿Quieres que haga té? —preguntó Derek.

—Sí, por favor.

—Oye, Edie, tendré que echar un vistazo al cuarto de Joe. ¿Te importa quedarte aquí un momento?

—Pues, mira, Derek, sí que me importa.

Dadas las circunstancias, él no quiso discutir y le dijo que podía mirar siempre y cuando permaneciera en el umbral. La habitación estaba repleta de los desechos de una vida que recién empieza a ser explorada.

Le partió el corazón pensar que, entre todos los chicos de esa edad que él conocía, hubiera sido Joe el que decidiera que no tenía ningún motivo para vivir. Alguien, observó, había retirado la colcha.

—Sammy —le explicó Edie—. Estaba manchada.

—Tiene que haber sido muy duro. Lo siento —dijo Derek.

Edie guardó silencio. Parecía estar conteniéndose.

—¿Encontraste algún tipo de envoltorio? Me refiero a las pastillas.

—No se me ocurrió mirar —dijo ella con voz queda.

Derek se acercó a la cama y abrió el cajón de la mesita de noche. Dentro, encajados entre una libreta y el borde del cajón, había quince blísters con el sello de Vicodin, todos vacíos y pulcramente apilados. Derek sacó unos guantes de vinilo, cogió la libreta y echó un vistazo confiando en que habría alguna nota aclaratoria, pero sólo le pareció ver cosas relacionadas con la enfermería, tecnicismos sobre vendajes y sueros.

—¿Te ves con ánimos de hablar de ello? —le preguntó a Edie.

Se sentaron en el sofá con sendos tazones de té.

—Estaba pensando, ¿te dijo algo ayer? ¿Alguna pista sobre su estado de ánimo?

Edie tardaba en contestar; supuso él que estaba meditando la pregunta. Reparó en que tenía la trenza deshecha, como si hubiera estado toqueteándose el pelo, y ese detalle lo conmovió. Se dio cuenta de que estaba un poco alterado, por no decir enardecido, y tuvo que recriminarse a sí mismo.

—La verdad es que no. Cuando le vi acababa de tomarse un Xanax. De hecho, tuvimos que ayudarle a andar de la enfermería hasta aquí. Estaba como colocado. Cuando Sammy y yo... cuando estábamos juntos, Joe y Willa dormían en literas ahí dentro. Se puede decir que se criaron en ese cuarto. —Edie miró al frente en un intento de contenerse, pero las lágrimas ya estaban rodando por sus mejillas—. Ahora parece una caja vacía.

—Robert me ha dicho que a Joe le afectó bastante perder a ese Wagner.

—Lo que le dolía era que nadie... —lanzó a Derek una mirada fulminante— que nadie quisiera investigar. —Empezó a golpearse el pecho con un puño minúsculo—. Maldita sea. —Se cubrió la boca y la nariz con una mano, como si quisiera privarse de respirar—. Todo esto ha sido culpa mía —dijo—. No debí permitir que Joe fuera con ese capullo de Taylor.

Derek esperó a que los sollozos remitieran y le preguntó:

—¿Estabas al corriente de lo del juego?

—¿Juego? ¿Me estás diciendo que Joe jugaba? Eso es ridículo. —Su voz había adquirido un tono despectivo y a la vez cauteloso—. ¿Quién ha dicho eso?

—Aparecía en una página de Internet.

—Tonterías. Joe estaba ahorrando para estudiar. —Edie parecía agotada—. No, no puede ser.

Derek pensó en preguntarle si creía que Joe y Andy Taylor podían haberse peleado pero, consciente del dolor que podía causarle, se contuvo. De todos modos, era una pregunta fútil. Mientras no hallaran a Taylor, todo eran conjeturas.

—¿Has comido?

—No tengo hambre —respondió Edie.

—Deberías comer algo.

Derek fue a la cocina y abrió la nevera.

Cuando volvió con unas galletas saladas, se encontró a Edie dormida en el sofá. La tomó en brazos y la llevó a la cama. Era tarde y no quería que ella se despertara a solas, de modo que fue a tumbarse en el sofá y cerró los ojos. Al cabo de una hora, incapaz de conciliar el sueño, se incorporó, encendió la lámpara y miró a su alrededor buscando algo con que entretenerse. Finalmente su mirada se posó en un DVD que había al lado del televisor. Vio que era una película de Charlie Chaplin, *La fiebre del oro*. Introdujo el disco en el reproductor y volvió a sentarse. Al cabo de unos minutos oyó algo a su espalda: era Edie. Cuando se sentó a su lado, Derek le tomó las manos y ella, sin pronunciar palabra, recostó la cabeza en su hombro. Permanecieron así largo rato, en silencio, mirando a Chaplin en la cabaña de troncos que se balanceaba como un péndulo al borde del precipicio.

Hacia las ocho de la mañana Derek y Pol estaban volando de nuevo sobre la isla de Craig, pero un par de horas después aparecieron nubes bajas, de modo que no consiguieron ver nada.

De vuelta en Autisaq, Derek visitó a los padres de Joe y tomó declaración a todo aquel que lo había visto a su regreso de Craig. A media tarde, cuando sólo le quedaba por tomar una declaración, pasó a ver a Edie y la encontró con la mirada fija en un plato de sopa de hígado de caribú.

—Me siento como atrapada bajo el hielo —dijo ella—. Veo lo que hay más arriba, pero no puedo salir. —Apartó la sopa—. Es que no puedo aceptarlo, no puedo.

Derek le tomó una mano y se la apretó. A raíz de que Misha lo abandonara, había encontrado una página web con las cinco etapas del duelo según la doctora Kübler-Ross: negación y aislamiento, ira, pacto, depresión y aceptación. Él había pasado ya por las tres primeras y ahora se hallaba en plena fase depresiva. Edie no había hecho más que empezar. Lo lamentó por ella: el trayecto iba a ser largo.

Hacia las nueve se encontraba con Pol en la terminal, al lado de la pista. El alcalde había ido a despedirlos.

—Informa de la desaparición del *qalunaat* y de su presumible fallecimiento —le dijo a Derek—. Extraviado en medio de la ventisca.

—Si es que no surgen pruebas de lo contrario.

—Ese hombre no debería haberse aventurado solo.

Derek intentó disimular su sorpresa.

—¿Podemos afirmar que eso fue lo que sucedió?

Simeonie soltó un resoplido, como si la pregunta le pareciera absurda.

—Mire, los chicos como Joe, jóvenes inuit de ambos sexos, se merecen la oportunidad de un empleo como es debido. —Hablaba en un tono paternalista que Derek encontró repulsivo—. Si alguna lección hemos de sacar de toda esta tragedia es que Autisaq necesita dar el salto al siglo veintiuno. Trabajo, tecnología, empresa. Necesitamos que nuestros jóvenes hagan algo más que alimentar el ego de los *qalunaat*.

Viraron hacia la pista de aterrizaje después de sobrevolar la antigua casa de Derek y Misha. Pol se puso los cascos, habló un momento con la persona que estaba en ese momento en la sala de control, se quitó el chicle de la boca y lo pegó encima del altímetro, hasta el siguiente trayecto. Las luces del poblado brillaban como cristales de hielo en el haz de una linterna.

—Como en casa, en ninguna parte —dijo Pol.

—Y que lo digas.

El avión tocó tierra botando un poco sobre la pista y se deslizó por la grava hasta detenerse al lado del edificio de control y carga. Después, en la terminal, rellenaron los papeles de vuelo y fueron a buscar sus respectivas motonieves. Derek no reparó en que Pol le decía adiós con la mano hasta que el piloto se alejaba por el sendero que partía del aeródromo en dirección a la oficina del alcalde. Devolvió el saludo sin entusiasmo.

—¿Te veré mañana por la noche? —preguntó Pol.

Derek se encogió exageradamente de hombros.

—¡En la fiesta en casa de Joadamie Allak!

Derek trató de recordar cuándo lo habían invitado a esa fiesta, pero entonces recordó que no había recibido invitación de ninguna clase. Hizo como que se acordaba y levantó visiblemente el pulgar. Permaneció allí unos segundos, viendo alejarse al piloto, y luego partió en dirección contraria.

Al llegar al ramal que conducía al destacamento de policía, vio a un husky olfatear bajo el edificio de la escuela, un perro de pelaje anodino en cuyos costados se marcaban unas costillas como tubos de plomo. Resultaba imposible saber quién era el dueño. Un momento después vio a otro que correteaba ágilmente por el camino del vertedero, pasado el poste de telégrafos y la señal advirtiendo de que los perros siempre debían llevar correa. Sintió una punzada de ansiedad: hacía sólo diez minutos que estaba en Kuujuaq y se sentía ya como un mono de laboratorio atado a una silla eléctrica.

Derek se quitó las botas, abrió la puerta de la oficina y fue directamente al apartamento que había en la parte de atrás. Se preparó un bol de fideos instantáneos y después se fue a la cama.

Cuando reapareció a la mañana siguiente, Stevie estaba ya sentado a su mesa. Se oían los pitidos familiares del World of Warcraft. Al ver a Derek, cerró rápidamente la pantalla del videojuego.

—¿Té caliente, jefe? —dijo, adoptando un aire desenfadado.

Derek decidió no hacer comentarios sobre lo de los perros y tampoco sobre el videojuego. Había cosas mucho más importantes que atender. Su intención era ponerse a redactar un informe preliminar sobre la desaparición de Taylor y el presunto suicidio de Joe. Habría que mandar al laboratorio las muestras obtenidas en el cuarto del difunto, y después llamar a Ottawa para ver si localizaban a algún pariente de Taylor.

Simeonie Inukpuk había accedido a enviar a Craig otro equipo de rescate, pero hasta que no encontraran el cadáver Andy Taylor figuraría en la lista oficial de desaparecidos. Envió un correo electrónico a Ottawa con las novedades y acto seguido se puso a trabajar en el informe.

A Derek no le cabía la menor duda de que Joe se había suicidado. Sabía, mejor que muchas personas, cómo nacían esos impulsos y se pagaban luego las consecuencias. Lo había comprendido paulatinamente durante su estancia, de adolescente, en un internado allá en el sur, a dieta de patatas y carne con salsa y «purificado» primero de su sangre *cree* y luego de su sangre inuktitut. Visto en retrospectiva, se daba cuenta de que sólo una saludable dedicación al onanismo había evitado que terminara anudando unas sábanas y escabulléndose en plena noche hasta el campo de fútbol para colgarse del travesaño de la portería. Sabía de otros chicos, menos versados en el principio del placer, que habían caído como moscas. Tres en un solo y tétrico verano: Ben Fleetfoot, que fue encontrado flotando en el lago con los bolsillos llenos de *pucks* de hockey sobre hielo que había robado del gimnasio; Holbrook Brown, al que tuvieron que sacar de la bañera con el agua roja brotando de su cuerpo como deshielo de verano, y Katryn Great Elk, que había saqueado el dispensario y se había tragado todas las píldoras que pudo encontrar.

El motivo ya no estaba tan claro. Derek sacó un paquete de Lucky del bolsillo de su camisa, giró la placa que había encima de la puerta («Bienvenidos a esta oficina sin humos»), encendió un pitillo e intentó ponerse en la piel de Joe. Bien mirado, tanto el historial como las circunstancias del muchacho lo convertían en un candidato al suicidio: el sentimiento de culpa que arrastraba por no haber podido salvar a Felix Wagner, a lo que se añadía la pérdida de Andy Taylor; el conflicto emocional generado por la lealtad hacia diferentes miembros de su familia; y, para terminar, su aparente adicción al juego. La combinación de vergüenza, sentimiento de culpa e hipotermia, sumada al fácil acceso a medicamentos, debió de poner al muchacho en una situación mental límite. Sólo hizo falta un momento de ofuscación para que se quitara la vida.

Con todo, había varios puntos extraños, y el primero de los cuales era el propio Taylor. ¿Por qué regresó tan pronto después de lo de Felix Wagner? Edie decía que andaba mal de dinero, y tal vez fuese cierto, pero entonces ¿por qué estaba tan inquieto?

Edie mencionó que la víspera de la partida había bebido mucho. Y luego estaba el hecho de que Joe hubiera vuelto esquiando desde Craig en busca de ayuda. Por más que haya un desaparecido, lo lógico es que un inuk espere a que pase el temporal. Si Joe hubiera matado a Taylor, accidentalmente o no, ¿habría ido a buscar ayuda? A no ser que quisiera buscarse una coartada.

¿Y si había enterrado el cuerpo bajo unas piedras? Eso explicaría por qué no habían visto rastro de Taylor. Aunque, por otra parte, Robert Patma había dicho que Joe desvariaba. Y si tantas incoherencias decía, lo lógico era pensar que hubiera acabado delatándose.

El timbre del teléfono interrumpió sus pensamientos. Derek no tenía ganas de hablar pero respondió igualmente. Era el alcalde.

—¿Qué tal, Derek? El viaje de vuelta, ¿bien?

Derek movió los papeles que tenía encima de la mesa.

—Supongo que Taylor no ha aparecido todavía —dijo.

Se produjo una pausa con ruidos y lo que podían ser interferencias —cosa muy común en aquellas latitudes—, o bien una tos de impaciencia.

—Martie y Sammy saldrán para Craig tan pronto mejore el tiempo.

Simeonie era muy hábil para hacerlo sentir a uno como el perro del trineo.

—¿Se lo has dicho ya a la familia?

—Aún no. Estoy esperando confirmación sobre algún pariente.

—Procura no dar falsas esperanzas. —Otra vez la tosecita, a todas luces un modo de transmitir el esfuerzo que el alcalde estaba haciendo por parecer razonable—. Yo creo que lo mejor es ser sincero, ¿no? Lleva ya cuatro días desaparecido. Ese *qalunaat* no sabía ni mear sin que alguien le ayudara. Está muerto, *inuviniq*. A la familia quizá le convendría más saber que vimos el cadáver desde el aire pero que no pudimos aterrizar para recuperarlo. A ellos les queda claro que no hay nada que hacer y nosotros tenemos un desaparecido menos.

De modo que para eso era la llamada. No le faltaba razón a

Simeonie: era tan probable encontrar a Taylor con vida como que Prada abriera una tienda en Kuujuaq. Con cadáver o sin él, el alcalde quería tener a Taylor enterrado. La prensa hacía más caso de los desaparecidos que de los muertos. Cualquier fisura podía suponer la llegada de un enjambre de sureños a Autisaq dispuestos a hacer preguntas incómodas. Aun así, a los ojos de la ley, Andy Taylor no estaba oficialmente muerto mientras no apareciese su cadáver o transcurriera mucho más tiempo.

La línea empezó a crepitar, dando paso a los alaridos de una ópera china, hasta que la voz fina e insistente de Simeonie se impuso de nuevo. El alcalde estaba diciendo algo sobre su sobrino.

—Hay dinero para estos temas. Hablo de la prevención del suicidio. Una de las cosas que estaba pensando es que quizás ayudaría tener más presencia policial. Se podría edificar un destacamento nuevo aquí en Autisaq, ampliar lo que hay ahora, instalar equipo de última generación, presupuestar gastos para viajes. Se podría formar cadetes, por ejemplo, una especie de club para chavales, y hacer propaganda por toda la región, a ver si acabamos con esta plaga de suicidios.

—En rigor —dijo Derek—, deberíamos hacer venir cuanto antes a un patólogo para que examine el cadáver de Joe Inukpuk.

El alcalde gritó instrucciones a alguien que estaba con él y luego se puso otra vez.

—Mira, Derek —dijo en tono plañidero—, el chico era sobrino mío. Lo único que pretendo es que otras familias no tengan que pasar por esto, y creo que con la financiación adecuada tú podrías encargarte del proyecto.

Simeonie intentaba a todas luces retomar el camino de la normalidad. No se podía negar: era muy hábil.

En ese momento Derek oyó voces apagadas al otro extremo de la línea.

—Tengo que colgar ahora —dijo Simeonie de pronto—. Asesores de urbanismo. Oye, Derek, estamos del mismo lado, ¿no? Cuando redactes el informe, pon: «una muerte accidental y un suicidio». Creo que es lo mejor. Dejemos que la familia de Joe entierre al muchacho.

La línea enmudeció. Derek hizo girar violentamente la butaca en que estaba sentado. Tenía ganas de romper algo. Lo que hizo en cambio fue encender un cigarrillo. Apenas había dado la primera calada cuando el teléfono volvió a sonar.

—Haga el favor de pasarme con el otro tipo. —Derek reconoció inmediatamente la voz: era Tom Silliq.

—Que te jodan. —Derek incrustó el auricular en su sitio. La pintada («capullo») le vino a la memoria.

Stevie dejó pasar unos minutos antes de alzar la voz:

—¿Un té, jefe?

Al poco rato el ordenador emitió un pitido anunciando la llegada de un correo electrónico. La gente de Ottawa no había logrado localizar a ningún pariente cercano de Andy Taylor. Tampoco había constancia de que tuviera esposa o hijos. La única familia era, al parecer, un primo tercero de cuarenta y seis años que vivía en la Columbia Británica. Derek marcó el número de teléfono. Le contestó una mujer diciendo que el primo ya no vivía allí y, no, tampoco sabía sus señas.

Furioso, Derek se puso a marcar el número del alcalde de Autisaq, pero luego lo pensó mejor y marcó el de Mike Nungaq, de la Northern Store. Mike respondió al momento.

Derek se mordió el labio al advertir que el otro estaba en la inopia; su instinto le aconsejaba no dar ningún paso que pudiera ser interpretado como una investigación, de modo que adoptó un tono de profesional indiferencia.

—¿Podrías pasarle recado a Edie de que me llame? Estoy trabajando en el informe sobre la muerte de Joe, era para verificar un par de cosas.

Edie le telefoneó al cabo de varias horas.

—¿Qué tal, cómo estás? —preguntó Derek, maldiciéndose al instante. La mujer acababa de perder a su hijastro; ¿cómo iba a estar si no mal?

Ella tardó un poco en responder.

—Imagino que no llamas para charlar un ratito.

Derek cogió una colilla del cenicero y empezó a moverla entre sus dedos. El tono de Edie le había ofendido.

—¿Puedes contarme lo que sepas de Andy Taylor? —preguntó.

—¿Quieres decir cosas como que era un *nutaraqpaluktuq*, un histérico, siempre de mal humor...?

—Si pudieras concretar un poco más... ¿Te dijo de dónde era? ¿Mencionó a alguna novia, algún familiar?

—La respuesta es no. Que era fan de Guns N' Roses, eso es casi lo único que sé. ¿La policía no tiene una base de datos donde puedas consultar?

—Bueno, sí. Dime, ¿crees que ese Faifax sabrá alguna cosa más?

—Debo de tener su número de teléfono por aquí, lo digo por si le quieres llamar. —Parecía alegrarse de que él estuviera investigando. Obviamente, no se le había pasado por la cabeza que Joe pudiera estar implicado en la muerte de Taylor. Oyó que rebuscaba en alguna parte. Cuando se puso de nuevo al teléfono, recitó una extraña configuración de cifras.

—¿Eso es de Canadá?

—No, no... De Londres, me parece. —Edie dudó un momento—. Derek, ¿tú estás convencido de que Joe se suicidó?

Sin duda deseaba con todas sus fuerzas tenerlo a él de su parte. Derek dudó un poco y luego dijo:

—Supongo que sí. —Una pausa—. Sí, claro.

—Tengo que irme —dijo ella, con sequedad. Evidentemente le dolía mucho aceptar lo que había pasado. Derek no podía culparla; tampoco a él le estaba resultando fácil.

Dedicó varias horas a hacer un borrador del informe preliminar, pero a cada momento le venía a la cabeza la conversación con Simeonie. La oferta era muy interesante. Dar carpetazo a todo el asunto de Joe y Andy Taylor con el mínimo de publicidad, y como recompensa un destacamento nuevo a estrenar y todo el equipo necesario. Lo más probable era que el cadáver de Taylor no apareciese nunca, pero, incluso en caso contrario, los animales o la nieve habrían hecho de las suyas y sería imposible determinar la causa de la muerte.

Después de que Stevie se hubo marchado a casa, Derek decidió ir a dar un paseo para meditar. Al salir a la calle reparó en el perro huesudo que había visto horas antes, esta vez acompañado de un husky más corpulento, con una mancha marrón sobre el ojo izquierdo y unas orejas melladas que daban fe de peleas que el propio animal había olvidado ya. Estaban ambos perros agazapados, los pelos de punta y un rictus agresivo en las fauces, trabados en una especie de peripatética confrontación. El más grande se lanzó al ataque, y el flaco recibió una dentellada en la carne tierna del pescuezo. A partir de ahí, la pelea tomó un feo cariz.

Derek hizo ademán de sacar su arma pero lo pensó mejor. Treinta años atrás un grupo de la Policía Montada había acabado a tiros con todos los perros de trineo de Kuujuaq, como consecuencia de que un animal solitario matara a un niño a dentelladas. La operación generó indescriptible dolor, venganzas, enfrentamientos entre familias. Fue este incidente, más que nada, lo que llevó a la creación de un cuerpo de policía nativo. El sargento Palliser levantó la mano del arma, avanzó hacia la refriega, agarró del cuello al más pequeño de los perros y lo apartó.

Fue a caminar un rato junto a la orilla y cuando regresó al apartamento preparó su acostumbrada cena de fideos y carne de lata y, mientras se enfriaba todo un poco, se puso las botas de trabajo y fue al cobertizo donde tenía sus lemmings. Le molestaba que la conversación con Edie lo hubiera dejado tan intranquilo y, sin embargo, no acertaba a saber por qué. A veces, una visita a sus lemmings le hacía cambiar de idea. Por lo demás, casi siempre volvía de allí sintiéndose mejor.

Encontró la puerta del cobertizo ligeramente entreabierta, lo cual era raro. Nadie tenía por qué entrar durante su ausencia. Empujó la puerta. La penumbra del interior no le impidió ver el tétrico espectáculo: media docena de lemmings tirados por el suelo, muertos, en grotesca formación.

Dejó enfriar la cena, agarró el lazo para perros que tenía en el porche y salió al frío nocturno. Las calles estaban desiertas. Los que se marchaban de cacería después del trabajo habían partido ya. La gente estaba en sus casas cenando o mirando la televisión.

De uno en uno, fue reuniendo a todos los huskies, hasta que cuatro horas después tenía a doce perros en chirona. Fue al cobertizo del material a buscar pienso de perro y les tiró unos puñados entre los barrotes de las jaulas para que estuvieran callados. Finalmente, mitigada su cólera a fuerza de cansancio, tuvo que emprender la abrumadora tarea de limpiar el cobertizo de los lemmings.

Esto era sólo el primer acto, pensó Derek. La culpa era únicamente suya, por ser tan pasivo. Como no encontrara la manera de imponer su autoridad, Silliq y Toolik seguirían vengándose de él hasta que consiguieran expulsarlo del pueblo. Pensó otra vez en la oferta de Simeonie. Lo que el alcalde le pedía que hiciese estaba mal. Lo correcto sería investigar todas las posibilidades en torno a la desaparición de Andy Taylor. Pero, ahora mismo, la perspectiva de mudarse a Autisaq se le antojaba más atractiva que nunca.

Recalentó los fideos en el microondas y luego fue a darse una ducha bien caliente. Cuando hubo terminado eran las dos y media y brillaba el sol. Sabiendo que no iba a poder dormir, tenía poco sentido acostarse, de modo que volvió a la oficina, se preparó un té, conectó el ordenador y tecleó el nombre completo de Misha. En vista de que la página de resultados tardaba una eternidad en cargarse, Derek estiró el brazo y apagó la torre.

Permaneció unos momentos retrepado en la silla, notando que recuperaba el respeto hacia sí mismo. Eran ya casi las tres, de modo que en Londres pronto serían las ocho de la mañana. Tomó aire y marcó el número de Bill Fairfax. Contestó una voz.

Derek Palliser sopesó lo que podía dar de sí una investigación sobre el caso de Andy Taylor. Hecho esto, colgó el teléfono, rompió el papel con el número y tiró los trocitos a la papelera.

6

Hacía una semana que habían llegado los resultados confirmando la muerte de Joe Inukpuk por sobredosis de Vicodin cuando su familia trasladó el cadáver a la isla de Craig para depositarlo bajo el tradicional mojón en uno de los riscos que miraban al Jones Sound.

El sepelio había originado la sempiterna batalla incruenta entre tradición y modernidad. Minnie quería enterrarlo en el cementerio que había junto al aeródromo, al modo cristiano, pero Sammy había impuesto su ley: el cuerpo de su hijo sería abandonado en la tundra, como se había hecho siempre. Fue un detalle que gustó a Edie. Había hablado mucho con Joe sobre las creencias de éste, y aunque le atraían ciertos elementos de la tradición cristiana, lo mismo que a ella, en conjunto no le convencía mucho.

Joe creía en las cosas que veía a su alrededor: la naturaleza, los espíritus, la tundra. Solía ser la generación anterior, nacida en la costa oriental de la bahía de Hudson, casi tres mil kilómetros al sur, y obligada en los años cincuenta a poblar la isla de Ellesmere, la que con más fervor se aferraba al cristianismo. No era de extrañar, pensaba Edie, que aquellos nuevos pobladores encontraran consuelo en las viejas historias bíblicas de exilio y destierro; habían pasado por una experiencia muy similar. Por el contrario, Joe pertenecía a una generación de inuit del Ártico superior que se consideraba oriunda de Umingmak Nuna (Ellesmere) o, como ellos preferían llamarla, la Tierra del Buey Almizclero. Todo aquello de la diáspora y de la tierra prometida le afectaba muy poco. Para él, la tierra prometida no era otra que Ellesmere. Qué gran paradoja que Joe se hubiera quitado la vida en el país que tanto amaba.

Los varones de la familia fueron juntos a Craig para levantar el mojón y colocar el cadáver bajo las piedras, mientras que las mujeres hubieron de contentarse con un funeral terminado el sepelio. La mañana del día en cuestión el tiempo estaba indeciso, cirros altos tachonaban el cielo sirviendo de mampara al sol. Cuando la primera canción del programa matutino de radio empezó a sonar, Edie ya llevaba horas levantada. Después de la ducha, se había engrasado el pelo, se lo había trenzado y se había anudado las trenzas en la nuca mediante una cinta hecha de liebre ártica. Aunque no tenía apetito, se esforzó por tomar un té con grasa de ballena. Luego se puso su mejor conjunto, un vestido con bordados, la parka y los típicos kamiks de piel de foca, y se miró en el espejo. La intemperie le había marchitado un poco la cara —ya no aparentaba veinticinco años— y si uno se fijaba bien, podía apreciar en sus ojos los acontecimientos de las últimas semanas, pero pasó la inspección. Con el atuendo tradicional, nadie hubiera dicho que tenía por padre a un *qalunaat*. La mujer menuda y orgullosa que la miraba desde el espejo parecía cien por cien inuit, y tal era su deseo.

A media mañana se encaminó sola hacia la iglesia. Ni Minnie ni Willa querían que fuese, pero Edie había decidido acudir de todos modos y quedarse en la parte de atrás para que no la vieran. Nadie se lo podía impedir.

Había ya en el interior una multitud de caras conocidas. De las tías, tíos, primos y primas, una buena parte le devolvió el saludo. Se abstuvieron los menos. Había quien seguía pensando que Joe no habría muerto si ella no lo hubiera mandado con Andy Taylor. Edie lo comprendía muy bien, por no decir que casi compartía esa opinión. Sin embargo, la gente olvidaba que la idea de juntar a Joe con Andy Taylor había sido de Sammy, pero éste se había cuidado mucho de recordárselo a nadie. Claro que, probablemente, el resultado habría sido el mismo.

Le vio allí de pie, al lado de Minnie y Willa, tratando los tres de aparentar ahora un frente unido, cuando en vida de Joe habían fracasado de manera tan espectacular. Claro que, en lo tocante a solidaridad familiar, Edie difícilmente podía ponerse por encima de nadie. ¿Acaso no había abandonado a Joe y a Willa al dejar a Sammy? Eso, al menos, era lo que Willa pensaba.

El párroco seguía con su cantinela, que si el País de la Nieve, etcétera, etcétera. Había llegado a la isla procedente de Iqaluit hacía tres años, y no se había enterado aún de que por encima del paralelo 76, la nieve no contaba gran cosa. Allí casi todo era hielo. Los lugareños solían decir que la diferencia entre inuit y sureños era que éstos consideraban el hielo agua congelada, mientras que todo inuit sabía que el agua era simple hielo derretido. Edie decidió que algún día charlaría con el párroco sobre el particular.

Esperó hasta bien entrado el sermón y luego hizo lo posible por salir sin que se notara. Al llegar a casa, apenas había puesto el pie en los escalones de la entrada cuando le vino una idea a la cabeza. Dio media vuelta y se encaminó al ayuntamiento. En las oficinas no había ni un alma. Habían dado fiesta a todos los empleados para que pudieran asistir al funeral. Abrió la sala de comunicaciones con las llaves de Joe, llamó por radio al destacamento de policía en Kuujuaq y lo primero que oyó fue una voz preñada de cautela.

—Ah, Edie, eres tú. —Derek pareció animarse entonces—. ¿Simeonie te deja usar la radio?

—Joe hacía turnos en la sala de comunicaciones, ¿no te acuerdas? Me quedé con sus llaves. Por si las moscas. Oye, Derek, ¿llegaste a hablar con Fairfax?

Oyó que el otro tomaba aire y parecía rebullirse en su asiento.

—El hombre no dijo nada de nuevo.

Sonaba a evasiva, y Edie se preguntó si Derek le estaría mintiendo y, en tal caso, por qué.

—¿Le preguntaste por Felix Wagner?

—¿Qué tiene que ver Fairfax con él?

—¿Con Wagner? No sé, es sólo un presentimiento.

—Los resultados del laboratorio sobre lo de Joe eran muy claros. El alcalde quiere dejar el asunto zanjado lo antes posible.

—Claro, así no habrá tropiezos cuando empiece su campaña para la reelección.

Derek suspiró. Edie le había puesto a la defensiva.

—Mira, Pol y yo sobrevolamos dos veces todo Craig. Si Taylor hubiera estado con vida, le habríamos visto desde el aire.

El tono de cautela se había apoderado por completo de la voz de Derek Palliser. A veces, a Edie le entraban ganas de darle un buen meneo, de hacerle reaccionar y despojarlo de su cinismo, de su indiferencia ante el mundo, ante sí mismo.

—A ver, ¿y qué interés tienes tú en ese individuo? —preguntó él—. Pensaba que no podías verlo ni en pintura.

Edie hizo caso omiso y contraatacó.

—¿Me estás diciendo que no aterrizasteis?

—No hacía falta.

—¿No me comentaste que había un banco de nubes bajas?

¿Acaso creía Derek que había olvidado la conversación de la noche después de que Joe muriera? La estaba subestimando, y eso era impropio de él. Tanto, que no fue sino un acicate.

—Caray, Edie, cómo eres. El caso es que después Simeonie envió también a Martie, ¿ya no te acuerdas?

Edie notó que todo el vello se le erizaba, y acto seguido notó que se ruborizaba de vergüenza y un torrente de lágrimas cálidas rodaba por sus mejillas. Se mordió el labio con fuerza para que él no supiera que estaba llorando. Desde que había encontrado a Joe muerto en la cama, le costaba un gran esfuerzo dominarse.

—Sé cómo te sientes, Edie —dijo Derek, y ahora su voz sonó como un bálsamo—. ¿No crees que sería mejor para todos olvidar este asunto y volver a la normalidad?

Ella respondió confiando en transmitir la dosis correcta de impaciencia, no más.

—Oh, claro, regocijémonos de formar parte de una maravillosa comunidad, finjamos que no es un conjunto de gente jodida, de borrachos y de chavales que cuelgan los estudios. —Trató de recobrar la compostura inspirando hondo—. Derek, ¿has pensado alguna vez adónde te va a llevar ese cerebro de lemming que tienes?

Cerraron la comunicación los dos a la vez.

Incapaz de calmarse, Edie decidió ir hasta el trecho de hielo costero donde tenía atados a los perros, los tranquilizó un poco, se ajustó las correas y montó en el komatik, con *Bonehead* trotando suelto a su lado. Como la mayoría de la gente, todavía tenía un tiro de perros para esos trayectos, sobre todo si quería cruzar las montañas e ir hacia el interior, donde la marcha era demasiado complicada para las motonieves, o cuando quería simplemente sentirse más cerca de la tierra.

Aparte de que, de ese modo, podía escabullirse sin que nadie la oyera.

Tenía una sensación extraña, no por nada en especial, pero eso la tenía inquieta; algo le decía que a partir de ahora debía tener cuidado. No era sólo el modo en que habían dado carpetazo a las muertes de los *qalunaat*, sino también la aparente facilidad con que todo el mundo había aceptado el suicidio de Joe. Presentía que existía cierta conexión —que aún no era capaz de entender— entre la muerte de Felix Wagner, la desaparición de Andy Taylor y el suicidio de su hijastro. Eran demasiadas coincidencias. Y le parecía que Simeonie también lo había notado; por eso estaba tan ansioso por pasar página.

El cielo había despejado y el sol estaba tan alto como podía estarlo en el horizonte meridional: un día propicio para espejismos. Edie ató a los perros, tomó mentalmente nota de andarse con ojo a la vuelta y se llegó a la cabaña de Martie.

Martie no había sabido adaptarse a las casas prefabricadas del gobierno. Si hubiera querido tener calefacción central, decía, se habría ido a vivir a un volcán. Había construido ella misma la cabaña con maderas desechadas por una cuadrilla que trabajaba en la oficina del alcalde. Había puesto paredes dobles, y Edie le había echado una mano para rellenar el espacio entre ambas con una mezcla de musgo y pelo de buey almizclero. En una esquina había un viejo hornillo de queroseno, y en la otra una vieja estufa de carbón, vestigio de tiempos pasados. El suelo y las paredes estaban recubiertos con pieles de caribú y la estancia resultaba muy agradable. Cosa rara en una inuk, Martie vivía sola.

La pequeñísima zona de estar apestaba a whisky barato y sobre la mesa había tazones que estaban demasiado limpios para que se hubiese tomado té en ellos. Edie llamó a voces y Martie asomó tras la cortina que separaba la salita del dormitorio. Parecía un buey malhumorado.

—Ah, si eres tú, osita loca. —Indicó a su sobrina que tomara asiento y fue arrastrando los pies hasta la pequeña cocina—. Mierda, me vendría bien un té —dijo, al tiempo que prendía el hornillo y ponía un cazo con agua encima de la llama—. ¿Y qué te trae por aquí? ¿No deberías estar en el funeral de Joe?

Martie no había comparecido en la iglesia, lo cual no era ninguna sorpresa puesto que no aprobaba del todo el cristianismo, una de las muchas cosas que tenía en común con Edie. De joven, Edie se había consolado oyéndola decir que no pasaba nada por ser diferente.

El agua empezó a hervir. Martie cogió los dos tazones que había sobre la mesa y bajó de un estante una botella de Canadian Mist. Mientras observaba a su tía servir un buen chorro en uno de los tazones, Edie sintió de pronto una tremenda y conocida necesidad. Hacía dos años que sus labios no probaban una sola gota de licor, pero no pasaba un día sin que lo echara de menos. Y ahora, allí sentada, tuvo de repente la absoluta certeza de que no podía estar ni un segundo más sin echar un trago. Martie se fijó en dónde tenía puesta la mirada.

—Qué demonios, Edie.

—Martie, van a enterrar a Joe.

Su tía la miró y acto seguido echó un chorrito de Mist en el otro tazón.

—Quería preguntarte por el vuelo de búsqueda sobre Craig. —Tal como le había recordado Derek, dos días después de que él sobrevolara la isla, Simeonie había enviado a Martie a hacer otro tanto.

—No vimos nada de nada. —Martie encendió un pitillo—. Yo estaba dispuesta a aterrizar, pero teníamos instrucciones.

Edie levantó la vista, sorprendida. Martie se fijó.

—¿Qué ocurre? Simeonie lo dijo bien claro: dar unas pasadas y nada más.

Edie tomó un buen sorbo de té con licor. El whisky le vino bien, cálido y familiar, como un achuchón, sólo que más puro y más sencillo. Dos años siendo abstemia se iban al garete en un instante. En ese momento no lo lamentó.

—¿Te das cuenta de lo raro que es todo esto, Martie? Te envían a buscar a alguien que podía estar metido en una cueva de hielo o podía haber caído en una grieta: ¿cómo ibas a encontrar a nadie sin aterrizar siquiera?

Martie se encogió de hombros. Luego le hizo señas de si quería más whisky.

—Mira, osita, yo sólo hago lo que me dicen.

Edie se acordó de aquella vez, hacía muchos años, en que se había presentado así, sin avisar, en casa de Martie, pero por otros motivos. Había estado bebiendo todo el día con Sammy. Willa y Joe estaban acostados. Se habían puesto a discutir, ya no recordaba el motivo exacto, sólo que tenía que ver con lo siempre, el alcohol. La cosa se puso bastante fea. En un momento dado ella había sacado su pistola y Sammy la suya propia, y pistola en mano se habían quedado quietos, mirándose a los ojos. Pensándolo ahora, le pareció ridículo, como sacado de una película de Buster Keaton. Y mientras ella estaba pensando qué hacer a continuación, se abrió la puerta de los chicos y apareció la carita de Joe, y Willa detrás de él. Aún le dolía en el alma lo que aquellos dos chicos habían tenido que ver. Entonces ella cogió su parka, salió de casa y fue directamente a la cabaña de Martie. Su tía le preparó un termo de té y un caldo de caribú y la encerró tres días en la cabaña, para que se le quitara la borrachera y se calmara del todo.

Al apurar ahora el segundo tazón, Edie reconoció que lo hacía con prisa indecorosa. Y esta vez el whisky sólo le pareció normal.

El regreso a Autisaq transcurrió sin incidencias y Edie llegó a tiempo para su clase de las tres. Decidió hablar de la Época de los Secuestros. Le gustaba ponerlo en mayúsculas y darle así una importancia que en los libros de texto no se le concedía.

El primer *qalunaat* en secuestrar a un inuit había sido Martin Frobisher, aventurero británico que se llevó consigo a Londres en 1571 a un desventurado inuk. Éste falleció poco después, lo cual no disuadió a otros exploradores blancos de repetir la gesta y llevarse a un sinfín de inuit, primero a Europa y después a Norteamérica, para exhibirlos o para darlos como regalo a los patrocinadores de la expedición u otros personajes importantes. Por regla general los inuit morían a los pocos meses, víctimas de enfermedades occidentales, y muchas veces las familias que dejaban atrás pasaban hambre. La cosa llegó a tal extremo que algunos países europeos tuvieron que prohibir esa práctica. Cuando Edie terminó su explicación, la voz aflautada de Pauloosie Allakarialak intervino para preguntar:

—¿Y por qué se llevaban a la gente?

—¿Tú qué dirías?

Pauloosie lo pensó un momento y luego, arriesgando, dijo:

—¿Porque podían?

Edie sonrió. El chico llevaba ocho años yendo a la escuela, y por fin empezaban a entenderse.

Al salir de la escuela, Edie pasó por la Northern Store en busca de algo bueno para comer. Desde la muerte de Joe había perdido el apetito. Tal vez fuera el alcohol, pero notaba dentro de sí que algo había cambiado desde su última visita a Martie. Ya no se sentía culpable ni derrotada; todo lo contrario, lo que sentía era cólera.

Topó con Sammy cuando iba a pagar. Intercambiaron una mirada, ambos incómodos. Él echó una ojeada a los artículos que ella acababa de elegir y una sonrisa apareció débilmente en su cara. Era curioso que ambos pudieran predecir lo que cada cual iba a comprar en el supermercado y al mismo tiempo ser tan incompatibles. Edie se preguntó si se habría fijado en la botella de Canadian Mist que había procurado esconder debajo de un envase de costillas y un tarro de mantequilla de cacahuete. Ojalá no, pensó.

—¿Necesitas compañía? —preguntó Sammy.

Pensó en lo agradable que sería tenerlo a su lado en el sofá y, después, en la cama, y adivinó que él estaba pensando lo mismo. Permanecieron un momento así, quietos frente a frente, como si hubieran vuelto al principio y todas aquellas piedras puntiagudas que se habían interpuesto entre los dos se hubieran deshecho. Pero luego de la noche venía la mañana. El problema era el día siguiente.

—En otra ocasión —dijo Edie, dándole un apretón en el hombro.

Él se sintió visiblemente dolido. Retrocedió apenas un paso, lo suficiente para que el brazo de ella cayera por su propio peso.

—Pues claro, Edie —dijo con la voz pequeña, disimulando mal—. Ya nos veremos.

No se acercó al cuarto de Joe hasta que estuvo lo bastante ebria. Luego, se quedó un momento delante de la puerta, aquella puerta sencilla que daba a una sencilla habitación rectangular. Desde la muerte del chico toda la casa, la casa de ella, se había reducido a aquella puerta y lo que había del otro lado. Giró el picaporte y entró. El corazón le latía con violencia. Por un momento le pareció olerlo, aquel hedor tan peculiar y penetrante de la carne muerta, pero no, era sólo el recuerdo. Cerró la puerta y fue a sentarse en la silla que había junto a la cabecera de la cama.

—Joe, *allummiipaa*, cariño... —El sonido de su propia voz la sorprendió.

Aguardó unos instantes, pero el silencio, la absorbente falta de aire en la habitación, la mareaba. Lo que había esperado, temido o tal vez ansiado encontrar, no estaba allí.

Tiró la compra a la basura y se sentó a esperar que el viento nocturno bajara de los montes. Esperó a que empezara a aullar furioso, y luego salió a su encuentro.

El domingo siguiente decidió hacer una visita a Minnie y Willa. Hasta el momento había conseguido evitar a la madre y el hermano de su hijastro. No había caído en la cuenta de que estaba enojada con ellos porque en cierta medida la hacían responsable de la muerte de Joe, y enojada también consigo misma porque en su fuero interno les daba en parte la razón. Pero, en realidad, ¿a quién había que achacar el suicidio? ¿Tenía ella la culpa por permitir que Sammy lo enviara solo a la tundra en compañía de un neurótico, un incompetente, un manipulador?

¿O acaso Andy Taylor consiguió implicar a Joe en algo oscuro, implicarlo de tal modo que el chico no encontró otra manera de liberarse más que quitándose la vida? En último término, Edie necesitaba su perdón tanto como necesitaba saber que merecía ser perdonada.

Minnie estaba tirada en el sofá mirando la tele, a su lado una botella dentro de un envoltorio de papel marrón, y Edie comprendió que sentía esa urgencia de cuando todo va mal y ni siquiera vas por un vaso.

Minnie la miró apenas un instante y volvió a fijar la vista en la pantalla.

—Justo lo que necesitábamos. —Escupió sobre las baldosas de linóleum manchadas de verde—. Una visita de la realeza.

Edie se tragó el enfado e inspiró muy hondo. Efectivamente, Minnie estaba furiosa. ¿Y qué? Eso era muy sencillo, ella misma estaba furiosa, pero al parecer no se ponían de acuerdo sobre el blanco de la furia. Tal vez no había nadie sobre quien descargarla y la rabia nacida del suicidio de Joe, como ocurre en cualquier suicidio, era como el alud que se precipita glaciar abajo: lo único que se podía hacer era dar fe de su tremendo ímpetu y confiar en contarlo cuando hubiera pasado.

—Lo siento, Minnie —dijo Edie sin más.

En aquel preciso momento ignoraba por qué. Lo sentía por todo, quizá. Minnie le lanzó una mirada tan llena de odio que fue como un puñetazo en plena cara.

—Si quieres hablar con él, está ahí dentro —dijo, señalando el cuarto de Willa, y acto seguido se escupió en la mano y se frotó la cara con la palma, antes de añadir—: Conmigo pierdes el tiempo.

Willa estaba sentado en su cama, fumando hierba, con la ventana abierta.

—Tu madre está muy enfadada conmigo.

—No —dijo él—, simplemente te odia.

—Aparte de lo de siempre, ¿hay algún motivo especial?

Silencio.

Edie lo intentó de nuevo:

—¿Te acuerdas de la vez que fuimos a pescar a Craig, tú, yo y Joe? —Quería recuperar a Willa—. Cuántos años tienes ya, veintidós, ¿no? Entonces debe de hacer siete u ocho años.

Edie los había llevado a pescar con arpón. A cierta distancia de la costa había una zona de aguas profundas. Fue un año especialmente bueno, los peces se acercaban tanto al litoral que se podía vadear unos cien metros playa afuera y casi sacarlos con las manos.

Willa y Joe eran unos críos, entonces. El primero en meterse en el agua fue Joe, siempre tan entusiasta, sobre todo si se trataba de pescar con arpón, técnica que acabó dominando. Como de costumbre, Willa se quedó atrás. Nunca quería arrimar el hombro pero a la vez le daba rabia que su hermano pequeño fuera más competente en todo. Edie recordaba los gritos de júbilo de Joe al ensartar un pez con el arpón, y cómo requirió a su hermano para que lo sujetara mientras él iba a buscar la red. Joe corrió entonces hacia la playa separando los brazos para indicar el tamaño del la captura. Willa levantó el arpón y sacó el pez del agua. Joe tenía razón. Era un ejemplar enorme, una hermosura, lo bastante grande como para cenar los tres. Y entonces sucedió algo inesperado. Mientras Joe se agachaba para coger la red, de espaldas al agua, Edie vio que Willa levantaba la mano libre y de un solo movimiento liberaba al pez del arpón y lo lanzaba de nuevo al agua. Joe se volvió en ese momento y empezó a correr dando brincos y levantando blancos jirones de agua a su alrededor, mientras gritaba: «¡Sujétalo fuerte, Willa!» Y sólo cuando estaba bien metido en el agua se dio cuenta de que ya no había pez. Se quedó completamente deshecho, fue como si el mar le hubiera arrebatado todo su ser. Luego miró a Willa, y en ese instante Edie comprendió que Joe sabía lo que había hecho su hermano y que había decidido perdonarle.

—No me acuerdo de eso que dices. —El tono de Willa fue desafiante—. Mira, Edie, tú insististe en que Joe fuera con ese maldito *qalunaat*, o sea que tendrás que apechugar con eso.

Edie comprendió que había sido una estúpida pensando que los Inukpuk la perdonarían. Ninguno de los dos, Minnie o Willa, querían entender por qué había muerto Joe; habían decidido ya que Edie tenía la culpa. Sammy les había dado su versión de lo ocurrido y los Inukpuk se la habían tragado sin más. De cualquier otra persona, Edie lo habría tomado por una traición, pero Sammy no era un malvado; simplemente era débil. Edie lo sabía ya cuando se casó con él, y nada había cambiado. Tarde o temprano Willa descubriría la verdad, pero no iba a ser ella quien se la contara.

Dio media vuelta, cogió la parka y las botas, salió de allí y se fue a su casa. Pasó el resto de la tarde viendo cómo Buster Keaton salía de apuros a puñetazos, porrazos o por piernas en *Pamplinas en el Polo Norte*, sintiéndose aturdida un momento y medio trastornada al siguiente. Después se levantó, fue por el taburete al cuarto de la escoba y se encaramó a él para bajar el Canadian Mist del armario de la cocina.

Era la cuarta o quinta vez consecutiva que miraba la película, y Edie iba ya por el tercer whisky doble cuando Sammy asomó a la puerta.

—¿Estás bien? —le preguntó, yendo a sentarse a su lado.

—¿Sabes qué día es?

Sammy puso cara de perplejidad.

—Domingo, ¿no?

—Hoy hace un mes.

Sammy se sirvió un whisky. Una suerte de energía oscura se apoderó de la estancia. Ninguno de los dos dijo esta boca es mía. De repente, una idea cruzó por la mente de Edie, un pensamiento espantoso y acuciante pero que no podía pasar por alto de ninguna manera.

—Sammy —dijo—, ¿tú no crees que Willa quizá le guardaba rencor a Joe por alguna cosa?

Inmediatamente, Sammy dejó caer el vaso sobre la mesa, se puso de pie y fue hacia la puerta.

Cuando habló, lo hizo con voz temblorosa, quebrada:

—¿Sabes, Edie?, a veces me extraña haber llegado a quererte.

Unas horas más tarde, en vista de que no conseguía dormir, fue a casa de Sammy. La luz estaba encendida. Entró.

Él estaba sentado en su sofá, aquel mueble barato que apestaba a cerveza y a grasa rancia de foca, lloroso y ebrio. A su lado había varias latas vacías de Coors y media botella de Wild Turkey. Edie se acercó al sofá y durante un momento se abrazaron en silencio. Luego él sirvió whisky en un vaso sucio que había encima de la mesa y se lo pasó a ella. Edie tomó un sorbo y el líquido se abrió paso, ardiente, hasta su estómago. Su ex marido la estaba mirando con fijeza.

—Perdona —dijo Edie.

Él hizo un gesto como dando a entender que no hacía falta que se disculpara, como si todo volviera a ser como antes y, mediante el mero hecho de compartir un trago, hubieran alcanzado un cabal entendimiento.

—Antes había ido a decirte una cosa —dijo Sammy—. Sobre Andy Taylor.

El día antes de salir de expedición, Taylor había pedido pasar por la oficina del alcalde para hacer una llamada telefónica urgente.

—¿Sabes a quién? —preguntó ella.

—No. Un asunto familiar, dijo. De todos modos, tiene que constar en el registro de llamadas.

Edie se lo quedó mirando. Todavía ahora era un misterio para ella.

—Sammy —dijo—, ¿por qué me cuentas esto?

Él esbozó una sonrisa y repuso:

—Yo no soy valiente, Edie. Sé que te gustaría que lo fuera, pero no lo soy. Tú, en cambio, sí.

Alguien había dejado una lámpara encendida en las oficinas del ayuntamiento y su luz arrojaba líneas de sombra sobre el mobiliario. Edie pasó frente a la sala de reuniones, donde el consejo de ancianos (le pareció que habían transcurrido años de eso) se había reunido para acordar que no investigarían la muerte de Felix Wagner, mientras ella y Joe esperaban fuera como dos colegiales a los que iban a castigar.

Se metió por un pasillo a la altura de la sala de comunicaciones y caminó hacia la puerta grande de color gris que había al fondo, la que daba al despacho del alcalde. La puerta estaba cerrada con llave. Se sentó un momento en la silla de Sheila Silliq, la secretaria personal de Simeonie, mirando la puerta del despacho. Sheila era una inuit que había renunciado voluntariamente a serlo a cambio de un cómodo empleo de oficinista y un par de viajes al año a Ottawa. Era educada, eficiente, y tenía un cierto aire de superioridad.

Junto a su escritorio había un estante metálico y encima del mismo unos cuantos archivadores, muy bien etiquetados. Edie buscó el registro de llamadas y examinó las hojas correspondientes al mes de abril. Casi nadie hacía llamadas salvo a los alrededores, a Iqaluit y, raras veces, a Ottawa. El prefijo de Estados Unidos destacaba mucho. Anotó el número, cerró el registro y estaba guardando todo en el archivador cuando se abrió la puerta de la entrada principal y apareció Sheila en el pasillo, a todo correr, sonrosada por el viento del exterior.

La única salida era pasar al ataque.

—Es que no podía dormir —dijo Edie, haciendo como si su presencia en plena noche en un lugar que no le correspondía fuera la cosa más normal del mundo—. ¿Qué excusa tienes tú?

Sheila se la quedó mirando, tan pasmada como boquiabierta.

—Me he olvidado el termo —dijo.

Fue al volver a casa al día siguiente, después de dar clase, cuando Edie se permitió por fin mirar el número al que Andy Taylor había telefoneado. El prefijo no le sonó de nada: no era de Nunavut, Ottawa ni Toronto. Taylor le había dicho a Sammy que quería hacer una llamada privada a su familia, pero, según las averiguaciones que Derek había hecho, el *qalunaat* flaco no tenía ningún pariente próximo.

Edie se puso las prendas de exterior, fue corriendo hasta la Northern Store y le pidió a Mike que le dejase llamar a larga distancia desde el teléfono de su despacho. Contestaron a la segunda señal acústica. Una voz con acento muy marcado dijo: «¿Zemmer?»

El nombre le sonó vagamente familiar, pero en ese momento Edie no supo identificarlo.

—¿Está Andy Taylor? —dijo.

Pausa.

—Aquí no hay ningún Andy Taylor. —El tono fue precavido—. ¿Quién habla?

—Perdone —dijo ella—, quizá me he equivocado de número. ¿No es ahí la tienda de ordenadores de... —trató de recordar— de Washington, DC?

—No, señora. Esto es una pizzería de Houston, Tejas.

Edie colgó.

—¿No estaban? —le preguntó Mike con una sonrisa cuando volvió a la tienda.

Edie negó con la cabeza. Cuando uno tenía algo que ocultar, lo mejor era guardar silencio. Eso lo había aprendido de las películas mudas.

Acababa de dar con algo cuya importancia no entendía aún, pero estaba convencida de que era importante. Ni siquiera Andy Taylor estaba tan loco como para encargar una pizza a una tienda que estaba a seis mil kilómetros de distancia.

7

Una semana más tarde, durante una pausa en el colegio, Edie cogió sus cosas y unas provisiones y bajó hasta la playa donde tenía su komatik. Aparte de la rápida excursión a la cabaña de Martie, Edie no había salido del poblado desde la muerte de Joe y el vehículo necesitaba un chequeo de rutina si quería sacarlo por el hielo de finales de mayo, todavía compacto pero reblandeciéndose ya de manera sutil.

Mucha gente se había pasado a los patines de plástico, pero Edie tenía la sensación de que la separaban del suelo, algo que le resultaba desagradable y a la vez la desconcentraba. Tendría que raspar el recubrimiento de hígado y barro de sus patines de colmillo y aplicar una nueva capa. Ella prefería los trineos a la antigua.

Y, mientras el recubrimiento se enfriaba y se endurecía, sujetaría de nuevo las tablillas con cuerda de piel de foca y comprobaría los arneses de los perros.

Se decía a sí misma que iba a Craig a pescar en el hielo, lo cual era verdad pero hasta cierto punto. Ella era consciente de que si tan sólo le hubiera interesado pescar, tenía mejores sitios donde elegir y mucho más a mano.

Nada se había sabido del paradero de Andy Taylor desde el segundo y definitivo vuelo de rescate, y la familia de Joe, Simeonie y el propio Derek Palliser habían mostrado un interés casi obsceno por olvidar la desaparición de Taylor y el suicidio de Joe. Lo más sensato habría sido hacer igual, pensaba Edie, pero la muerte de Joe provocaba en ella impulsos que no podía pasar por alto. No importaba el nombre que quisieran ponerle: olfato de cazador, intuición, amor de madre... De lo único que estaba segura era de que las dos muertes y la desaparición de Andy Taylor estaban relacionadas. Si Joe no hubiera muerto, tal vez ella habría hecho lo que Sammy le sugería, acatar las normas y callar, pero ahora estaba convencida de que el destino de los dos *qalunaat* era la clave para comprender qué le había sucedido a su hijastro. Desafiar abiertamente la autoridad de Simeonie le complicaría mucho la vida, muchísimo, de ahí que hubiera mantenido sus intenciones tan en secreto que apenas las admitía para sus adentros. Pero sabía que si no iba hasta el fondo, si no averiguaba qué le había pasado a Joe, no merecería la pena seguir viviendo.

Cuando estuvo lista, arrastró el komatik por el hielo marino hasta donde tenía atados los perros. Les había dado de comer la mañana anterior y no volvería a hacerlo hasta la noche, cuando montara el campamento. Era importante tenerlos al borde mismo del hambre. Si estaban satisfechos, no querían correr.

En anteriores temporadas, su perro de cabeza había sido una hembra de color gris a la que había llamado *Takurnqiunagtuq* (Felicidad). Ahora le parecía irónico ese nombre. Joe siempre se burlaba de ella por su apego a los perros. Edie lo estaba recordando en aquel preciso momento, mientras les iba tocando las costillas para ver cómo estaban de fuerza torácica y comprobaba si tenían abrasiones en las patas que pudieran causarles problemas por el camino. Normalmente eran las dos cosas que fallaban primero: patas y pulmones. Los carámbanos podían cortarles las almohadillas, y cuando hacía mucho frío los más débiles llegaban a toser sangre. Edie había visto cómo a uno de ellos le reventaba un pulmón. Pero este tiro, en conjunto, era muy recio; descendía de un linaje de perros enjutos y briosos que sus abuelos habían criado en la región de Nunavik, mezclado con la variedad groenlandesa, un animal más apacible, con un pelaje fantástico y unas orejas chiquitas que impedían que perdiera demasiado calor.

Eligió a catorce y los ató al arnés, dejando dos para que corrieran sueltos como reserva. Finalmente, después de un último repaso al equipo, colocó bien tensas unas pieles de caribú encima del komatik, llamó a *Bonehead* y azuzó a los perros para que arrancaran.

El tiempo era perfecto para ir en trineo. Las nubes altas mantenían la temperatura a unos agradables veinte grados bajo cero, frío suficiente para que el hielo estuviera duro pero no para que los patines del trineo botaran, y el viento era suave y no levantaba nubes de escarcha de la nieve.

Mientras el komatik brincaba por la pista de hielo costero en dirección a los caballones que marcaban el inicio del hielo marino, le vino a la cabeza una escena de *Pamplinas en el Polo Norte* y se echó a reír. Le pareció que no reía desde hacía mucho tiempo. Allí estaba Buster Keaton —podía verlo con los ojos de su mente—, tratando inútilmente de que su tiro de chuchos enanos arrancara de una vez.

Algo más adelante, una serie de caballones la devolvió al presente. Si algo le gustaba especialmente de viajar por el hielo marino era que, poniendo un poco de tu parte, el avance a través de la tundra podía acabar colmando tus pensamientos, hacerte olvidar todo lo demás, hasta que lo único que parecía existir era el viaje en sí, y el propio movimiento la única cosa importante. ¿Era más sensato ir por los témpanos o seguir la faja de hielo costera?, ¿de qué dirección venía el rocío del mar?, ¿estaba penetrando en territorio de osos?, ¿la marea subiría tanto como para resquebrajar el hielo?

A la altura del primer caballón detuvo a los perros, clavó el ancla en el hielo y fue a estudiar una ruta a través de torres y pináculos para seguir adelante. De regreso, condujo a *Takurnqiunagtuq* despacio, corriendo atrás para equilibrar el trineo cada vez que éste amenazaba con volcar. Era un trabajo agotador, y para cuando llegó al hielo llano del otro lado, Edie necesitaba un descanso. Echó el ancla, ordenó a los perros que se tumbaran, caminó unos pasos hasta un iceberg cercano y se encaramó para echar un vistazo al entorno.

A lo lejos los peñascos de Taluritut se erguían en el hielo marino. El nombre inuktitut significaba «tatuaje», por los mellados precipicios que desde lejos recordaban a los pelos que las mujeres inuit solían tatuarse en la barbilla, un nombre mucho más expresivo que el *qalunaat*: Devon. Varios kilómetros más al norte, de un tono malva oscuro, sus contornos azotados por el viento, estaba la isla de Craig.

Edie se quitó las gafas de nieve, cerró los ojos y dirigió la cara hacia el sol. Qué delicia, sentir los primeros atisbos de calor. Por todo Craig, bajo colinas enteras de nieve que el viento había acumulado, las madres oso estarían poniéndose en movimiento con sus cachorros, y dentro de pocas semanas harían su aparición los eiders, los mérgulos y las morsas. Poco a poco irían llegando vuelvepiedras, ánsares nivales, gaviotas tridáctilas, playeros árticos, pinzones de las nieves, y de golpe sería verano.

Edie le había regalado a Joe en su decimotercer cumpleaños un komatik de segunda mano y unos cachorros. Durante los dos años que siguieron, el muchacho invirtió muchas energías en criar y adiestrar a aquellos cachorros, y al cumplir los quince era ya capaz de rivalizar con los mejores conductores de trineo de Autisaq. Joe solía llevarla al lugar donde ahora se encontraba. A primeros de julio, poco antes del deshielo, le pedía que preparara a sus perros y luego se dirigían hasta el margen del hielo marino, donde los osos acechan a la espera de que aparezcan focas. Muchas veces, Joe se adelantaba para comprobar el estado del hielo, saltando simplemente de témpano en témpano. Era algo extremadamente peligroso, pero él parecía tener una intuición especial para saber si un témpano se fundiría o se partiría en dos, si apoyar más o menos el peso del cuerpo, cuándo ampliar la zancada en un salto, hasta dónde saltar o cuándo era preferible no hacerlo. Él le decía, en broma, que todo aquello lo había aprendido viendo a los «grandes», refiriéndose a Lloyd y a Chaplin, a Keaton y a Laurel y Hardy.

Edie se puso en marcha de nuevo. Reinaba una calma misteriosa, el viento era apenas brisa y el sol rebotaba en el hielo marino levantando una bruma de calor. Si uno se descuidaba con tanto resplandor, en media hora podía quedar temporalmente ciego. La ceguera en sí no era mortal, pero uno dependía entonces completamente de los perros para llegar a casa sano y salvo. Edie sabía de cuatro o cinco cazadores que no habrían sobrevivido de no ser por sus perros. Razón de más para que, en lo posible, cuando se adentraba sola en la tundra para un largo período, Edie prefiriese viajar al modo tradicional.

De todos modos, si el tiempo acompañaba, el trayecto hasta Craig no era tan complicado. Una vez pasados los caballones, todo el trecho era ya hielo marino llano. No había más de cincuenta kilómetros desde la playa de Autisaq hasta Tikiutijavvilik en Craig. Sin embargo, la cosa cambiaba por completo en condiciones adversas. Al contemplar ahora la vasta extensión, se dio cuenta de que había sido casi un milagro que Joe hubiera conseguido volver en medio de una fuerte ventisca, hipotermo, congelado y confuso. Esto despertó su cólera. En aquel funesto viaje con Fairfax y Taylor, ella y Joe habían querido ir con sus respectivos perros. Tenían claro que así iba a ser más fácil divisar posibles mojones funerarios, pero Taylor había insistido en coger las motonieves. Las había utilizado en Alaska y estaba convencido de que eran un medio muy superior a los perros. Edie había objetado que Alaska estaba tan al sur de Ellesmere como California lo estaba de Alaska, pero eso no le impresionó. Taylor parecía tener mucha prisa.

Demasiadas cavilaciones. Edie azuzó a los perros e intentó centrarse una vez más en la ruta.

Un par de kilómetros hacia el interior, vio que algo se movía en el horizonte, un *puikaktuq*, un espejismo, que en inuktitut quería decir, literalmente, «elevarse sobre el mar». Lo que en principio parecía una nube plateada y brillante empezó a temblar, luego a fusionarse lentamente, y fue entonces cuando Edie, para su sorpresa, vio cobrar forma entre la nube a una silueta. Muy despacio, la nube se infló y se encogió dibujando un contorno definido, hasta que a Edie no le cupo duda de que aquello era un hombre, un hombre joven, y, por el modo en que se movía, se le hizo evidente que lo que estaba mirando era un *puikaktuq* de Joe: no el Joe de carne y hueso, ahora enterrado bajo unas piedras en el muskeg, sino el Joe del mundo de los espíritus, el *atiq* Joe, una presencia tenue y envolvente. Allí estaba, un rielar de aurora boreal en el horizonte. También los perros parecían haber notado algo, pues empezaron a aullar furiosos y a tirar como locos hacia delante. El komatik aceleraba sobre la blanca extensión y Edie empezó a notar que en los rabillos de los ojos se le iban formando piedrecitas de cristales de hielo, que la humedad de sus labios se congelaba, que los pelos de su nariz se incrustaban en la mucosidad que se congelaba en el interior, hasta que pudo sentir a Joe atravesando el hielo marino en pequeñas partículas a su alrededor.

Y tal como había aparecido, el *puikaktuq* se desintegró, los perros aminoraron la marcha y entonces, a poca distancia de allí, en pie sobre el hielo costero, apareció la figura de un hombre de carne y hueso y a su lado, concretándose a la luz cegadora del sol, un pequeño komatik y seis perros. Edie comprendió que era aquel hombre, y no el espejismo, lo que había excitado tanto a sus propios perros.

Fue hacia él agitando los brazos y dando voces, pero no obtuvo respuesta. Al acercarse más, pudo ver el contorno de Koperkuj el Viejo. Estaba pescando en un agujero en el hielo. Sin duda llevaba allí bastante tiempo, porque a su lado, en el suelo, había seis gordos salvelinos.

—Has asustado a los peces —rezongó el anciano mientras ella echaba el freno y se acercaba caminando.

Edie se disculpó. El hombre tenía toda la razón. Si ella hubiera observado la costumbre, habría detenido a los perros un poco más lejos y esperado a que él le hiciera una señal. El incidente del *puikaktuq* le había hecho olvidar sus modales, y por su culpa él había perdido varias posibles capturas.

Aunque Edie conocía a Saomik Koperkuj de toda la vida, nunca había tenido gran cosa que ver con él. Vivía en una cabaña no lejos de la de Martie y sólo iba al pueblo para cobrar el subsidio o canjear unas pieles. Era uno de los originales exiliados de Nunavik y, se decía, empinaba mucho el codo. Corrían rumores de que él y Martie habían estado liados un tiempo, pero, incluso de ser cierto, Edie consideraba que eso era asunto de ellos dos y de nadie más. En cualquier caso, era un viejo desabrido y hosco; llevaba tanto tiempo solo que ya no sabía estar acompañado, siempre resoplando y embistiendo como un buey almizclero. A saber qué le habría visto de bueno su tía.

—Vienes a ver al chico, supongo —gruñó el viejo.

Edie tuvo un sobresalto. Por un momento pensó que él también había visto el *puikaktuq*, pero entonces comprendió que se refería a la tumba.

—Es una pena, lo de ese chico —murmuró—. No le tocaba su hora. —Koperkuj la invitó a acuclillarse junto a él—. Me caía bien, tenía un buen *ihuma*. Es algo que ya no se ve a menudo. Quizás en tiempos de tu antepasado, Welatok, pero ahora ya no.

—Es verdad —dijo Edie, contenta de que, a diferencia de todo el mundo, Koperkuj no hubiera considerado a Joe un chico inestable.

El hombre señaló la pila de salvelinos y la fisga que había al lado. Había estado cazando liebres, antes de ponerse a pescar. Dos machos y una hembra pendían sobre el manillar de su komatik.

—¿Tienes hambre?

Edie asintió. No se había dado cuenta hasta entonces del hambre que sentía.

Vio cómo Koperkuj abría con mano experta un pescado, le quitaba las tripas, dejaba a un lado lo comestible y apartaba el tracto digestivo inferior, sin duda para llevárselo a casa y limpiarlo. La tripa de salvelino era un buen remiendo para el forro de los calcetines. El viejo le fue pasando los mejores trozos, relucientes y cubiertos de sangre, y ella se puso a comer agradecida, disfrutando del sabor a mar que aún conservaba la carne.

El viejo había montado ya un hornillo y después del pescado tomaron té caliente con mucho azúcar. Edie fue a su komatik a por el termo de Canadian Mist y añadió un chorrito a cada tazón, y el viejo cabeceó instándola a servirle más.

Cuando hubieron terminado de comer la primera pieza, Koperkuj le dijo que fuera a buscar otra, y a unos pasos del agujero en el hielo, Edie se fijó de nuevo en el arpón que había al lado: tenía una franja azul y una pegatina de un macairodo. Le resultó familiar, así que fue a mirar de cerca. La pegatina llevaba el logotipo de los Predators de Nashville, el equipo de hockey sobre hielo. Joe y Derek Palliser eran hinchas de los Predators. Aquella fisga había pertenecido a Joe, su padre se la había regalado hacía unos años. ¿Cómo era que ahora la tenía Koperkuj? Y entonces se acordó: ¿no dijo Joe que se llevaba el otro arpón para Andy Taylor? Quería enseñarle cómo pescaban los expertos en la materia. Es decir, la fisga estaba entre las cosas de Andy Taylor, y de eso únicamente podía deducirse que Koperkuj había topado con él en Craig. Edie se incorporó y, sin dejar entrever cuanto en ese momento pasaba por su cabeza, volvió despacio con el salvelino en la mano.

—¿Has venido a pescar alguna otra vez antes de la primavera? —dijo.

—Una, en abril. —Koperkuj se limpió la boca con la mano y le lanzó una mirada precavida, como haría un zorro hambriento si uno le tendiera un pedazo de carne.

—¿Picaron?

—Lo normal —respondió, encogiéndose de hombros.

Edie le pasó el whisky y le animó a beber. El viejo soltó una risita de satisfacción. Le conocía lo suficiente como para intuir que si hacía preguntas directas se cerraría como una ostra. Intercambiaron anécdotas de caza y ella aprovechó para ir sirviéndole whisky. Debía abordar el asunto con mucha delicadeza, muy indirectamente, para que él no se diera ni cuenta de que caía en la trampa.

—Esas liebres de ahí tienen muy buena pinta —dijo, dirigiendo la vista hacia los animales colgados del manillar.

—Y que lo digas. Por aquí es fácil cazar liebres —Se volvió para señalar hacia un cabo más al sur—. Éstas las he cazado cerca de Tikiutijavvilik, pero cualquier sitio al sur de ahí es bueno. Basta con que el viento levante la nieve que tapa las madrigueras. —Nombró varios lugares y dio la descripción de cada uno en inuktitut.

—¿Te importa si echo un vistazo?

Edie se acercó e hizo como que admiraba las pieles, pero en realidad estaba registrando visualmente el trineo del viejo.

En la parte de atrás, atravesado sobre las tablillas, había un rifle de caza, un Remington 700, prácticamente nuevo. Era idéntico, de hecho, al que llevaba Andy Taylor cuando fueron con Felix Wagner a cazar pájaros.

—¿Las has cazado con ese 700? —preguntó.

El viejo asintió, más relajado ahora.

—Qué preciosidad —dijo ella.

Interiormente estaba sin resuello. Un anciano como Koperkuj no podía permitirse el lujo de comprar un Remington nuevo. ¿Habría topado con la motonieve de Andy Taylor? Era posible, sí, pero muy improbable. Ni siquiera el *qalunaat* flacucho era tan tonto como para dejar tirado su vehículo sin agarrar el rifle. Decidió cambiar de táctica y volver de nuevo al tema una vez que el viejo hubiera echado unos cuantos tragos más.

—¿Has cobrado alguna pieza grande últimamente?

El hombre se balanceó al estirar el brazo para agarrar el termo.

—Un lobo, pero hace tiempo. Y no fue aquí, en Craig. Lo más curioso es que cuando lo abrí en canal encontré que tenía esto en el estómago.

Sacó una cadena de oro de la que colgaba una piedra moteada del tamaño de un cráneo de cuervo. Se la pasó a Edie y ésta sopesó la piedra y luego la dejó caer sobre la parka del viejo. Era muy pesada, no había visto nunca nada igual.

El viejo soltó una risita y dijo:

—Hay que ver el hambre que pasan los lobos, se comen cualquier cosa.

—Sí, es asombroso —dijo Edie, fingiendo estupefacción.

Koperjuk rio satisfecho. El viejo buey almizclero estaba ya tan bebido que ni siquiera había captado el hecho de que acababa de decir la mentira menos convincente del mundo. Ni el lobo más famélico del mundo se comería una piedra. Entonces, ¿de dónde había sacado el viejo una cadena de oro? ¿La piedra era de Andy Taylor? Edie barajó mentalmente una hipótesis. ¿Había matado Koperkuj al flaco? No era probable. El viejo era un oportunista pero no un asesino. Lo que sí parecía cada vez más probable, sin embargo, era que Koperkuj hubiera establecido contacto directo con el *qalunaat* y le hubiera birlado algunas de sus cosas. Pero sacarle una confesión al viejo buey era prácticamente imposible. Borracho o sobrio, no tenía un pelo de tonto.

De pronto sonó una especie de gemido. Era Koperkuj, atacando una vieja canción mientras marcaba el ritmo sobre una piedra cercana, con voz como de zorra en celo. A Edie se le ocurrió un plan. Recogió el termo, sonrió educadamente al viejo, y después de darle las gracias por su hospitalidad y de desearle un buen viaje, regresó a su trineo.

Tocó tierra firme en Ulli, la playa de guijarros en forma de media luna donde, en una ocasión, había ido a buscar huevos de eider con Joe y Willa. Ató a los perros y les dio de comer pemmican. Luego remontó el pedregal hasta lo alto del risco donde el *inukshuk* de Joe miraba hacia el hielo del Jones Sound y atravesó la nieve compacta acumulada por el viento hasta el hoyo en que el cuerpo de Joe yacía bajo un mojón funerario. A resguardo de un saliente rocoso, un cuervo la observó.

—Joe —dijo Edie—, soy Kigga.

Se levantó viento e inmediatamente el pájaro alzó el vuelo. Edie permaneció un rato acuclillada junto al mojón intentando imaginar los lugares adonde Joe podía haber llevado a Andy Taylor, los pequeños escondites que ella y su hijastro exploraban cuando él era pequeño, lugares que el viejo Koperkuj debía de conocer también. Si había topado con el cuerpo sin vida de Andy Taylor, probablemente tenía que haber sido en uno de los sitios que el viejo frecuentaba.

Decidió acampar unos kilómetros al norte de Tikiutijavvilik, cerca de Uimmatisatsaq. Allí la playa era poco honda y la marea relativamente suave, gracias en parte a los vientos del noroeste. Era en su franja costera occidental donde Bill Fairfax y Taylor habían comentado que podía haber señales del campamento de sir James Fairfax. Y era también el primer sitio adonde el viejo iba a cazar liebres. Después se dirigiría hacia el sur y buscaría en todos los escondrijos que había explorado con Joe. Cabía la posibilidad de que él se los hubiera señalado a Taylor, o incluso que el propio *qalunaat* hubiera encontrado uno. Era, desde luego, una posibilidad muy pequeña, pero Edie no tenía otro tipo de munición a mano.

Una vez que hubo montado el campamento, sacó el termo y bebió un poco de té. La luz fue girando de sur a norte y la brillante mirada del sol de medianoche dibujó sombras alrededor de la lumbre. La elevación de terreno por encima de la playa de Tikiutijavvilik, aun siendo muy suave, permitía ver un trecho de costa relativamente llana hasta que el terreno ascendía a la altura de Uimmatisatsaq y empezaban los acantilados propiamente dichos. Desde su punto de observación, y a través de prismáticos, Edie disponía de una buena vista de los atracaderos y al fondo de todo el extremo septentrional de la isla.

La nieve estaba ya un poco blanda en algunos puntos, imposible recorrerla en motonieve e incluso peliagudo con un tiro de perros. Sólo diez años atrás, Edie no habría tenido ni que pensarlo, pero ahora el deshielo comenzaba antes y el terreno se volvía menos predecible. Suponía que, en un plazo de dos o tres semanas, empezaría a deshelar y ya no sería posible viajar por la tundra. Después, hacia finales de julio, empezarían a abrirse canales en el hielo marino y cualquier trayecto más o menos largo, como cubrir la distancia entre Ellesmere y Craig, sería en extremo peligroso hasta que llegara el deshielo propiamente dicho —a finales de agosto o inicios de septiembre—, momento en el cual el mar sería navegable. Por lo tanto, si Edie no encontraba algún rastro de Andy Taylor ahora, tendría que esperar tres meses para intentarlo de nuevo.

Dio a los perros té tibio y aguado, cortó pedazos de foca congelada que había llevado consigo y se acomodó en el saco de dormir. El parloteo de araos y mérgulos la tuvo despierta un buen rato, pero finalmente la venció el sueño. Al despertar, notó el aire recalentado dentro de la tienda, y es que el sol meridional atravesaba con fuerza la lona. Salió para desperezarse al frágil calor de finales de primavera. Mientras desayunaba el pescado que le había dado Koperkuj a cambio de pemmican y un poco más de té dulce, decidió explorar primero la zona adyacente a Tikiutijavvilik y luego poner rumbo al sur hacia los acantilados, el terreno salpicado de verdosos taludes detríticos, cuyas heladas patas protegían el hielo costero de las grietas producidas por la marea y había buen hielo para viajar. No existían mapas por los que guiarse. Si conseguía dar con el paradero de Andy Taylor, no sería por seguir unas coordenadas, sino de improviso y sobre el terreno.

Era ya muy tarde cuando Edie decidió dejarlo. La búsqueda había resultado frustrante. En algún momento de la tarde *Bonehead* había empezado a indicar la proximidad de un oso. A Edie le parecía extraño puesto que en esa época los osos solían estar en la costa oriental de Ellesmere, dando cuenta de las focas y las belugas que pululaban en el *sina*, la parte donde los témpanos se encontraban con la polinia North Water, o bien al oeste en Hell Gate. Pero desde que el deshielo se producía antes de lo habitual, las rutas de los osos no eran ya tan predecibles. Había tenido que contener a los perros a cada momento y escrutar el horizonte con sus prismáticos por si acaso.

Tras varias horas así, Edie había decidido azuzar a los perros en vista de que no aparecía ningún oso. Pero entre una cosa y otra se había demorado demasiado, y al final del día, habiendo cubierto menos distancia de la que ella esperaba, no tenía ninguna pista de Andy Taylor ni de su motonieve. Pero aquello le había hecho pensar: si había osos en aquella zona, podía ser que alguno hubiera acabado con Taylor. Mientras estaba sentada junto a la tienda tomando té, se recordó a sí misma estar atenta a posibles huellas de oso, o de los zorros que a menudo los seguían en busca de buena carroña.

Su cena consistió en tres huevos de arao que había encontrado en un nido abandonado. Partió las cáscaras en la palma de la mano y se echó el contenido a la boca, crudo, y después se envolvió en el saco de caribú y puso el despertador mental para despertarse temprano. En algún momento de la noche soñó con el *puikaktuq*, pero al despertar solamente recordaba haber visto su sombra.

Las aves acuáticas no habían levantado el vuelo todavía y Edie estaba ya en marcha hacia el sur siguiendo la costa en medio de la niebla matinal. Normalmente, en esa época del año, la niebla derivaba en nubes bajas precursoras de llovizna, pero esta vez el sol había podido con todo y el día se volvió luminoso, con sólo unos cirros altos en el cielo.

Acababan de rodear el promontorio al sur de Uimmatisatsaq cuando decidió bajar hasta la playa. Era donde Joe y Taylor debían de haber pasado parte del tiempo y quería asegurarse de que no hubiera algo que ver allí.

Iban ella y los perros por una playa salpicada de conchas de molusco cuando un brillo intenso atrajo la mirada de Edie. Estaba a menos de cincuenta metros. El hielo brillaba, la nieve brillaba, algunas rocas brillaban también según el momento y las condiciones atmosféricas; despedía brillo la piel de los peces así como las pezuñas del buey almizclero y del caribú y las piezas metálicas de motonieves y komatiks, pero Edie no recordaba haber visto nada que brillara de esa manera.

Detuvo el trineo, ató a los perros y continuó a pie. Una fina y dura cubierta de hielo compacto oscurecía la playa en algunos puntos y hacía difícil localizar el origen exacto de aquel brillo. Preguntándose si habrían sido imaginaciones suyas, Edie procedió a una búsqueda al estilo tradicional inuit, caminando en círculos progresivamente más grandes y escrutando tan sólo el pequeño fragmento de terreno que tenía inmediatamente ante ella.

Y, de pronto, allí estaba. Un rayo de sol había penetrado las nubes dando vida nuevamente a un objeto que brillaba. Edie se agachó; era un pendiente de oro, sencillo pero con un diamante incrustado, idéntico al que Andy Taylor lucía en su oreja derecha. Cerró la mano en torno a él, dio gracias al sol y de pronto se sintió ingrávida, casi como si fuera a perder el conocimiento. Algo la devolvió a la tierra, uno de aquellos súbitos y dolorosos recordatorios de la vida que había dejado atrás. Joe detestaba esa costumbre que tenía ella de decir gracias; lo consideraba una manía qalunaat. Los inuit tenían derecho a recibir ayuda de los demás. La gratitud era algo que estaba de más.

Edie se quitó los kamiks, después los calcetines de Gore-Tex que siempre llevaba y a continuación los otros calcetines, hechos de piel de caribú tratada, hasta que sus pies quedaron cubiertos únicamente por la prenda interior de piel de liebre. Empezó a caminar por entre las conchas y el esquisto, moviéndose siempre en pequeños círculos de exploración, la vista fija en su interior, mente y cuerpo absolutamente concentrados en las sensaciones que las piedras le transmitían a través de sus blandos pies sensibles.

Muy pronto detectó algo más que piedra, concha, esquisto o hielo, tal vez una brizna de hierba o un fragmento de liquen seco. Apartó con la mano la fina cubierta de hielo alrededor de aquel punto. Primero no vio nada, pero gracias a su experiencia como cazadora fue capaz de sopesar lo que los sentidos le estaban diciendo y concluir que, en ese caso concreto, sus pies acertaban pero sus ojos no. Se arrodilló y luego bajó el torso para acercarse más a lo que pudiera haber allí. Lo había notado una vez y ahora iba a procurar sentirlo de nuevo. Así lo habría hecho si hubiera intentado detectar la presencia de una foca bajo el hielo, y se figuró que el objeto en cuestión era como las focas, que evitaban delatarse.

Se quitó los mitones, a continuación los guantes exteriores e interiores y por último la prenda interior, y empezó a hurgar en el esquisto con mucha delicadeza, no fuera que lo que estaba buscando se hundiese todavía más en las capas de concha y piedra. A pesar del sol de primavera, seguía haciendo un frío intenso. Sin guantes, el vello casi invisible de sus dedos se congelaba y la humedad de las yemas parecía incrustarse en ellas como si fuera hielo. Entonces apoyó el pulgar. Al retirarlo suavemente, notó primero algo duro y a continuación la capa quebradiza de alrededor. Acababa de desenterrar un fragmento de tela rasgada que debía de haber sido amarilla y tenía ahora un tono como de té; la tela estaba unida a lo que había sido un botón de camisa. El botón se había partido y sólo se sostenía por un hilo o dos. En la esquina había una mancha, tal vez de sangre. Se puso en pie de un salto y empezó a girar en círculo otra vez, notando que el corazón le latía con satisfactorio brío. Por fin: los caminos del cazador y de la presa se habían encontrado.

No lejos del primer hallazgo, sus pies detectaron algo más grande, un reloj de hombre, la esfera tan rayada por el hielo que Edie no acertó a ver si funcionaba o no, aunque eso carecía de importancia: los inuit raramente llevaban reloj y en cualquier caso jamás correrían el riesgo de hacerlo en plena tundra, donde, a fin de cuentas, no servía de nada. Era el reloj de un *qalunaat*.

Durante varias horas, Edie siguió registrando el terreno en círculos cada vez más grandes y acumulando meticulosamente fragmentos de un esqueleto humano incompleto —la carne desgarrada en su mayor parte por los animales—, mientras iba tomando nota mentalmente: un trozo de fémur, un trozo de cráneo, los dos metatarsos, tres falanges. Cuando el frío le impidió continuar buscando, reunió todos sus hallazgos y se metió en la tienda.

Los huesos le eran familiares, como a cualquier inuit. Toda la vida los había extraído de su envuelta de carne, los había cortado para llegar a la médula, ya fuese para hacer caldo o para los perros. Una vez hervidos y limpios, tallaba focas y pájaros con ellos, o bien hacía agujas. De hueso habían sido sus palillos de tambor, sus descalzadores, sus escarbaorejas, sus rascadores. Y, si se contaban las astas de venado, también los percheros. Sus experiencias con la osamenta no se había limitado a animales. Cuando la nieve desaparecía, en verano, dejaba un sinfín de restos, tanto humanos como de animales. En la tundra apenas se pudría nada. Después de enterrar un cadáver bajo un montón de piedras, el hielo y el viento acababan por sacarlo a la superficie, cuando no lo hacían antes los zorros y los lobos árticos. Allí en la tundra, bajo el inmenso cielo ártico, estaba expuesta toda la historia de los asentamientos humanos. Allí los huesos no tenían dónde esconderse.

El hecho de que éstos estuvieran desperdigados se explicaba por la acción de los animales. Se veían, además, extrañamente limpios, aunque Edie pensó que debía de ser porque abril y mayo eran meses de hambre y el cadáver habría atraído a un buen número de carroñeros. Había algunos astillados, y un par de los trozos más grandes tenían marcas de dientes que parecían de zorro. Un fragmento de cráneo, probablemente de la parte superior trasera de la cabeza, le llamó la atención. En mitad del mismo había un pequeño agujero, casi perfectamente redondo y del tamaño de una moneda pequeña. No había la menor duda: era el orificio de entrada de una bala.

Allí estaba la prueba: Andy Taylor no se había extraviado sin más en la ventisca y fallecido de hipotermia, sino que alguien le había matado.

Pero ¿quién? Pensó en Koperkuj el Viejo, pero enseguida descartó la idea. Koperkuj evitaba a la gente siempre que podía. Por primera vez, se le ocurrió que Joe y Taylor podían haber tenido algún tipo de pelea, pero tan pronto le vino a la cabeza lo desechó, avergonzada de sí misma. Joe era tan incapaz de matar a un ser humano como el buenazo de *Bonehead*.

Cogió un trozo de fémur y lo examinó atentamente. La superficie mostraba ya un primer atisbo de algas. Aunque no podía decirse que la época de crecimiento hubiese empezado ya, la cubierta de nieve había servido de aislante protegiendo los huesos de lo más crudo del frío, como protegía a lemmings y oseznos y a todo aquello que se escondía bajo la nieve. Las algas habían crecido un poco más en las pequeñas grietas del vello y en las hendiduras del hueso. Apenas se notaba la diferencia pero, si se miraba bien, parecía que el hueso llevara volantes. Por curiosidad, rascó un poco con el dedo, y entre las algas apareció una marca en forma de diente. Aunque el vaivén de la nieve durante semanas había borrado casi la marca, para una experta cazadora no había la menor duda. Alguien había aplicado al hueso un cuchillo de caza con filo de sierra.

Edie pudo ver que en algunos de los otros fragmentos aparecía la misma muesca, disimulada por las algas. Se quedó de una pieza, sentada sobre los talones. El asesino debía de haber descuartizado el cuerpo antes de que el frío lo hiciera más difícil, o del todo imposible. Pero ¿para qué? Sólo se le ocurrió que, de este modo, si alguna vez alguien hallaba el cadáver, parecería que Taylor acababa de morir en el temporal y que sus huesos habían sido desperdigados después por los animales.

Sacó el hornillo de campaña, preparó té e intentó hacer un resumen de la situación. Tendría que entregar una parte al menos de sus hallazgos a las autoridades, eso era evidente. Las cosas se le podían poner muy feas si alguien encontraba nuevos fragmentos y después se descubría que ella no había dicho nada. Aunque, en el fondo, quizá podía convenirle informar de su hallazgo antes de que la nieve desapareciera de la tundra y alguien más decidiera ir en busca del cadáver. Pero se imponía actuar con cautela. En Autisaq, la fábrica de rumores había sido siempre mucho más poderosa que los hechos y, si corría la voz de las marcas de cuchillo y el agujero de bala, alguien sacaría conclusiones. Lo que menos deseaba Edie era que este hallazgo fuera la excusa para implicar a su difunto hijastro.

Lo más sensato sería hacer entrega de aquellos huesos en los que no hubiese pruebas de agujero de bala ni corte de cuchillo. Los huesos serían identificados como pertenecientes a Andy Taylor, y de este modo se daría por hecho que el *qalunaat* había muerto a consecuencia de la ventisca. Simeonie se aseguraría de que nadie más fuera a buscar los restos del esqueleto, lo cual le daría a ella tiempo para descubrir al asesino de Taylor, cosa que a su vez la ayudaría a entender en qué estado de ánimo se hallaba Joe al regresar de Craig aquel día.

El siguiente paso era encontrar la motonieve de Taylor. Podía haber alguna pista, y era preciso neutralizar cualquier prueba para que encajara con la hipótesis de muerte por causa natural. Lo lógico era que el vehículo no estuviese muy lejos del cadáver. Era más difícil extraviar una motonieve que un cuerpo; el hecho de que ninguno de los vuelos de rescate la hubiera localizado hacía suponer que la habían escondido o que quizás había quedado cubierta por la nieve acumulada por el viento. De todos modos, pensó Edie, tampoco había nevado mucho desde el mes de abril, y los vientos dominantes tendían a empujar la nieve hacia las vertientes orientadas a levante.

Trató de visualizar el litoral sur de Craig siguiéndolo de este a oeste como si lo recorriera en kayak, dejando atrás salientes rocosos, playas, acantilados y atracaderos, parando mentalmente allí donde podía hacerlo una motonieve. Estaba a mitad de camino de lo que para sus adentros llamaba la Playa de los Huesos cuando, de repente, se acordó de la cueva.

La había descubierto Joe hacía tres o cuatro años. El techo estaba formado por *sikutuqaq*, hielo de muchos años, y consistía en un túnel angosto entre dos paredes que correspondían a sendos riscos, un lugar difícil de ver a ras de suelo e imposible desde el aire. Alguien menos familiarizado con Craig no habría imaginado siquiera que pudiera haber allí una gruta. En invierno, la nieve tapaba completamente la entrada, mientras que en verano quedaba más o menos disimulada por juncias y arbustos de sauce ártico. Sin embargo, Joe la había hecho servir de refugio cuando el tiempo empeoraba. Edie dio de comer a los perros y se preparó para ella otra infusión con extra de azúcar. Descansaría un poco y pasada la medianoche, cuando el sol estuviera en el norte y el hielo en su mejor momento, se pondría de nuevo en camino. Tres horas de sueño, y a reanudar el viaje.

El pulso se le disparó al percibir un olor metálico en la entrada de la cueva. Encendió la linterna. Un búho nival se lanzó hacia ella, la esquivó y pasó de largo. Al fondo le pareció ver algo grande que relucía. Era la motonieve de Andy Taylor, con el maletero abierto y los costados cubiertos de guano, allí donde el búho había preparado su nido. En el suelo, junto a la motonieve había una tienda, unos vadeadores y equipo de inmersión. Todo parecía intacto, no había nada roto, simplemente estaba arrumbado de cualquier manera, como si alguien hubiese hurgado con cierta prisa en las cosas de Taylor. Tal vez Koperjuk.

Sobre su cabeza, el hielo viejo y gris chillaba al moverse entre las paredes de roca. La escarcha que cubría el vehículo había empezado a fundirse cerca de donde el búho había anidado. Edie iluminó las paredes de la gruta con su linterna en busca de grietas, pero por el momento parecía sólida.

Justo en el momento en que iba a girar la linterna de nuevo hacia la motonieve, sus ojos advirtieron un trecho diferente en el hielo. Al examinarlo de cerca, vio que alguien había aplicado a la superficie una especie de cataplasma de nieve compacta, y en ella se apreciaban todavía las marcas de los dedos.

Edie sacó su *ulu*, el cuchillo en forma de media luna típico de las mujeres inuit, y hurgó un poco hasta que consiguió desprender fragmentos de nieve. Con paciencia, fue dejando al descubierto un vaso de plástico. Dentro del mismo había una bolsita de plástico. La extrajo y miró lo que había dentro: tres hojas de papel sujetas por un clip, que estaba todo oxidado. Cada una de las hojas tenía un borde romo y el otro afilado como una cuchilla, como si las hubieran arrancado de un libro. El papel en sí era grueso y con relieve; cada página estaba escrita con letra muy pulcra y menuda y en una tinta probablemente negra en origen pero descolorida hasta el marrón. La combinación de óxido y humedad había roído la mayor parte de las palabras. Usando la linterna, Edie distinguió unos pocos fragmentos pero no pudo entender nada. En la parte superior de las hojas había una tira de algo que parecía papel recortado de una libreta corriente. En dicha tira, escrito a bolígrafo con una caligrafía distinta, Edie pudo distinguir una sola palabra, en inglés: *salt*, sal. Dobló el papel y se lo metió en el bolsillo, luego inspeccionó la motonieve y acto seguido decidió que era momento de volver a casa.

Camino de Autisaq volvió a aparecer el *puikaktuq*. Por momentos fue como si viera a Joe en carne y hueso. Hubo algo en su expresión que la dejó temblando.

Cuando Edie llegó a casa se sirvió un trago, sin mezclar, y a continuación otro. Si Taylor había tenido intención de refugiarse en la cueva de hielo, ¿cómo era que su cuerpo estaba tan lejos de allí? ¿Conocía a quién le mató? ¿Trataba de esconder aquellos papeles antiguos y la nota donde ponía «sal»? Cuanto más pensaba en ello, más tenía la sensación de estar metiéndose en algo que no había buscado y que se le escapaba por completo.

El *puikaktuq* invadió sus sueños al día siguiente y se despertó asustada y con lágrimas en los ojos.

Para cuando sonó el timbre señalando el final de las clases, estaba ya seriamente preocupada. No había dado ningún paso respecto a sus hallazgos en Craig y tenía miedo de que pudiera acabar enloqueciendo. Se le ocurrió acudir a Koperkuj, de quien se decía que era chamán, pero no quería verlo tan pronto otra vez.

Transcurrieron dos días. La mañana del tercero despertó, ebria todavía, hecha un lío de sábanas y llegó a pensar que su espíritu habría sido atacado durante la noche. Telefoneó a la escuela para decir que llegaría tarde y pasó primero por la enfermería. A aquella hora no había mucha cola y apenas tuvo que esperar.

Robert Patma la hizo pasar a su consulta, sorprendido de verla allí. Edie nunca había sido muy amante de médicos y sólo había ido a verle una vez en los tres años que él llevaba trabajando en Autisaq. La miró con cordialidad y le preguntó qué le pasaba.

—No lo sé —respondió ella—. No puedo dormir.

—Has pasado por una experiencia muy dura. Tienes que esperar a que las cosas se aposenten.

—Empiezo a tener visiones.

Robert no se esperaba eso. Recobrado de la sorpresa, se inclinó al frente con expresión preocupada y le preguntó:

—¿A qué te refieres con visiones?

—*Puikaktuq*. —Se sintió una estúpida al decirlo, y enseguida trató de buscar la manera de echarse atrás en su confesión.

Volvió la cabeza para asegurarse de que la puerta estaba cerrada. La gente pensaría que estaba poseída por un mal espíritu o que se estaba volviendo loca.

—Vi un espejismo en la tundra —dijo, susurrando—, después me siguió. Y ahora no me lo quito de encima.

Patma se quedó pensando unos momentos.

—Y ese *puikaktuq* —dijo al cabo—, ¿se parecía a Joe?

Edie asintió, pero luego dijo:

—Bueno, a veces sí, a veces no. —Tuvo un estremecimiento—. ¿Estoy enferma?

Patma negó con la cabeza. Él tampoco parecía estar muy fino, pensó Edie, como si también necesitara dormir.

—No, ni estás enferma ni te estás volviendo loca. Por lo que explicas, yo creo que se trata de alucinaciones motivadas por la pérdida. Es algo muy común...

—¿Tú las tuviste?

Robert se retrepó en la silla.

—Cuando murió tu padre, quiero decir —insistió Edie. Ya no recordaba si había sido el padre el que había muerto. Habían ocurrido tantas cosas desde entonces.

—Mi madre —dijo él, ceñudo.

—Oh, es verdad. Perdona.

Él asintió ligeramente con la cabeza.

—Mira, Edie, necesitas descansar —dijo—. Todo esto ha sido un gran shock. —Hizo una pausa—. Y, bueno, ya sabes que Joe tenía problemas. —La miró a los ojos—. Me refiero a lo del juego.

El repentino cambio de tema la dejó de una pieza.

—Yo no lo entiendo.

—Ni yo —dijo él—. Estábamos muy unidos. —Estiró el brazo y tocó la mano de Edie, sin apretársela—. Pero, verás, tú sabes que a veces hay que aceptar las cosas. Lo de Joe ha sido una tragedia, y de alguna manera todos nosotros vamos a tener que acostumbrarnos a ello.

Edie notó que a Patma le temblaba la mano.

—Esas alucinaciones desaparecerán tan pronto como lo hayas superado.

Por alguna razón, Edie se sintió repentinamente incómoda, quería salir cuanto antes de allí. Se levantó.

Estaba ya en la puerta cuando él la llamó y, en un tono muy serio, dijo:

—Puedo darte algún somnífero, pero tendrías que dejar de beber.

8

Derek Palliser había visto inquietos a los lemmings durante semanas, y hacia mediados de junio acabó convencido de que se preparaba una manada. Ningún experto en lemmings lo había pronosticado pero, a juicio de Derek, eso se debía a que no acababan de entender la dinámica de sus poblaciones.

La primera señal fue a primeros de mayo, sacando un día de paseo a *Piecrust*. Era muy pronto para que los lemmings salieran de su refugio subterráneo invernal, y sin embargo detectó excrementos recientes entre los sauces que los caribúes habían despojado de hielo. En su siguiente salida, Derek llevó una libreta y fue anotando la situación de los corredores y nidos, que detectaba por tallos de hierba seca que los lemmings habían empleado para aislar sus madrigueras, así como por montoncitos de excrementos fibrosos, y a veces tan sólo por los nerviosos ladridos de *Piecrust*.

Era apenas el inicio de la época de cría y la población de lemmings empezaba ya a mostrar señales de un crecimiento espectacular. En las riberas se apreciaban más huellas de zorro de lo habitual y en dos ocasiones, caminando por los acantilados de la península Simmons, había podido ver montones de pequeñas bolas regurgitadas por los escúas árticos, consistentes en pelo y huesos de lemming. En las partes del muskeg donde el sol había derretido el hielo y las hojas nuevas de sauce estaban muy mordisqueadas, había toda una alfombra de excrementos.

Derek calculaba que en el plazo de unas semanas la presión sobre los recursos alimenticios sería tan extrema que los lemmings empezarían a comerse a sus propias crías. Después de eso irían congregándose en grandes sábanas vivientes, cientos de miles de ejemplares, para avanzar juntos en busca de nuevos territorios. A medida que empezaran a formar manada, la propia acumulación haría que los que estuviesen en la periferia cayesen a precipicios, y los arroyos formados por el agua de fusión se convertirían en verdaderos puentes de roedores vivos en proceso de ahogamiento, pisoteándose unos a otros en sucesivas oleadas siempre a la búsqueda de espacio.

En sus fantasías, Derek había imaginado tantas veces el frenético éxodo hacia nuevos pastos, los arrollamientos masivos, los ahogos, las caídas al abismo, el frenesí de los depredadores, que tenía la sensación de haber creado todo ello por sí mismo. En su fuero interno se imaginaba como el valeroso y desinteresado cronista que envía despachos desde primera línea del frente, porque, ojo, la manada era eso, una guerra, la batalla darwiniana por sobrevivir pero a una escala terrorífica.

Derek se daba cuenta, más que en ningún otro momento de su vida, de que no podía permitirse distracciones. Tendría que dedicar hasta el último segundo de vigilia a reunir sistemática y meticulosamente las pruebas necesarias, de modo que cuando enviara sus hallazgos —a *Nature*, o tal vez a *Scientific American*— no hubiera el menor fallo. La idea de que él, sin ayuda de nadie, pudiera predecir una manada de lemmings (cuando científicos con doctorados y fama internacional estaban diciendo que la población tardaría todavía un año en llegar a su punto álgido) era de por sí emocionante. Había estado demasiado tiempo entre bastidores; éste tenía que ser el momento decisivo.

Pese a que no había habido una investigación oficial, los tristes sucesos de la primavera habían significado muchas horas de trabajo en el destacamento. Lo normal era que Stevie y él iniciaran la patrulla de primavera hacia finales de abril. Era la oportunidad que tenían de supervisar la tundra, verificar los escondites, llevar a cabo experimentos de bajo nivel, completar sus valoraciones para el año entrante y hacer una visita de cortesía a alguna de las estaciones meteorológicas más remotas.

Ahora la nieve había desaparecido ya de la parte más llana, y aunque permanecía en ventisqueros y al abrigo de eskers y peñascos, era demasiado tarde para recorrer distancias en motonieve. Por otra parte, el hielo marino estaba compacto todavía y era siempre de día, lo cual les permitiría viajar doce o quince horas diarias. Y lo más importante: Derek podría reunir más pruebas de la inminente manada y así a la vuelta ponerse a redactar su informe.

Dormirían «del revés» y viajarían durante las horas de fresco, a partir de las diez de la noche. Con buen tiempo quizá podían cubrir unos doscientos kilómetros por jornada, aunque el trayecto podía complicarse en puntos como el estrecho donde la península Colin Archer, en el noreste de la isla de Devon, tocaba casi la punta sudoccidental de Ellesmere. La isla de North Kent bloqueaba en parte el estrecho actuando a modo de corcho de botella. Era un punto de aguas abiertas durante todo el año, y las violentas e impredecibles corrientes empujaban enormes rocas de hielo.

Derek contaba también con hacer tres paradas por el camino. La primera de ellas estaba relacionada con su proyecto, un recuento de lemmings en la península Simmons; la segunda sería un informe sobre lobos en la isla de Bjorne para el Servicio de Fauna y Flora. (La misión era peliaguda, porque los lobos de Bjorne no eran animales a los que uno pudiera acercarse fácilmente.) Después se meterían por el fiordo de Baumann hasta el Eureka Sound y se dejarían ver en la estación meteorológica. Ésa sería la tercera y última parada, aunque en Eureka se trataría más que nada de hacer vida social.

Partieron bajo una suave llovizna y, al cabo de varias horas de trayecto sin incidencias, montaron campamento en la verde playa de la península Lindstrom y subieron hasta el altiplano. Desde la patrulla anterior se habían producido deslizamientos de bloques de hielo. Stevie hizo varias fotos y tomó nota de que las cuñas de hielo entre las rocas habían encogido, así como de la relativa abundancia de acedera debida a la disminución del agua de deshielo. Después fueron a comprobar el escondite que habían preparado allí dos años atrás, por si en algún momento se veían en apuros.

Las cosas fueron tan bien que decidieron tomarse la tarde libre para descansar un poco e ir a pescar cerca de Hell Gate, y aquella noche se dieron un festín de salvelinos y *bannock** antes de ponerse de nuevo en camino. Ya no lloviznaba y el aire tenía el peculiar olor eléctrico de la región occidental seca.

Se pusieron en camino a eso de las diez de la noche, y no llevaban recorrido un gran trecho cuando Derek se acordó de que ni él ni Stevie se habían comunicado aún con el destacamento, que Pol controlaba en su ausencia. Una de las ventajas de ir de patrulla era lo rápido que uno perdía la noción del tiempo, y más cuando, como ahora, había veinticuatro horas de luz. Pero no era buen momento para detenerse. Les esperaban las duras condiciones de la isla de North Kent, y lo último que necesitaba Derek era ponerse al día de la vida social pueblerina. De todos modos, se dijo, nunca sucedía nada interesante en Kuujuaq cuando ellos no estaban. Establecer contacto era más que nada una formalidad, dejar constancia de que Stevie y él estaban bien. Se recordó a sí mismo llamar al destacamento la próxima vez que acamparan.

La franja de hielo resultó ser lo bastante lisa y lo bastante ancha como para avanzar con las dos motonieves a la misma altura. Culminada la tercera noche de viaje, habían dejado atrás North Kent y estaban ya en Norwegian Bay.

Hacia las seis de la mañana exploraron un extremo de playa penetrado por bloques de hielo, desde donde se tenía una vista del litoral de la isla de Graham. Acampaban allí una vez al año, por lo menos, desde hacía mucho tiempo. Al oeste de la playa había un glaciar flanqueado de empinadas morrenas de donde siempre se podía obtener agua dulce. En invierno era un buen sitio para pescar bajo hielo, y llegado el verano anidaban araos, gaviotas tridáctilas y mérgulos en sus acantilados de poca altura,

---

* Pan fino hecho con harina de maíz. *(N. del T.)*

criaban eiders entre los sauces, y bajaban caribúes a beber el agua de los canales de rebose del glaciar.

Más allá era territorio de osos. Se los veía con frecuencia en los témpanos, cazando focas, aunque el calentamiento global los había obligado últimamente a ir tierra adentro. En cualquier caso, el aire estaba casi siempre despejado y la región era llana y con amplios panoramas, de forma que hombre y oso difícilmente podían encontrarse a menos que lo buscaran. Eso no quitaba que hubiera que ir con mucho ojo. Unos diez años atrás, Derek los veía jugar con los perros de tiro a las afueras de Kuujuaq, pero actualmente era más probable que los osos viesen en los perros una presa fácil con que saciar su hambre. Malos tiempos para ser oso.

Cuando tuvieron montada la tienda de campaña, Stevie colocó el hornillo, tomaron té y pusieron bannock a calentar. Ninguno de los dos hombres era muy hablador; mientras esperaban a que el pan estuviera cocido, permanecieron todo el rato en silencio salvo para formular en voz alta alguna duda que les venía a la cabeza y no podían resolver por sí solos.

—¿Leíste aquel artículo del *Arctic Circular* que hablaba de los osos hermafroditas? —dijo Stevie.

—Sí. —Larga pausa—. Bueno, en realidad, no. ¿Y qué es un oso hermafrodita, si se puede saber?

—El que es macho y hembra a la vez. O eso decía el *Circular*.

Otra pausa, tiempo para que ambos rumiaran sobre el enunciado. Al cabo de un rato, Stevie dijo:

—La de problemas que nos ahorraríamos así...

Más tarde, Derek encendió un cigarrillo mientras Stevie conectaba el teléfono vía satélite y hacía una llamada a su mujer, que en ese momento estaba llevando los niños al colegio.

—Creo que deberíamos llamar al destacamento —dijo Stevie una vez que hubo cortado la comunicación.

—Supongo que sí —repuso Derek de mala gana.

Uno de los pocos momentos en que podía permitirse el lujo de olvidarse del destacamento era cuando estaba de patrulla.

Al cabo de un rato, Stevie se acercó a su jefe dando saltos por el esquisto.

—Tenemos un problema —anunció.

—¿De qué tipo?

—La mujer cazadora de Autisaq, Edie Kiglatuk.

Había llamado por radio tres veces, según Pol, siempre a horas intempestivas, diciendo que necesitaba hablar urgentemente con el sargento Palliser.

—No ha querido decirle a Pol de qué se trataba; insistía en que sólo hablaría contigo.

¿Qué podía querer decirle Edie que fuera tan urgente? Derek necesitaba anticiparse a la jugada y enviar un artículo al *Circular* antes de que la manada estuviera en su apogeo. No quería que aquello se llenara de zoólogos y expertos medioambientales sin haber dado él antes la noticia. Pero para ello necesitaba unos datos que tenía planeado recabar en Simmons. Ya se imaginaba a Misha leyendo su nombre en la prensa, o incluso (esa posibilidad no se atrevía casi a barajarla) oyendo su nombre en el telediario.

Tras barajar mentalmente varias opciones, decidió que ninguna de ellas pasaba por volver a Kuujuaq y averiguar qué quería Edie Kiglatuk. De todos modos, iban a estar como una semana en Eureka, en la estación meteorológica. Nada era tan urgente que no pudiese esperar una semana.

—La llamaré desde Eureka —dijo.

En los días que siguieron no tuvo motivos para lamentar su decisión. Aunque el informe sobre lobos resultó decepcionante, los lemmings fueron todo un espectáculo. Derek escudriñó el terreno en busca de rastros o madrigueras de lemming durante todo el trayecto hasta la costa sudoriental, y cada día sus cuadernos y sus bolsas de muestras iban acumulando pruebas, las pruebas que cambiarían su vida.

Una semana más tarde, cuando llegaron con sus motonieves al edificio principal de la estación meteorológica y puesto de investigación de Eureka, Derek Palliser desmontó del vehículo en un estado de cierta excitación. El trayecto había sido largo, tenía la espalda dolorida de tantas horas sobre el sillín, pero lo único que le importaba era entrar un poco en calor para estar en condiciones de informar a Howie O'Hara, el jefe de la estación y viejo compinche suyo, sobre sus hallazgos relacionados con los lemmings. No esperó siquiera a Stevie, fue derecho a la entrada principal del complejo, agarró el picaporte y tiró de él.

De pronto estaba en un porche profusamente acortinado, a través de cuyas paredes llegaba música hawaiana a todo volumen. En la zona de comedor, más de veinte personas de ambos sexos disfrazadas con faldas típicas y guirnaldas de flores, todo ello de plástico, bailaban la conga en fila. A un lado, sobre una mesa larga y dentro de lo que parecían tarros de especímenes, había toda una ristra de los mai tais, los más grandes que Derek había visto nunca.

Se quedaron en la entrada, sin moverse. Stevie le lanzó una mirada a Derek y dijo:

—Buena suerte, colega. Me alegro de haberte conocido.

De pronto, un destello de color pasó rozando a Derek. Éste notó que una guirnalda le apretaba el cuello, apareció en su mano derecha un vaso con un combinado, y al mismo tiempo una persona con falda de plástico empezó a cubrirlo de besos húmedos. Antes de poder sobreponerse, Derek fue arrastrado hacia la conga y ya no hubo escapatoria posible.

—¿Qué celebramos?

La mujer que había tirado de él señaló hacia una mesa donde dos hombres y una mujer compartían una botella de vodka de dos litros.

—Nuestros amigos de Rusia —gritó la mujer para hacerse oír, arrastrando mucho las palabras—. Regresan a Vladivostok, o por ahí.

Empezó a dar saltitos sin seguir la música, fuera de tiempo. Palliser la miró bien y se dio cuenta de que tenía delante a una mujer tan absolutamente borracha que era un milagro que se sostuviera de pie.

Un poco más tarde empezaron las danzas cosacas, y sin saber cómo Palliser se encontró sentado junto a uno de los rusos, con la botella ya vacía de Stolichnaya encima de la mesa.

—¿Os vais mañana?

El ruso sonrió y se encogió de hombros.

—Sólo para dos semanas. —Levantó tres dedos—. Intercambio científico.

—Yo soy científico —dijo Derek. Nada más oírse a sí mismo, se acobardó, pero ya no podía volverse atrás.

El ruso se rio:

—De eso nada, tú eres policía.

Derek estaba agitando un dedo en el aire.

—Viene a ser lo mismo —dijo. Se tocó la nariz con el dedo—. Investigación.

El ruso se inclinó hacia él sin dejar de reír.

—¿Y qué investigas, policía científico?

Derek se lo quedó mirando. Era grueso y rubicundo. No le pareció el momento adecuado para hablar de lemmings.

—Crímenes, delitos —dijo—. Muertes sospechosas.

—No me digas. —El ruso no le creyó—. ¿Y qué muerte investigas tú, policía científico?

—¿Quieres decir ahora mismo? —Derek estaba como aturdido. Levantó dos dedos. (Al menos no estaba tan borracho como para no poder contar)—. Dos muertes. En la isla de Craig.

—¿Ah, sí?

Derek se señaló los galones de sargento. El ruso que estaba bailando llamaba ahora a su compañero para que saliera a bailar. Derek se tocó de nuevo la nariz y dijo:

—No puedo hablar de ello.

El ruso se balanceó un poco y entornó los ojos.

—Pero de una cosa puedes estar seguro —añadió Derek. Sabía que era ridículo decirlo, pero no pudo evitarlo—. No dejaremos piedra sin levantar. —Fue a alcanzar el vaso, pero cuando se volvió el ruso ya no estaba.

Cuando despertó, tenía pinchazos en la cabeza, la espalda le dolía una barbaridad y su lengua era como una foca muerta en las malolientes fauces de la boca. Y, por si fuera poco, a su lado en la cama había una desconocida.

—Hola —dijo la mujer, deslizando una mano bajo la sábana para acariciar el escaso vello que Derek tenía en el pecho. Luego le miró a los ojos, indecisa. Era *qalunaat*, de pelo castaño, unos treinta y cinco años. Aparte de eso, a él no le sonaba de nada.

—¿Te lo has pasado bien?

—Súper.

Que él supiese, era verdad. Prácticamente no recordaba nada de la víspera, y mucho menos de qué manera había acabado acostándose con aquella mujer. Ni siquiera sabía cómo se llamaba. Y pensó: «¿Ahora cómo salgo yo de ésta?» Fue entonces cuando le vino a la cabeza Edie Kiglatuk.

—Mecachis, tengo que..., bueno, he de llamar por radio.

—¿Ahora? —La mujer no pareció nada contenta.

Derek trató de buscar una respuesta lo más misteriosa posible:

—Trabajo policial urgente.

Se levantó y fue tambaleándose hasta el pasillo y de allí a la sala de comunicaciones. Junto a la puerta había una pequeña cocina y aprovechó para servirse café de un termo. Meneó el líquido dentro de la boca para librarse del rancio sabor a combinado barato. No había nadie por ningún lado. Comprobó que tenía náuseas y dedujo que aún estaba un poco borracho. De la noche anterior, seguía sin recordar nada.

Tuvo entonces la ocurrencia de hacer saber a Howie, o a alguien más del personal estable, su intención de utilizar la radio. En la excesivamente caldeada estación meteorológica, la gente tenía un sentido desarrollado del territorio. Era un auténtico semillero de rencillas estúpidas. Y cualquiera se iba fuera para calmarse un poco; más que calma, lo único que conseguía era morirse de frío.

Salió del cuarto y miró a un lado y a otro, buscando alguien a quien pedir permiso, pero aquello parecía desierto. Consultó su reloj. Eran las 5.32 de la mañana, y Derek Palliser se encontraba fatal.

¿Qué hacer? No podía ir a acostarse otra vez junto a la desconocida que había encontrado al despertar y pedirle que le dejara dormir la resaca en su cama. Eso confiando en que recordara cómo volver a la habitación o cómo se llamaba ella. Por otra parte, la mujer parecía expectante; sin duda la había defraudado con su actitud un tanto grosera. Porque ¿quién diablos va a llamar por radio a las cinco de la mañana después de una larga noche de juerga? Desayunar con ella delante ya sería un problema; no, de ningún modo podía volver a la habitación.

Decidió ir al cuarto de comunicaciones e instalarse en alguna silla para dormir un poco, y cuando se dirigía otra vez hacia allí, un ruido le hizo volver la cabeza y vio a *Piecrust* que trotaba hacia él. Otra cosa que se le había olvidado: el maldito perro. En la cocina encontró una caja de galletas, agarró un puñado y las tiró el suelo para que le sirvieran de desayuno.

Horas más tarde despertó con un sobresalto. Abrió los ojos y comprobó que estaba repantigado en una silla al lado de la radio, con el perro encima —*Piecrust* dormía aún— y su hocico metido dentro de la oreja, la de Derek. Se llevó una mano a la mejilla y notó que la tenía cubierta de baba seca de perro.

—No debemos seguir viéndonos así —dijo entonces una voz. Era la mujer con la que se había acostado. O no.

Derek esbozó una sonrisa mientras trataba de recordar una vez más cómo se llamaba. ¡Cielos! De repente le vino a la memoria. En hawaiano, ella era Palakakika y él era Jamek, o algo por el estilo.

—La radio está protegida por contraseña —dijo Palakakika.

—Sí, ya lo he visto —mintió él.

—Por lo tanto, tendrás que pedirle la contraseña al jefe de comunicaciones.

—¿Que es...?

La mujer le tendió una mano.

—Agente Palakakika —dijo, lanzando una mirada conspiratoria. Pero ¿qué jueguecito se habían traído entre manos?, pensó Derek—. Como esto se sepa, te mato —añadió ella.

—Agente Palakakika —dijo Derek, al borde de la náusea—, ¿puedo llamar por radio?

Contestó el turno de noche en Autisaq y la comunicación se vio interrumpida, como ocurría tantas veces en aquellas latitudes, por retazos de alguna otra transmisión. A Derek le pareció que era el solo de guitarra de «Time», cortesía de Pink Floyd.

Aprovechó la interrupción para pensar un poco. ¿Qué estaba haciendo? No podía llamar así por las buenas y pedir que le pasaran con Edie, porque entonces se iba a enterar todo el poblado. Ella, además, no era vista precisamente con buenos ojos desde lo de Joe, y que la llamaran por radio a una hora intempestiva sólo podía redundar en su descrédito. Además, ¿no había dicho que quería hablarle en privado? Cuando el operador de Autisaq recuperó la voz, Derek le dijo que sólo era una llamada de rutina y que al día siguiente estaría de vuelta en el destacamento de Kuujuaq. La voz repitió el mensaje mientras lo anotaba y luego cortó la comunicación. Derek retiró la silla hacia atrás y le pasó los cascos a la agente Palakakika, la cual tomó nota de la hora e hizo la entrada correspondiente en el libro de registro azul marino que descansaba al lado del aparato.

—Es curioso que la palabra «urgencia» signifique cosas diferentes según la persona —dijo, lanzándole una ávida mirada al tiempo que dirigía su mano hacia la bragueta de Derek—. Tú ya me has enseñado qué significado tiene para ti; ¿qué te parece si ahora te doy yo mi versión?

Al día siguiente, por la tarde, Pol compareció según lo previsto al mando del Twin Otter. El trayecto de regreso a Kuujuaq fue breve, paliado además (en el caso de Derek) por el tremendo caudal de hormonas sexuales que recorría todo su cuerpo. Desde el aeródromo, se dirigió rápidamente a su pequeño cuartel general, vomitó todo lo necesario y después marcó el número de Mike Nungaq. El dueño de la Northern Store de Atusiaq le saludó con su habitual buen humor.

—¿Algún paquete?

Como supervisor del correo del distrito, Derek hablaba a veces con Mike sobre paquetes extraños, valiosos o peligrosos, incluyendo trofeos de caza, que debían llegar o salir en el avión de suministros.

—Esta vez no.

—Ah —dijo Mike, un tanto decepcionado—. Pensaba que quizá serían los carteles para las elecciones.

Mike le explicó que Simeonie Inukpuk le había pedido que estuviera atento a una remesa de pósters que había encargado imprimir en Ottawa.

—Creo que me pierdo —dijo Derek—. Tenemos chavales con problemas de drogadicción, chavales que se suicidan porque no ven ningún futuro, ¿y Simeonie se dedica a hacer carteles?

Mike dijo:

—Bueno, no los ha hecho él. Ha pedido que se los manden.

Derek comprendió que por ahí no iban a ninguna parte. Se produjo una pausa.

—Pero tú no llamabas por eso, ¿verdad? —dijo Mike.

—No.

Derek le dijo que estaba terminando su informe sobre el suicidio de Joe y que necesitaba aclarar un par de puntos con la madrastra del chico.

—Es pura rutina, pero, así entre nosotros, prefiero no molestar a la familia directa...

Después de colgar, Derek enchufó el hervidor y mientras el agua se calentaba miró los correos electrónicos y el fax. No había sucedido nada durante su ausencia. Estaba volviendo a la cocina para preparar té cuando reparó en un papel que había en el suelo: era una copia de su informe oficial sobre la desaparición de Andy Taylor. El juez de instrucción lo había firmado y remitido después por fax —con las debidas correcciones ortográficas— para que lo archivara. Enfadado, Derek tiró el papel sobre la mesa, pensando que al juez le convendría aprender un poco de inuktitut.

Fue a la cocina a por el té y luego se sentó en su butaca, sin pensar en nada, mientras echaba un vistazo al *Circular* de la semana. Se le ocurrió entonces proponerles una entrevista o redactar un suelto y enviarlo por fax a la redacción. Pensando que se tomaría un par de días de descanso, hasta que se recuperara de la larga patrulla, terminó el té y salió con *Piecrust* a hacer una rápida ronda por Kuujuaq en busca de perros sueltos, pero no encontró ninguno. Luego fue a comprar víveres a la tienda.

De vuelta en el apartamento, notó lo cansado que estaba y se acostó sin molestarse en cenar. Unos toques en la puerta interrumpieron su sueño. Al mirar el despertador, comprobó sobresaltado que era casi mediodía; llevaba horas durmiendo. La persona en cuestión insistió, dispuesta a no marcharse hasta que alguien le abriera. ¿Por qué no iba a abrir Stevie?, pensó, notando una punzada de irritación en la nuca. Entonces recordó que le había dado el día libre.

Se levantó de la cama, se puso el uniforme, se remojó un poco la cara e hizo un rápido intento de alisarse el pelo mientras gritaba que enseguida iba a abrir, pensando que probablemente sería un pelmazo que venía a preguntar cómo era que no había abierto aún.

Atravesó corriendo la oficina y abrió el porche delantero, cerrado con llave. Al principio le pareció estar experimentando una suerte de *flashback*, fruto tal vez de la reciente ingesta indiscriminada de mai tais. Pero no, era ella en carne y hueso, y le sonreía.

Misha.

Llevaba una parka con ribetes de zorro y la cremallera a mitad de recorrido para realzar las tentadoras curvas de sus pechos. Por un momento, Derek pensó que se derrumbaba o que se echaba a llorar; dicho de otro modo, que se humillaba delante de ella. Misha estaba más hermosa aún que la última vez, hacía un año ya. Su rostro era como el halo del sol en primavera, tan perfecto que no parecía de este mundo. Sólo había una palabra para describirla: despampanante.

—¿Te pillo en un mal momento? —Su voz, aderezada con vestigios de una docena de acentos, como siempre le había parecido a él, lo cubrió cual brisa de primavera repleta de cristales de hielo, y Derek hubo de apartar la vista, repentina y abrumadoramente enardecido.

De repente, le vino a la memoria todo el espantoso lío con la agente Palakakika y tuvo que tragar dos veces saliva para quitárselo de la cabeza. Misha dio un paso hacia él y Derek le franqueó el paso. Se miraron a los ojos, nada más. Él estaba abrumado por la fuerza de sus sentimientos; sabía que lo lógico habría sido sentir cólera contra ella, pero la cólera no estaba allí. Por un momento volvió a ser un pobre adolescente.

Cuando Misha le ofreció la mano, Derek la aceptó sin pensar, y entonces ella lo atrajo hacia sí y él notó su aliento en los labios y el corazón se le subió a la boca. De repente vio con toda claridad que aquellos meses de torturarse pensando en el danés no tenían ya la más mínima importancia. Ella había vuelto.

—¿Ahora vives en el apartamento?

Él asintió con la cabeza, notando que se ruborizaba. El segundo verano que habían pasado juntos, se habían mudado a una casa más espaciosa, pero Derek había desandado el camino poco después de partir Misha.

Ella caminó hasta la puerta del apartamento y dijo:

—Puedes traerme la bolsa.

Y así fue como, en días sucesivos, Derek Palliser se olvidó por completo de lemmings y de suicidios. Le dio la semana libre a su ayudante; se olvidó del danés y de Copenhague; se olvidó de la agente Comosellamara y de las prisas por mandar un artículo al *Arctic Circular*. Se olvidó incluso de preguntarse a sí mismo si la llegada de Misha era mera coincidencia. Y en tres o cuatro ocasiones, cuando pitó la radio o sonó el teléfono, olvidó que alguien estaba intentando contactar con él.

9

Edie fue a donde guardaba la carne para comprobar que los huesos de Andy Taylor estuvieran todavía dentro de las dos viejas latas de pemmican donde los había metido y para cortar dos o tres esquirlas de iceberg. Luego entró con los cubitos de hielo y la lata donde estaban los huesos marcados a cuchillo y se sirvió un vaso grande de Canadian Mist. Sacó el fragmento de cráneo e introdujo el meñique en el orificio de bala. Se sirvió otro trago, tomó un bolígrafo que había sobre la mesa y lo metió por el agujero. Pensó varias cosas. En primer lugar, el fragmento pertenecía al hueso de la coronilla, de lo que dedujo que el disparo había sido hecho desde arriba. Por el ángulo en que quedaba el bolígrafo, se podía decir que era casi perpendicular al cráneo. Visualizó el terreno llano que rodeaba la Playa de los Huesos y se puso a toquetear el fragmento de cráneo, pero pasado un rato seguía sin entender cómo podían haber efectuado el disparo desde semejante ángulo. ¿Acaso habían matado a Andy Taylor desde el aire?

Pasaba de la medianoche cuando volvió con los huesos adonde guardaba la carne, pero podía haber sido cualquier otra hora; en esa época del año no se hacía de noche y el sol no se ponía nunca. Pasó un cuervo. Edie siguió su trayectoria sin hacer mucho caso mientras se preguntaba por qué Derek Palliser no le había dicho nada. Que ella supiera, no tenía motivos para evitarla, salvo que lo había hecho anteriormente cuando el caso Ida Brown. Al policía le costaba pasar a la acción, necesitaba que alguien lo empujara de un modo u otro. ¿Qué animal era el que decían que siempre escondía la cabeza en la arena? Sí, claro: el avestruz. Derek Palliser era un avestruz.

Ella, en cambio, siempre tenía que frenarse para no actuar impulsivamente. Una vez había ido con sus padres, Peter y Maggie, a pescar en el hielo; entonces debía de tener cuatro o cinco años, pero lo recordaba como si hubiera sido hacía apenas una semana. Aunque el tiempo estaba en calma y lucía el sol, hacía tanto frío que los lagrimales se le llenaban de guijarros de hielo. Pescaron tres salvelinos y después su madre se metió en la tienda para colocar las pieles de dormir. Edie no sabía dónde estaba su padre; quizás había ido a buscar agua dulce. Estaba jugando en el hielo cuando una cosa brillante atrajo su atención. Tal vez atraída por el olor del pescado, una foca ocelada joven había asomado la cabeza y estaba mirando a su alrededor con el mentón sobre el borde del agujero en el hielo, y el sol sacaba destellos a las gotitas de agua que tenía en el pelaje. Sin pensarlo dos veces, Edie agarró el arpón de su padre e incrustó la punta dentada en el costado del animal. La foca se zambulló al punto, tirando del arma y de la cuerda hacia abajo. Edie recordaba haber visto cómo corría la cuerda por el hielo y haberse lanzado instintivamente a por ella. Se vio arrastrada a tal velocidad que no le dio tiempo a gritar. Segundos después estaba en el agua, debajo del hielo. Tras una eternidad, y entre el creciente zumbido de la sangre en su cabeza, oyó gritar a su madre como si estuviera muy lejos.

«Eres buena cazadora —le dijo su madre después—. Pero mientras no aprendas *anuqsusaarniq*, a tener paciencia, no serás una gran cazadora.»

Otro cuervo se posó en unas pieles puestas a secar y empezó a picotear una de ellas. Edie se acordó del cuervo que aparecía en el billete de veinte dólares, el personaje totémico de la leyenda de los indios haida, sentado en la canoa con una ala sobre la caña del timón. Era el Cuervo Embaucador el que la estaba empujando a su antiguo yo impaciente y alcohólico. ¿Qué había conseguido Edie en su vieja versión? A los veintitantos años, por culpa de la bebida, había echado a perder su futuro como cazadora y aparentemente también su futuro a secas. Pero Joe acudió en su ayuda; fue Joe quien le arrebató al cuervo el timón. «Me da rabia cuando bebes, porque entonces no sales a cazar conmigo», le había dicho su hijastro. Así de sencillo, así de sincero, como si le clavara una lanza en el corazón. Poco tiempo después, Edie abandonaba la bebida.

Había vuelto a nacer gracias a Joe, y ¿qué le había dado ella a cambio? Se preguntó si tal vez habría contagiado a su hijastro de aquel deseo de muerte que llevaba entonces consigo. ¡Qué horrible legado involuntario!

El pájaro alzó el vuelo y se alejó hacia el sur batiendo sus alas. Edie volvió adentro, se sirvió otro whisky doble, encendió el DVD y con el mando a distancia pasó a la escena de *El hombre mosca* donde Harold Lloyd trepa por el exterior de unos grandes almacenes. Eran incalculables las veces que había visto aquella escena desde que su padre colocara el rollo por primera vez en un proyector. Y le seguía gustando, Harold Lloyd con su canotier y sus gafas escalando la pared de piedra mientras el mundo iba quedando pequeño allá abajo. Daban ganas de llorar del simple y frágil placer de estar vivo.

Se sirvió otro trago y cerró los ojos para que la sensación le durara más. Al abrirlos, creyó ver el *puikaktuq* que la miraba por la ventana.

Cuando despertó en el sofá unas horas después, Harold Lloyd seguía escalando paredes. Edie alcanzó el mando y apagó el aparato. Notaba la lengua como una morsa enojada y fuertes latidos en la cabeza. Consiguió llegar al cuarto de baño y vomitó en el retrete.

Después de dar clase, volvió directamente a casa, preparó té y corrió las cortinas. Fue por las latas con los huesos de Andy Taylor y las llevó adentro.

«Si tenéis algo que contarme —les dijo—, ahora sería un buen momento.» Esperó un poco, pero los huesos permanecieron en silencio. Lo que sabía acerca de la muerte del *qalunaat* se le antojaba como un bloque de hielo en formación, fragmentado, sin sustancia, incapaz de soportar el menor peso. Entonces recordó la lección de la foca y el agujero para pescar. *Anuqsusaarniq*. Paciencia.

Al día siguiente pasó las clases como pudo con la resaca, volvió a casa y estaba friendo *tunusitaq*, tripas de caribú, cuando de improviso entró Sammy soplándose cristales de hielo de la nariz.

—Qué bien huele.

—Siempre tan oportuno, Sammy Inukpuk.

Él se rio.

—He traído media docena —dijo. Venía a hacer las paces cargado de cerveza, como siempre.

Se sentaron en el sofá a mirar la tele y a beber, como en los viejos tiempos.

—He venido porque... —dijo Sammy.

—Vaya —le cortó ella, sin disimular su decepción—. Y yo que pensaba que te gustaba mi compañía.

Él le lanzó una mirada como diciendo: «No sigas por ahí, amiga. Fuiste tú la que me abandonó.»

—Quería que lo supieses por mí y no por otros: voy a hacer de guía para unos turistas, dos *qalunaat*. Han dicho que quieren ir a cazar eiders.

—¿Los llevarás al fiordo Goose? —Era el mejor sitio de Ellesmere para cazar eiders.

—Puede —respondió él, sonrojándose, y miró de nuevo hacia el televisor. Siempre había sido un desastre a la hora de mentir, ésa era la verdad.

—Ya veo —dijo ella—. Los llevarás a Craig.

Sammy asintió, un tanto avergonzado, y Edie notó como un nudo en la garganta. Claro, por eso había ido a verla. El consejo de ancianos solía repartir los trabajos de guía, y siempre había quedado claro que si surgía algo para Craig, era Edie quien tenía preferencia.

Ella y Joe conocían la isla mejor que nadie de Autisaq, exceptuando quizás a Koperkuj el Viejo, pero Simeonie le había dado el trabajo a su ex. De ahí que Sammy quisiera su visto bueno, por no decir también su perdón. Edie le dio unas palmadas en la pierna.

—Te agradezco que me lo hayas dicho. —Una pausa—. Pero ¿por qué a Craig? En esta época del año allí no hay muchos eiders que cazar.

Él se encogió de hombros.

—Los turistas quieren ir a Craig.

Por lo visto, se había puesto de moda entre los *qalunaat*.

A la mañana siguiente, mientras iba a pie hacia la tienda, vio pasar un Twin Otter verde: sin duda eran los turistas de que le había hablado Sammy. Los colores del avión no eran de ninguna de las compañías que hacían vuelos chárter desde Iqaluit o Resolute Bay. Edie se preguntó si sería gente nueva, confiando en que no le estropearan el negocio a su tía Martie.

Más tarde, mientras daba clase, vio por la ventana al piloto inuk pasar camino de la tienda con dos *qalunaat* altos, uno de los cuales flaco como Andy Taylor y el otro con un pelo tan rubio que era como si le hubiera crecido hierba algodonera en la cabeza.

El avión sobrevoló nuevamente Autisaq dos días después y se llevó a los turistas de vuelta al sur. Durante la pausa para almorzar, Edie se llegó a casa de Sammy para preguntarle cómo había ido la excursión —le había echado de menos, no tenía gracia beber sola—, pero él había dejado el equipaje en casa y había vuelto a salir, de modo que le escribió una nota invitándolo a cenar. Reparó en que Sammy había dejado su Biblia boca abajo. Eso sólo podía significar una cosa, que estaba bebiendo mucho otra vez y no quería que Dios lo viera. El corazón de Edie no pudo sino ponerse de su lado. ¿En qué clase de dios creía Sammy?, ¿en uno capaz de condenarte por tratar de buscar consuelo donde sea cuando acabas de perder a un hijo?

Durante el rato que se había ausentado, alguien había pegado carteles en los pasillos del colegio anunciando la candidatura de Simeonie Inukpuk a la reelección como alcalde. Era un caso insólito, además de preocupante y estrafalario. No era propio de los inuit enfrentar a un candidato contra otro. Se votaba, cómo no, pero todo el mundo sabía que las decisiones surgían del debate interno de la comunidad. No se tomaba ninguna medida sin haber alcanzado un consenso. Aparte de que, si el ayuntamiento tenía dinero para extras, nada menos adecuado que invertirlo en carteles electorales.

Volvió al aula, puso un ejercicio, dejó a Pauloosie de vigilante, se encaminó al despacho del director y abrió la puerta sin llamar. John Tisdale, que estaba leyendo sentado a su mesa, levantó los brazos en señal de rendición.

—¡No dispares!

Edie no sonrió y él se puso serio de golpe: sabía perfectamente por qué estaba allí.

—Oye, Edie, la culpa no es mía. Así es como quiere Simeonie que se hagan las cosas a partir de ahora.

—Pues, mira —replicó ella—, lo que necesita Simeonie es que alguien vaya a decirle que es un capullo.

—¿Tú crees?

Edie giró sobre sus talones y cerró la puerta, quizá con un exceso de firmeza. Habían pegado los carteles con una especie de masilla y fue fácil arrancarlos, sobre todo cuando Edie puso a sus alumnos a colaborar. Una vez retirados todos, entregó un cartel a cada alumno de su clase explicando lo que tenían que hacer y por qué iban a hacerlo. A esto se le llama una protesta, dijo. Desobediencia civil.

Doce niños esperaban frente al despacho del alcalde diez minutos después, expectantes y nerviosos. Desde su mesa de secretaria, Sheila Silliq no paraba de murmurar y de chasquear la lengua.

—Ya sé que te gusta hacer las cosas a tu manera, Edie, pero preferiría que no hubieras metido en esto a mis dos hijos.

—Piensa que es una acción colectiva —dijo Edie, dando sendas palmaditas en la cabeza a los dos Silliq para tranquilizarlos—. Tendrías que sentirte orgullosa.

En ese momento Simeonie Inukpuk asomó la cabeza a la puerta y levantó las cejas hasta el techo.

—Tienes cinco minutos —dijo, mostrando una mano abierta.

Edie dirigió a sus alumnos hacia el despacho, pero el alcalde les cortó el paso, diciendo:

—Alto ahí. —Señaló con el dedo a Edie—: Tú sola.

Cerró la puerta una vez que hubo entrado ella y fue a sentarse detrás de su mesa sin invitarla a tomar asiento.

—Es vergonzoso que te sirvas de los niños para tus propias batallas.

—¿Yo? —dijo Edie, incrédula ante tanta hipocresía—. Esto no tiene que ver con Craig, si es lo que piensas, sino con utilizar la escuela como plataforma política.

—Mira, Edie, que «tenga que ver» con esto o con lo otro, me da absolutamente igual. Estás echando pelotas fuera. —Meneó la cabeza con paternalista desaprobación, gesto que provocó en Edie el impulso de lanzarse sobre él y arrancarle todos los pelos de la cabeza—. Siempre fuiste una cabeza loca, pero ahora te has propuesto convertirte en una buscalíos.

Se miraron a los ojos durante unos instantes.

—Pero cuñado —dijo ella al fin, confiando en ablandarlo un poco a través del vínculo familiar—, ¿carteles electorales? Hombre, por favor. Estamos en Autisaq, Nunavut, y no en Atlanta, Georgia.

Sheila asomó la cabeza. Una llamada desde Londres, Inglaterra, para el alcalde.

Simeonie se acomodó en la butaca y adoptó una expresión de soberano distanciamiento.

—Es una señorita que vende el diario de no sé qué explorador antiguo —informó Sheila.

Simeonie, que en el fondo esperaba algo más enjundioso, hizo que no con la cabeza rechazando la llamada.

—Hablaré yo con ella —saltó Edie. Era un modo como otro de alargar la audiencia con el alcalde.

Fue hasta la mesa de Sheila, cogió el teléfono y se presentó. La mujer que llamaba tenía un fuerte acento que no pudo identificar. Explicó que estaba investigando por cuenta de la casa Sotheby's; habían sacado a subasta el diario del penúltimo periplo de sir James Fairfax y quería tener lo que denominó «una perspectiva indígena». Edie supuso que se refería a alguna anécdota de los viejos tiempos.

—Si Fairfax se hubiera dedicado más a cazar y a pescar, como la gente de aquí, y menos a escribir diarios, su carrera de explorador habría sido más larga —dijo Edie, sintiéndose vagamente satisfecha de su salida—. ¿Qué le parece esta «perspectiva indígena?»

La mujer tosió educadamente. Por la voz, se notaba que era joven y tal vez no muy segura de sí misma.

—Lo siento —dijo—. La verdad es que no he leído el diario entero. Nos ha llegado hace muy poco y el propietario...

—¿Bill Faifax? —la interrumpió Edie.

—El señor Fairfax, sí. ¿Le conoce usted? —La mujer parecía realmente sorprendida.

Edie le explicó cómo se habían conocido. Tras escucharla sin interrumpir, la chica dijo, bajando la voz:

—Él necesita que la venta sea rápida. —Volvió a toser un poco—. Pensábamos que quizás alguien de ahí podría ponernos al corriente. El diario está incompleto, de hecho. Cuando el señor Fairfax lo encontró entre los efectos de su tía abuela, parece ser que faltaban tres páginas. Nuestro experto en papel afirma que fueron arrancadas en fecha más o menos reciente, pero como la tía abuela murió no hay forma de saber cuándo ni por qué. Por eso, si pudiéramos...

¿Tres páginas? El cerebro de Edie cambió de velocidad.

—Mi jefe dijo que los inuits siempre se acuerdan de todo —continuó la chica—. Bueno, él dijo esquimales, pero yo sé que ustedes ya no usan esa palabra.

Edie notó cómo le zumbaba el pulso, cómo sus neuronas se volvían locas de actividad.

—Hagamos una cosa —dijo—. Fotocopie un par de páginas del diario, justo antes de esas que faltan, y mándemelas por fax. Pondremos a trabajar nuestra prodigiosa memoria inuit.

—Oh, ¿de veras? —dijo la chica, muy animada—. Sería estupendo.

—Envíemelas cuanto antes. Estaré montando guardia junto al fax. —Bajó un poco la voz—. Por cierto, inuit no tiene plural.

Mientras esperaba a que los papeles aparecieran por la ranura de la máquina, Edie pensó en hacer una llamada a Fairfax, pero luego lo pensó mejor. Aún no sabía lo suficiente como para formular las preguntas adecuadas.

Empezó a salir la primera hoja. Edie la sacó. La caligrafía era, en efecto, muy similar a la de las páginas que ella había rescatado de la cueva de hielo: largos y enroscados trazos hacia arriba con líneas transversales gruesas por un extremo y finas por el otro, como rabo de buey almizclero, y todo ello vencido hacia el este como para encarar el viento imperante.

Sonó el teléfono. Sheila Silliq contestó.

—Es ella. Quiere hablar contigo.

Edie agarró las páginas restantes y se dirigió hacia la puerta.

—Dile que me acabo de ir.

Al llegar a casa, se instaló en el sofá con las páginas que había sacado de la cueva y un vaso grande de Canadian Mist. Aunque el papel estaba muy dañado por la escarcha y la letra resultaba casi ilegible, pudo ver enseguida que encajaba con los rasgos de la del diario. Preparó té, echó un chorrito de Mist en el tazón y se puso a examinar atentamente las páginas. El texto debía de ser lo bastante importante como para que alguien —ella suponía que el propio Fairfax— hubiese llevado el diario hasta Autisaq. Y como para que Andy Taylor lo hubiera escondido en una grieta. Pero ¿por qué?

La suave iluminación de la salita no le permitió descifrar casi nada. Fue al lavadero, donde guardaba sus cosas de ir a cazar, agarró la mira telescópica, se puso prendas impermeables, unos kamiks, un gorro de piel de perro y las gafas de nieve carísimas que un *qalunaat* le había regalado como propina, y abrió la puerta que daba al porche exterior. El sol brillaba con fuerza, y hacia el sur, como a dos o tres noches de camino, los peñascos de Taluritut relucían como dientes de leche. El aire estaba excepcionalmente seco y diáfano, buen día para hacer descubrimientos.

Fue al cobertizo donde ponía a secar sus pieles de foca, se agachó en la parte del fondo para que no pudiera verla nadie desde el ayuntamiento, la tienda o la escuela, sacó el papel del bolsillo y lo desdobló sobre su regazo. Luego sacó la lente telescópica y la puso delante del papel. Aunque seguía siendo difícil distinguir palabras enteras, empezaron a aparecer impresiones de tinta. Volvió a la mira y, como haría un cazador, comenzó de nuevo por el centro desplazándose en círculos hacia el exterior, hasta que topó con algo que podía ser una ge o una cu. Muy despacio, para no perder el punto, movió ligeramente la mira hacia la izquierda y vio una tenue pero bien definida u. Lo que quedaba de la letra a la izquierda del borrón era una punta diminuta, tal vez la cúspide de una ele... Desplazó la mira apenas un milímetro hacia la izquierda y vio algo que debía de ser una i, el trazo claramente interrumpido, a diferencia de la letra vecina, sin duda una ele, y al lado otra i. La letra inicial era más grande, una uve mayúscula, con un pequeño borrón al lado. *Vililuq*, pues. Una palabra que no significaba nada en inuktitut ni en inglés.

Volviendo al papel, trató de separar la primera página de la segunda, y al hacerlo la rasgó un poco. De todos modos, incluso sin haberla rasgado, era inútil. La página final había permanecido separada y a salvo de la humedad por las dos precedentes. En esa última página había un solo párrafo, y debajo del mismo un dibujo, quizás un mapa. No le recordó a nada, pero luego pensó que ella no tenía práctica en mirar mapas *qalunaat*. Del texto distinguió únicamente unas pocas palabras en inglés —«esperé», «dijo», «perros»— y una breve frase entera: «Que cambié por una pequeña navaja.»

Se hablaba de algún tipo de trueque. ¿Qué había recibido sir James Fairfax a cambio de la navaja? Repasó el párrafo con la vista. ¿Perros? Sí, era posible. Se fijó después en el trozo de papel al que estaban unidas las páginas. Aquí la letra era muy diferente del resto. Parecía más moderna y el texto estaba escrito con bolígrafo, ella suponía que por el propio Andy Taylor. Una sola palabra: «Sal.»

Edie entró de nuevo en la casa. Estaba un poco borracha. Nada tenía sentido. Debía cuidarse un poco más. Comer algo quizá le vendría bien. Estaba rebuscando en la alacena cuando irrumpió Sammy y sin decir nada se instaló en el sofá. Edie iba a pedirle que se marchara pero cambió de opinión. Después del enfrentamiento con Simeonie, necesitaba un poco de compañía.

—Traigo bourbon —dijo él.

Edie fue en busca de dos vasos, apuró el contenido del suyo y esperó a que el alcohol le llegara al vientre. Nada proporcionaba más calor que el whisky.

—Por los *qalunaat* —brindó Sammy—. Esa gente sí que tiene dinero.

—¿Qué tal se han portado?

Él hizo un gesto vago con la mano.

—Son un par de cachorrillos. Sólo querían ver Uimmatisatsaq.

—Y cazar eiders, ¿no?

—Eso habían dicho, sí, pero cuando llegamos a Craig no pareció que les interesara mucho cazar. Se dedicaron a..., yo qué sé, a cavar en el suelo y entre las rocas. Forofos de las piedras, imagino yo. —Sammy se sirvió más whisky e indicó a Edie que se sentara a su lado—. En fin, el caso es que han pagado y se han ido. —La agarró por la cintura y la atrajo hacia él. Su aliento olía tan bien como el amor—. Ven aquí, mujer —dijo—. Vamos a celebrarlo.

Hasta que no llevaban un buen rato acostados, Edie no reparó en que olía a comida quemada. Se levantó rápidamente, fue a la cocina y apartó la sartén del fuego. Sammy, que se había levantado y llevaba puesta la ropa interior termal, la agarró por detrás y le dio un buen achuchón.

—Lo de antes me ha abierto el apetito —dijo—. ¿Qué tienes por ahí?

Se sentaron en el sofá a comer sobras y se achucharon un poco más. Después, extenuados ya por el esfuerzo, Edie fue a preparar té, puso el DVD de *La fiebre del oro* y acurrucados bajo una manta de caribú miraron la pelea entre Big Jim McKay y Black Larsen y cómo al final Larsen cae muerto dejando a Big Jim, amnésico a resultas de la pelea, dando tumbos por el Polo Norte sin acordarse de dónde ha metido el oro.

—Esto es lo que llaman un cuento con moraleja —dijo Edie.

Miró a Sammy y vio que se había quedado dormido. Pasó un brazo por encima de él y agitó la botella de whisky, más por costumbre que por otra cosa, pues ya no quedaba una gota dentro.

Al dejar la botella sobre la mesa, tocó sin querer una pila de papeles y un bolígrafo de plástico cayó al suelo. Lo reconoció enseguida: era el que había recuperado dos meses atrás del bolsillo de Felix Wagner. Al recogerlo, vio que en el costado llevaba escrita la palabra «Zemmer», en letras muy bonitas de color verde oscuro.

El corazón le dio un vuelco. Era el nombre de aquella supuesta pizzería. La borrachera le desapareció de golpe. Representara lo que representase Zemmer, era sin duda el vínculo entre los dos *qalunaat*, Wagner y Taylor.

Despertó a Sammy.

—Tienes que marcharte.

Él vio la cara que ponía y no protestó. Cuando estaban ya en el porche, Edie volvió adentro, agarró la botella vacía y le pidió que se la llevara.

Viendo a Sammy alejarse por el camino particular sintió una pizca de tristeza, pero también, en cierto modo, respiró más tranquila.

El cielo estaba casi cubierto de nubes altas y el sol entraba y salía por entre los resquicios. Edie agarró los kamiks, el gorro y la parka y salió a dar de comer a los perros. Al entrar de nuevo en la casa comprendió de repente que lo que sir James Fairfax había canjeado con Welatok por una navaja no pudieron ser perros porque, como la mayoría de exploradores *qalunaat* de aquella época, sir James se negaba a utilizarlos.

Fue a buscar las páginas, agarró la lente telescópica y salió a la calle desierta. Esta vez dio con lo que creía estar buscando, al pie de la segunda página, en la última línea, donde el autor había apretujado las letras para aprovechar mejor el papel. Escrita fonéticamente, pero correctamente esta vez, aparecía la palabra «*uyaraut*» —«piedra preciosa»—, y en la misma frase la palabra «Craig». Edie se sorprendió de no haberla visto antes.

Justo en aquel momento sintió el alfilerazo de un cristal de nieve en la cara, y enseguida el frescor líquido tan esperado. Luego llegó otro, y otro más. Uno de ellos aterrizó en mitad de la página de encima y se fundió ligeramente, limpiando el hasta entonces ilegible borrón que rodeaba la primera letra de «*Vi-*

liluq». Las letras se veían un poco más tenues que antes, pero no había la menor duda: *Wilituq*. La sorpresa de Edie fue mayúscula. ¿Era exagerado suponer que Wilituq no fuese sino la forma en que Fairfax había transcrito Welatok?

Sir James Fairfax canjeó una navaja por lo que Welatok había descrito en inuk como una piedra preciosa. De repente, Edie se acordó de su encuentro con Saomik Koperkuj en Craig y lo que éste dijo haber rescatado de las tripas de un lobo: una cadena de oro con una piedrecita que pesaba mucho.

La tarde siguiente, terminadas las clases, compró media docena de latas de cerveza, preparó una bolsa y partió hacia el este en su motonieve por la franja costera. Al pie de los peñascos, en la pequeña cueva donde a veces se congregaban mérgulos, dejó la moto y buscó el camino que conducía a la cabaña de Koperkuj.

A su llegada, empujó la puerta y se asomó al interior. No había nadie. Avanzó unos pasos, vio un cuchillo de caza encima de la mesa y lo cogió. Fue hasta la cortina que separaba el espacio donde dormía el viejo, la apartó y miró adentro. De súbito, oyó un crujido a su espalda y retrocedió, asustada. El viejo estaba junto a la puerta encañonándola con el Remington de Andy Taylor.

—Lárgate —dijo Koperkuj.

Al principio no pareció reconocerla, pero luego bajó el cañón del rifle. La expresión de su cara, sin embargo, no varió un ápice.

—¿No estás de humor para visitas, Saomik Koperkuj? —Edie dejó caer el cuchillo en la bolsa, metió la mano y sacó las cervezas. Le alivió ver que el viejo llevaba todavía el colgante—. A ver si la cosa mejora con esto.

Por un momento el semblante del viejo se suavizó, pero enseguida reapareció la expresión dura.

—¿Qué buscas aquí?

Ella tiró de la anilla y le ofreció la lata.

—En verano llevo a cazar liebres a unos *qalunaat* —mintió. Él la miró a los ojos, suspicaz—. He pensado que tú quizá podrías darme algunos consejos.

El viejo asintió como dándose por satisfecho con la explicación. Tomó un buen sorbo de la lata. Edie le acercó las otras.

—Que conste que no tengo nada contra ti —dijo Koperkuj a regañadientes—; es que no me gusta la gente en general.

Permanecieron un rato en silencio. El viejo iba vaciando la lata a pequeños tragos.

—A ver si tengo suerte y encuentro un lobo que se haya zampado un collar como el tuyo —probó Edie.

El viejo se tocó la piedra y dijo:

—Este collar trae suerte. —Agarró otra lata y separó la anilla con la punta de su cuchillo. El alcohol empezaba a soltarle la lengua—. En realidad no la saqué de un lobo.

—¿Ah, no? —Edie procuró mostrar más curiosidad que interés.

El viejo se rio. Empezaba a pasarlo bien.

—¿Tú te crees que un lobo se iba a zampar esto? ¡Mujeres! No, me lo encontré en Craig, cerca de Tikiutijavvilik, en la playa.

—¿De veras?

—Lo que oyes. Allí en medio.

—Hay que ver las cosas que arroja el mar, ¿eh? —dijo Edie—. Creo que no me vendría mal ese collar de la suerte. ¿Y si me lo prestas? —añadió, haciendo como que se le acababa de ocurrir la idea.

Sus miradas se encontraron.

Edie sacó la bolsita de piel de foca que ella misma había cosido y se la pasó al viejo.

—Te lo cambio por esto.

Él la volvió a mirar.

—Ábrela.

El viejo así lo hizo, con sus dedos artríticos, miró dentro, y al girar la bolsita para examinarla el pendiente de Andy Taylor aterrizó en la palma de su mano.

Edie le observó atentamente por si reconocía la piedra, pero no hubo tal cosa.

—¿Qué es?

—¿Tú qué dirías?

—*Uyaraut* —contestó el viejo.

—Más que *uyaraut* —dijo ella—: *Qaksungaut*, diamante.

Koperkuj volvió a mirar la piedra. Los ojos le brillaron.

—¿Cómo sé que es auténtico?

—Pregúntale a Mike Nungaq.

Mike era el especialista en piedras de la comunidad. En otra vida habría sido geólogo, pero en Autisaq no había sitio para geólogos inuit. Con todo, el que encontraba alguna piedra con pinta de ser vendible, acudía a Mike.

—Si resulta que es falso, tienes permiso para venir a partirme las piernas.

Koperkuj toqueteó la piedra. Todo él temblaba.

Edie dijo:

—Puedes quedarte la cadena.

—¿Por qué tienes tanto interés en esta piedra? —preguntó el viejo, haciéndola correr de un lado al otro de la cadena.

—¿Yo? —dijo Edie—. Qué va. Me ha gustado, eso es todo. Ya sabes cómo somos las mujeres, siempre queremos cosas.

El viejo asintió dándole la razón. Tras una pausa, dijo:

—Está bien. Considéralo un favor que te hago. Pero me quedo la cadena y el *qaksungaut*.

Extrajo la piedra de la cadena y se la pasó a Edie. No más grande que un corazón de zorro, y de una forma similar, era de color morado oscuro, presentaba diminutas incrustaciones brillantes y pesaba mucho para su tamaño. Edie no había visto nunca nada parecido, pero ahora que la tenía en su poder se sintió a la vez un poco asustada e imbuida de nuevas fuerzas, como si por fin hubiera topado con algo nuevo después de transitar por viejos caminos. Más que una piedra, le parecía tener en su mano una llave.

Encontró a Mike Nungaq junto al estante de los cereales en un extremo de la tienda, poniendo etiquetas con el precio a un envío de Pop-Tarts sabor fresa. Él la saludó y le preguntó cómo estaba, pero su semblante se oscureció al adivinar que ella había entrado para algo más que para comprar.

—Etok ha ido por un cargamento al aeródromo —dijo Mike, suspirando—, por si te extraña no verla por aquí.

Ella arrugó la nariz, sabedora de que estaba forzando los límites de su amistad.

—¿Podemos hablar? —preguntó.

—Confiaba en que no me lo pidieras —dijo Mike—. Bueno, vamos.

Dejaron atrás el pasillo de las ofertas especiales, Mike levantó el mostrador, hizo pasar a Edie a la trastienda y se sentaron a una mesa de formica muy gastada.

—¿Es por los carteles electorales? Los rumores corren, ya sabes. ¿O es porque Elijah va a disputarle la alcaldía a Simeonie?

Edie parpadeó. El hermano de Mike era un aprovechado y todos lo sabían; si él se presentaba a alcalde, también podía hacerlo Pauloosie Allakarialak.

Las orejas del tendero se encendieron ligeramente.

—Por si te interesa, fue Simeonie quien le convenció para que se presentara.

Edie soltó un bufido, sin poder aguantarse.

—Claro: un falso rival. Qué listo es. —Hizo una mueca—. Perdona.

—Estamos hablando de mi hermano, Edie. —Mike bajó la vista y luego se encogió de hombros.

Se levantó para servir té de un termo en dos tazones, echó seis cucharaditas colmadas de azúcar en uno de ellos y volvió a la mesa sonriendo tímidamente. Edie presintió que había quedado en entredicho; el asunto de Elijah tenía muy afectado a Mike y ella había sido poco delicada.

—He encontrado una piedra. —Edie se sacó un paquete pequeño del bolsillo—. Si quisieras darme tu opinión... —Empujó el paquete sobre la mesa. Mike desenvolvió la piedra, la sopesó en la mano y se la acercó a los ojos. Edie vio que reparaba en el agujerito por donde había pasado la cadena de oro y que se mordía el labio, como para reprimirse de hacer la siguiente pregunta.

—Cómo pesa —dijo.

Se levantó para ir hasta una cómoda que había en el lado opuesto de la habitación y volvió con una lupa. Se la encajó en un ojo y se puso a examinar la piedra dándole vueltas entre los dedos de la mano derecha, mientras Edie bebía té y echaba un vistazo a su alrededor. Una burbuja de orden señalaba el lugar en donde trabajaba habitualmente Etok. Había una mesa de caballete y más arriba unos estantes con diferentes archivadores perfectamente ordenados. Encima de la mesa había un ordenador portátil y un archivador de bandejas, cada una de ellas con su pulcra etiqueta. En el póster de una puesta de sol tropical, que Etok había fijado con chinchetas, se leía: «Por cada puerta que se cierra, hay dos que se abren.» En la pared del fondo había un gancho en el que había dejado colgada una estupenda parka de piel de foca con ribetes de zorro.

Mike dejó la piedra sobre la mesa.

—¿Quieres una opinión de experto o te vale la mía?

—Con la tuya me conformo, por ahora —dijo Edie.

—¿Te has fijado en lo que pesa? ¿Y ves este barniz marrón oscuro que tiene? —Mike señaló un puntito negro que tenía la piedra—. Aquí. Eso se llama costra de fusión. La roca se fundió al entrar en contacto con la atmósfera —siguió explicando, aparentemente satisfecho de sí mismo—. Esto es un meteorito, la única fuente de metales aquí en el Ártico antes de que llegaran los europeos. —Hurgó en el agujero que había sido practicado en la piedra—. Mira, ¿ves esta matriz interior, de un tono como de tiza? —Se la acercó a Edie—. Los mejores meteoritos, desde la perspectiva inuit, eran los de ferroníquel, pero se dan con menos frecuencia; la mayoría son como éste, piedra con metal incrustado.

Se levantó otra vez, fue a la pequeña cocina y agarró algo de la puerta del frigorífico. Cuando volvió, Edie pudo ver que era un imán de nevera que representaba una playa tropical y una mujer en biquini besando a un hombre vestido con una especie de minúsculo calzoncillo. Mike parecía un tanto avergonzado.

—Esto se lo envió a Etok una amiga suya que vive en Iqaluit. Fueron en peregrinación a Tierra Santa.

Mike aplicó el imán a la piedra y levantó la mano con que lo sujetaba. La piedra se quedó pegada un momento al imán y luego cayó sobre la mesa.

—Es magnético —dijo—. Ferroníquel. Y como resulta que aquí, en el Ártico, son tan poco frecuentes, basta con que conozcas un poco la geología de la zona para determinar el punto exacto en que han caído del cielo.

—Como si tuvieras un GPS.

—Mejor aún. No se estropea ninguna pantallita de cristal líquido por culpa del frío.

En ese momento les llegó la voz de Etok. Acababa de volver del aeródromo y estaba dando instrucciones sobre dónde colocar las cajas.

—Podría enviarle la piedra a un amigo mío. Todo lo que tenga que ver con el espacio, le encanta. Él te podría decir su valor. Además, estoy seguro de que lo haría gratis.

—¿Su valor, has dicho?

—Pues claro. Bueno, no es que sea un diamante ni nada de eso, pero las piedras del espacio suelen andar por los doscientos dólares.

Edie hizo un gesto hacia el lugar de donde llegaba la voz de Etok.

—De acuerdo —dijo—, pero no quisiera causarte problemas.

Mike envolvió la piedra, se la metió en el bolsillo y dijo, con un guiño:

—Ojos que no ven...

—Es una pena que Etok me odie tanto. Tú y yo podríamos ser más amigos.

—Es justo lo que ella trata de evitar, Edie.

Una vez en la puerta, Edie se volvió y, por mejorar el ambiente, dijo:

—Por cierto, esa parka de ahí es toda una obra de arte.

—Desde luego. —Mike la acompañó hacia el interior de la tienda—. La hizo Minnie Inukpuk. —Y bajando la voz—: En una de sus épocas buenas. Pero la pobre no llegó a cobrar el trabajo. Fue ese cazador blanco, Wagner, quien se la encargó. —Mike se encogió de hombros—. A ver si la compra alguno de los científicos que vienen este verano. Lástima que Minnie se la hiciera a la medida. En fin.

Edie se acercó a mirar la prenda, pasó el dedo por el exquisito patchwork de piel, y fue entonces cuando vio la etiqueta escrita a mano. No había duda: era la misma letra de la nota prendida en el diario de Fairfax. Luego no era Taylor, sino Wagner, quien había escrito la palabra «sal». Pero ¿y cómo habían ido a parar las hojas a manos de Taylor?

—Wagner le pasó a Minnie sus medidas porque la quería exactamente así. Qué quisquilloso.

—¿Me la puedo llevar?

—¿La parka? —Mike no supo qué cara poner—. No sé, Edie, es una prenda de valor...

Edie desenganchó la etiqueta, se la mostró a él y se la metió en un bolsillo; y en el momento de hacerlo se acordó de Taylor hurgando en la parka de Wagner justo después de que éste recibiera el disparo. Taylor podía haber robado las páginas mientras el otro agonizaba. Esto se estaba poniendo interesante. Cada vez parecía más probable que Wagner hubiera sido asesinado por algo que había en las páginas, o por la piedra, cuando no por ambas cosas. Y quizá Taylor también.

En ese momento entró Etok. Mike le hizo una señal con la cabeza para tranquilizarla y luego bajó la voz:

—Edie, ¿qué es lo que te traes entre manos?

—¿Yo? Lo de siempre: problemas. —Sonrió educadamente a Etok y fue hacia la puerta.

Mike puso los ojos en blanco.

—Oye —dijo Edie—, ¿ese Wagner te compró sal?

—¿Y por qué iba a comprar sal? —Mike se quedó pensativo—. No, creo que no. Me acordaría de una cosa tan rara. Bueno, tan rara como que a ti te interese saberlo.

Edie se tocó la punta de la nariz con el dedo: «No hagas preguntas.»

—Te debo un favor, Mike. El día de las elecciones, votaré a Elijah.

Se dirigía hacia su casa cuando vio a John Tisdale esperándola junto al porche, y de pronto notó que el corazón le pesaba como una ballena vieja.

—¿Puedo entrar un momento?

—Claro —dijo ella, y le hizo pasar a la habitación de delante. Se demoró un poco en quitarse las botas y la parka, tratando mientras tanto de imaginar qué podía querer Tisdale. Era la primera vez que se presentaba en su casa.

—¿Un poco de té? —dijo, enseñando una sonrisa quebradiza.

Él asintió con la cabeza. Parecía muy nervioso.

Momentos después, al volver con el té a la sala, vio que él miraba fijo al frente mientras se mordía la cutícula del índice de la mano derecha. Le dijo gracias con excesiva efusión y luego añadió:

—Traigo malas noticias.

—Con razón parece que te haya pisoteado una estampida de caribúes.

Tisdale levantó una mano.

—Mira, Edie, no hace falta que te diga que me caes muy bien...

—¿Pero?

—Pero vamos a tener que recortar gastos en la escuela y... —No terminó la frase. Edie sospechó lo que venía a continuación. La echaban. Sintió pena por Tisdale; el hombre acababa de descubrir que estaba en manos de Simeonie, una posición muy poco deseable.

—Ya sabes que no te estás haciendo ningún favor, con eso de la bebida —dijo él.

No parecía tener mucho sentido responderle que había decidido dejarlo.

—Siempre he respaldado tus iniciativas, o en todo caso he hecho como que no me enteraba, pero eso de llevarte a los alumnos de manifestación a la alcaldía... —Se rio un poco—. ¿Es que te has vuelto loca?

Edie se inclinó hacia él y le puso una mano en el brazo.

—Es gracioso que seas tú quien me lo pregunte —dijo.

10

Derek Palliser despertó con un sobresalto, echó un rápido vistazo a la habitación y luego al despertador. Eran poco más de las seis y estaba bañado en sudor que se enfriaba a marchas forzadas. Normalmente a esa hora ya se habría levantado y estaría tomando el primer té del día antes de salir de ronda, pero ahora dormía más de la cuenta —y mal— por culpa de la calefacción. Nada más llegar, Misha se había quejado del frío, pero a Derek el calor lo dejaba inquieto y con la sensación de haber dormido muy poco.

Ese día, precisamente, necesitaba estar en plenas condiciones. Esperaba la visita de Jim DeSouza, investigador de la estación científica de la isla de Devon. DeSouza le había dicho que era una simple visita de cortesía, aunque Derek no se lo acababa de creer: DeSouza quería algo. Al margen de eso, el tipo le caía muy bien y pensaba que podían trabajar en colaboración. Había un respeto mutuo. En los tres años —o quizá fueran cuatro— que llevaba dirigiendo la estación, el profesor siempre había insistido en consultar a Derek sobre todo aquello que pudiera entrar en la jurisdicción de la policía. Y, pese a que estaba muy lejos de su especialidad, DeSouza siempre le había apoyado en su investigación sobre los lemmings, además de prometerle contactos con revistas y demás si alguna vez los necesitaba.

Era cuestión de orgullo personal que el poblado y el destacamento estuvieran, por así decirlo, en perfecto estado de revista. A Derek le preocupaban sobre todo los perros sueltos. La cosa había mejorado, sí, pero aún había dos o tres familias que se negaban a tener controlados a sus animales. Stevie o él tendrían que hacerles una visita especial.

Miró por última vez a Misha. Si seguía contemplándola acabaría metiéndose otra vez en la cama. ¡Qué belleza de mujer! Estiró el brazo y acarició sus largos cabellos color de miel.

—Derek, no seas pelma. —Cuando ella le apartó el brazo con la mano, se sintió a la vez enardecido y abandonado.

Derek fue a lavarse y afeitarse, se vistió en la habitación y pasó del apartamento a la oficina. Puso en marcha una cafetera para Misha (a ella no le gustaba el té) y mientras tanto salió a dar una rápida vuelta por Kuujuaq.

De regreso, encontró a Stevie enfrascado ya en la contemplación de la pantalla de su ordenador.

—¿Ronda de perros?

Derek hizo que sí con la cabeza.

—¿Alguno suelto?

Hizo que no.

—A propósito, jefe, los críos están encantados con tener a tu *Pie* en casa. Pásate un día de éstos a comer costillas y aprovechas para saludarlo.

Derek acusó recibo de la invitación con un amago de sonrisa. Después de que Misha se quejara de sus ladridos, Derek había llevado a *Piecrust* a casa de su ayudante. Aunque se repetía a sí mismo que eso era una estupidez, le echaba muchísimo de menos. Por otra parte, no tenía la menor intención de ir a ver a *Piecrust* pues ello supondría presenciar el histérico recibimiento de su antiguo Mejor Amigo, y tener que abandonarlo otra vez al cabo de un rato. De todos modos, agradecía la sugerencia de Stevie. Era un hombre de buen corazón.

Hizo las llamadas habituales por radio. No había ocurrido nada importante. Por lo visto, la gente evitaba comentar sobre los acontecimientos de los últimos meses en Autisaq. El proceso había seguido su curso —resultados de laboratorio, informes, formularios—, y a la postre se había impuesto la versión oficial: Wagner había muerto accidentalmente, Taylor había desaparecido en una ventisca y Joe se había quitado la vida en un momento de confusión fruto de la hipotermia y del desconsuelo por haber perdido al hombre que estaba bajo su tutela.

Misha apareció con un top acolchado y unos vaqueros ceñidos y pasó contoneándose hacia la cocina. Volvió momentos después con un tazón de café en la mano y sonrió a Stevie. El guardia hizo una mueca y siguió con lo suyo. La hostilidad era mutua.

De repente, alguien abrió la puerta de fuera. Oficialmente, el destacamento aún no estaba abierto, pero eso a Jono Toolik le daba igual. Irrumpió bruscamente, colorado de ira y blandiendo una bolsa de plástico en su mano derecha, y vació la bolsa sobre la mesa de Derek. Varias docenas de condones, cada cual en su pequeño envoltorio de cartón con una cabeza de buey almizclero dibujada en la parte delantera. Derek cogió uno e hizo como que lo examinaba.

—Caramba, Jono, no sabía que estas cosas te preocupaban.

A raíz de su último encontronazo, Derek había agotado las razones para ser cortés con Toolik, y sospechaba que era él quien había permitido que su perro matara a aquellos lemmings. Derek no había podido demostrarlo, pero de ninguna manera pensaba añadir a Toolik a su lista de postales navideñas.

—*Aitiahlimaqtsi arit*. Que te jodan, Palliser. Antes metería la polla en el culo de una beluga. Además, no sirven para nada.

Derek se encogió de hombros.

—A lo mejor es que el tamaño buey almizclero no es el tuyo. —Hizo una pausa teatral—. ¿Has probado el tamaño perdiz?

Toolik cerró los puños y la habría emprendido a golpes de no ser porque apareció Misha y se plantó entre él y Derek. Al instante, la expresión de Toolik se suavizó. Misha fue hasta la mesa de Derek y cogió un condón.

—Nos traen un regalito, ¡qué bien! —dijo, barriendo con la mano aquel despliegue de preservativos—. Pero con esto no tendríamos ni para una semana.

Jono Toolik no supo cómo reaccionar. ¿Le estaban tomando el pelo?

—Necesito un poco de civilización —continuó Misha—. Estaré en mi estudio de escultura. —Cruzó el despacho hasta la puerta del fondo, giró un momento para saludar coquetamente con la mano y salió al patio trasero, donde Derek le había habilitado un estudio en lo que antes fuera el cobertizo de sus lemmings.

No bien se hubo ido, se produjo una tangible sensación de alivio en el despacho, como cuando una ventisca empieza a pasar de largo.

Jono Toolik estaba retrocediendo hacia la puerta con las manos en actitud de rendición.

—Mira, ¿sabes qué? Olvídalo.

Poco después de irse él, oyeron el motor del avión de la estación científica y Derek agarró la parka, se puso la gorra de béisbol de policía y salió para dirigirse al Vehículo Todo Terreno —VTT— del destacamento, siguiendo el avance del Otter hacia el aeródromo entre nubes bajas.

DeSouza le saludó muy contento, como a un amigo de toda la vida.

—Tenéis un bonito poblado.

Derek asintió, dudando de que el profesor hubiera querido realmente hablar en un tono tan paternalista.

—Nos gusta quedar bien —dijo.

DeSouza se rio.

Mientras almorzaban chuletas de caribú en el reducido comedor del destacamento, DeSouza informó a los dos agentes sobre los planes de la estación científica para el verano. A medida que hablaba, sus palabras adquirieron un tono lúgubre: todo eran recortes de presupuesto y programas cancelados. Como la NASA, dijo, había abandonado sus planes de enviar un vuelo tripulado a Marte, iba a ser muy difícil conseguir subvenciones en el futuro.

—Años y años de trabajar duro, y cuando nos faltaba poquísimo para ciertos avances importantes... —Ilustró sus palabras juntando casi el pulgar y el índice de su mano derecha.

Stevie le lanzó a Derek una mirada como diciendo: «Me esperaba una visita más divertida.»

Terminaron de comer y Derek encendió un cigarrillo

—Imagino que no encontrasteis a aquel cazador —dijo De-Souza. Era tanto una pregunta como una afirmación.

—Oficialmente está desaparecido —dijo Derek—, y se supone que muerto.

—¿Alguna relación con el otro tipo, Wagner o algo así?

—Andy Taylor había sido su ayudante, pero si lo que me preguntas es si las muertes están relacionadas, debería responder que no, salvo en la medida en que el Ártico superior es un lugar peligroso para no tener pistas.

DeSouza miró el paquete de tabaco y preguntó:

—¿Puedo?

Derek le acercó los cigarrillos y luego encendió un fósforo. Tenía la sensación de que estaban a punto de conocer el verdadero motivo de la visita del profesor.

DeSouza dio una larga calada antes de hablar.

—La razón por la que he venido...

Aparentando indiferencia, Derek le cortó para decir:

—Y yo aquí pensando que venías por el estímulo intelectual.

DeSouza sonrió.

—Bueno, no se trata de nada grave, en absoluto, pero hay algo que tenemos que resolver. Quiero decir entre nosotros.

Derek y Stevie se miraron. Derek dio una última calada y aplastó su cigarrillo. Quería adoptar un semblante más serio y concentrado.

—Es el invernadero.

Había sido construido hacía unos años, antes de que llegara DeSouza, con el fin de investigar si era posible cultivar con éxito más allá del paralelo 70 empleando únicamente energía solar y un sistema de riego con agua reciclada. El experimento había sido un fracaso, y al cabo de unos años se abandonó el proyecto, si bien oficialmente seguía incluido en el programa de la estación.

—Supongo que lo más lógico hubiera sido desmantelarlo —continuó DeSouza—. Lo pensé, pero el tema logístico era muy complicado.

La edificación, situada a varios kilómetros del puesto, se encontraba en lo alto de un risco casi inaccesible con vistas a la península Colin Archer y de lejos parecía un artefacto extraterrestre. Alguien debió de pensar que era un buen emplazamiento, pero quienquiera que fuese había optado por el anonimato.

—Es una especie de adefesio, desde luego —dijo Derek—, pero a mí no me importa porque su impacto medioambiental es mínimo.

—¿Cuánto hace que no vas por allí?

—¿A la península? —Derek trató de recordar. Suponía que unos cuantos años—. Bastante tiempo —dijo.

—Eso explica muchas cosas.

Derek no le entendió.

—¿Qué cosas?

—Pues que un desgraciado se montara una plantación de hierba allá arriba, en el invernadero.

Derek intentó no poner cara de estúpido, pese a sentirse como tal: él no tenía noticias de ninguna plantación. La hierba no era una gran preocupación en Ellesmere, en el sentido de que no generaba problemas de orden público, pero sí hacía que los jóvenes se quedaran en casa en vez de salir a la tundra, y por eso sólo Derek consideraba que había que desaconsejar su consumo.

—Cultivo hidropónico y todo eso... —continuó DeSouza.

Derek llegó a pensar si el otro no estaba poniendo en duda su competencia como policía, pero luego recordó que oficialmente el invernadero era cosa de la estación. Si había que pedir cuentas a alguien, primero a DeSouza.

—¿Y tienes idea de quién es el responsable?

—Dos de los nuestros están metidos, eso seguro. Hicimos una inspección. Los hemos mandado ya para el sur, con el contrato rescindido. Pero sin ayuda de alguien de aquí no habrían podido llegar tan lejos. —Frunció los labios expresando malestar—. Hemos retirado las plantas de marihuana y el equipo hidropónico. De hecho era todo bastante primitivo. Claro que por estos lares tampoco me extraña.

—¿Alguna pista? —preguntó Derek.

DeSouza sacó de su mochila un termo metálico grande y muy gastado.

—Encontramos esto entre las plantas. Alguien ha remendado la correa con tiras de piel de foca. Menudo saldo, ¿eh?

Derek examinó el recipiente por fuera, y de pronto el corazón le dio un vuelco. Inconfundible: era el termo de los Predators de Nashville que él había regalado a Joe Inukpuk hacía varios años. Pero eso no pensaba decírselo a DeSouza. El tipo le caía bien, pero no dejaba de ser un *qalunaat*.

—Veremos qué se puede hacer —dijo—. Y sobre esos dos empleados vuestros de la estación, ¿la policía del sur ha tomado alguna medida?

DeSouza negó con la cabeza.

—Es contraproducente. Por lo que a mí respecta, creo que hemos hecho lo correcto. Pero si una cosa tengo clara es que no voy a permitir drogas en la estación. Lo estropean todo. No quiero saber nada de drogas.

Derek estaba empezando a cansarse de DeSouza, con su manera de insinuar cómo había que hacer las cosas. Y menos después de que la última vez le largara aquel sermón diciendo que quería trabajar sin interferencias de nadie. Atribuyó la actitud del profesor al estrés. No había duda de que DeSouza tenía muchas cosas en la cabeza.

—Vale —dijo, sin comprometerse—. Queda claro.

Esperó a que DeSouza partiera y luego salió para darse la oportunidad de meditar. La visita lo había dejado ansioso y de mal humor. Perseguir a camellos de pacotilla no era su vocación. Y no le parecía nada bien que un *qalunaat* le dijera cómo tenía que actuar la policía indígena. Uno no podía ir por ahí deteniendo gente o mandándola al sur por las buenas. Además, Derek tenía una idea más que aproximada de la identidad del culpable y el muchacho ya no iba a causar más problemas a nadie.

Decidió ir a ver la morrena del pequeño glaciar de exhutorio que fluía hacia el mar al este de Kuujuaq. La nieve había desaparecido y en la zona de hielo marino el deshielo estaba ya en su apogeo. El glaciar se había encogido de tal manera que en ambos bordes asomaban peligrosamente montones de piedras sueltas. Muy pocos inuit se arriesgaban a ir a parte alguna hasta el mes de agosto, cuando desaparecía el hielo; los que tenían algún motivo concreto para ir hacia el interior podían tratar de hacerlo por los glaciares hasta llegar a uno de los campos de hielo más grandes, o a los dos o tres pasos que comunicaban las islas entre sí. Este glaciar en concreto, sin embargo, era letal. De momento, empero, lo único que Derek podía hacer era repartir pasquines por el pueblo aconsejando dar un rodeo, al menos hasta que la morrena estuviera más asentada.

Mientras estaba allí, se le ocurrió subir hasta el altiplano para ver qué estaba pasando con la población de lemmings. La llegada de Misha le había ocupado tanto tiempo y tanta energía que había tenido que aplazar su idea del artículo para una publicación del sur.

Más de una vez, en las últimas semanas, Derek se había preguntado si había hecho bien acogiendo a Misha. Empezaba a tener la clara sensación de que, durante el período en que habían estado separados, la nostalgia le había hecho convencerse de cosas que no se ajustaban a los hechos.

Había llegado ya al altiplano cuando algo que se movía entre los arbustos de sauce atrajo su atención. Un grupo de perdices blancas alzó el vuelo y se alejó. Los sauces estaban en constante movimiento, y al pie de los mismos había toda una alfombra de excrementos de lemming, así como de hojas de juncia mordisqueadas, prueba de la presencia de esos roedores. Derek sintió renacer su interés por la manada y se dijo a sí mismo que no podía permitirse hacer el vago. Era preciso adelantarse a los demás.

Volviendo a Kuujuaq por el muskeg, tomó la decisión de no hacer nada respecto al asunto del invernadero. Sí, aquel termo sin duda era el de Joe, pero seguro que la idea de la plantación no se le había ocurrido al muchacho. Lo más probable era que Willa, su hermano, tuviera bastante que ver. Pero ¿qué importaba ya? Joe estaba muerto, habían vaciado el invernadero, los traficantes estaban de vuelta en el sur. La próxima vez que fuera a Autisaq, tendría unas palabras con Willa y nada más. Dentro de ocho o diez días, llamaría a DeSouza y le diría que el problema estaba resuelto.

Entró en el destacamento y se encontró a Stevie mirando preocupado la parte trasera de su ordenador.

—Ah, hola, jefe. La maldita máquina se ha escacharrado. Me harás un favor si le echas una ojeada.

Al acercarse a la mesa de su ayudante, Derek vio enseguida dónde estaba el problema. En la última visita de Jono Toolik, alguien, probablemente el propio Toolik, había pisado el cable de corriente y la clavija estaba medio salida del enchufe.

—Ve a hacer una ronda de perros, Stevie. Mientras tanto echaré un vistazo a esto.

El guardia se levantó y Derek ocupó su silla e hizo ver que inspeccionaba el ordenador. Una vez que Stevie hubo salido, volvió a poner bien la clavija con el pie. La máquina cobró vida y empezó a reiniciarse. Cuando Stevie regresó al poco rato, Derek ya estaba sentado a su mesa redactando el informe de la patrulla.

—Ya ronronea otra vez, esta mala puta —dijo Stevie—. Incluso ha vuelto la imagen —añadió al mirar la pantalla.

—Sólo había que reiniciar —dijo Derek.

—La próxima vez la reinicio de una patada en el culo. —Stevie se volvió a sentar y de repente recordó algo—. Ah, jefe, me olvidaba. Mientras estabas fuera, ha venido la rara.

—¿Edie Kiglatuk?

—Eso mismo.

—¿Y qué quería?

Stevie se encogió de hombros.

—Por lo visto piensa que no hacemos caso de sus mensajes. Estaba muy enfadada. Ha dicho que estaría pescando un par de días en Inuak y que como no te presentabas... —No terminó la frase.

—¿Qué?

Stevie estaba mirando fijamente la puerta de atrás. Misha acababa de salir de su estudio y traía cara de muy pocos amigos.

—Hola —dijo Derek.

—¿Dónde estabas? —le espetó ella—. Necesitaba que me echaras un cable con la escultura, y ahora se me ha destrozado —añadió cortando el aire con el canto de la mano.

A Derek no se le había olvidado ese gesto, como tampoco lo mucho que le disgustaba. Soltó un suspiro involuntario y notó que el estómago se le crispaba. Stevie le lanzó una mirada solidaria. La especialidad artística de Misha era la representación tridimensional de nubes, que esculpía primero en arcilla de modelar y después hacía forjar en bronce. Según ella, la obra era una exploración posmoderna de la insoportable levedad del ser, o algo así. Últimamente había probado a modelar las nubes con piel de zorro tensada sobre alambres, pero era un trabajo para cuatro manos y requería que un asistente, en este caso Derek, sujetara el armazón mientras Misha estiraba las pieles.

—Creo que será mejor que me vaya a casa —dijo Stevie, poniéndose ya la parka encima de la chaqueta—. Que lo paséis bien.

—Vale —dijo Derek, esforzándose por sonreír.

Muy bien no lo pasaron. Misha se encerró con llave en el apartamento y Derek tuvo que pasar la noche en su butaca de la oficina. Despertó muy temprano, tieso como carne de foca congelada y casi igual de muerto. Mientras se frotaba las piernas para reactivar la circulación, se acordó primero de que Edie esperaba verle en Inuak, y luego de sus intentos de ponerse en contacto con él mientras estaba de patrulla. La llegada de Misha había hecho que Derek olvidara por completo que le debía una respuesta. Supuso que Edie se habría enterado del pequeño negocio de horticultura en que estaba metido Joe y querría asegurarse de que él no removiera las cosas. Bueno, en cualquier caso, le vendría bien estar un par de días lejos del destacamento.

Metió las cosas de acampar y el equipo de emergencia en el esquife de la policía, llenó de té caliente el termo de los Predators y puso proa al oeste tras dejar una nota a Stevie de que volvería dentro de dos o tres días. Aparte de responder a la llamada de Edie y de tener un poco de tiempo para él solo, había otra cosa que lo empujaba hacia Inuak. Allí el río tenía sus dos márgenes pobladas de juncias, protegidas a su vez de los vientos de levante por un saliente de roca. En aquellos prados había una gran población de lemmings: si se estaba formando una manada, lo más probable era que comenzase allí.

Partió en medio de la neblina poseído de una gran determinación. La visibilidad era muy reducida pero Derek conocía el litoral de Ellesmere como la palma de la mano, y no bien hubo doblado el cabo para virar hacia Jakeman, donde el glaciar refrescaba el aire, la niebla desapareció por completo y pudo navegar a más velocidad.

No tardó mucho en llegar a Inuak. Muy cerca del estuario, en el lado oriental, divisó una tienda de lona blanca que brillaba tocada por los rayos del sol y, en lo alto del peñasco, la diminuta figura de Edie Kiglatuk. Derek agitó el brazo. La silueta se quedó quieta un instante y devolvió el saludo. Derek se sintió repentinamente invadido de una sensación de bienestar y le sorprendió alegrarse tanto de ver a Edie.

Había llegado al punto en que el río se fundía con el mar. El hielo de agua dulce estaba derretido casi por completo y la costa era un barullo de rocas de hielo marino que bailaban en el agua de escorrentía. Saltó por la borda provisto de vadeadores y empezó a tirar del esquife hacia la playa. Edie Kiglatuk estaba bajando ya del peñasco para darle la bienvenida y correteaba entre las rocas desnudas como si aquello fuera un bonito prado alpino. A Derek le pareció que tenía buen aspecto; el primer aire estival le sentaba bien.

—Ya iba a pasar de ti y buscarme alguien más inteligente con quien hablar —dijo ella.

Derek levantó la palma de la mano en señal de rendición. No había excusa alguna para haber desoído sus llamadas, ni siquiera la mala memoria. Al fin y al cabo, él le seguía debiendo un favor.

—Lo siento, Edie —empezó—, he estado muy ocupado y...

—Bueno, pero ahora estás aquí —le cortó ella—. Me disponía a pescar aguas arriba. Hay un sitio donde el río se ensancha formando una laguna. Pero ya que has venido, podríamos ir a cazar focas.

—Pescar me gustaría mucho —dijo él, contento de que Edie no tuviera ninguna prisa. Sentarse a pescar era lo que más le apetecía en aquel momento.

Al llegar adonde Edie había montado campamento, ella le pasó un tazón del té más azucarado que Derek había probado jamás.

—Ahora que lo pienso —dijo él—, no he traído fisga ni señuelos, ni nada de nada.

Ella se metió en la tienda y salió con una fisga muy gastada y un señuelo que parecía hecho con una vieja lata de café.

—¿Qué vas a usar de cebo? —preguntó él.

—Bueno, había pensado ponerme yo allí delante en plan decorativo.

Derek se rio. Luego, cuando empezaron a remontar el suave peñasco, tuvo que apretar el paso para no rezagarse.

Al poco rato llegaron a la cima de una pequeña pendiente. El terreno se extendía ante ellos, llano y espacioso, un tapiz de florecillas y hierba algodonera, con algún que otro esker de poca altura maltratado por el viento. Aquí, pensó Derek, la vida humana no había impuesto su ley. Esto era la antítesis del sur que él conocía, donde cuanto más hondo hurgaba uno, más cosas sacaba a la luz. Allí, las historias humanas yacían bajo un peso de eones. Aquí, en cambio, todo era mucho más sencillo. Si uno cavaba hondo, lo único que encontraba era hielo.

Suspiró. Edie se volvió hacia él con una sonrisa.

—Qué bonito, ¿verdad?

Llegaron al pequeño lago y caminaron hasta la parte donde daba el sol, pues allí probablemente los peces estarían más cerca de la superficie, alimentándose de zooplancton y de minúsculos invertebrados que se congregaban en la aguas menos frías. Derek se llegó hasta la orilla para valorar sus posibilidades de pescar algo. Cuando volvió a donde Edie se había sentado le dijo que él empezaría cerca de una roca grande; el sol la había calentado y el agua que había al pie de la roca estaría un poco más caliente. Una diferencia mínima, sin duda, pero los peces la notarían. Y, dicho esto, regresó al lugar en cuestión con el señuelo en la mano.

El mundo en donde la drogadicción importaba parecía tan lejano como la estrella más diminuta, y con el paso de las horas Derek se olvidó de que Edie había acudido a él por algún motivo. Ahora era simplemente un pescador.

En esa parte del río los peces estaban más o menos habituados a los requerimientos del ser humano y, por lo tanto, se mostraban cautelosos, pero pasado un rato (no habría sabido determinar cuánto), un salvelino de respetable tamaño se acercó lo suficiente al señuelo como para que Derek lo ensartara con el arpón. Después de sacarlo del río y rematarlo, acercó la boca del pez al agua para que su alma retornase a casa. Mientras volvía por las piedras con el pez colgando de la fisga, se le ocurrió que por primera vez en muchísimo tiempo era completamente feliz.

Prepararon una lumbre con brezo seco y mordisquearon carne de morsa mientras el pescado terminaba de asarse. Después dividieron la cabeza, la parte más deliciosa, y cada cual chupó del ojo respectivo y se deleitó machacando los huesecillos con los dientes.

—Te contaré lo que quería explicarte.

Edie le relató su hallazgo de los huesos de Taylor, el detalle de las muescas, el orificio de bala que hacía pensar que Taylor había recibido un disparo desde arriba, y le habló también de la pizzería llamada Zemmer con la que tanto Felix Wagner como Taylor estaban relacionados.

En Craig tenía que haber algo, continuó, algo tan valioso que mereciese la pena matar por ello. No sabía aún qué era, pero la clave estaba en esas tres páginas arrancadas del diario de sir James Fairfax y en un pequeño fragmento de meteorito, una piedra que sir James le había cambiado por una navaja al tatara-tatarabuelo de Edie hacía más de un siglo. Ella estaba casi convencida de que, se tratara de lo que se tratase, Wagner y Taylor habían ido a Craig a buscarlo y que alguien —individuo o grupo— quería impedir que ellos lo tuvieran. Quien disparó a Wagner no podía haber sabido en aquel momento que Taylor poseía la misma información, de lo contrario ¿no lo habrían matado también a él? En cualquier caso, ella empezaba a pensar que habían pillado a Taylor la segunda vez que éste había ido a Craig; recordaba el comentario de

Joe diciendo que poco después de perder a Taylor había visto pasar un avión, pero en aquellos momentos no daba mucho crédito a sus sentidos. Cabía la posibilidad de que hubieran disparado a Taylor desde un avión y que después alguien se hubiera entretenido en acuchillar el cuerpo para aparentar que el *qalunaat* había muerto de hipotermia y que los zorros se habían cebado con el cadáver.

Derek la interrumpió levantando una mano: iba demasiado rápido para él.

—Pero, Edie, si había una ventisca, la visibilidad por fuerza tenía que ser mínima. ¿Cómo iba a aterrizar un avión?

—Sí, sí, ya lo sé. Lo que digo parece cosa de locos.

Derek pensó en Kuujuaq y vio que las perspectivas de irse de allí alguna vez y trasladarse a un destacamento recién construido, en Autisaq, disminuían a marchas forzadas. Lo que explicaba Edie era un bombazo; de ninguna manera iba a poder hacerse el sordo, pensara lo que pensase Simeonie.

—No acabo de ver cómo encaja eso con el hecho de que Joe se suicidara —dijo.

—Mira, Derek, ahora mismo yo tampoco. Pero supongamos que Joe vio algo, supongamos que vio al que mató a Andy Taylor. Supongamos, no sé, que se echó las culpas de lo ocurrido, o que alguien lo amenazara...

—¿Y no se te ha ocurrido pensar que pudo ser él quien matara a Taylor?

El semblante de Edie se crispó de golpe. Luego, inspirando hondo, dijo:

—Haré ver que eso lo has dicho como policía, Derek, no como amigo.

El poco brezo que quedaba chisporroteó entre las piedras.

—Es lo que podría decir la gente, no yo.

Fue como si ella no le hubiera oído.

—Derek, quiero que te mantengas al margen de esto.

—Entonces ¿por qué me lo cuentas?

Oír toda aquella historia de labios de Edie había sido como ver abrirse un agujero en el pasado. Comparado con ese asunto, lo del invernadero era una nadería. No quería ni imaginar lo que iba a significar para todos: policía, poblados, familias. «Ojalá estuviéramos todavía pescando en el lago», pensó.

—Tenía que contárselo a alguien —fue lo que respondió Edie, con un encogimiento de hombros.

——Gracias —dijo él con sequedad.

Edie se metió en la tienda y empezó a preparar las cosas para dormir. Después salió con un pequeño cuadrado hecho con pieles de liebre cosidas entre sí.

—Veo que tú no has traído tienda, supongo que cuentas con compartir la mía. —Le tendió una manopla y un cepillo de dientes—. Voy al río a lavarme. Si vas a meterte ahí conmigo, haz lo mismo.

Derek se despertó con ganas de orinar y salió al exterior. La brisa era helada pero el sol mitigaba un poco el frío. Sintiéndose extrañamente pudoroso, se alejó por el muskeg hasta donde la ribera descendía un poco y se bajó la cremallera del impermeable. Después de orinar, se sacudió y volvió a subirse la cremallera. En el momento en que alzaba de nuevo los ojos, vio a una loba observándole desde la otra orilla. A su lado había un lobezno. Derek permaneció quieto y la loba bajó hasta el borde del agua para beber, sin quitarle ojo de encima en ningún momento. Luego llamó a su lobezno, dio media vuelta y se alejaron los dos saltando por las rocas.

Cuando regresó, Edie estaba ya levantada y preparando té. Derek fue hasta el esquife, desató la lona con que lo había tapado y sacó el termo de Joe. Ella lo reconoció al instante y Derek vio por su expresión que no sabía nada del invernadero. Dudando de si iba a hacer lo correcto, decidió finalmente que ella tenía derecho a saber la verdad.

Edie se fue quedando boquiabierta a medida que se lo contaba. Para cuando hubo terminado de decir lo que sabía, le pareció como si hubiera encogido de tamaño. Apoyó una mano en el hombro de ella.

—Edie, tu hijo estaba metido en un buen lío.

Nada más decirlo, lo lamentó; no eran las palabras de consuelo que él había tenido intención de pronunciar. Edie se apartó bruscamente, y la mirada que le lanzó a continuación le hizo sentirse como un perro apaleado.

—Le he perdido a él y me he quedado sin empleo —dijo ella—. Me da igual todo, ya no tengo nada que perder. Soy cazadora, entiendes, y esta presa no la voy a dejar escapar.

—Siento lo de tu trabajo —dijo Derek—. Bueno, y lo de Joe también, por supuesto.

Bebieron en silencio otro tazón de té dulce y luego él se ofreció a ayudarla a levantar el campamento. Lo hicieron en un ambiente de ligera hostilidad, punteado por el sonido del viento y el crujir del esquisto bajo sus pies. Derek intentó pensar un modo de congraciarse con ella, pero Edie parecía estar muy lejos. Y no era sólo por el poco acertado comentario que había hecho él, pensaba Derek, sino que había también un remanente por haber pasado la noche juntos.

Una vez recogidas las cosas y hecho el equipaje, acordaron ir a buscar agua al sitio donde el río manaba bajo el peñasco. Después del esfuerzo, se enfriarían rápidamente e iban a necesitar té caliente para mantener la temperatura del cuerpo durante el viaje de vuelta.

Edie llevó el viejo termo de Joe. Al agacharse para llenarlo, soltó un grito, se incorporó de golpe y, frotándose la cabeza, dijo:

—¡Ay! Me ha caído algo.

Derek dijo:

—¿Una piedra?

Ambos miraron hacia arriba, pero no vieron nada que pudiese explicar la caída del objeto. Derek miró a su alrededor, pero tampoco allí vio ninguna pista.

—Supongo —dijo Edie—. Pero era bastante blanda.

Se acercaron de nuevo al agua, llenaron los termos y enroscaron las tapas. En el momento en que Derek giraba para desandar el camino, vio pasar algo por el aire. Primero le pareció que era una perdiz blanca, pero algo más describió una curva en el aire.

La brisa les trajo un sonido inconfundible, un coro de voces agudas, un millón de grititos que producían un zumbido muy peculiar.

Fijó la vista en la línea que formaban los peñascos, y esta vez supo qué era lo que estaba buscando. Más arriba de donde se encontraban, en el altiplano, los lemmings habían empezado a formar manada.

Tiró el recipiente con agua y echó a correr hacia el rudimentario sendero que atravesaba la morrena, concentradas todas sus energías en alcanzar el punto más elevado, sin pensar en nada más. Más abajo, Edie había empezado a seguirlo. El corazón le latía con violencia. Era lo que Derek venía esperando desde hacía tiempo y los segundos finales de anticipación resultaron abrumadores. Al llegar arriba, respirando por la boca, trató de serenarse un poco. Cerró los ojos y esperó a que se desvaneciera la pátina de luz y oscuridad. Después inspiró hondo y los abrió.

Todo el muskeg, hasta donde alcanzaba la vista, parecía en movimiento; una masa vibrante de un color gris rojizo bullía en los arbustos, hacia el sur en dirección al Jones Sound y hacia el oeste camino del río Inuak, oscureciéndolo todo en su avance inexorable. Comprendió que lo que le había caído a Edie en la cabeza era un lemming, y otro más lo que había visto él surcar el cielo. La manada estaba allí. No era un suicidio colectivo, como durante tanto tiempo se había creído, sino una inmensa oleada de vida, instinto de supervivencia en estado puro, emocionante en su intensidad. Desde donde estaba distinguió pequeños cuerpos que giraban y pataleaban en la agitada superficie del río, en un intento desesperado de llegar a la otra orilla.

Edie llegó y se situó a su lado, riendo, llena de júbilo ante el espectáculo. Avanzaron juntos hacia la manada y se quedaron quietos un rato, notando cómo los roedores fluían sobre sus pies como un río de lava, sobrecogidos casi por el alboroto de los chillidos y el almizclado olor de los excrementos.

—Edie —dijo él, en medio de aquel bullicio—, he pensado en lo que hablamos anoche. Tú eres cazadora, eso ya lo entiendo. Si quieres que me quede al margen, de acuerdo. Bueno, quiero decir sólo durante un tiempo.

En su momento había estado dispuesto a olvidarse de las muertes producidas en Autisaq. Ahora sabía que, tarde o temprano, iba a tener que actuar. En consideración a ella, lo postergaría un poco.

—¿Trato hecho, entonces? —dijo ella, mirándole fijamente con aquellos dos punzantes botones que tenía por ojos.

Derek asintió con la cabeza.

—Otra metedura de pata, ¿eh? —dijo Edie, pero sonreía.

Unas horas más tarde, cuando Derek llegó por fin al destacamento, se encontró a Misha esperándolo. Se acercó a ella y la besó en la mejilla.

—Llegas tarde —dijo ella.

Derek le habló de la manada.

—Ya, pero sigue siendo tarde.

Derek se la quedó mirando y, de repente, lo vio con absoluta claridad: «No sé qué demonios hago con esta mujer.» Fue un pensamiento triste, pero al mismo tiempo le alivió del peso de quererla. Misha parecía presentir alguna cosa; él vio que se echaba un poco atrás.

—Creo que deberías marcharte —dijo finalmente Derek.

—Sí. —El tono fue resignado, en absoluto peleón, como él se temía—. Pensaba irme de todos modos.

—No sé por qué viniste, Misha. —Sus palabras sonaron más crueles de lo que era su intención.

—Tomas me abandonó —dijo ella—, me sentía sola. Pensé que quizá te amaba.

—Y no era así.

Ella sonrió con tristeza antes de responder.

—No.

11

Edie encontró a Willa en casa de Sammy, mirando la tele con Nancy, la nueva novia ocasional de su padre. Tenían al lado un recipiente con palomitas y algo giraba en el microondas, pero de Sammy no había ni rastro.

—Hola —dijo Edie, sabiendo que no debía importarle ver a su ex familia reconstituida en algo diferente, pero importándole pese a todo. Nancy apartó la vista del televisor y le sonrió; Willa, ni una cosa ni otra.

—¿Qué quieres? —dijo él—. Estoy mirando esto.

Tenía el día arisco, aunque ¿no estaba así con ella siempre, desde hacía semanas?

—Será sólo un momento —dijo Edie.

Nancy se movió con torpeza en el sofá, se puso de pie y anunció que iba a preparar algo de comer.

Edie permaneció en silencio hasta que estuvo en la cocina y luego le dijo a Willa:

—Salgamos a hablar al porche.

—¿Qué? —Él alzó los ojos, visiblemente irritado por la propuesta.

—Esto es privado.

Como el porche estaba lleno de trastos, tuvieron que hablar allí de pie más cerca el uno del otro de lo que habrían preferido. En otras circunstancias, en otro tiempo, se habrían abrazado, pero esa posibilidad había quedado muy atrás. Edie recordaba todavía cuando él, recién acostado, la llamaba para que fuese a contarle la historia de Sedna, la niña a quien su abuelo había arrojado de la barca y luego cortado los dedos con que ella se aferraba a la borda. «Los dedos de Sedna se convirtieron en focas y morsas —le contaba Edie—, y desde el fondo del mar la niña les decía a los animales que se entregaran a los cazadores o permanecieran escondidos, según los inuit la hicieran feliz o no.»

—¿Yo hago feliz a Sedna? —preguntaba Willa.

—Pues claro que sí —decía ella, y el niño cerraba los ojos y se quedaba dormido.

En vista de cómo estaba ahora la situación, Edie decidió ir directamente al grano.

—Imagino que lo del invernadero fue idea tuya —dijo—. Pero ¿por qué diantre tuviste que enredar a Joe?

Willa fumaba porros desde hacía cantidad de tiempo, ella no sabía exactamente cuánto porque, para cuando estuvo lo bastante sobria para darse cuenta, él ya se estaba pinchando heroína. Finalmente lo había dejado para volver a la marihuana. No estaba mal.

Willa meneó la cabeza y soltó un ponzoñoso bufido.

—Es para morirse de risa.

Ella dio un paso atrás, levantó las manos con las palmas vueltas hacia él y dijo:

—Perdona. Me ha salido así. ¿Podemos hablar civilizadamente? A ver, ¿cómo es que Joe estaba metido en eso? ¿Él fumaba?

Willa miró un momento hacia la sala de estar; Nancy seguía en la cocina.

—Mira, por un momento había olvidado que todo, absolutamente todo, tiene que ir siempre a parar a Joe. Dejémoslo, Edie. Ya hace tiempo que no te debo nada.

Willa llevaba razón, pensó Edie, consciente de que había renunciado a todo derecho sobre él al darse a la bebida. Todos aquellos años, él todavía necesitaba que lo amara como había amado a Joe, pero Edie había sido incapaz de darle lo que necesitaba. Y ahora Willa se complacía en verla sufrir. Había terminado odiándola. Y ella no merecía menos.

—Mira —dijo él, ahora en tono más conciliador—, si tuviera la menor idea de por qué se suicidó mi hermano, te lo diría, pero resulta que no. —Una vaharada de aire caliente penetró en el porche desde el resquicio de la puerta que Willa mantenía entreabierta—. Joe era muy complicado. *Ayaynuaq*, Edie, no se puede hacer nada. Déjalo estar.

—Lo haría si pudiera.

Willa puso los ojos en blanco.

—¿Quieres saber lo que hacíamos? Muy bien, te lo diré: cultivábamos hierba para los de la estación científica. ¿Y quieres saber otra cosa? —Aunque se lo preguntaba, iba a decirlo igual—: Yo no saqué ni un céntimo de eso, Edie, ni uno. Todo el dinero, y cuando digo todo quiero decir todo, era para Joe, para pagar sus estudios.

Edie notó una obstrucción en la garganta, y por momentos creyó que no podía respirar.

—¿Tú sabías que Joe jugaba? —Pensó si a Willa le daría alguna satisfacción saber que su hermano tenía sus mismos defectos, pero enseguida vio que él se sorprendía tanto como ella al conocer la noticia. Eso la hizo avergonzarse—. Parece que tu hermano pudo haber perdido ese dinero jugando.

Willa retrocedió un paso.

—¿Te has vuelto loca?

Una idea le pasó a Edie por la cabeza.

—Vosotros no... él no... no se drogaba, ¿verdad?

—De vez en cuando fumábamos un canuto. ¿Y qué? —La miró a los ojos, buscando adivinar sus intenciones, y de repente su semblante se oscureció cual luna de invierno—. Ah, ya. Crees que yo vendía hierba para comprar algo que pincharme, ¿no? ¡Claro! —Soltó una fea carcajada—. Quieres saber si estaba haciendo que mi hermano se aficionara a la aguja, ¿verdad?

—No, Willa —dijo ella—. Te equivocas. —Pero, a decir verdad, ella no sabía ya lo que pensaba.

—Veo que no tienes en cuenta una cosa: si Joe hubiera querido drogarse de verdad, tenía todo un arsenal en la clínica, más pastillas de las que un yonqui normal y corriente podría pincharse en toda su vida. Sólo le habría hecho falta cocinarlas un poco y pillar la jeringa que tuviera más a mano.

Edie estaba atónita. Jamás había pensado que las pastillas

pudieran inyectarse. Willa le lanzó una mirada exasperada, masculló un «adiós» y volvió a meterse dentro cerrando de un portazo.

Cuando llegó a casa, destrozada, Edie se acostó y se cubrió la cara con la almohada para dejar el mundo fuera. O eso, pensó, o ir otra vez por la botella, y se había prometido a sí misma no volver a caer.

Pero el encontronazo con Willa la había arrollado como un alud. ¿Cuántas relaciones más iba a echar a perder antes de rendirse del todo? Quizá lo de Joe no tenía ninguna explicación racional.

Oyó la puerta de entrada. Era Sammy.

—¿Por qué haces esto, Edie? —Estaba enojado. Otra vez.

Ella se incorporó, medio aturdida. Luego rio por haber sido tan tonta de dudar de sí misma. Su manera de encontrarle sentido al mundo era cazar. Y ningún cazador daba por terminada una cacería mientras hubiera una posibilidad.

Sammy se plantó a los pies de la cama. Había estado bebiendo.

—No metas a mi hijo en esto —dijo.

Edie no pudo más.

—A cuál de los dos —le espetó—, ¿al muerto o al fumeta?

No bien lo hubo dicho, supo que sus palabras eran incendiarias. La reacción de Sammy fue instantánea: nada más oírla, se lanzó sobre ella hecho una fiera. Edie pensó que le iba a dar una paliza, y vio por su expresión que él también lo pensaba. De pronto, Sammy se echó atrás, extenuado.

Una vez recobrada la compostura, dijo:

—Lo del invernadero fue culpa mía, Edie.

—No, no, Joe tenía deudas de juego. —Edie no iba a permitir que su ex hiciera el mártir—. Jugaba desde la clínica, por Internet, con su tarjeta de crédito —dijo—. Debía dinero, Sammy.

—Ya no tenía sentido ocultárselo.

—Pero, Edie —dijo él, perplejo—, si Joe no tenía tarjeta.

Se equivocaba. Ella y Joe habían ido juntos a solicitar una;

Joe dijo que la necesitaba para comprar libros de enfermería en una página web.

Sammy se sentó en la cama, diluida por completo la cólera de antes.

—Joe cortó la tarjeta de crédito. Yo le vi hacerlo.

—¿Es que había sobrepasado el límite? —Eso podía explicar por qué le había pedido a ella un préstamo para comprar unas piezas de repuesto que necesitaba para la motonieve. Era peor de lo que ella había imaginado.

Sammy hizo que no con la cabeza.

—Fui yo, Edie —dijo, con la voz rota—. Necesitaba una mira telescópica térmica para el rifle. Bueno, quería tener una. Para cazar de noche, tú ya me entiendes. Como no tenía dinero y sabía que nunca me darían un crédito, le pedí la tarjeta a Joe.

—¿Que le «pediste» la tarjeta de crédito a tu hijo?

—Está bien, se la quité. Y después Lisa me engatusó para que le comprara un horno nuevo.

Edie se quedó muda, y hacía muchísimo tiempo que no le ocurría eso.

—Pero luego los del banco se pusieron en contacto con Joe y... yo qué sé, Edie, la cosa se lio.

—O sea que lo de la plantación...

Sammy asintió patéticamente con la cabeza.

—Ese dinero sirvió para liquidar la deuda de la tarjeta. Por eso después Joe la cortó.

—Para que su padre no le volviera a robar.

Sammy sorbió por la nariz.

—Oh, Edie.

—Estoy cansada, Sammy. Ya sabes dónde está la puerta.

De nuevo a solas en la cama, Edie trató de imaginar la secuencia de acontecimientos. ¿Acaso Joe se había registrado en una página de jugadores y luego no utilizó nunca su cuenta? Pero eso no tenía ningún sentido. Lo más probable era que se hubiera echado atrás al probarlo y ver que empezaba a engancharse. Quizá ya no tenía la menor importancia. Había pensado en ir a hablar con Robert Patma, pero en ese momento lo que necesitaba era dormir.

Despertó ya de día. Claro que, en esa época del año, siempre era de día. Y en su habitación había un hombre. Primero le pareció que era otra vez el *puikaktuq*, pero al cabo de un momento reconoció a Mike Nungaq.

—¿Estás enferma? —Parecía verdaderamente preocupado—. Es tarde.

—No, estoy bien.

—Te he preparado té —dijo él, pasándole un tazón.

Mientras ella tomaba el primer sorbo, Mike se sacó del bolsillo un sobre acolchado y, mirándola expectante, dijo:

—Ha llegado tu piedra. He pensado que te gustaría saber lo que han dicho.

Dos tazones de té y doce cucharadas de azúcar más tarde, Edie empezaba a recuperar su esencia humana.

Mike le pasó la piedra.

—Resulta que tenía yo razón respecto a lo del meteorito, pero ya te dije que no soy ningún experto. Jack (mi amigo) me ha hecho fijar en un par de cosas que yo pasé por alto. En primer lugar, este tipo de roca espacial lleva muchísimo tiempo en el planeta Tierra. —Señaló la parte negruzca—. ¿Ves eso de ahí? Si el meteorito fuese reciente, la costra de fusión lo cubriría todo. El barniz marrón oscuro es ferroníquel oxidado, tal como te decía yo, pero ahora fíjate... —Indicó el borde exterior de la piedra—. Es lisa; la parte exterior se evaporó al atravesar la atmósfera. —Señaló el borde opuesto, que era más afilado—. Y la han esculpido con alguna herramienta, lo cual quiere decir que en su momento formó parte de una pieza más grande. La herramienta podría ser otro trozo de meteorito, no un instrumento metálico, pero como verás los dos bordes presentan el mismo barniz marrón oscuro, lo cual quiere decir que si, efectivamente, la arrancaron de una pieza mayor, fue hace ya mucho tiempo. Según Jack, aproximadamente un siglo, tal vez más. Y dice que la capa de oxidación también es bastante uniforme.

Hizo una pausa y miró a Edie, esperando su reacción. Ella le dedicó una media sonrisa que no comprometía a nada. Una cosa era complicar a Derek en sus líos, y otra muy distinta hacerlo con Mike, porque éste tenía algo que perder. Por la cara que puso él, estaba claro que se daba cuenta de que no le iba a sacar más información a Edie. Aun así, decidió continuar.

—En lo que no me había fijado —dijo, señalando la parte que había sido modificada para hacer un colgante— es en esto de aquí, esos puntitos plateados que parecen diminutos cristales de hielo. Jack tuvo un presentimiento y raspó una parte de la piedra para analizarla. Y resulta que no se equivocaba. Es iridio, un metal de transición emparentado con el platino pero muchísimo más raro. En nuestro planeta, el iridio se halla casi únicamente en el núcleo, pero es mucho más abundante en rocas espaciales. De ahí que esté presente en los cráteres producidos por los meteoros al colisionar con la Tierra. Astroblemas, los llaman.

—¿Astro qué?

Edie se impacientó. Confiaba en que Mike fuera por fin al grano, porque no se estaba enterando prácticamente de nada.

—¿Sabes algo de las teorías sobre la extinción de los dinosaurios? —preguntó Mike. Se terminó el té, miró los posos de su tazón y levantó de nuevo la vista—. Lo que hizo pensar a Luis Álvarez y a su equipo que lo que acabó con los saurios hace sesenta y cinco millones de años fue el impacto de un meteorito gigante, fue el alto nivel de iridio encontrado en la península de Yucatán.

Edie carraspeó educadamente.

Viendo que ella no lo captaba todavía, Mike probó de otra manera.

—¿Te acuerdas de los geólogos que vinieron hace un par de veranos? Eran de Quebec, si no me falla la memoria.

Edie trató de recordar, pero en vano.

—No sé, Mike, qué quieres que te diga, a mí los geólogos me parecen todos iguales, como las piedras.

—Yo les eché una mano. Cuando terminaron el proyecto, me enviaron una copia del informe que habían redactado. El otro día me acordé de algo y me puse a investigar. Lo que esos geólogos encontraron en Craig, Edie, fue un pequeño astroblema, el cráter producido por un meteoro. Ellos habían venido por otras cosas, pero toparon casualmente con eso; en realidad, el estudio sólo lo menciona en una nota a pie de página.

»He estado investigando un poco. Normalmente, por debajo del paralelo 60 es posible localizar astroblemas por los efectos magnéticos que comportan. Así fue como se descubrió por primera vez el iridio. Pero aquí es mucho más difícil debido a los extraños campos magnéticos que tenemos.

Edie empezó a entender y a interesarse por lo que le estaba explicando Mike Nungaq. Las brújulas eran poco fiables al norte del paralelo 60, y eso ya lo sabían los primeros exploradores venidos de Europa, pero bastante más arriba del paralelo 70, una brújula podía señalar a cualquier parte, según el campo geomagnético de la zona en cuestión.

—Entonces, si hubiera un astroblema en Ellesmere o en Craig, ¿sería más difícil de detectar?

—A partir de datos magnéticos, sí. A menos que toparas con uno, como les ocurrió a esos geólogos, la única manera de encontrarlo (sin recurrir a complejas investigaciones geológicas) sería empezar por los fragmentos del meteoro que lo causó y retroceder a partir de ahí. Pero, incluso en tal caso, sería mucho pedir. El impacto, por regla general, hace que el meteoro se disperse.

—Mike —le interrumpió Edie—, yo no soy muy lista para estas cosas. Vas a tener que ayudarme.

Mike frotó la piedra entre las palmas de sus manos.

—Lo que quiero decir es que si te pusieras a buscar en Craig, seguro que encontrarías una igual que ésta. Y con una docena sería posible determinar la pauta de la dispersión, y a partir de ahí localizar el astroblema. Ahora bien, eso supondría muchísimo trabajo. No hace falta que te diga lo duro que es aquello; durante diez meses al año, toda la isla está bajo tres metros de hielo y nieve.

—Pero esa gente de Quebec ya lo encontró, ¿no?

—Apostaría algo a que eso lo sabe muy poca gente. —Mike se palmeó las rodillas y se levantó—. Bueno, espero que haya merecido la pena sacarte de la cama.

Edie se acordó de una cosa cuando él estaba ya en la puerta y le llamó.

—Pura curiosidad, Mike. Esos geólogos, ¿qué era lo que habían venido a buscar exactamente?

—Sal —respondió él—. Común y corriente.

Cuando Mike se marchó, Edie fue al cuarto de baño a buscar un frasco de Tylenol. La cabeza le hervía con tanta información, y se preguntó si le sería posible encontrar algún sentido a todo aquello.

Hizo té, fue a sentarse en el sofá, se tapó con una piel de caribú, tomó un par de píldoras e intentó pensar. De pronto, le vino una idea a la cabeza. Era por algo que Willa había dicho. Cogió el frasco de Tylenol, sacó una pastilla y la aplastó con la cucharilla del azúcar. Luego vertió un poco de té sobre el polvo. Se disolvió casi al instante, dejando un charquito de líquido en la mesa. Se pueden inyectar píldoras, ¿cómo no se le había ocurrido antes?

Visualizó el montoncito de envoltorios dentro de la cómoda de Joe. ¿Podía alguien, en la situación en que se encontraba Joe, tener la mente lo bastante clara como para extraer de sus blísters ciento cincuenta tabletas de Vicodin y apilar después los envoltorios con tanta precisión? A ella le parecía que no. Y era menos probable aún que alguien le hubiese hecho tragar aquellas píldoras si él no quería. Pero, suponiendo que alguien las hubiera «cocinado», por usar la expresión que había empleado Willa, ¿podría haber inyectado a Joe mientras estaba dormido bajo el efecto del sedante? Sí, realmente cabía dentro de lo posible.

Sólo de pensarlo, le entraron náuseas, pero al mismo tiempo todo parecía encajar. Edie había estado luchando contra la idea de que Joe se hubiera quitado la vida. Era demasiado sencillo. Pero, hasta entonces, no había tenido argumentos con los que contrarrestar los irrefutables resultados del laboratorio. Joe había muerto de una sobredosis de Vicodin.

Pero ¿y si la sobredosis se la había administrado otra persona? ¿Y si alguien había robado las pastillas del botiquín de la enfermería y esperado el momento propicio para inyectárselas? Cerró los ojos e intentó asimilar la enormidad de aquella idea. Tenía los ojos bien cerrados todavía cuando alguien abrió la puerta.

Era su ex.

—Ahora no, Sammy.

Deseaba estar a solas con sus pensamientos.

—Edie, yo... —dijo Sammy, con voz de perro apaleado.

Se sentía mal por lo de la tarjeta de crédito y quería que ella le perdonara.

—Vete.

—Vamos, Edie, no seas así. ¿Lo haces para castigarme?

—A ver, deja que lo piense —dijo ella en un tono sarcástico.

—¿Es porque me pulí el dinero de la tarjeta de Joe? —Sammy ya no lloriqueaba; ahora parecía indignado—. ¿O es por esos dos que llevé a Craig? —Ella se dio cuenta de que la idea se le acababa de ocurrir—. No estarás molesta por eso, ¿verdad Edie? Habla.

Edie se terminó el té. No había pensado gran cosa en los cazadores de patos, pero al acordarse se dio cuenta de que su aparición en Autisaq había sido de lo más extraña. En su momento, su estado de embriaguez le había impedido hacer la más mínima asociación.

Sammy dejó ir un suspiro.

—Ya veo, es por eso. Si quieres, te doy la mitad de lo que me pagaron. Vamos, sé buena.

Edie inspiró hondo y recuperó sus pensamientos, sobria como una roca. No estaba escuchando lo que Sammy le decía porque estaba concentrada en recordar qué le había dicho él exactamente al regresar del viaje: la insistencia de los cazadores en que los llevara a Craig, su entusiasmo por la geología de la isla una vez allí. ¿Y no había habido algo más? Sí, por supuesto, ahora lo recordaba: el avión de color verde. Dos ideas se entrelazaron en su mente. ¿No había dicho Joe que vio un avión verde? Él pensó que habían sido imaginaciones suyas, pero ¿y si fue real? Edie empezó a sentir un hormigueo en las palmas de las manos.

—¿Recuerdas cómo se llamaban, esos dos? —preguntó, a sabiendas de que aquello parecía un interrogatorio policial, pero sin poder evitarlo.

Sammy se quedó boquiabierto y luego bajó la vista.

—Dijeron que eran cazadores rusos. ¿Qué voy a saber yo de eso?

—¿Los nombres, por ejemplo?

—¿Hablas en serio? Pues no, Edie, no me acuerdo de cómo se llamaban. Sólo me acuerdo del dinero.

Edie soltó un bufido. Era inútil. Mejor dicho, Sammy era un inútil.

—No te lo tomes a mal, pero me gustaría que te marcharas. A poder ser, ahora mismo.

Sammy se fue sin protestar, cosa que ella agradeció. Una vez que estuvo fuera, Edie se puso a caminar de un lado al otro con la vertiginosa sensación de estar a un paso de algo nuevo e inexplorado. Sintió tantas ganas de beber que hasta el pecho le dolía. «Necesito dormir —pensó—. Necesito dormir.»

Sin la rutina de las clases y habiendo luz durante las veinticuatro horas del día, su reloj corporal estaba poco menos que estropeado. Edie había empezado a perder la noción de la noche y el día. Estaba como mareada; por un lado, feliz ante las posibilidades que ofrecía la verdad, y por otro, aterrorizada por lo cerca que podía estar de descubrirla. «Quizás estoy perdiendo la noción del mundo —se dijo. Pero luego, al acordarse del Tylenol disolviéndose en el té, pensó—: O quizás empiezo a encontrarle por fin un sentido.»

Vio con claridad que el siguiente paso era averiguar la identidad y la procedencia de los cazadores rusos. Antes, sin embargo, tenía que dormir. Se acostó, cerró los ojos, y cuando se despertó horas más tarde, ya tenía un plan.

Aquella noche, cuando todo Autisaq estaba acostado, Edie salió sigilosamente al flamante sol, soltó a *Bonehead* de su cadena, le puso una correa y se dirigió al ayuntamiento. Dejó el perro atado fuera, abrió la puerta con la llave de Joe y sin quitarse las prendas exteriores fue directamente al despacho del alcalde. Si alguien venía, contaba con que *Bonehead* se encargaría de avisarla.

A los pocos segundos encontró una carpeta con la inscripción «Permisos de Caza» y la sacó del archivador. Las licencias de caza de los dos rusos estaban archivadas por la fecha. R. Raskolnikov y P. Petrovich. Sin dirección, sólo apartados de correos. Los nombres le resultaron vagamente familiares, y Edie intentó recordar de qué le sonaban. ¿Tal vez los había leído en el *Arctic Circular*? Y, de repente, le vino a la cabeza. Por primera vez en su vida tuvo que dar gracias al Gobierno canadiense por su ridícula y sureña educación. Pues claro: Raskolnikov y Petrovich eran personajes de *Crimen y castigo*, el asesino y el inspector empeñado en atraparlo. Se dio una palmada en la frente. Había tenido las pistas delante de sus narices todo el tiempo: los alias, el avión verde, que ambos estuvieran más interesados por la geología de Craig que por su ornitología. El alcohol la tenía tan ofuscada que no había sido capaz de encajar las piezas. Joe estaba en lo cierto, entonces: el día que desapareció Andy Taylor, un avión pintado de verde había sobrevolado la isla. Y Edie estaba casi segura de quién iba a bordo.

Se permitió a sí misma inflarse un poco de orgullo y luego volvió a las carpetas. Buscó, y encontró, el registro de vuelos, en su debido sitio. Sheila Silliq era una joya de secretaria y ni ella misma lo sabía. La fecha en cuestión, un Twin Otter, matrícula XOY 4325, había aterrizado procedente de Iqaluit a las 10.28 de la mañana, con un piloto y dos pasajeros a bordo. Edie memorizó los datos y devolvió la carpeta a su lugar.

Por curiosidad, echó un vistazo al resto de las carpetas, y entre ellas descubrió una con el membrete «S.I., personal». La sacó del archivador y encontró un fajo de extractos de cuenta a nombre de Simeonie Inukpuk. Resiguiendo con el dedo la lista de transacciones bancarias, no vio nada más interesante que varias sumas relacionadas con una tienda de ropa femenina de Ottawa. El alcalde viajaba con frecuencia a la capital para asistir a reuniones. O bien tenía allí una querida, o escondía un gusto por travestirse. Ni una cosa ni la otra le interesaban a Edie.

La siguiente página parecía corresponder a una cuenta bancaria diferente. Había una lista de depósitos por valor de 5.000 dólares canadienses realizados desde una cuenta numerada y pagaderos a la Fundación para los Niños de Autisaq. Conmovedor, desde luego, si no fuera porque Edie no recordaba que el alcalde hubiera movido jamás un dedo por los niños del poblado.

La puerta del despacho estaba cerrada con llave. Edie sacó su Leatherman multiusos. Las cerraduras de los edificios prefabricados eran todas del mismo estilo. Como la mayor parte de los habitantes de Autisaq, ella había quitado casi todas las suyas, de modo que sabía muy bien cómo funcionaban. Abrió el accesorio adecuado, lo introdujo en el ojo de la cerradura y después de hurgar un rato consiguió desplazar la aldaba. Fue al escritorio del alcalde y encendió el ordenador. Mientras se iniciaba, Edie se puso a mirar por allí sin saber qué estaba buscando ni qué esperaba encontrar. El monitor se iluminó y apareció el protector de pantalla: una imagen de un iceberg. Ella no entendía mucho de ordenadores, pero había tenido que aprender lo más elemental para poder dar clase. Abrió el explorador e hizo clic en Historial. Al examinar la lista de sitios consultados aparecieron, inesperadamente, las palabras Zemmer Energy. Edie tragó aire. Claro, Zemmer no podía ser una pizzería. Era una empresa de suministro de energía que tenía algo que ocultar; Felix Wagner, Andy Taylor y, por lo visto, Simeonie Inukpuk estaban implicados o al corriente de ello.

Hizo clic en la URL e inmediatamente apareció una ventana pidiendo la contraseña. Se disponía a probar algunas combinaciones cuando oyó que *Bonehead* ladraba. Edie fue hacia a la puerta pero entonces recordó que había dejado el ordenador encendido, giró, alargó el brazo, agarró el cable y dio un tirón. Luego, cerrando la puerta con cuidado una vez fuera, avanzó por el pasillo.

Al verla, *Bonehead* empezó a gemir y a atragantarse con los tirones que daba a la correa.

Desde los escalones del edificio, Edie vio qué le había puesto tan nervioso. Allí enfrente, a cinco metros escasos, había un oso polar, un macho joven. Se observaron los dos, ella y el oso, durante un par de minutos, hasta que el animal dio media vuelta y se alejó correteando.

El amanecer encontró a Edie dando tumbos en su esquife por ventisqueros salpicados de hielo, camino de la cabaña de Martie. Si alguien podía ayudarla a saber más cosas del avión verde, tenía que ser su tía.

Se la encontró dormida encima de unas pieles, con una botella vacía de Mist al lado. Además del pestazo a alcohol había otra cosa, un aroma humoso y ligeramente acre. Edie se acercó al hornillo para poner el hervidor al fuego. Martie no se despertó cuando empezó a silbar.

Edie lanzó agua fría con las dos manos sobre la tarima de dormir, consiguiendo el efecto deseado. Una cara apareció momentos después, miró bizqueando a un lado y a otro para ver quién estaba preparando té y volvió a sumergirse bajo las mantas.

—Ah, osito, eres tú. —Voz amortiguada. Una mano saliendo de las profundidades para frotarle la cabeza—. ¿Se puede saber qué demonios haces aquí a estas horas, criatura, sea de día o sea de noche?

Edie sirvió el té. Había salido a toda velocidad, sin vestirse como era debido, y se sentía ridícula. Estaba toda ella helada. Martie había reparado en la tiritona de su sobrina al oírla remover el azúcar y le estaba haciendo señas con los brazos tendidos para que se acercara.

—No dejes que se te meta tanto frío en el cuerpo. —Calibró la temperatura de Edie aplicándole los dedos a la cara y luego la estrechó entre sus brazos a fin de transmitirle parte del calor de su cuerpo todavía dormido. Edie fue dando sorbos de té hasta que desapareció el nudo que tenía en la garganta.

—Martie, necesito una cosa —dijo.

—Estoy fatal. —Martie empezó a frotarse la piel, toda ella salpicada de rojeces.

—¿Qué tienes?

Martie siguió la mirada de su sobrina.

—Ah, ¿esto? —Agitó una mano sobre un trozo casi en carne viva y luego volvió a meter los brazos bajo la piel de caribú—. No es nada, una alergia. —Le sonrió—. Bueno, ¿y qué necesitas?

Edie sacó el papel donde había escrito los datos del avión y leyó en voz alta.

—¿Tú sabes de qué avión se trata?

Martie miró los números hasta que dejó de ver doble. Luego negó con la cabeza.

—Ni idea, pero la matrícula es de Groenlandia, si eso te sirve. ¿Para qué quieres saberlo?

—Según el registro de vuelo, el avión procedía de Iqaluit. ¿Hay manera de verificarlo?

Martie emitió una especie de zumbido, señal de que estaba concentrada.

—¿De dónde soplaba el viento ese día?

Edie reconstruyó la escena mentalmente, tratando de recordar de qué dirección soplaba el viento, y le explicó hacia dónde miraba el avión al aterrizar.

—Una de dos, o el que hizo la entrada en el registro no sabe distinguir entre los cuatro puntos cardinales, o alguien mintió. Ese avión tiene matrícula de Groenlandia y es de allí de donde vino. —Martie hizo una pausa y se terminó el té—. Debería sentirme mejor ahora, creo, porque lo que está claro es que no es así.

—Oye, Martie, ¿tú has oído hablar de una Fundación para los Niños de Autisaq?

Su tía volvió a meterse bajo las mantas.

—¿Tiene algo que ver con la Fundación Tía Martie Necesita Dormir?

A la hora que Edie llegó a su casa, ya no tenía sentido acostarse. Fue a la nevera, sacó un recipiente con caldo de sangre de foca, lo olió para comprobar que estuviera en condiciones y lo puso a calentar en el microondas. Inspiró hondo y se llevó el tazón a los labios. El líquido estaba lleno de gránulos de sangre cocida y coagulada. Edie era consciente del hambre pero no lo sentía en el estómago; el olor le dio un poco de náuseas. Se pellizcó la nariz, miró al techo para abrir bien la garganta y derramó el caldo en el interior de su boca. Su mente era un hervidero de ideas, pero la única que realmente se concretó fue la de que Joe hubiera sido asesinado. Por quién y por qué seguía siendo un enigma, pero estaba convencida de que todo tenía que ver con el meteorito de Welatok. Si la hipótesis de Mike Nungaq era acertada, entonces el meteorito constituía la necesaria hoja de ruta para un solo objetivo: el astroblema de la isla de Craig. Todos, Wagner, Taylor y, como parecía muy probable, los rusos, habían venido en su busca.

Ella no sabía por qué el astroblema suscitaba tanto interés, pero Wagner había anotado cierta relación con la sal, cosa que parecía confirmar el artículo de los de Quebec, y tanto Wagner como Taylor tenían contacto directo con Zemmer Energy, de modo que cabía suponer que el cráter significaba algo para todos ellos. No acababa de entender qué papel jugaban en todo eso las páginas del diario, a no ser que hubiera en ellas alguna descripción de la gente del lugar; además, quien buscara el astroblema necesitaría la piedra para cotejarla con otras y determinar así la pauta de dispersión del impacto. Por lo tanto, tenía que haber una conexión entre diario y piedra. Ambas cosas, juntas, constituían un mapa que permitiría a los científicos evitarse años de exploraciones geológicas.

Lo poco que sabía Edie apuntaba a la posibilidad de que los dos rusos estuvieran también implicados en la muerte de Andy Taylor. Tenía sentido que hubieran sido ellos los que iban a bordo del avión verde que Joe vio el día de la desaparición de Taylor. Tal vez se había echado atrás de algún trato previo, o tal vez fuera más sencillo todavía: estaba cerca de encontrar el astroblema y los rusos no podían permitirlo. En el caso de que, efectivamente, lo hubieran matado ellos, debieron hacerlo desde el avión. Nadie podía haber aterrizado con una ventisca como la que Joe había descrito, en cuyo caso seguía siendo un enigma quién había descuartizado el cadáver de Taylor y esparcido sus restos.

Todavía no lograba entender qué relación había entre todo eso y la muerte de Joe, pero tenía la corazonada de que esa relación existía. Mirando a su alrededor, la puerta del cuarto de Joe continuaba dominando todo el espacio.

Pensó en lo que Sammy había hecho con la tarjeta de crédito. Si hubiera seguido bebiendo, habría ido en busca de la botella de Mist y luego se habría presentado en su casa para cantarle las cuarenta.

Recordó que había pensado ir a ver a Robert Patma para hablar de la supuesta adicción al juego de Joe. Otro enigma: el enfermero parecía muy seguro de sus sospechas, pero ella no entendía cómo podía Joe haber jugado por Internet sin una tarjeta de crédito. Quizá se le escapaba alguna cosa. Agarró la parka de verano y salió a la calle.

Robert estaba en la consulta, clasificando preservativos. A su izquierda un montón de envoltorios de buey almizclero, a su derecha los de foca, morsa y liebre ártica. Le hizo señas a Edie de que esperara un momento.

—Algún idiota se equivocó con la remesa, y ahora me toca a mí separar todos los de buey almizclero.

—Puedo sugerir una alternativa —dijo ella.

—¿Ah, sí?

—Olvídate de eso ahora y atiende lo que tengo que decirte.

Robert levantó la vista, sorprendido. Luego suspiró y dejó a un lado los condones.

—Perdona. ¿Qué puedo hacer por ti?

—Bueno, ya habrás notado que soy bastante estúpida.

Robert asintió para dar a entender que la escuchaba, pero enseguida rectificó negando con la cabeza.

—Lo que no acabo de entender es cómo podía Joe tener deudas de juego por Internet.

Él se encogió de hombros.

—Será que se enganchó. Le pasa a mucha gente. Engancharse a cosas, quiero decir... —Volvió a los condones—. ¿Te importa si mientras voy clasificando esto?

—No. Lo que quiero decir es que no sé cómo podía tener deudas de ningún tipo. Para jugar por Internet hace falta una tarjeta, ¿no es cierto?

Robert volvió a encogerse de hombros.

—Sí, supongo.

Edie le contó lo que había averiguado.

Robert dejó lo que estaba haciendo y buscó algo en el ordenador valiéndose del ratón. Luego giró el monitor hacia ella y le mostró la ventana de la contraseña con el nombre de usuario «JoeInukpuk» en un portal que respondía al nombre de Estación de Juego.

—Aquí está la página web.

—Introduce la contraseña —le dijo Edie.

Robert la miró extrañado:

—Yo no la sé.

—Pero sabías que Joe debía dinero...

Robert volvió a girar el monitor.

—Sí. La primera vez pude entrar en el sitio sin problemas, pero cuando volví a intentarlo el usuario estaba bloqueado. Supongo que llevaba algún programa de desactivación. No sé, es raro. Edie, entiendo que estés furiosa, todos lo estamos. Verás, no me resulta fácil decirlo, pero me sabe muy mal no haber sabido prevenir lo que iba a pasar. Pensándolo ahora, me doy cuenta de que Joe tenía bastantes motivos para quitarse la vida.

—Y otros tantos para aferrarse a ella, Robert.

Le contó lo de las muertes de Wagner y Taylor y la relación que había entre ambas. Sin darse cuenta estaba confiando en Robert y eso le sorprendió, pero ya estaba hecho.

—Me temo que Joe se vio envuelto de alguna manera en todo eso —añadió. Iba a continuar y a revelarle su hipótesis de las pastillas inyectadas, pero la luz de la cautela se le encendió, diciéndole que Edie, la mujer, era impetuosa y hasta impulsiva, pero que ahora se imponía ser Edie la cazadora.

Robert se retrepó en la silla y ella vio que estaba pensando muchas cosas. Finalmente se puso de pie, le tomó las manos y dijo, en un tono de voz sumamente amable:

—Edie, dime una cosa, ¿todavía tienes alucinaciones?

—No —mintió ella.

Más tarde, en la ducha, abrió la boca y dejó que el agua entrara en ella y la escupió otra vez. Era un agua blanda, tibia como la sangre y de un desagradable sabor a cloro. Antes siempre habían utilizado agua bombeada desde el lago que había más allá del glaciar de Autisaq. Ahora todo tenía que pasar por un supuesto proceso de purificación. Otro de los planes de «modernización» del querido alcalde. Cerró el grifo y fue a coger la toalla pero luego decidió que no. Presa de una sensación que no le era familiar, entró desnuda en la salita. Fuera, un sol pálido sacaba destellos al mar.

Una primavera, cuando Sammy y ella estaban juntos y pasaban por una temporada muy alcohólica, habían decidido ir a pescar en el hielo del lago. En aquel entonces, y de eso hacía bastantes años, aún había salvelinos. Elijah Nungaq regresó de allí un día asegurando que había visto un pez enorme, casi del tamaño de una beluga, surcando la parte más honda del lago. Se formó inmediatamente una expedición pero no hallaron rastro del pez. Con todo, se hablaba frecuentemente de aquel ejemplar, cuyo tamaño iba creciendo a la par que su leyenda, y de vez en cuando pescadores y también mujeres acudían al lago para intentar capturarlo.

Eso precisamente era lo que Sammy y ella estaban haciendo aquel día, pero, al poco rato de llegar al lago, estaban ya tan borrachos los dos que se olvidaron por completo del pez y tampoco se fijaron en las nubes bajas que venían del norte y que presagiaban una ventisca. Se había puesto a nevar cuando Edie notó un tirón en el brazo y, despertando sobresaltada, levantó la vista y vio a Joe.

Sammy y ella superaron el incidente a base de risas, pues ninguno de los dos pudo soportar la idea de que un niño de diez años les hubiera salvado la vida.

Se encontraba ahora en el camino de los rayos del sol, rememorando aquel día, cuando se le ocurrió una idea. De súbito, vio con toda claridad qué era lo que debía hacer. Fue a secarse, se vistió y se dirigió a casa de Sammy. Él estaba, como siempre, apoltronado en el sofá, mirando una reposición de *The Wire*. Edie se fijó en que la Biblia estaba encima del estante.

—Me marcho a Groenlandia —dijo.

—¿Que te marchas adónde? ¿Y por qué?

—Aquellos dos rusos, los cazadores de patos, vinieron de Groenlandia, y el avión era de Groenlandia. Creo que ellos pueden saber por qué murió Joe. —Pensó si debía hablarle de los astroblemas y de Zemmer Energy, pero al final decidió no hacerlo. Ciertas personas no podían asimilar demasiada realidad, y su ex marido era una de ellas.

Sammy meneó la cabeza y mostró su desaprobación chasqueando la lengua.

—Sólo hay una persona que sabe por qué murió mi hijo. Si quieres averiguarlo, pregúntale al espíritu de Joe.

—¿Crees que no lo he hecho?

—Entonces será que no quiere que lo sepamos.

—Me parece que te equivocas, Sammy —dijo ella—. Yo creo que quiere que lo descubramos por nosotros mismos.

12

—¿En Nuuk?, ¿quieres decir Groenlandia?

Edie levantó el pulgar para dar a entender al inuk que atendía el mostrador del aeropuerto que todo iba bien, y volvió su atención a Derek Palliser.

—¿Esos lemmings te han hecho un túnel en el cerebro? —le preguntó.

—¿Y qué demonios se te ha perdido en Nuuk? —Derek parecía verdaderamente estupefacto—. Edie, ¿tengo que preocuparme?

—¿Por mí? No, hombre, no.

—¿Por qué no me lo habías dicho antes?

—Porque sabía que meterías las narices —dijo ella.

El inuk empezó a hacer gestos de que colgara.

—Pero habíamos hecho un trato —protestó Derek.

—¿Es que no lo sabías? La gente rompe tratos constantemente.

—Tarde o temprano voy a tener que implicarme —dijo Derek. Ella le oyó remover papeles—. Ya sabes lo que pasa, aquí los secretos duran poco.

—Te sorprenderías.

Otro silencio.

—Supongo que no me vas a explicar qué significa eso.

—Supones bien. De momento, no.

Edie había decidido no mencionar su hipótesis nueva hasta que tuviera más pistas. Su plan era localizar el avión y a partir de ahí a los dos rusos que habían ido a buscar piedras a Craig.

—Si pasa algo, hay una carta.

Le explicó dónde encontrar la llave de su antiguo armario de los licores —vacío de botellas ahora—, donde había dejado un sobre con las páginas encontradas en la cueva, más otras cuatro escritas por ella con su pésima letra.

—Prométeme que averiguarás lo que le pasó a Joe.

—Edie, ya hemos hablado de eso. Sabes muy bien lo que pasó.

—Me refiero al por qué. Quiero una promesa, Derek, no un trato.

Hubo una pausa, sólo que esta vez fue intensa y potente, como el silencio entre enamorados.

—Lo prometo —dijo él por fin; y luego, en un tono más animado—: ¿qué tal es Nuuk?

Lo único que ella había visto hasta el momento, aparte de la terminal del aeropuerto, estaba aproximándose por el aire.

—Horrible —respondió—. Me sobran carreteras y me falta hielo.

El hombre del mostrador empezó a hacerle señas otra vez. Derek todavía se reía cuando ella colgó.

—Lo siento —dijo el del puesto de información—, se supone que no podemos hacer llamadas internacionales.

Tenía la cara ovalada y una boca con un rictus como de rechazo permanente. Al principio, al dirigirse ella al hombre en inuktitut, éste no la había entendido. Ahora estaban hablando en inglés, pero aun así a ella le costaba identificar su acento. Le había inquietado un poco descubrir que no todos los inuit hablaban la misma versión del idioma.

—No he terminado —dijo.

El hombre levantó la vista. Entornó los ojos y luego, al oír una súbita conmoción, giró en redondo. Cuatro hombres de uniforme pasaron a toda velocidad camino de la puerta. El inuk se los quedó mirando.

—¿Problemas?

—Manifestantes.

—Ah. —A Edie le resultó extraño. En Autisaq, si alguien quería protestar por algo, iba directamente al ayuntamiento y lo hablaba con el alcalde.

—Esta tarde llega no sé qué político de Dinamarca para inaugurar un nuevo polideportivo. Será que no a todo el mundo le gustan los forasteros.

—Bueno —dijo Edie, aprovechando su distracción—, ¿y de lo otro? Un avión chárter.

El hombre se retrepó en la silla y negó con la cabeza.

—De eso no sé nada. —Parecía aliviado de no poder ayudarla—. Sólo me ocupo de la terminal.

Del exterior les llegaron abucheos. El hombre se puso a trabajar. Edie sacó el papel donde había anotado la matrícula del avión verde y se lo pasó empujándolo por el mostrador.

—Sólo necesito saber el nombre de la compañía que fleta este avión...

El inuk miró el papel y luego a Edie, precavido ahora.

—¿No será un manifestante de ésos?

Edie enseñó una sonrisa irónica.

—Yo sólo protesto en mi casa. —Al acordarse del piloto inuk, agregó—: He pensado en fletar un avión, y un amigo me dijo que el tipo que pilota éste... —señaló con la cabeza el papel— es de los nuestros.

El empleado, después de poner mala cara como si no acabara de creerla pero le diera lo mismo, cogió el papel y lo leyó.

—Me suena a uno de los de Johannes Moller —dijo. Tecleó algo en el ordenador y resiguió una lista con el dedo—. Sí. Él es danés, pero tiene un piloto inuk trabajando para él. Creo que se llama Hans.

—¿Sabe dónde puedo encontrarle?

—Pruebe en el pueblo —dijo, encogiéndose de hombros—, en el Bar Rat. Allí van muchos pilotos especializados.

Comparado con Autisaq, Nuuk parecía una inmensa área metropolitana. Edie nunca había estado en un sitio más grande que Iqaluit. ¿Podía darle alguna dirección?

El tipo se encogió de hombros, gesto al que parecía muy aficionado, y para indicar que ya había colaborado bastante, empezó a decir:

—Yo sólo...

—... usted sólo se ocupa de la terminal.

A todo esto, otra remesa de agentes de policía había ido tomando posiciones junto a la entrada para cortar el paso a los manifestantes. Edie se abrió paso y salió. No fue sino entonces cuando pensó que debería haberle preguntado al inuk si sabía de algún hostal barato, pero al girar para volver adentro, un brazo uniformado se lo impidió.

—Sólo pasajeros con billetes válidos —dijo el policía en inglés.

Edie intentó discutir con él, pero el agente no se dejó convencer.

Cruzó la calzada pasando junto a los manifestantes, que estaban detrás de una serie de barreras de protección. Algunos portaban pancartas, en las que Edie sólo pudo distinguir «Groenlandia» y «groenlandeses» en el idioma del país. La mayoría, indígenas. No parecían muy peligrosos, a simple vista.

Al otro lado de las barreras vio un indicador de autobuses para ir al centro. Sólo había que atravesar la muchedumbre. Un agente apartó la barrera para dejarla pasar. Edie se abrió un pasillo usando los codos y finalmente consiguió llegar a la parada. ¿Quién habría pensado que una multitud humana podía ser más ruidosa que las gaviotas y más maloliente que una colonia de focas?

Estaba intentando descifrar el horario adherido a la mampara cuando una joven groenlandesa con un forro polar rosa se inclinó hacia ella y le dijo algo en el idioma del lugar.

—Soy extranjera —dijo Edie.

La joven se rio y enseguida pasó al inglés:

—No extranjera, inuk. —Dijo que se llamaba Qila Rasmussen, trabajaba limpiando el aeropuerto y acababa de salir del primer turno—. ¿No habías estado nunca en Kangerlusuuaq? —preguntó, empleando el término groenlandés del país.

Edie hizo que no con la cabeza. El autobús que se acercaba hubo de detenerse debido a la manifestación. Edie, que no sabía nada de la política local, dijo:

—Cualquiera diría que les va la vida.

Su nueva amiga pareció tomarse sus palabras como una ofensa.

—Estamos hartos de que los extranjeros controlen el país.

—Bajó la voz—. Yo también estaría protestando si no tuviera cuatro hijos. No puedo arriesgar mi puesto de trabajo.

El autobús llegó a la parada. Qila se hizo a un lado para que subiese Edie primero. Habló en danés con el conductor y luego ayudó a Edie con las monedas para pagar el billete. Buscaron asiento libre y Qila se sentó al lado de Edie. El autobús arrancó entre gemidos y sacudidas. El único vehículo de parecidas dimensiones que Edie conocía era el camión que recogía la mierda en Autisaq, pero el bus mugía más fuerte, y traqueteaba a una velocidad lo bastante respetable como para alarmarse. Miró por la ventanilla intentando tranquilizarse.

Vio montañas, menos escarpadas que las de Ellesmere pero cubiertas todavía de nieve, pese al calor, y separadas por un cable metálico del que colgaba algo que parecían parrillas de secar.

—¿Te gusta el esquí?

Edie volvió la cabeza y respondió con una mirada inexpresiva.

—El telesquí —dijo Qila, y señaló hacia el cable metálico.

—Nosotros no tenemos tanta nieve. —Se sentía a salvo con aquella chica y no sabía por qué—. Allí es más roca y hielo. —Entonces pensó en Joe, haciendo el camino de vuelta desde Craig, con esquís y medio delirando.

Pasaron junto a un edificio bajo y alargado con forma de cuña para puertas, más arriba del cual, en una ladera, había una cruz grande.

—¿Tú eres creyente? —le preguntó Qila de sopetón.

Edie miró la cruz hasta que hubo quedado atrás y luego miró los arbustos.

—Creo en muchas cosas.

—Aquí somos cristianos. —Qila bajó un poco la voz—. Salvo algunos *qalunaat* que no creen en nada.

La carretera pasaba entre dos peñascos y empezaba a descender poco a poco hacia la ciudad. Dejaron atrás un indicador que decía «H. J. Rinksvej» y que parecía el nombre de la calle. En Autisaq, todo el mundo llamaba a las calles la Uno y la Dos, aunque no se ponían de acuerdo en cuál era cuál.

Empezaron a aparecer edificios esparcidos entre rocas bajas.

El autobús ascendió y al poco rato pudieron ver todo Nuuk a sus pies. Aunque sabía que era una población pequeña comparada con lo normal en el sur, a Edie le pareció la cosa más apretujada del mundo.

Pasaron frente a un edificio blanco que parecía una caja metida en la roca, rodeada de alfombras de sauce ártico.

—Es la iglesia de Hans Egede —dijo Qila—. Hay gente que lo considera una especie de héroe. ¿Has oído hablar de él alguna vez?

Edie negó con la cabeza.

—Un misionero que llegó aquí buscando poblados vikingos y nos encontró a nosotros. —Rio amargamente—. Pero no era mala persona, se tomó la molestia de aprender nuestra lengua y tradujo la Biblia.

El conductor saludó con un bocinazo a alguien que pasaba por la calle, y éste agitó el brazo devolviendo el saludo.

Qila dijo:

—«Padre nuestro, que estás en los cielos, danos la foca nuestra de cada día.» Versión de Egede. Ahora pasaremos por delante de su casa.

Iban pegados al litoral por una calle repleta de casas y de gente, y a Edie casi le daba vueltas la cabeza. Un poco más abajo el autobús se detuvo y abrió sus puertas con un alarmante siseo. Qila se puso de pie.

—Tenemos que bajar.

Recorrieron el pasillo central y se apearon del autobús frente a un edificio prefabricado de una sola planta y pintado de un marrón rojizo. Edie dejó su bolsa en el suelo y miró alrededor. El olor a perros y a pescado puesto a secar era el típico de todo el Ártico.

Se volvió hacia Qila y le tendió una mano para despedirse.

—¿Dónde te hospedas? —preguntó Qila.

Estaban delante de unos grandes acantilados de cristal y acero, muy alejados de la costa.

—Son los apartamentos Norblok. Nosotros estamos en el Bloque 7... Los niños han ido con su padre a la tundra. Hay sitio de sobra.

El frío portal, el ascensor metálico, las temibles escaleras de hormigón y los angostos y sucios pasillos: era todo tan extraño que costaba imaginar que un ser humano, no digamos ya un inuit, gente acostumbrada a la libertad, fuera capaz de sobrevivir en semejante entorno. Mientras subía las escaleras detrás de su anfitriona (por lo visto, el ascensor no quería funcionar), Edie se preguntó si Qila le preguntaba alguna vez a su dios por qué tenían que vivir ella y su familia como gaviotas en un acantilado.

Llegaron a la cuarta planta y torcieron a la izquierda por un pasillo que olía agradablemente a foca hervida, dejaron atrás cinco puertas idénticas, todas ellas flanqueadas por sendas minúsculas ventanas (a través de ellas Edie vio moverse formas imprecisas), y al llegar a la sexta puerta Qila se detuvo.

—Es aquí.

El apartamento era más grande de lo que hacían pensar las ventanitas. Las paredes estaban pintadas de vivos colores y el sol de media tarde que entraba a raudales daba a la estancia un aire muy alegre. Se veía el mar y un poquito del promontorio que había al norte. Edie miró hacia abajo desde la ventana. Vio calles y, a ambos lados, bloques de pisos como el de su flamante amiga.

Una mujer de mediana edad apareció procedente de otra parte del piso. Guardaba un extraordinario parecido con Qila. Habló primero en groenlandés, pero luego de que Qila le dijese algo, pasó al inglés y se presentó diciendo que era su hermana mayor y que se llamaba Suusaat.

—Los *qalunaat* me llaman Susie.

Fue a poner el hervidor al fuego en la cocina. Mientras lo hacía, volvió la cabeza, sonrió y dijo:

—Pero puedes llamarme Suusaat.

Se sentaron a tomar café dulce (otra novedad para Edie, que casi siempre bebía té) acompañado de unas delicadas bolitas de grasa de ballena salteada.

—¿Has venido a ver a algún familiar? —preguntó Suusaat.

—Bueno, no exactamente —dijo Edie. Se le había ocurrido una historia en Iqaluit, donde había cambiado de avión—. Digamos que vengo a hacer algo por la familia.

Suusaat pasó la bandeja de bolitas.

—Ah. —Se había quedado intrigada.

—Edie es de... —intervino Qila, y se rio—. Bueno, no lo sé.

—De Umingmak Nuna, en Ellesmere.

—¿Tienes algún pariente en Qaanaaq? —El tono de voz de Suusaat había adquirido un matiz de cautela.

El estrecho de Nares, entre Qaanaaq y Ellesmere, tenía una anchura de apenas treinta kilómetros y era hielo compacto durante nueve meses al año. Hasta hacía relativamente poco, muchas familias cruzaban desde Qaanaaq para ir a Hazen a cazar bueyes almizcleros. Actualmente se desaconsejaba hacer ese trayecto. En la temporada navegable los guardacostas canadienses patrullaban la zona y la policía de Ellesmere tenía orden de informar a la Policía Montada en Ottawa de cualquier groenlandés que pudiera haber en la isla. Muchos habitantes de Ellesmere tenían algún tipo de parentesco con los inuit de Qaanaaq.

—Mi tatara-tatarabuelo era de Etah, cerca de Qaanaaq —dijo, en respuesta a la pregunta.

Las hermanas intercambiaron una mirada de alarma. Suusaat le dijo algo a Qila por lo bajo, pero Edie no lo entendió. Qila tranquilizó a su hermana poniéndole una mano en el brazo.

—El empleo de Qila es muy importante para nosotros, como familia —dijo la hermana mayor con cierto retintín—. Sobre todo ahora que me he quedado en el paro. No podemos permitirnos el lujo de tener más líos.

Edie seguía sin comprender.

—Yo no soy muy inteligente —dijo—. Bueno, digamos que todo lo contrario.

—Suusaat llevaba la sección de anuncios por palabras del periódico en groenlandés, el *Kangiryuarmiut*.

Suusaat tomó el relevo:

—Les paso historias curiosas a los redactores. Pasaba, quiero decir. Hace como una semana conseguí cierta información sobre el nuevo polideportivo, información confidencial. No explicaré cómo. ¿Estás al corriente de que van a inaugurar aquí un centro de deportes?

Edie recordó la conversación con el inuk que atendía el puesto de información. Asintió con la cabeza.

—Mi fuente averiguó que quien había aportado el dinero era Fiodor Belovsky, un ruso que se ha hecho millonario con el petróleo. Belovsky jamás invierte en un país a no ser que tenga la clara intención de interferir en la política. Es más, pretendía que su donación fuese anónima. Pasé los datos a la redacción, pero no quisieron hacer nada, de modo que colé la noticia como una historia apócrifa. Varias personas la leyeron, corrió la voz y acordaron organizar una protesta. La verdad es que no pensé que podía interesar a tanta gente. En fin, el caso es que me han despedido.

—Cuando has dicho que tenías parientes cerca de Qaanaaq, hemos pensado que podías estar relacionada con la manifestación —dijo Qila—. ¿Es por las excavaciones?

Edie estaba perpleja. Su intención sólo era localizar al propietario del avión verde y seguir la pista de los dos hombres que habían volado hasta Autisaq haciéndose pasar por cazadores; hombres que, de eso sí estaba convencida, habían volado sobre Craig en el mismo avión el día que Andy Taylor desapareció. Pero lo del multimillonario ruso —más aún si su fortuna procedía del petróleo— había aguijoneado su curiosidad. Tal vez no hubiera ninguna conexión entre ese ruso y los que se habían presentado en Autisaq, pero no lo podía descartar.

—No he venido para causarle ningún problema a nadie...

—En tal caso, no hablemos más de ello —dijo Qila con determinación. Agarró la bolsa de Edie, le indicó que la siguiera y la condujo hasta una puerta.

—Tomas y Ortu, mis hijos, comparten este cuarto. Disculpa que esté todo revuelto. —Abrió la puerta de la habitación y dijo que la cena estaría lista al cabo de media hora.

En la habitación había el mismo lío de juguetes de plástico y huesos de foca que en la de Joe y Willa cuando eran pequeños, el mismo aire cargado de polvo y saturado de ventosidades. Edie sacó sus cosas y se sentó en la cama. El peso de los últimos meses se hizo notar y sintió que se le caían los párpados.

Despertó al oír que llamaban a la puerta. La cena estaba servida. Era oscuro, cosa rara siendo verano, y una luz baja y verdosa entraba desde el exterior. Se acercó a la ventana y miró hacia abajo esperando ver una farola, pero enseguida comprobó que la luz procedía del cielo, era de color esmeralda, más verde de lo que jamás había visto Edie en Ellesmere, y cargada de miasmas como el residuo de algo putrefacto. La vio moverse, hincharse y ondear como una bandera pese a que apenas soplaba viento. Viviendo tan al norte del óvalo auroral, ella no había visto prácticamente nunca la aurora boreal y jamás así. El espectáculo pareció transferirle su energía, pues Edie se sintió repentinamente aguerrida y llena de determinación.

Era más tarde de lo que pensaba. Qila había llamado a su puerta un rato antes y al no obtener respuesta había decidido aplazar la cena, que consistía en un estofado de halibut con patatas. Las hermanas entablaron conversación sobre temas triviales, pero era inútil fingir. Al final, mientras tomaban el café, Edie les habló de Joe, del avión verde que había visto poco antes de morir y de que ella había venido a Groenlandia para localizar el aparato.

—Johannes Moller —dijo Qila, y al ver la cara de sorpresa de Edie, continuó—: Trabajo en el aeropuerto, ¿recuerdas que te lo he dicho al venir? Si algo huele a chamusquina, casi seguro que Moller está metido en ello. —Pareció dudar un momento.

—Joe no era hijo mío, Qila —explicó Edie—, pero te aseguro que significaba para mí lo mismo que tus hijos para ti.

Las hermanas guardaron silencio. Finalmente Qila le lanzó una mirada a Suusaat y ésta asintió con la cabeza.

—Hace un par de meses, dos antropólogos rusos consiguieron autorización para estudiar las viejas casas thule con estructura de huesos de ballena que hay cerca de Etah. Moller los condujo hasta el sitio arqueológico. Varios pescadores los vieron remover tumbas. —Qila se mordió el labio—. No parece que las autoridades quieran hacer nada al respecto. Nosotras creemos que tiene algo que ver con Belovsky. Nuestra fuente dijo que los rusos llevaban gorras de la compañía Beloil.

Las piezas empezaban a encajar. Entraba dentro de lo posible que estos dos rusos no fueran los mismos que habían aterrizado en Autisaq pidiendo que los llevaran a Craig, pero podía ser que trabajaran para la misma persona. La idea de que Zemmer y Beloil pudieran estar buscando lo mismo hizo que el corazón de Edie empezara a bailar dentro de su caja torácica.

—¿Creéis que Belovsky ha sobornado a las autoridades con ese polideportivo?

—Desde luego —respondió Qila—. Es año de elecciones.

Suusaat tomó la palabra.

—De ahí que me echaran por dar la alarma. El director del *Kangiryuarmiut* está conchabado con el partido en el poder.

—Lo que no sabemos es qué interés puede tener Belovsky en profanar tumbas inuit —prosiguió Qila—. A tenor de sus intereses empresariales, cabría pensar que es algo relacionado con el petróleo, pero aquí esa industria está muy bien regulada. El Gobierno difícilmente concedería una licencia de exploración a Beloil, con la fama que tiene. Además, actualmente lo que priva son las perforaciones costa afuera. Aquí en Groenlandia no ha prosperado ninguna exploración en tierra firme. Lo que Belovsky está buscando no puede ser petróleo.

Edie notó cierta tensión en la garganta. Se le estaba ocurriendo un plan.

—¿Me podríais indicar cómo se va al Bar Rat?

Las hermanas fruncieron el ceño al unísono. Qila dijo:

—Si es eso lo que quieres, de acuerdo. Moller suele ir a última hora.

Después de lavar los platos, Edie y Qila salieron a una noche color ceniza. La aurora boreal se había desvanecido y el entramado de luces que salía del Norblok iluminó su camino. Qila se detuvo frente a un lúgubre edificio de dos plantas que parecía estar a oscuras.

—Aquí es. —Señaló una puerta al final de un corto tramo de escalones—. Pero tienes que llamar al timbre. —Le puso una mano en el hombro—. Te he visto hablar con Pedr en el aeropuerto, yo terminaba el turno en ese momento. Nosotras pasamos a cobrar por la oficina de al lado.

—¿Es por eso que me hablaste en la parada del autobús?

Qila se encogió de hombros.

—Si hubieras sido *qalunaat*, probablemente no lo habría hecho, pero eres una inuk y parecías *pivinik*. —Retrocedió un paso—. Como si quisieras ser útil. —Le sonrió un poco—. Me di cuenta de que andabas detrás de algo. Ten cuidado.

Edie le devolvió la sonrisa.

—Di que te envía Julia. Te esperamos luego en casa.

Dicho esto, Qila dio media vuelta y empezó a desandar el camino.

—¿Quién es Julia? —le gritó Edie.

La respuesta llegó con una carcajada.

—Es mi nombre en danés.

A los pocos segundos de llamar Edie a la puerta, un *qalunaat* corpulento, con barba, acudió a abrir. Miró de arriba abajo, y de forma muy evidente, a la personita que tenía delante y luego dijo algo en danés. Edie se presentó, repitiendo el nombre de Julia.

—Busco a Johannes Muller.

—No eres de aquí, ¿eh? —dijo el hombre, pasando directamente al inglés.

—No.

La sonrisa del *qalunaat* desapareció entre su barba, aunque era difícil saber si se mofaba de que ella no fuera groenlandesa o si sólo le hacía gracia.

—Gente nueva nunca nos va mal.

La hizo pasar a un pasillo y al fondo del mismo cruzar una puerta que daba a un edificio mucho más pequeño.

—Ahora entiendo por qué se llama Bar Rata —dijo Edie.

El *qalunaat* soltó una tremenda risotada.

—Es «Rat», muñeca. En danés quiere decir palanca de mando. —Movió el puño cerrado hacia delante y hacia atrás. Luego abrió la puerta y le dijo—: Pásatelo bien.

Edie había visto muchos telefilms de policías y comprendió que se había metido en una especie de club de alterne. Esparcidos por las mesas había unos cuantos hombres, la mayoría *qalu-*

naat, rodeados de chicas semidesnudas, en su mayoría indígenas. Los había que jugaban a las cartas, otros bebían y charlaban. El humo de los cigarrillos hacía el aire casi irrespirable, y entre el olor acre a tabaco Edie pudo distinguir el peculiar aroma de la marihuana.

El barbudo la llevó hasta una mesa en el rincón, donde un gigantón rubio de cara colorada, que debía de tener cincuenta años largos, jugaba al ajedrez con un inuk más menudo y más joven que él.

—Nos la envía Julia. Es extranjera.

Moller levantó la vista. El otro jugador hizo lo propio.

—Suelen ser más guapas —dijo el inuk—. Y más jóvenes.

Edie tragó el nudo que se le había formado en la garganta y dijo:

—Vete a echar un polvo, enano. Tengo que hablar quince minutos con tu amigo.

El inuk soltó un bufido desdeñoso.

—Encanto, me parece que quien necesita el polvo eres tú.

No era frecuente en Edie recurrir a la fuerza bruta, pero a veces no veía otra alternativa. De un rápido movimiento, robó del tablero la reina del inuk, agarró a éste del pelo con la otra mano y le incrustó en la napia la pieza de ajedrez. El hombre soltó un grito y dio un respingo de dolor. De su nariz salió una pequeña burbuja de sangre que descendió formando un hilillo rojo.

—Me temo que tus polvos no duran más de unos cuantos segundos —dijo ella—. O sea que tú y tu puta tenéis catorce minutos por delante para conversar como dos personas educadas.

El hombre se levantó, hizo una ligera inclinación de cabeza y se marchó arrastrando los pies.

Moller miró a Edie con gesto de admiración.

Ella decidió presentarse bajo el nombre de su madre, Maggie Kiglatuk.

—Voy a necesitar un avión.

—Para ir adónde. —Moller se pasó una mano por la boca. De repente se había animado, y Edie tuvo la sensación de que le urgían clientes.

—A Qaanaaq.

La alegría desapareció del rostro de Moller, que hizo un gesto desdeñoso con la mano.

—Air Greenland tiene un vuelo semanal. Puedes comprar el billete en el aeropuerto mismo.

—No. Yo quiero un chárter.

Era consciente de que no le iba a alcanzar el dinero para un billete de ida en vuelo regular, mucho menos para uno de ida y vuelta. Por otro lado, prefería no constar en ninguna lista de pasajeros. Sus planes se habían complicado un poco. Necesitaba verificar si los rusos eran los mismos que habían llegado a Autisaq en el avión de Moller, incluso quizá los mismos que habían volado sobre Craig el día de la desaparición de Taylor.

—Seríamos ocho, y tendrían que pasarnos a recoger por Ellesmere. —Estuvo a punto de decir «Autisaq». Era preferible revelar el mínimo posible sobre su verdadera identidad—. En Kuujuaq, para ser exactos. ¿Se podría hacer?

Moller lo pensó un momento.

—Vosotros los inuit ¿no viajáis siempre en trineo o motonieve?

Ella ya esperaba esa pregunta.

—Será casi todo gente mayor que va a visitar a familiares. En el Smith Sound el hielo es bastante peligroso. Además, paga el Gobierno.

Esto pareció interesar muchísimo a Moller.

—Normalmente no volamos al Canadá por encima de Baffin porque los vientos catabáticos son un problema —dijo—. No saldría barato, te harás cargo, pero lo hemos hecho otras veces. Mi socio, Hans, es inuk como tú y es capaz de pilotar un mosquito en pleno tornado.

—Bien, si ya lo habéis hecho otras veces... —La cosa iba mejor de lo que ella había anticipado.

—Sí, hemos llevado a algún que otro científico, gente así. —Moller giró la cabeza buscando a alguien con la mirada y luego señaló a un hombre sentado a la barra—. Si quieres conocer a Hans, le digo que venga.

Edie se esforzó por mirar entre la bruma de humo y finalmente reconoció al piloto: era el que había llevado a los dos rusos a Autisaq hacía unas semanas. Las probabilidades de que los rusos de Qaanaaq fuesen los mismos que habían ido a cazar con Sammy acababan de disminuir considerablemente.

—Ahora no —dijo. Estaba prácticamente segura de que Hans no la había visto en Autisaq, pero no quería correr más riesgos—. Primero tendría que comprobar vuestras credenciales.

Moller ofreció tabaco a Edie antes de sacar él un cigarrillo del paquete.

—Siéntate, Maggie, charlemos.

Edie se sentó.

—Licencias, permisos, tenemos de todo.

—Bueno, yo pensaba más bien en una excursión de prueba. La próxima vez que vayáis a Qaanaaq, yo podría acompañaros y así veo qué tal.

Moller puso cara de escéptico.

—Nuestros ancianos nos importan muchísimo —insistió Edie.

Moller asintió con la cabeza, dio otra calada al cigarrillo y lo aplastó contra la mesa.

—Está bien —dijo al cabo—. A las cinco enfrente de la iglesia de Egede. —Miró su reloj—. Dentro de siete horas. Tenemos que llevar un cargamento y tú harás de grumete. Si el tiempo es tan bueno como asegura el pronóstico, estaremos en Qaanaaq mañana por la tarde.

Una vez en la calle, Edie buscó una cabina de teléfono y marcó el número de Derek Palliser. Le sorprendió ponerse tan contenta al oír su voz. La conversación fue breve. Ella le explicó que iba a ir a Qaanaaq, él preguntó para qué y ella respondió que no se lo podía decir. A Derek no le gustó su respuesta, pero Edie quería estar más segura de sus sospechas antes de decírselo. Cuestión de orgullo, lo más probable.

Después de colgar se dirigió de nuevo al Bloque 7. La campana de la iglesia de Hans Egede estaba dando las diez cuando abrió la puerta del piso de Qila. Dentro estaba todo en calma, no se oía nada más que un murmullo de respiración procedente de una de las habitaciones. Una solitaria lámpara daba media luz a la salita y la cocina. Había café caliente y al lado de la máquina una nota con instrucciones escritas en inglés, con errores ortográficos, sobre cómo poner el agua caliente. Entró en su cuarto y encontró un recorte de periódico, al pie del cual Suusaat había escrito una nota.

«El tercero de pie por la izquierda es Belovsky.»

Era la típica foto de grupo. Una veintena de hombres, todos *qalunaat*, de entre cuarenta y sesenta años, formados en dos filas, los de delante sentados y los de atrás de pie.

El texto del pie de foto estaba en danés, dedujo Edie, con la excepción de las palabras «Club de Cazadores del Ártico», que estaban en inglés y con letra cursiva. Contó tres desde la izquierda y vio un hombre alto y fornido con cuello de morsa y ojos como de orca. Por regla general se podía dividir a los *qalunaat* que subían al Ártico (casi siempre eran hombres, aunque alguno se traía a su mujer para que fuera a cazar patos mientras él perseguía osos) en dos categorías: el tipo enjuto y melancólico, y el superego siempre de mal humor. La imagen era de mala calidad, pero Edie adivinó que Belovsky pertenecía a los últimos.

Fue de puntillas a su habitación e intentó dormir un poco antes de ir a reunirse con Moller. Se despertó a cada momento, inquieta por la sensación de hallarse cerca de alguna pieza del rompecabezas casi al alcance de su mano. La tercera o cuarta vez, miró la hora y optó por levantarse. Las hermanas dormían todavía. Edie había olvidado apagar la cafetera y se sirvió lo poco que quedaba en el recipiente. Estaba amargo como bilis de morsa, aunque tuvo el efecto deseado de despertarla por completo.

Fue a buscar la fotografía, y justo cuando iba a guardarla en su mochila, un rostro familiar le llamó la atención. En el lado derecho, al final de los que estaban sentados, se encontraba un hombre menudo, medio calvo y boquiabierto que parecía haber hecho un arte de la comida de negocios. Acercó la foto para verlo bien. El individuo en cuestión lucía un bigote poblado, pero por lo demás encajaba a la perfección: no era otro que Felix Wagner.

Fijándose mejor, sus sospechas quedaron plenamente confirmadas. Sabía que Taylor estaba relacionado con los rusos por lo del avión verde, y que Taylor y Wagner tenían algún tipo de relación a través de Zemmer Energy. La foto demostraba que existía también una conexión entre Wagner y Belovsky. ¿Era posible que los otros dos rusos, los del norte, estuviesen de algún modo relacionados con Wagner? ¿Para quién trabajaba éste, para Beloil o para Zemmer? Y ¿cuál de esas compañías estaba implicada en la muerte de Wagner?

Andando con sigilo para no despertar a sus nuevas amigas, Edie guardó el cepillo de dientes y la ropa interior en su mochila, cogió la foto, la metió entre sus cosas y salió a la calle. La diferencia de temperatura entre el día y la noche era mucho más acusada en Nuuk, que estaba mucho más al sur que Autisaq, y Edie pronto se quedó helada en la espesa bruma gris de la madrugada, pero estaba demasiado ansiosa por reunirse con Moller como para volver y vestirse adecuadamente. En uno de sus muchos períodos de insomnio, aquella noche, se había devanado los sesos pensando qué haría una vez que llegasen a Qaanaaq.

Luego, mientras esperaba a Moller, su preocupación fue otra: que la hubiera engañado. Tomó la decisión de que, si Moller no comparecía antes de las cinco y cuarto, se pondría en camino hacia el aeropuerto y se quedaría allí hasta que apareciera. Su instinto le decía que debía andarse con mucho tiento. Estaba metiéndose en terreno peligroso, pero la cazadora que había en ella le decía también que la presa estaba cerca.

Casi a las cinco en punto oyó el sonido de un motor y acto seguido apareció un jeep bastante desvencijado. En la penumbra del interior pudo distinguir la cara blanca de Moller. El vehículo aminoró la marcha y se detuvo a su lado, Moller abrió la portezuela y Edie montó. En el asiento de atrás iba Hans, el piloto inuk.

—Hola —dijo ella, mirándole con simpatía, pero el otro no abrió la boca.

En el aeropuerto no había un alma a excepción de un vigilante, que saludó a Moller y les franqueó el paso. El jeep recorrió el área de servicio y se detuvo delante de un viejo edificio de oficinas. Dentro había una hilera de taquillas. Moller abrió una taquilla con su llave, sacó una carpeta de dentro y se la guardó en la bolsa.

Edie los ayudó a cargar unas cajas y al cabo de una hora el Twin Otter despegó con Moller a los mandos. Tras elevarse rápidamente por encima de unas nubes bajas de verano, pusieron rumbo al oeste con el viento y luego, a unos mil doscientos metros de altitud, Moller hizo virar al pequeño aparato y se dirigieron al norte siguiendo la costa. Una vez que Nuuk hubo quedado atrás, Moller bajó la visera, extrajo la carpeta que había sacado de su taquilla y se puso a hacer anotaciones. Hans, a su lado, iba mirando abstraído por la ventanilla.

Allá abajo, un inicio de madrugada marítima empezaba a iluminar el horizonte. Qué extraño, pensó Edie, vivir toda la vida en el sur, por debajo del círculo polar, y no haber visto nunca el sol de medianoche ni experimentado la aterciopelada negrura de un día de invierno en el polo. No pudo sino sentir pena por los sureños, aunque fueran inuit. No, especialmente éstos.

El viento empezó a arreciar y al poco rato estaban dando bandazos en medio de una densa franja de nubes que oscurecía el litoral. El pequeño avión iba de un lado al otro, caía en picado, ascendía de golpe como un globo. Aunque todo ello no alarmó a Edie más de lo que habría podido hacerlo un viaje en barca en plena marejadilla estival, experimentó las primeras náuseas y, para distraerse, visualizó mentalmente escenas de *La fiebre del oro.*

Al poco rato, entre las brechas que dejaban las nubes, pudo ver la media luna azul de Disko Bay, limitada en su extremo septentrional por el fiordo Umanak y al este por el hielo acumulado en la embocadura del glaciar Kangia. Más allá del glaciar, el campo de hielo de Sermeq Kujalleq se extendía hasta donde alcanzaba la vista.

—¡Mira bien! —gritó Moller desde delante—. Y despídete de eso. Dentro de unos veinte años... —Se pasó un dedo de lado a lado de la garganta.

Un poco más adelante sobrevolaron un puñado de hondos y estrechos fiordos, más pequeños que los de Ellesmere y salpicados de bosquecillos de abeto raquítico.

Un rato después, un zumbido en los oídos y un vahído en el estómago anunciaron a Edie que estaban descendiendo, y se dio cuenta de que se había quedado dormida. Notó en las pestañas el peso de pequeñísimos copos de corteza, como hielo nuevo. De pronto estaban entre nubes tenues y allá abajo se extendía la cinta de basalto negro de la costa. Hacia el este predominaba la roca metamórfica bandeada. El mar se metía aquí y allá en fiordos y ensenadas de ancha boca. Ya no había árboles.

Según continuaban hacia el norte, aumentó el número de bloques de hielo flotando en el mar. Hacia el mediodía sobrevolaron la base aérea de Thule, que estaba al sur de Qaanaaq. Desde allí podía verse ya claramente la costa de Ellesmere al otro lado de la extensión azul grisácea del Smith Sound. Edie notó un repentino escalofrío de pánico. Lo que estaba haciendo era de lo más temerario e insensato. Ahora veía con claridad que Wagner, Taylor e incluso quizá Joe no eran probablemente sino actores secundarios en una obra de gran envergadura.

Edie vio a sus pies innumerables fragmentos de algo que no pudo identificar, atrapados como en una corriente y girando sobre sí mismos alrededor de un eje.

—Un remolino de porquería —gritó Hans, percatándose de que ella miraba con interés—. Seguramente chatarra de algún crucero.

A ella le recordó más bien las imágenes de galaxias en los libros de texto. O un agujero negro.

Fueron perdiendo altitud hasta que, llegados a Qaanaaq, el Otter pasó casi rozando el origen del remolino, el gigantesco casco de un buque en un puerto de aguas profundas. Grupitos de *qalunaat* se apiñaban en el muelle, todos ellos provistos de cámaras.

—Basura, ya lo ha dicho Hans —observó Moller con sequedad.

13

Edie y Hans esperaron delante del almacén mientras Moller se ocupaba del candado de la puerta.

—Dice el jefe que tienes familia por aquí —comentó Hans—. Yo nací en Siorapaluk, a una jornada de camino. —Hablaba en un dialecto de inuktitut que Edie entendía mejor que el de los inuit de Nuuk. Él le explicó que eso era inuktun, el que se hablaba en la región polar.

—¿Cómo fue que viniste al sur?

—Supongo que me vendí —dijo Hans—. Ahora, ya ves, trabajo para este capullo. —Miró a Edie con ojos penetrantes—. Tú no has venido parta alquilar un avión, ¿verdad?

Edie no se esperaba esto. Mientras cavilaba sobre cómo responder a la pregunta, él dijo:

—Tranquila. No se lo voy a contar a nadie.

Moller abrió por fin el candado. La puerta daba a una sola estancia en penumbra repleta de cajas, detrás de las cuales había habilitado una diminuta y rudimentaria zona de estar con dos sacos de dormir, un radiador eléctrico y un hornillo para cocinar. Mientras Moller entraba, Hans fue al todoterreno y empezó a acarrear cajas.

—¿Cómo lo has sabido? —preguntó Edie en voz baja.

—En el avión —contestó él—. Te he olido el miedo.

Moller volvió a salir.

—No es que quiera interrumpir vuestra entrañable conversación, pero Hans y yo tenemos trabajo.

El piloto levantó el pulgar mirando a su jefe y luego, en inuktun, le dijo a Edie:

—No pesca nada, y eso le pone a parir.

—Oye —le dijo Moller a Edie—, ¿no tienes algún pariente al que visitar?

Ella miró de reojo a Hans, pero éste no dio muestras de que fuera a delatarla.

—Han salido de excursión para varios días —mintió, y tratando de aparentar indiferencia, añadió—: Estaré rondando por el pueblo hasta que vengan a buscarme.

Moller señaló hacia el interior del almacén.

—Si quieres ayudar un poco antes de marcharte, prepara café.

Moller y Hans volvieron al avión. Justo detrás de la puerta había una serie de ganchos de los que colgaban cuerdas, impermeables y un arpón. Debajo había un estante con un par de hornillos desechados y una caja de munición. En el suelo, sobre una lona y entre un surtido de latas oxidadas, había una vetusta escopeta del calibre 22, cubierta de polvo. La bolsa de Moller estaba encima de la mesita contigua a una cama plegable.

Rápidamente abrió la bolsa y extrajo la carpeta de manifiestos de vuelo que había visto a bordo. Buscó el mes de abril, resiguió con el dedo las listas de clientes y sus conocimientos de embarque, y fue pasando páginas a medida que leía. Entonces lo vio. «22 de abril, Qaanaaq-Craig Ø, R. Raskolnikov, P. Petrovich.» A continuación se leía la palabra *«kontant»* y una cifra en dólares estadounidenses. Eran los mismos nombres falsos que constaban en el registro de Autisaq, los que habían utilizado los cazadores de patos que Sammy había llevado a Craig. Así pues, era casi seguro que los dos profanadores de tumbas fuesen los mismos que habían sobrevolado Craig el día que desapareció Andy Taylor.

Al oír sonido de pasos en el exterior, Edie metió rápidamente la carpeta dentro de la bolsa y se volvió, justo cuando Moller entraba por la puerta.

—¿Está listo ese café?

—Preparadlo vosotros mismos. Acabo de recordar que mi

prima dijo que quizá volvería pronto. Tengo que irme. —Ya estaba pensando en cómo llegar a la excavación—. Regresaré en el vuelo de la semana que viene. Seguimos en contacto para lo del chárter.

Un empleado del aeropuerto la llevó en coche hasta el pueblo. Qaanaak era la típica población groenlandesa: casas de madera de vivos colores con tejado a dos aguas adheridas al sustrato rocoso. Había un puerto que parecía aprovechable, una especie de tienda para todo y una iglesia. A Edie le sorprendió sin embargo la cantidad de *qalunaat* que pululaban por las calles como osos hambrientos, la mayoría equipados con flamantes prendas para el frío, y entre ellos algún inuit.

Siguió caminando con la mochila al hombro sin que nadie se fijara en ella y al cabo de rato encontró la oficina postal, que era además centro de telecomunicaciones y hacía las veces de punto de información para visitantes. A sabiendas de que no podía hacerse pasar por turista ni por científico, empujó la puerta y entró.

Un inuk la saludó con una sonrisa inquisitiva desde detrás del mostrador, a lo que ella respondió sonriendo relajadamente.

—Trabajo en la lavandería del barco —dijo, en inuktitut—, pero me saco un pequeño extra haciendo de guía cuando puedo.

—Ah, bien —dijo el hombre, en inuktun, sonriendo ahora con más simpatía. Su nombre era Erinaq—. Del otro lado del agua, ¿no?

Edie vio que ya lo tenía de su parte.

—Bueno, allí nací. —Trató de enseñar su mejor sonrisa ganadora—. Necesito una embarcación y equipo de pesca básico.

El hombre la miró con desconsuelo.

—No hay nada que hacer. Los barcos que no han salido ya, están llenos de turistas. Aquí en Qaanaaq no conseguirá ninguno, al menos hasta un par de días, que es cuando zarpa el *Arctic Princess*.

Edie vio que le miraba las manos. Hubo unos segundos de tensión.

—Oiga —dijo el hombre—, yo trabajo de oficinista pero

sigo siendo inuk. —Le señaló las manos—. Sé reconocer los callos que produce un rifle... A menos que hayas inventado un sistema para lavar la ropa a tiros, yo juraría que eres cazadora pero te hace falta un permiso.

Edie se encogió de hombros.

—¿Y si así fuera?

En la cara de Erinaq se dibujó una sonrisa.

—Entonces que tengas suerte. Los permisos, que los pidan los *qalunaat*, ¿no te parece?

Edie bajó hasta donde estaba amarrado el *Arctic Princess* y ponderó posibles vías de acción. Lo más sensato era inventar una excusa para volver a Nuuk con Moller y esperar a que los rusos volvieran a pasar por la ciudad, cosa que ella suponía iban a hacer tarde o temprano. Descartó la opción al instante. Demasiadas incertidumbres. Además, se sentía con ganas de plantar cara. Si Joe había sido asesinado y Beloil tenía algo que ver en ello, sería más fácil encararse a los rusos allí, donde estaban desprevenidos y —quería creer ella— carecían de apoyo. Con suerte, pensarían que estaba allí para cazar o pescar y no le harían ni caso. Sin suerte, les daría la paranoia y quizá pensarían que pretendía impedir que tocaran las tumbas. En cualquier caso, mientras no se delatara, los rusos probablemente no se sentirían amenazados, siendo ella una mujer y sola.

Necesitaría algún tipo de embarcación y un arma de fuego. El arma no era problema; contaba con el calibre 22 que había visto en el cuchitril de Moller. Lo de la embarcación iba a ser más difícil.

Estaba allí sentada, pensando, cuando se le acercó un *qalunaat*.

—¿Vienes a la fiesta de la tripulación, esta noche?

—No estoy invitada.

Mientras respondía, una idea alumbró de pronto en su cabeza. Levantó la vista y contó los botes salvavidas que llevaba el barco. Había cuatro, todos tipo Zodiac, inflables.

—Pero me gustaría ir —añadió.

—Estupendo. —El hombre le guiñó un ojo—. A partir de las nueve. Tú di que te envía Nils.

Edie le devolvió el guiño.

Desde el muelle se dirigió a la tienda y compró unas tiras de maktaq y medio kilo de cecina de caribú. Recordó que en la oficina de información había una pequeña cafetería. Fue hasta allí y pidió un té caliente con mucho azúcar y una especie de carne estofada. Le pareció que apenas se fijaban en ella.

A la seis cerraron el bar y Edie se marchó. La luna estaba en su fase alta y pronto subiría la marea. Ella ya lo tenía todo calculado. La caminata hasta el almacén de Moller le llevaría una hora, tal vez un poco más si el trayecto resultaba más duro de lo que le había parecido en el todoterreno. Bajar luego hasta el muelle le llevaría más tiempo porque iría cargada. Una vez que estuviera a bordo del barco y hubiera desenganchado la Zodiac, necesitaría encontrar algún lugar cercano donde esconderse hasta que todo el mundo se hubiera ido a dormir o estuviera demasiado borracho para fijarse en que ella zarpaba del puerto.

Llegó al aeropuerto a la hora prevista. Había caminado despacio para no sudar, agachándose al llegar a la pequeña loma que había junto a la pista, donde era difícil que alguien la viera. Sacó de la mochila sus bufandas de pelo de liebre y se las ató encima de los kamiks. El ruido ambiental, pensó, bastaría para enmascarar sus movimientos, pero la grava de la pista crujiría a su paso y Edie no quería correr riesgos.

Al fondo de la pista dio la vuelta y avanzó despacio en la dirección del viento hacia el almacén de Moller. Podía ser que hubiera perros guardianes. El último tramo lo recorrió como si estuviera acechando a una presa, paso a paso, las rodillas dobladas, respirando suave y tratando de hacer el mínimo ruido posible, el torso completamente quieto. Rodeó el almacén hasta la parte de atrás, se agachó lejos del viento, aplicó el oído a la pared junto a la que, en el interior, estaban arrimados los sacos de dormir y esperó.

Por fin se acercó a la puerta y la empujó muy despacio. Dentro estaba oscuro. Antes de entrar, comprobó que los ronquidos continuaran sin alteración. El rifle y el arpón seguían donde ella los había visto, junto a la entrada. Alargó la mano para coger primero el rifle, buscando la correa a tientas y separándolo despacio de la lona. Con extrema precaución, lo fue levantando y se lo colgó al hombro. El siguiente paso era la caja de munición. Deslizó el pulgar de la mano derecha por el estante hasta que notó un pequeño nudo en la madera. Con el pulgar apoyado en el nudo, midió dos palmos con la mano izquierda. Luego, con la derecha tocó y agarró la tapa de la caja de cartón, palpando en busca del borde desgastado que había observado en su lado izquierdo. Levantó la caja con ambas manos y la deslizó suavemente por el aire hasta introducirla en el bolsillo lateral de su mochila. Entraba por muy poco, y al contacto con el forro de nailon produjo un susurro.

Se quedó completamente inmóvil y escrutó la oscuridad pendiente de los sonidos al fondo de la estancia. No observó otro cambio que una ligera disminución de los ronquidos, que ahora sonaban más bien como el silbido de una foca pía asustada. Más tranquila, volvió a hurgar en la oscuridad. Ya sólo necesitaba una cuerda, una red y un arpón. La red fue fácil; la colocó de través sobre la mochila y la sujetó mediante una goma elástica. El arpón se le resistió un poco, pues la punta quedó por momentos clavada en el estante de más arriba. Edie bajó la mano y, con sumo cuidado, cortó un surco en el suelo de madera con su cuchillo de caza. El arpón se soltó de inmediato y Edie pudo recuperarlo sin dificultad. Mientras no pudiera improvisar una correa con la cuerda, tendría que llevarlo en la mano.

Por último, alcanzó la cuerda utilizando una vez más las manos para medir quince palmos a la derecha del sitio donde antes estaba el arpón. Al fondo, un cuerpo se movió en sueños. Edie esperó un poco, tratando de acompasar la respiración y calmar sus latidos, y volvió a concentrarse. Despacio, estiró el brazo con la intención de calibrar lo que medía, sabiendo que tendría que levantar todo el rollo de cuerda y sacarlo del clavo oxidado del que colgaba. Con la mano libre, la sopesó. Era de cáñamo, no de poliéster como ella había supuesto, y por lo tanto pesaba más. Se pasó el rifle hacia el centro de la espalda de forma que no resbalara hacia delante y luego se inclinó para levantar el rollo de cuerda con una mano. De pronto, una cosa metálica cayó al suelo con estruendo. Edie alzó los ojos y miró hacia el fondo de la estancia: creyó ver algo que brillaba. Edie fijó la vista en aquel punto, maldiciéndose por no poder adaptarse más deprisa a la oscuridad. Dos pequeñas chispas aparecieron y cobraron forma. Alguien estaba mirando hacia donde ella se encontraba.

Fueron segundos de insoportable tensión, Edie mirando una luz tenue con ojos entornados. Su mano derecha soltó inmediatamente la cuerda para hacer visera, y ello le permitió ver finalmente a Hans, el piloto. La luz se apagó y Edie quedó flotando por momentos en el mar de marrones y naranjas detrás de sus párpados. Hizo ademán de descolgarse el rifle pero, comprendiendo que era demasiado tarde para cargarlo y que estaba demasiado oscuro para apuntar, agarró el arpón. Aquel par de ojos continuaba mirándola pero sin moverse. Un segundo después, Edie oyó una voz que susurraba en inuktun: *«Aivuk!»* ¡Vete!

Se echó el rollo de cuerda al hombro y retrocedió rápidamente hacia la puerta. Una vez fuera, dio media vuelta y echó a correr moviendo las piernas como si esquiara, rozando apenas el ondulado muskeg, tal como su madre le enseñara hacía muchos, muchos años. Escenas de persecución que tan bien conocía del cine empezaron a poblar su mente mientras el aire helado convertía su aliento en humo. Cuando hubo cruzado la pista de aterrizaje, se detuvo y miró hacia atrás. Nadie la seguía.

Una vez en el altiplano descansó un momento, se quitó los pañuelos de los pies y rehizo rápidamente la mochila. A lo lejos, el cobertizo de Moller permanecía a oscuras. La tundra tenía un resplandor entre azul y plateado. Giró la cabeza hacia su punto de destino. Aunque no era de noche, las luces del *Arctic Princess* brillaban en el muelle. Nuuk parecía estar ya a una gran distancia. Edie tomó aire e inició el descenso hacia el mar.

Pasaba de la medianoche cuando por fin llegó al muelle. La pasarela estaba puesta y el barco se mecía en el suave oleaje. Sonaba música en el interior, pero no se veía un alma en cubierta.

Hacía frío y un olor a hielo permeaba el aire. El puerto parecía desierto.

Edie miró a su alrededor para cerciorarse de que nadie la observaba y empezó a subir la pasarela. El barco era más viejo y destartalado de lo que ella se imaginaba, la pintura se caía a trozos, roblones y remaches tenían una ligera capa de óxido. La música estaba mucho más fuerte de lo que le había parecido desde abajo.

Trató de orientarse una vez en la cubierta principal. No había rastro de vigilantes. Todos debían de estar abajo, aprovechando que no había pasajeros a bordo. De vez en cuando se oía alguna carcajada femenina entre el barullo de la música, y la brisa levantaba un agrio olor etílico. Si no surgía ningún imprevisto, en cuestión de minutos tendría una Zodiac a punto de marcha. Animada por este pensamiento, Edie empezó a deslizarse con cautela junto a los camarotes, camino de la cubierta de popa.

Había llegado a la altura del camarote del capitán cuando, sin previo aviso, la puerta de cubierta se abrió y un hombre asomó la cabeza. Al trasluz del interior iluminado Edie pudo ver una piel curtida. Tras unos instantes en que pareció que el hombre no la veía, sus ojos se clavaron en ella, enseñó una sonrisa de borracho y salió a cubierta. Edie movió hacia atrás el hombro derecho a fin de que el rifle y el arpón no quedaran a la vista.

El hombre la miró un momento y luego dijo algo en danés.

—¿Eres de aquí? —preguntó a continuación, en inglés.

Edie asintió.

—Yo poco danés. Limpiar.

—Ah —dijo el hombre. Se tocó la nariz con el dedo—. Esta noche lo estamos dejando todo perdido. —Rio su propia gracia—. Me temo que vas a tener mucho trabajo.

Y, dicho esto, volvió a meterse dentro y cerró la puerta. Edie vio cómo su sombra se adentraba en la zona de camarotes y finalmente desaparecía.

Expulsó el aire que repiqueteaba en su pecho y avanzó con sigilo hacia la cubierta de popa, evitando los cabos y cadenas perfectamente arrollados. Rodeó la reja y llegó al bote salvavidas por el lado de babor. La Zodiac no estaba en mejor estado que el propio barco, pero al menos alguien se había tomado la molestia de cubrir el fueraborda con una lona. Los dos remos estaban dentro junto con varios andullos de cuerda, un chaleco salvavidas y dos grandes bidones («gasolina» y «agua»). Los cabos de sujeción estaban unidos a un cabrestante, y el bote propiamente dicho metido dentro de una especie de cuna colgante. En la base del cabrestante, una solapa metálica cubría los mandos. Pulsó tímidamente, a modo de prueba, el botón de descenso. Se produjo un traqueteo escandaloso y Edie se quedó inmóvil, pensando que de un momento a otro se abriría una puerta y aparecería una cuadrilla de seguridad. Rápidamente, agarró la mochila, el rifle y el arpón y lo metió todo bajo la lona. Así, si salía alguien, podría hacerse la inocente, decir que había subido a cubierta para tener un punto de observación desde donde ver a las focas en el agua.

Ató cuerdas a las asas de cada lado y las pasó por sendas cornamusas para atarlas después al cabrestante con un nudo con vuelta. Sacó un trozo de maktaq de la mochila y engrasó el torno y su asa. Luego, con mucho cuidado, lentamente, empezó a soltar cabo girando la palanca del cabrestante. La grasa hizo que sólo se oyera un leve chasquido fruto de la torsión de la cuerda alrededor del cilindro.

Edie volvió a la Zodiac y con el cuchillo de caza procedió a cortar la camilla y las cuerdas de sujeción. Luego esperó a que el bote dejara de balancearse e inició el lento proceso de soltar los cabos del cabrestante. Del camarote del capitán, en el otro extremo del barco, llegaba un coro desafinado intentando cantar «I Will Survive». Cuando los cabos quedaron flojos, Edie movió la palanca del cabrestante a la posición de seguro y procedió a atar el rifle, el arpón y la mochila mediante bolinas a una sola cuerda a fin de poder bajarlo todo hasta la Zodiac, que ya bailaba sobre el agua negra del puerto. No había vuelta atrás. Inspiró aire para serenarse un poco, agarró la soga con ambas manos y bajó haciendo rápel por el costado del barco.

Una vez abajo estiró el brazo para agarrar una de las asas laterales del bote y subir a él. Luego cortó las cuerdas de sujeción, se apartó del barco y empezó a remar sin pausa hacia mar abierto. Era un vasto e impenetrable campo líquido unido perfectamente al cielo en el horizonte. Los remos rozaban a cada momento con pequeños icebergs produciendo un leve chirrido. Edie se mantuvo a distancia prudencial de la costa y siguió remando hasta que, al volver la cabeza, no pudo ver de Qaanaaq más que un tenue halo de contaminación lumínica. Sólo entonces viró hacia tierra firme.

Durmió a bordo, en la playa, y despertó a un día de luz mate y blanquecina, típico de verano. Hirvió agua y derritió en ella un pedazo de cecina. Se hallaba en un territorio desconocido, pero la historia del viaje de Welatok había sido transmitido con tanta meticulosidad de generación en generación, que, a pesar de todo, le resultaba extrañamente familiar. Su idea era parar en Siorapaluk, el último y más septentrional de los poblados, conseguir allí algo de comida y preguntar cuál era la ruta más segura para llegar a Etah y a la excavación.

Tiró del cordón para arrancar el motor y la Zodiac empezó a saltar sobre las olas a favor del viento, y para cuando el sol rebasó por completo el horizonte, a lo lejos se veía ya un racimo de puntitos al pie de peñascos invadidos de tal manera por mérgulos y araos que desde aquella distancia parecía un trozo de carne con gusanos. A medida que se acercaba, el olor a guano se le hizo casi insoportable. Edie supuso que las aves no tardarían ya en volver al sur.

Viró hacia una cala y puso la Zodiac al ralentí para arrimarse a un malecón. Luego, mientras la amarraba, vio que dos chicos y una niña de seis o siete años la observaban con una mezcla de miedo y excitación.

—¿Eres del Gobierno? —le preguntó uno de los chicos.

Edie señaló hacia el mar y dijo:

—No, yo soy de allá.

Los niños se miraron como si jamás hubieran oído nada igual.

—*Illiyardjuk*, ¿un hijo abandonado? —dijo la niña.

—*Immaluk*. —«Muchos años atrás.»

—¿Y ahora qué eres? —preguntó la niña, envalentonada.

Edie meditó la respuesta y finalmente dijo:

—*Saunerk*. —«Un hueso.»

Desde la muerte de Joe, se había sentido como el armazón de un alma inacabada. Los niños se rieron y, entre piruetas y gritos de «*saunerk, saunerk*», la acompañaron hasta la tienda.

Una vez dentro, el cajero, un inuk corpulento con una cara como desprovista de sangre, la fue siguiendo por los pasillos a cierta distancia, fingiendo que inspeccionaba existencias. Edie, por su parte, haciendo como que no se había fijado en él, cogió otra caja de munición, una cuerda, un cuchillo de descuartizar y otro bidón para el agua, a lo que añadió un tarro de jarabe, un puñado de caramelos toffee y unas bolsitas de té.

—¿Vas de cacería? —preguntó el hombre, mientras iba sumando precios en la registradora.

—Se podría decir que sí.

El hombre empezó a meter los artículos en una bolsa de plástico. Levantó la cabeza y la miró a los ojos de manera poco amistosa. Después, al darle el cambio, puso las monedas en la palma de su mano con tanta fuerza que le dejó marcados unos círculos.

Los niños estaban fuera, esperando con gesto esperanzado. Edie sacó los caramelos de la bolsa y vio cómo los niños se lanzaban a por ellos y después echaban a correr gritando de alegría.

No se cruzó con nadie más cuando fue con la bolsa de las compras hasta la Zodiac. Aparte de los niños, el poblado parecía muerto. Adivinó, por las aves acuáticas y las cuevas resguardadas, que debía de ser un buen sitio para cazar. Los vecinos seguramente estaban haciendo acopio de presas para los meses de oscuridad.

Pensar en ello le causó nostalgia. El año anterior, por esas mismas fechas, ella debía de estar cazando focas con Joe. Ahora, en cambio, su presa era la verdad, tan difícil de atrapar como un pez en aguas turbias con las manos desnudas. No podías verlo entero, sólo un destello escamoso aquí y allá, y cuando ibas por él, se te escapaba.

En Etah, las chozas de turba y tepe, abandonadas desde hacía mucho, estaban situadas al pie de un pequeño fiordo rodeado de riscos altos cuyos salientes y cuevas, fruto de la múltiple erosión, servían de nido a mérgulos. Al igual que los que había visto más al sur, los pájaros se disponían a regresar al mar, pero mientras tanto su presencia generaba un ruido y una pestilencia tremendos. Con todo aquel alboroto ornitológico, sería muy difícil que alguien oyera el ruido del motor. De todos modos, para no correr riesgos innecesarios, Edie apagó el fueraborda y continuó a remo.

Al fondo del fiordo, una lancha a motor se bamboleaba sobre el terreno, sujeta por una amarra consistente en una soga atada con varias vueltas a un gran canto rodado. No había señales de los dos rusos. Semioculta en una pequeña oquedad entre los riscos, había una franja de playa de guijarros. Edie haló la Zodiac y la dejó atada a una roca cercana mediante un nudo deslizante. La idea era encontrar a los rusos, pero ¿y después?

¿Qué iba a hacer con ellos?, ¿matarlos? Si era ellos quienes habían matado a Joe, no vacilaría en apretar el gatillo; pero, en el fondo, sabía que las cosas no eran tan sencillas. Sospechaba que lo que había descubierto iba mucho más allá de Taylor y Wagner. Lo más probable era que los dos rusos fuesen simples peones en la partida, elementos de un muy complejo entramado empresarial que, con el tiempo, convertiría el Ártico en otro más de los paisajes a los que el ser humano, por necesidad, exigía un duro rescate.

Se imaginó llevando a los dos hombres hasta la lancha a punta de escopeta y haciéndolos navegar cincuenta kilómetros por aguas abiertas hasta Ellesmere. ¿Y luego? Todavía estarían a cientos de kilómetros del poblado más cercano. Quizá podía dejarlos allí, atados y amordazados, e ir a Autisaq en busca de ayuda. Pero de esa manera quedarían a merced de lobos y osos.

Volvió a pensar en Joe. Estaba ya casi segura de que él había presenciado la muerte de Andy Taylor y de que alguien lo había asesinado para que no hablara. Lo que no acababa de entender era cómo lo habían conseguido. Si una avioneta hubiera aterrizado, o una motonieve desconocida hubiera aparecido en el poblado, habría corrido enseguida la voz.

Se acordó de Felix Wagner y también de la huella en zigzag con un oso polar en medio. Todo apuntaba a que los rusos, o al menos sus jefes, podían tener un cómplice en Autisaq. Por lo tanto, quienquiera que hubiese matado a Joe era alguien a quien éste conocía. Este pensamiento le cortó la respiración. ¿Cómo podía nadie que conociera al hombre creer que Joe se había quitado la vida? Sintió náuseas ante tamaña deslealtad.

La luz empezaba a menguar y el cielo estaba demasiado nublado como para que pasara el sol. Edie se sintió repentinamente exhausta, y fue entonces cuando cayó en la cuenta de que no había dormido una noche entera desde la muerte de Joe. Ahora, con descansar tendría suficiente. Encontrar a los dos hombres sería sencillo, de eso estaba segura. En toda aquella gran extensión no había donde hurtarse a los ojos de quien sabía qué estaba buscando. Habrían dejado algún rastro, huellas en el muskeg, señales en los arbustos, restos de fogatas.

Edie regresó lentamente por el esquisto y subió a la Zodiac. Dormiría dentro del bote con la lona puesta por encima.

Despertó con la clara sensación de que alguien le estaba apuntando a la cabeza. Momentos después vio el arma. El hombre que la empuñaba era el ruso flacucho que había aterrizado en Autisaq unos meses atrás diciendo que quería cazar patos. Ella le había visto dirigirse hacia la tienda del poblado. En cierto modo fue un alivio saber que su búsqueda había concluido. Era el encuentro que había estado deseando, aunque no esperaba que se produjera en esas circunstancias. Su corazonada había dado en el blanco.

—¿Has dormido bien, Maggie Kiglatuk?

Fue tan evidente que se maldijo por ello. Hans lo había pensado mejor y la había delatado a Moller, el cual había tomado la precaución de avisar a sus clientes. Hizo mentalmente un rápido acopio de la poca información que había proporcionado a los dos pilotos. ¿Tenían algún motivo para relacionarla con lo que ellos habían hecho en Craig? No, de eso estaba segura. De inmediato se sintió más tranquila. Probablemente la tomarían por uno de los que protestaban contra la profanación de tumbas, alguien con familia en la zona y decidido a preservar los restos de sus antepasados. Mientras no la relacionaran con Autisaq, o con Craig, no se sentirían tan amenazados como para querer verla muerta.

El hombre le indicó por señas que saliera del bote. Detrás de él, con las manos apoyadas en el fueraborda, estaba el rubio, que tenía unos extraños ojos color de iceberg. Edie vio que arrancaba el tubo del depósito de carburante. Al poner el motor en marcha, éste chisporroteó, rugió durante unos segundos y por último enmudeció.

—Vaya, qué pena —dijo—. Se ha estropeado.

—Menos mal que hemos acudido nosotros al rescate —añadió el flacucho.

Su compinche la señaló con el rifle. Edie no reconoció la marca e imaginó que sería ruso. Hizo un gesto con la cabeza indicando su mochila. El flacucho sonrió e hizo que no con la cabeza.

—Tienes sentido del humor —dijo, y agarró el arpón y el rifle de Edie. Luego abrió la cremallera de la mochila, miró dentro y volvió a tirarla a la Zodiac.

Se pusieron en camino por el esquisto, Edie entre los dos rusos, y luego remontaron una cuesta muy empinada hasta que llegaron a lo alto del acantilado. Los mérgulos chillaban más abajo. El sol había iniciado su curva a ras de horizonte y el aire era tan diáfano que se veían las sombras violáceas de Ellesmere al oeste. Siguieron caminando, Edie consciente en todo momento del rifle que la apuntaba por detrás, y en un trecho de playa pizarrosa vieron los restos de las grandes chozas de hueso de ballena construidas por los thule, que habían atravesado el hielo rumbo al este desde Canadá hacía más de mil años. Edie se detuvo un momento para recuperar el resuello, pero el rubio le metió prisa con un silbido. Empezó a lloviznar, y las gotas traían hielo procedente del noroeste.

En un momento dado, el flacucho se volvió y le gritó algo en ruso al que iba en retaguardia. El rubio contestó algo y apretaron el paso. Iban ahora por un altiplano pedregoso salpicado aquí y allá de enormes rocas grises en las que palpitaban matas de hierba algodonera. Un poco más adelante, siguiendo un sendero improvisado, llegaron a una cuesta que bajaba de nuevo hacia el mar, torcieron por ella e iniciaron el descenso por los peñascos.

A sus pies, en un trecho de esquisto al fondo del fiordo, había un grupito de viejas chozas de tepe que señalaban el ahora abandonado asentamiento inuit de Etah, en tiempo el poblado más septentrional de todo el planeta. Le chocó a Edie, más aún que otras veces, que ése fuera no un territorio humano, sino una región gobernada por otras y más antiguas reglas. Mientras tanto, iba observando al flacucho, que caminaba con paso decidido unos cincuenta metros por delante. Los planes de Edie parecían haberse simplificado de la manera más absurda. Incluso si conseguía salir del aprieto en que se encontraba, sería demasiado peligroso, demasiado complicado logísticamente hablando, tratar de apresar a los rusos y llevárselos a Ellesmere. Además, no tenía aún las pruebas que necesitaba. Era mejor no hacer nada e intentar averiguar qué se proponían aquellos dos. Siempre y cuando continuaran pensando que sólo era una manifestante, estaría más o menos a cubierto. A juzgar por la confianza que desplegaba el flacucho, la innecesaria rapidez, todo apuntaba a que el hombre creía conocer el terreno como la palma de su mano. Sin embargo, esas mismas prisas le decían a ella que ninguno de los dos rusos comprendía bien el norte. Cuando llegara el momento, Edie Kiglatuk sacaría el máximo provecho de esa ignorancia.

Los rusos habían acampado cerca de las chozas, dejando el material en aquellas que parecían ofrecer cierta protección contra el viento y la lluvia. Observando la magnitud de los hoyos para la lumbre y el número de bolsas de basura que había dentro de una de las chozas, a resguardo de osos, Edie calculó que llevaban acampados allí cerca de un mes.

El flacucho le indicó que fuera a una choza cercana a las dos tiendas de dormir y luego entraron ellos también. Lo primero que percibió fue el aroma metálico a humedad, pero el interior parecía cálido y libre de corrientes de aire. Habían colocado una lona en el suelo y encima dos sillas plegables. El rubio le hizo se-

ñas para que se sentara en una de las sillas mientras el otro sacaba un rollo de cuerda de una bolsa que había en el rincón. Le ataron las manos y los pies a la silla. Era una situación un tanto
absurda, pensó Edie, como de comedia muda, y de no ser por el
hecho de que todas sus energías estaban puestas en no tener miedo, se habría reído con ganas.

El rubio dejó a un lado el rifle y se puso a calentar café en
uno de los dos fogones de un hornillo portátil. Después colocó
una sartén en el otro y añadió un taco de grasa que sacó de una
lata.

—Bueno, así que eres de esos indígenas que odian a los blancos, ¿eh? —Su inglés era mejor que el del flacucho, pero quien
mandaba era su compañero.

—A todos, no —dijo Edie—. Pero a vosotros sí, desde luego. —Saber que ellos desconocían sus verdaderas intenciones le
hacía sentir más segura.

El rubio soltó una risita. Había echado en la sartén un poco de
masa para rebozar y ahora despedía un olor fuerte y un poco acre,
como a trigo.

—Tienes hambre, ¿verdad? Pues qué pena. —Sirvió un poco
de café en un tazón de plástico y lo acercó a los labios de Edie.
Ella tomó un sorbito y al momento lo escupió.

—Sin azúcar está asqueroso.

El rubio se encogió de hombros.

—Moller dijo que eras de armas tomar. —La miró de arriba
abajo, antes de añadir—: Tal vez, pero de tamaño mini.

Intervino el flacucho y le dijo algo en ruso al otro. A partir
de ese momento, el rubio se olvidó de ella.

Al cabo de un rato, los rusos salieron. Edie los vio marcharse,
esperó, esperó mucho tiempo, y después, haciendo un tremendo
esfuerzo, consiguió levantarse con silla y todo y caminar de rodillas hasta la entrada de la choza. Echó una ojeada a su alrededor
y vio el habitual conjunto de trastos de una expedición, todo
muy bien arrimado a las paredes de otra choza: cuerdas, un par
de libros, equipo de escalada, trajes de neopreno, varios hornillos
con bombonas de gas de repuesto, un pico para sacar agua dulce
del hielo, y una cámara con su trípode. Edie trató de liberar las

manos buscando el nudo, pero a juzgar por la posición de las cuerdas, dedujo que el flacucho debía de ser marino porque le había hecho un perfecto nudo deslizante. Imposible deshacerlo.

Balanceándose sobre la silla, avanzó muy lentamente, pasito a paso, hacia la pila de material con la esperanza de encontrar, si no un cuchillo, sí algún borde afilado contra el que raspar la cuerda. No había ni una cosa ni otra, pero al retroceder con la silla hacia su posición original, la pata de atrás chocó con uno de los libros haciéndolo caer al suelo. Ansiosa por borrar cualquier rastro de sus movimientos, Edie giró la silla y dando pequeños saltos consiguió voltearlo. Fue entonces cuando reparó en un punto de libro. Con el pie, fue pasando las páginas. Por lo visto era un diario impreso en el siglo XIX, y estaba organizado cronológicamente. De vez en cuando salían litografías, en su mayoría escenas típicas del Ártico similares a las que ella había visto tantas veces en la biblioteca de la escuela en Autisaq: osos mal dibujados y abruptos icebergs de playas imposibles. Iba a empujar el tomo hacia su sitio cuando la página pasó ella sola, y de pronto allí estaba el rostro de Joe Inukpuk. La imagen era tan exacta, que fue como si a Edie la hubieran trasladado hacia el futuro y estuviese mirando la cara de su hijastro veinte años después, idéntico, sólo que más viejo y con la cara mucho más curtida. Sin embargo, las prendas que llevaba eran demasiado anticuadas, la imagen sólo podía venir del pasado remoto.

De pie al lado del inuk había un *qalunaat*. El uno le pasaba un cuchillo al otro. De fondo se veían los acantilados y la morrena de hielo rizado del noroeste groenlandés, y al mirar bien la imagen, Edie se dio cuenta de que la playa en la que estaban los dos hombres era la misma que ella había abandonado escoltada por los rusos hacía solamente unas horas. Había un pie, en danés, y dos palabras le saltaron a la vista: «Karlovsky» y «Welatok». Ahí terminó su confusión. El inuk de la imagen no era Joe, sino su tatara-tatarabuelo, el de ella, antepasado tanto de Edie como de Joe. Welatok debió de conocer al tal Karlovsky en Groenlandia y le había hecho de guía o efectuado algún trueque con él. ¿Acaso lo que estaban buscando los rusos era la tumba de Welatok?

Edie avanzó a saltitos hasta la entrada de la choza, empujó la puerta con la cabeza y miró al exterior. A lo lejos, en el horizonte, había una vaga presencia humana. Vio una cámara montada sobre un trípode como a diez metros de donde se encontraba y tuvo una idea. Se dejó caer de rodillas y fue avanzando poco a poco por el esquisto en dirección a la cámara. No pudo ser un trayecto más doloroso: cada vez que hincaba una rodilla, las piedras atravesaban las capas de cuero y tela y se le clavaban en la piel. No podía tomar la ruta más corta porque contaba con que los rusos llevaban prismáticos, y se vio obligada a dar un rodeo por otras dos chozas en ruinas. Y, a medida que hincaba una rodilla y luego otra, las puntas de esquisto se le clavaban un poco más en la piel, de tal forma que cuando llegó al trípode el pantalón estaba húmedo de sangre y las rodillas le ardían como si se le hubieran congelado.

En aquella postura era imposible bascular hacia atrás para quedar otra vez sentada en la silla, de modo que sólo podía apoyar de nuevo el peso en las rodillas para izarse hasta la cámara. Tuvo que estirarse todo lo posible para poder alzar el cuerpo. Ahora el esquisto le mordía salvajemente las rodillas, mientras que el canto afilado de la silla se clavaba en su espalda. Tomó aire y pensó: «Ahora no soy Edie, ahora soy Kigga y Kigga es capaz de esto y más.»

Alargando el cuello, consiguió aplicar el ojo al visor. Su gozo en un pozo. El objetivo miraba hacia donde ella no quería. Tendría que buscar el modo de hacer girar la cámara treinta grados a la derecha. Además, el zum no estaba puesto. Dio un dolorosísimo paso atrás sobre sus rodillas y estiró el pescuezo. Desde ese ángulo acertó a ver un botón que le pareció podía ser el del zum. Cuatro o cinco centímetros más y podría apretarlo con la barbilla. Se aproximó de nuevo a la cámara inspirando hondo, se apoyó en las rodillas y estiró el tronco hasta donde le fue posible. Sintió por fin en la barbilla el tacto fresco del chasis, y moviéndose con cuidado hasta notar la ligera protuberancia del botón, se disponía ya a abrir la mandíbula y apretar cuando un fragmento de esquisto cedió bajo su rodilla izquierda y la hizo caer de ese lado. No teniendo manos libres con que parar la caída, su quijada chocó directamente con las piedras. Edie notó que el hueso le salía de sitio y, un momento después, un dolor indescriptible. Cuando miró hacia arriba, vio que la cámara había quedado torcida sobre el trípode a resultas del golpe que le había dado sin querer en su caída.

Estuvo a punto de rendirse. Sólo a punto.

Lo más inmediato era hacer caso omiso del dolor. Edie contaba con un método para ello, algo que le había enseñado su padre. Cerró los ojos y reprodujo mentalmente la escena de *El hombre mosca* en la que Harold Lloyd está colgado de las manecillas del gigantesco reloj, a dieciocho pisos de altura. Poco a poco, el dolor se fue diluyendo tras la risa y Edie fue capaz, al menos, de pensar con claridad. Pero esto era sólo una tregua; el dolor volvería a imponerse enseguida. Tenía que encajar la mandíbula en su sitio. Moviendo el pie como si se dispusiera a caminar de puntillas, consiguió levantar la rodilla izquierda y acercársela a la cabeza. Tomó aire, se inclinó un poco y presionó la mandíbula dislocada contra la rodilla. El dolor fue tan intenso que creyó que se desmayaba, pero un momento después oyó el ruido sordo de la mandíbula al encajar de nuevo en su sitio, y lo que había sido literalmente insufrible pasó a ser nada más que muy doloroso. La cara se le hincharía, pero al menos podría utilizar la boca.

Lo que necesitaba ahora, pensó Edie, era un palo o algo parecido que pudiera sujetar entre los dientes para accionar el zum de la cámara. Pero ¿de dónde sacaba ella un palo? El árbol más próximo estaba unos dos mil kilómetros al sur. Miró en derredor. Arrastrándose por el esquisto, dejó atrás el hoyo de la fogata y llegó a donde los rusos habían apilado el material. De pronto, algo la hizo retroceder un paso. Entre los restos carbonizados de brezo y los diminutos muñones de tallos de sauce, distinguió un bolígrafo, que debía de haber caído del bolsillo de uno de los rusos. La punta se había quemado y el plástico era un amasijo de carbono y tinta fundida. Se aproximó de rodillas, inclinó el cuerpo, y con un gran esfuerzo de voluntad estiró el cuello y metió la cara en el montón de cenizas. Retrocedió, siempre sobre sus rodillas, y muy despacio, con el bolígrafo sujeto entre los dientes, se arrastró de nuevo hasta el trípode.

Utilizando la cabeza para recolocar la cámara, Edie presionó el botón de marcha y luego el zum. Había una serie de *inukshuk* en el risco que dominaba el altiplano y, debajo de ellos, varios mojones funerarios. Los rusos estaban retirando piedras de los túmulos. Edie retrocedió un poco y, valiéndose del bolígrafo, pulsó el disparador. El motor ronroneó y disparó varios fotogramas seguidos.

Sudorosa y débil como estaba, tenía que regresar a la choza antes de que ellos volvieran. Una vez que estuvo allí, aprovechando la blandura del suelo de barro prensado, fue capaz de clavar las patas delanteras de la silla y, balanceándose, propulsarse hacia atrás para recuperar la posición sedente inicial. La mandíbula le latía con punzadas de dolor, como si alguien estuviera dándole puntapiés, pero dentro de la choza al menos se estaba caliente y su sudor no se congelaría antes de que pudiera evaporarse.

Empezó a oscurecer en la choza y, aunque fuera aún era de día, Edie notaba ya la bajada de temperatura anunciando la proximidad del equivalente a un crepúsculo vespertino. Le dolían las rodillas, la mandíbula se le estaba hinchando a marchas forzadas, y por primera vez fue consciente de que estaba muerta de sed. Los hombres no regresaban. Llegó a preguntarse si la habrían abandonado a merced de una muerte segura.

Transcurrido un buen rato, oyó voces y a continuación sonido de botas sobre el esquisto. El primero en entrar fue el rubio.

—Ah, eres tú —dijo, como si se hubiera olvidado de ella.

Edie despegó la lengua del velo del paladar, lo que dejó a ambos con la sensación de haber quedado desnudos.

—Tengo sed —dijo.

El rubio se le acercó y le desató las manos. Al tenderle una cantimplora con agua, reparó en la hinchazón de la mandíbula y la sangre que tenía en las rodillas. Le lanzó una mirada pidiendo una explicación, pero Edie evitó sus ojos.

—Cuando tengamos lo que queremos, te dejaremos ir —dijo el rubio, anticipándose a lo que ella estaba pensando. Era evidente que mentía, y no se le daba muy bien. Otra razón para no perderlo de vista, pensó Edie. Su humanidad lo hacía vulnerable.

Entonces entró el flacucho. Al ver la cara de Edie, pareció impresionado.

—¿Ha intentado escapar? —dijo, pasándole el rifle al rubio—. La próxima vez, le pegas un tiro.

Mientras el rubio le ataba de nuevo las muñecas, el flacucho se descolgó la bolsa que llevaba al hombro y sacó un puñado de piedras pequeñas. Luego se pusieron los dos a medir con unos utensilios mientras charlaban en ruso. Edie trató de concentrarse en el diálogo por ver si captaba alguna palabra, algún sonido familiar. De vez en cuando uno de los dos cogía una piedra y la lamía. Fueron tirándolas una a una al exterior.

El flacucho se puso a preparar la cena. El olor a comida fue enmascarando el tufo a humedad. Cuando terminó de cocinar, sirvió directamente de la sartén en dos platos y le pasó uno al rubio. El rubio tomó un bocado y luego apartó el plato. Siguió una discusión en ruso con aparente intercambio de insultos, y al final el rubio se volvió hacia Edie y le dijo en inglés:

—Mi amigo se cree que es Auguste Escoffier.

Edie hizo un gesto de indiferencia.

—Prueba y verás —dijo el rubio. Se acercó a ella y le puso la cuchara en la boca—. Malísimo, ¿no? —insistió, decidido a ganársela para su causa.

Edie paseó la comida de carrillo a carrillo. La cabeza le dolía una barbaridad y la mandíbula le impedía masticar, pero quería mostrarse solícita. Finalmente tragó el bocado y dijo:

—Quizá le falta un poquito de sal.

El rubio se echó a reír. Siguió un nuevo intercambio de insultos, al término del cual el flacucho agarró la sartén, la lanzó a la otra punta de la choza y salió hecho una fiera.

—Ahora se cree que es un artista —dijo cansinamente el rubio.

Al cabo de un rato, el flacucho entró llevando un envase de cartón, agarró el plato del rubio e inclinó el envase sobre la comida. Le dijo a Edie:

—*Soll*. Ahora comer.

Edie disimuló como pudo el dolor que sentía en la mandíbula e intentó sonreír. *Soll*. Aquella palabra había salido una y otra vez mientras los rusos examinaban las piedras y las lamían. Estaban buscando una piedra salada.

—Se me ha ido el apetito —dijo.

Más tarde, el rubio le aflojó las ligaduras para que Edie pudiera lavarse y hacer sus necesidades. Estaba ya atándola de nuevo a la silla cuando oyeron un estruendo en el exterior. Los gritos del flacucho hicieron salir rápidamente al rubio de la choza. Hubo unos momentos de caos, gritos y disparos. Al cabo de un minuto, el rubio apareció en el umbral. Parecía contentísimo y estaba sin resuello.

—Un oso. —Se acercó a la silla y continuó atándole las manos a Edie—. Se ha ido corriendo. —Luego, con una risita, añadió—: Ni se te ocurra imitarle, porque no te saldría bien.

Mucho más tarde, Edie oyó acostarse a los dos hombres y después silencio. Su mandíbula parecía una morsa en celo, hinchada y rugiente. Pensamientos incoherentes pasaron por su cabeza, yendo a parar siempre a la misma idea: el absurdo optimismo de su plan. En un momento de la noche apareció el *puikaktuq* en el umbral. Edie notó una punzada en el ojo derecho y zumbidos en los oídos. Podía ser consecuencia del golpe en la mandíbula, pero lo dudaba mucho. Contuvo el aliento esperando a que sus antepasados empezaran a hablarle, pero no fue así. El espejismo se desvaneció y la dejó sola. Un negro pesimismo se apoderó de Edie, el temor a morir en aquella choza de tepe, a que lo que había descubierto muriese con ella y que nadie llegara a saber que Joe Inukpuk no se había suicidado, sino que lo asesinaron.

Fue pensar en eso y el miedo se convirtió en cólera, y la cólera le dio nuevos arrestos. Edie palpó el nudo que le comprimía las muñecas, resiguiendo una, dos y hasta tres veces los contornos de la cuerda, para estar segura, y luego sonrió: era de cáñamo. El cáñamo se podía manipular, era un material elástico. Y lo mejor de todo: el rubio le había hecho un nudo marinero. Si conseguía aflojar un poco la tensión, el nudo cedería. Apretó las muñecas una contra otra, a modo de prueba. Luego, lentamente, empezó a moverlas arriba y abajo, presionando la carne hasta el límite del dolor para tener más margen de maniobra, mientras iba pensando en cómo organizar la fuga.

La única manera de llegar al agua era tomar otra vez el sendero que bordeaba los peñascos, y todo ese tiempo podrían verla. Luego estaba el asunto del motor de la Zodiac. Los rusos no habían pensado en retirar los remos, pero sería imposible huir remando si decidían perseguirla en la lancha. Y en cuanto a la lancha, Edie iba a necesitar la llave de contacto del motor, a no ser que consiguiera arrancarlo a pulso. No lo descartaba, pero hasta ahora sólo había intentado hacer un puente en motores pequeños como los que solían llevar esquifes y Zodiacs.

Juntó las palmas de las manos y apretó de nuevo, repitiendo la acción hasta que notó que los lados del nudo empezaban a ceder. Unos minutos después tenía ya las manos libres y estaba desatándose los pies. La circulación se reactivó con una oleada de dolor intenso.

El viento del este batía la tundra haciéndola cantar. La luna estaba subiendo, oscurecida en parte por unas nubes, pero Edie confiaba en recordar el camino de vuelta. El trípode con la cámara estaba en la entrada de la choza. Por un momento pensó en robar un arma y pegarles dos tiros mientras dormían, pero corría el riesgo de que antes se despertaran.

Extrajo de la cámara la tarjeta de memoria, se la metió en el bolsillo y echó a andar a paso vivo por el sendero.

Para cuando llegó a la playa, la mayor parte de las nubes había desaparecido y la luna se reflejaba en el mar produciendo una pálida luz plateada. Caminó hasta la Zodiac y la empujó mar adentro.

Poco después remaba ya en medio de una favorable corriente en dirección a la lancha. Amarró el bote, tiró a la cubierta los remos, su mochila, los bidones de agua dulce y las latas de pemmican que había comprado en Siorapaluk, y después subió a bordo.

La lancha llevaba un motor Johnson de ciento cincuenta caballos, que no le resultaba familiar. Un hombre corpulento y musculoso seguramente habría podido arrancarlo con el tirador, pero ella tendría que desmontar el contacto y confiar en que los cables llevaran su correspondiente etiqueta. Y para eso necesitaba un destornillador.

Se puso a mirar por la cubierta, pero entonces se acordó de su cuchillo y fue a ver si seguía aún en el bolsillo de la mochila. Así era. Luego, hurgó entre sus cosas en busca de algo con que vendarse la mandíbula, que con el movimiento no dejaba de martirizarla.

Fue entonces cuando recordó otra cosa. Ella llevaba encima la cartera antes de su encuentro con los rusos, pero ahora no estaba en la mochila. Casi podía poner la mano en el fuego a que ellos no le habían tocado la mochila, pero entonces ¿dónde estaba la cartera? La solución llegó un segundo después. ¡Claro! La había sacado ella misma de la mochila para pagar la consumición en Siorapaluk y después se la había guardado en la parka. Seguramente se habría caído del bolsillo y estaría tirada por el campamento. Llevaba dentro todo su dinero, pero eso ahora no lo necesitaba. En un bolsillo lateral había una foto de Joe. De pronto, con un sobresalto, recordó que en el bolsillo gemelo guardaba el carnet de guía con su nombre y su dirección.

El sol saldría pronto y los rusos no tardarían en descubrir que Edie se había escapado. Si encontraban la cartera, la relacionarían inmediatamente con Autisaq, y ella sabía lo que harían a continuación.

Fue hasta el fueraborda y tiró del cable de arranque, pero le faltaron fuerzas para imprimir suficiente velocidad al cable como para encender el motor. Volvió a la columna de timón, sacó la cuerda con que le habían atado los tobillos y procedió a unir el timón a una cornamusa que había en un lado del asiento corrido, de forma que cuando el motor arrancara, la lancha avanzara en línea recta mientras ella volvía. Junto al timón vio una llave que alguien había dejado colgada de un pequeño gancho.

La inspeccionó y regresó una vez más a la popa. La llave entró limpiamente en el estárter. Quienquiera que fuese el dueño de la embarcación, había guardado la llave de repuesto a mano.

Izó el ancla, fue a echar un vistazo al cabo con que iba a remolcar la Zodiac y recorrió de nuevo la cubierta hasta el fuera-borda. Liberada de su ancla, la lancha empezó a girar y a cabecear. Entre el sonido del viento y el chapaleo de las olas, Edie pudo oír sus propios latidos. Miró mar adentro. La frontera canadiense estaba a unos quince kilómetros, perdida ahora en la tiniebla. Más allá, a igual distancia, estaba Ellesmere, de la que ahora la separaban las aguas más peligrosas del planeta.

14

La lancha fue dejando atrás el hielo costero y entró en la franja de agua próxima al litoral donde únicamente había hielo fragmentado del año anterior. El dolor que Edie sentía en la mandíbula era indescriptible. Estaba asustada, y no por primera vez desde que había puesto el pie en Groenlandia.

A la altura de Siorapaluk viró al oeste. El viento que soplaba del noreste era constante pero no intenso, mientras que la corriente frenaba la embarcación y tiraba de la Zodiac hacia atrás. Era tentador dejarse llevar por ella, pero Edie sabía que sería un error virar hacia el sur mientras no llegara al cinturón de hielo de la costa oriental de Ellesmere.

En el canal había témpanos más grandes cada vez y los pasos entre ellos eran más estrechos y efímeros. La barca chapaleaba, rozando de vez en cuando un trecho de hielo delgado y turbio, cada bandazo una vuelta de tuerca más en la tortura de su hinchada mandíbula. La costa de Groenlandia era apenas una leve mancha oscura en el horizonte, y Ellesmere aún no estaba a la vista entre los cirros bajos y el vapor de la escarcha. Una voz le decía que el inuit siempre mantiene tierra a la vista, que estaba corriendo un enorme riesgo, pero Edie sabía que volver a Groenlandia sería crearse un sinfín de dificultades. Había robado una barca y un arma de fuego. Peor aún, si los rusos habían encontrado la cartera y relacionaban su estancia en Autisaq con la llegada de Edie a Etah, no le cabía la menor duda de que irían a por ella.

No había radio, y por el estado y los años que parecía tener la lancha, Edie dedujo que pertenecía a un cazador de la zona. Los rusos no habían querido llamar la atención con una embarcación más lujosa. Era improbable que nadie hubiera pensado que se podía hacer semejante travesía en aquella lancha. De hecho, empezaba a gemir de mala manera y el motor emitía una especie de chirrido poco halagüeño.

El verano había sido caluroso, la masa de hielo flotante estaba mucho más fragmentada de lo habitual. Cuando la corriente penetró en el estrecho más angosto, a la altura del Smith Sound, hubo un trecho de caótico oleaje en el punto en que los témpanos se movían más. Edie comprendió que, si no se andaba con cuidado, la lancha podía quedar aplastada en cuestión de segundos.

En sus treinta y cinco años, no había oído hablar de ningún inuit que hubiera hecho la travesía en solitario. Incluso en la temporada navegable, tanto el casco como el motor corrían grave peligro de helarse. Si el motor de la lancha se atascaba, tendría que levantarlo del agua y buscar algo con que romper el hielo. Si se helaba el casco, con toda probabilidad la presión agrietaría el mamparo y la lancha se hundiría. Entonces ella dependería de la Zodiac para llegar a tierra.

Sólo había una alternativa: tratar de acercarse a Alexandra. Al sur del campo de hielo Prince of Wales era mucho más probable chocar con icebergs, y en esa época del año el hielo de agua dulce estaba en su punto más inestable. Bastaba con que un iceberg grande volcara, o se partiera, para que se formaran olas de diez metros de alto.

En Alexandra tendría que aprovechar la corriente para dejarse arrastrar hacia el sur (más cerca de la costa de Ellesmere) y así ahorrar combustible para la travesía del Jones Sound. Rezaría para que el tiempo se mantuviera apaciguado o, mejor aún, para topar con un grupo de cazadores de morsas frente a la costa de Ellesmere.

Se mirara por donde se mirase, era un viaje para acobardar a cualquiera.

Un poco más adelante las olas se encabritaron, dejando espumosos estandartes al alzarse y caer. El aire se volvió frío y seco como de invierno, lo cual quería decir que, al menos de momento, no habría ventiscas.

Mirando el mar, Edie divisó un grupo de botellas de plástico vacías bailando en el oleaje, sin duda restos del remolino del *Arctic Princess*. Se quedó un rato mirando el ir y venir de los desperdicios al capricho de las corrientes hasta que sus ojos se posaron en el horizonte, y allí, en el cielo, divisó un ligero oscurecimiento que señalaba tierra firme. La sensación de nostalgia, al comprender que Ellesmere estaba un poco más allá de lo que alcanzaba su vista, fue instantánea y abrumadora; en aquel momento no hubo para ella más que la idea de llegar a casa.

No le quedó claro si fue un cambio en la vibración del agua bajo la quilla o quizás en el aire mismo, pero mucho antes de ver nada su instinto de cazadora detectó que se aproximaba un barco. En el mejor de los casos, no sería más que una barca de pesca, o quizás un buque científico; en el peor, los rusos. Edie aceleró hasta donde creyó sensato hacerlo dado el estado del hielo, puso rumbo al este y fijó el timón.

Cuando el rompehielos surgió de la niebla como una gigantesca y malévola ballena, estaba ya muy cerca. El buque hizo una señal acústica de advertencia. Edie pensó en dar más gas, pero era demasiado peligroso; si chocaba con un témpano a tanta velocidad, la lancha volcaría y en cuestión de segundos Edie se encontraría boca abajo en las gélidas aguas, y sin chaleco salvavidas.

Finalmente decidió que no tenía ningún sentido intentar escapar. Sería inútil. Era como una foca pía ante un oso hambriento. Lo único que podía hacer era apagar el motor y ponerse a rezar.

Al poco rato el buque aminoró la marcha y, durante unos minutos, un denso silencio colmó el espacio entre su imponente casco y la minúscula embarcación. Edie trató de forzar la vista para distinguir los movimientos que observaba en cubierta. Parecía que estaban bajando una Zodiac.

Entre la bruma fueron apareciendo los colores distintivos de la brigada canadiense de guardacostas. Edie respiró más tranquila. Como mínimo había conseguido llegar a Canadá sin que los rusos la alcanzaran. La aguda vibración del cabrestante cesó para dejar paso al rumor de un fueraborda. De entre la niebla surgió el contorno amarillo del localizador de barcos.

Las sombras se fueron concretando a medida que la barca se acercaba. Eran seis hombres. El timonel apagó el motor y quedaron un momento a la deriva. Edie permaneció inmóvil. Uno de los tripulantes agitó los brazos en alto. Ahora tenía a otro al lado, que parecía estar mirando hacia ella a través de unos prismáticos. El primero se puso un megáfono delante de la boca, pero el sonido que recibió Edie fue como si ladrara un zorro. Levantó las manos para que vieran que no iba armada.

—¿No hay nadie más a bordo?

Edie negó con la cabeza.

El de los prismáticos se acercó un poco más a su compañero, y éste volvió a hablar por el megáfono.

—Guardacostas del Canadá. Estamos autorizados a abordar su embarcación. Si se resiste, tomaremos medidas para que no pueda abandonar la zona.

Se situaron a su altura. Un hombre lanzó un cabo y le hizo señas de que lo atara para que pudiesen abordar la lancha. Los dos de antes y dos guardias armados saltaron a bordo. Uno de los guardias enrolló la escota a una cornamusa, alcanzó un segundo cabo y ató las dos embarcaciones entre sí.

El del megáfono empezó a hablar. Edie conocía las palabras, pero era como si no le llegaran. Reparó en que el hombre tenía los ojos de diferente color, uno marrón y el otro verde.

—¿Habla inglés? *Nakinngaqpin?* ¿De dónde es usted?

—De Autisaq.

Uno de los guardias hizo un rápido recorrido de la lancha y volvió negando con la cabeza.

—¿Sola? —El de los ojos raros la miró inquisitivamente y levantó un dedo—: *Ui,* ¿marido?

Edie respondió en inuktitut:

—*Uiggatuk,* no marido.

El otro se la quedó mirando, perplejo, y repitió lo que ella había dicho. No acaba de entenderlo.

Edie suspiró y dijo, en inglés:

—A ver, marinero. Estoy divorciada, ¿vale? No es ninguna novedad. Bueno, ¿qué es lo que quieren?

Uno de los guardias tuvo que aguantarse la risa.

El otro se presentó.

—Soy el teniente Fisher. ¿Es suya esta embarcación?

—Ahora sí —dijo ella.

Los dos que no iban armados se miraron. Fisher no lo vio claro.

—La conseguí de un groenlandés —dijo Edie. Al menos eso era verdad.

—¿Le importa enseñarme sus papeles? —Fisher pronunció las palabras con énfasis, como si hablara a una niña pequeña. Se había fijado en la mandíbula hinchada de Edie y parecía estar pensando si decir algo al respecto.

—Oiga, señor, ¿usted tiene vehículo propio? —dijo Edie. Fisher se encogió de hombros apartando la mirada—. Si unos tipos con armas semiautomáticas se presentaran en su casa y le preguntaran de dónde ha sacado el vehículo, ¿qué les diría, eh?

Fisher inspiró a pleno pulmón y luego se encogió al notar el pinchazo del aire helado. «No se entera», pensó Edie.

—¿Esa Zodiac también es suya?

—¿Y cómo cree que llegué a Qaanaaq? —Pensó si podría pedirles que la llevaran sin despertar sospechas. Ir a remolque sería lo mejor, así ahorraría combustible y tiempo, y estaría más o menos protegida hasta que llegaran a la costa de Ellesmere.

Fisher miró el nombre que llevaba pintado la Zodiac.

—¿*Arctic Princess*?

—Soy yo —dijo Edie.

Fisher sospechó que allí había gato encerrado, tragó saliva y dijo:

—Documentación.

Edie señaló hacia la mochila y el otro hizo señas a su compañero para que fuera a buscarla. Después de echar un vistazo al pasaporte, y tratando de encontrar el tono de autoridad adecuado, Fisher dijo:

—Tiene que informar a la aduana de que compró una embarcación.

Empezó a hacer señas a los guardacostas para que retrocedieran hacia el buque.

—Antes de que se marchen —dijo ella—, ¿podrían ustedes remolcarme y, ya de paso, darme un Tylenol?

Aguardó mientras Fisher hablaba por el micro de un transmisor de radio. Luego, el teniente le dijo:

—Señora, tendremos que pedirle que suba a bordo.

Una hora más tarde, Edie se hallaba sentada en una silla de plástico sujeta mediante tornillos al suelo de la timonera, vestida con un chándal que le habían prestado, las manos metidas en esposas de plástico, y tratando de esquivar lo mejor posible las preguntas que le lanzaba el capitán Paul Jonson. Le habían dado analgésicos, que además de mitigar el dolor le habían producido un poco de mareo.

—No lo entiendo —decía el capitán—. Que yo sepa, ustedes los inuit nunca roban.

—Digamos que me la llevé prestada —contestó Edie, medio aturdida.

«Ustedes los inuit.» Con un poco de suerte, el tal Jonson la trataría como a un crío, le daría unos azotes y la dejaría marchar. Puede que le confiscara la lancha, pero entonces tendría que llevarla a Ellesmere. El peor escenario era volver a Groenlandia... y caer directamente en manos de los rusos. Y si quería servirle de algo a Joe, era evidente que debía eludir la cárcel por todos los medios.

Sintió una punzada de dolor en medio del efecto de las pastillas. Levantó las manos para acariciarse el punto dolorido.

—Haré que la mire un médico —dijo Jonson, y luego, señalando las quemaduras que le habían dejado las cuerdas de los rusos en las muñecas, indicó al guardia que le quitara las esposas—. Y eso otro. Parece que alguien no le trató muy bien, ¿eh?

Edie se frotó exageradamente las muñecas, haciendo todas las muecas posibles para que Jonson compartiera su dolor. El capitán era buena persona, le pareció, un tipo de aspecto duro, con las uñas mugrientas y una barba como de buey almizclero en plena muda, pero en el fondo tenía algo de ser civilizado.

—Le seré sincero, señorita, esa Zodiac me importa una mierda. Si quiere que le diga mi opinión, los cruceros no pintan nada en estos mares. Ahora bien, si hay una demanda, entonces hay que seguir un procedimiento.

Edie había justificado su presencia en Groenlandia aduciendo que quería visitar la tumba de su tatara-tatarabuelo. Le habían llegado rumores de que dos rusos pretendían exhumar el cuerpo de su antepasado, cosa que ningún inuk podía permitir. La terrible vergüenza y las desdichas que ello podía acarrear eran algo que ningún *qalunaat* estaba capacitado para comprender. De ahí que tomara la decisión de ir hasta Qaanaaq para intentar impedirlo. Alguien (no quiso mencionar a Moller) se había ofrecido a llevarla gratis de regreso a Nuuk en avioneta, pero luego no había querido cumplir su promesa y la había dejado tirada sin dinero y sin más alternativa que intentar volver por sus propios medios. Edie notó que su historia tocaba alguna fibra oculta del capitán y tomó buena nota para más adelante.

—Si todo esto hubiera ocurrido en Canadá —dijo Jonson—, habríamos podido solucionarlo de alguna manera. Podemos llevarla a Autisaq, pero me temo que mientras esté con nosotros deberemos tenerla encerrada, y en cuanto desembarque las autoridades la estarán esperando. —La miró con gesto compasivo—. No puedo hacer otra cosa.

Después de la choza de tepe, el calabozo habilitado en el rompehielos *Stefansson* de los guardacostas canadienses era casi lujoso. Había una cama con sábanas limpias, un váter con cisterna y un lavabo con agua fría y caliente. El medico de a bordo hizo una breve aparición, examinó la mandíbula y las muñecas de Edie y le administró un analgésico más potente.

A las seis el guardia se presentó allí con un plato rebosante de costillas a la brasa y una cosa dulce, pero Edie no pudo comer nada. No mucho después, el hombre volvió para retirar la bandeja y preguntarle si necesitaba algo más. Ella le pidió papel y un bolígrafo y el hombre volvió con una libretita y un lápiz, diciéndole que lo sentía mucho pero que, por motivos que se le escapaban, había orden de no dar bolígrafos a los detenidos.

Edie tenía previsto emplear el resto de la tarde en atar cabos con toda la información que había reunido acerca de los rusos, pero los analgésicos la dejaron primero atontada y después tan exhausta que no pudo sino dejarse ir. El sueño, sin embargo, no duró mucho; pronto fue sustituido por imágenes recientes y pensamientos morbosos. Edie despertó con la cabeza llena de preguntas. ¿Qué conexión tenía Felix Wagner con Belovsky? ¿Podía ser que hubiera estado trabajando para Zemmer y Beloil sin que ninguno de los dos lo supiera al principio? ¿Acaso lo averiguaron los rusos? ¿Qué eran aquellas piedras saladas que éstos andaban buscando entre las tumbas de Qaanaaq? ¿Había otros meteoritos, otros astroblemas? Y si el astroblema era un indicio de la presencia de gas o petróleo, ¿no sería la sal una tercera prueba de ello, además de los diarios y la piedra? Joe se había visto envuelto en todo ello. Tal vez sólo había presenciado el asesinato de Taylor, o tal vez había habido algo más. Edie no lo sabía pero estaba segura de una cosa. Todo se reducía a una cuestión primordial: si realmente alguien había asesinado a Joe Inukpuk, entonces estaba segura de que si conseguía descubrir por qué habían matado a su hijastro, la respuesta la conduciría al asesino.

Sus pensamientos se vieron interrumpidos por un ruido chirriante. Bajo sus pies, los motores del barco empezaron a protestar sonoramente, y de la proa le llegaron como unos chillidos espantosos acompañados de golpes. Estaban metiéndose en un témpano. Edie se acercó a la puerta y atisbó por la mirilla. Una luz tenue brillaba al fondo del corredor. No había nadie. Volvió adentro.

«Necesito ir a casa —pensó—. Necesito hablar con Derek Palliser y con Mike Nungaq.»

Cuando, poco rato después, apareció el guardia con el desayuno —huevos, tostadas y café—, ella le preguntó cuánto tardarían en llegar a aguas de Autisaq. La respuesta fue un encogimiento de hombros; el hombre no sabía a qué distancia se encontraban de Autisaq. La patrulla llevaba retraso, dijo, aún les quedaba hacer una escala en la estación científica antes de virar al sur, y como el capitán no quería demorarse más de la cuenta, había pactado con las autoridades que el encuentro se produjera a bordo, en el canal. El guardia no sabía qué autoridades eran ésas ni le importaba. Hacía dos meses que no veía a su hijo y le disgustaba tener que parar de camino a recoger a gente que se entretenía robando lanchas.

Volvió al poco rato. Lo sentía mucho pero las normas estipulaban que Edie debía llevar puestas las esposas durante la entrega. A él le parecía una tontería, dijo, claro que tampoco podía decirse que ella no se lo hubiera buscado. Edie no tuvo más remedio que tenderle las manos para que la esposara.

Le quitaron las esposas una vez en la timonera, y dos hombres a los que no había visto antes le tomaron declaración y le pidieron que firmara unos papeles impresos. Después, el guardia volvió a esposarla y se la llevó a cubierta.

Otro hombre que era nuevo para Edie salió de la timonera y se acercó a donde estaban ella y el guardia. Se dirigió a éste en voz baja, y entonces el guardia se volvió hacia Edie y agarrándola del brazo con firmeza le dijo: «Volvemos.» Edie notó que al llevarla hacia dentro le apretaba el brazo con más fuerza que antes.

Tuvo un presentimiento que la llenó de negros presagios. ¿Eso no iba a ser una entrega rutinaria? ¿Qué había pasado para que cambiaran de parecer? Se le ocurrió la posibilidad de resistirse, incluso de saltar por la borda, pero era imposible sobrevivir en el agua el tiempo suficiente como para llegar a tierra. Además, sin duda mandarían una lancha en busca de ella, eso si no la liquidaban sin más mientras se debatía en el agua. Cerró los ojos. Perder de vista Autisaq cuando estaban tan cerca se le hacía insoportable. Notó una hinchazón en la garganta y su pulso empezó a latir como una polilla atrapada.

El guardia abrió la portezuela de la timonera y la hizo entrar. El capitán Jonson estaba de espaldas y, al oír la puerta, se volvió un momento.

—Siéntese. No hay razón para hacerla pasar frío ahí fuera —dijo, y siguió con lo que estaba haciendo.

Ella pensó: «El frío es mi elemento», pero no dijo nada.

Esperaron un rato. De vez en cuando entraba alguien de la tripulación. Jonson daba instrucciones con sequedad. Al poco rato llamó a alguien por radio. Las luces de la consola se encendían y se apagaban. Edie tenía los nervios a flor de piel. Notaba que aún sospechaban de ella. El hecho de estar en manos de desconocidos y tan cerca de Autisaq le causaba mucha ansiedad.

De repente, Jonson dijo que la Policía Montada estaba en camino. Sólo de oír aquellas dos palabras, a Edie le entró el pánico. En Ellesmere tenían muy mala reputación. No en vano eran ellos quienes habían intentado acorralar a un grupo de inuit (entre los cuales estaba su abuela Anna) en el fiordo Alexandra y, viendo que no podían, los dejaron tirados en una playa de la península Lindstrom y allí perecieron todos. Edie intentó refrenar el pánico y pensar un poco. El puesto más cercano de la RPMC estaba a unos mil kilómetros. ¿Qué pintaba en todo esto la Montada? ¿Era porque éste era un caso que rebasaba la frontera nacional? De ser así, entonces las cosas no podían pintar peor.

Jonson se volvió, en su cara una expresión de impaciencia. Quería desembarazarse de ella lo antes posible y olvidarse del asunto. En ese momento se abrió la puerta, entró un hombre e hizo el saludo militar. Jonson giró hacia él y devolvió el saludo. Entraron después dos hombres con uniformes diferentes. Edie suspiró aliviada al ver al primero de ellos: era el agente Stevie Killik. Detrás de él apareció Derek Palliser.

Derek vio que ella le miraba y le guiñó un ojo. En aquel momento, Edie hubiera sido capaz de saltar sobre él y plantarle un beso.

Ya en casa, Derek insistió en ir a la enfermería para que Robert Patma le examinara la mandíbula, temiendo que a Edie le diera por descuidar ese detalle.

—¿Cómo te lo has hecho? —Robert le palpó la quijada con el pulgar y el índice.

Edie le lanzó una mirada a Derek antes de responder:

—Me caí de la motonieve.

El enfermero le dio unos antiinflamatorios y un analgésico fuerte.

—Podrías haber sufrido un accidente más grave —dijo—. A quién se le ocurre conducir bebida.

—En cuanto salgamos le voy a soltar el sermón que se merece —dijo Derek.

Tan pronto estuvieron a solas en la oficina de la policía, a puerta cerrada, Derek se desembarazó de su jovialidad profesional.

—¿En qué diablos estabas pensando?

—Supongo que no pensé.

—Si Jonson no llega a ser un tipo tan inconformista, podrías haber acabado en una celda de la Montada.

Edie procuró hacer como que aceptaba la reprimenda. Quería contarle a Derek lo que había descubierto en Groenlandia, pero él no había terminado aún de regañarla.

—Bastante tenemos aquí con el follón de las elecciones, y para colmo ha desaparecido el viejo.

—Me había olvidado de las elecciones —dijo Edie.

Derek dio una larga calada al cigarrillo y puso los ojos en blanco, pensando: «Dichosa tú.»

De repente, Edie registró la segunda parte:

—¿Koperkuj? —De alguna manera, se lo imaginaba.

—No vino a cobrar el subsidio. Parece ser que no ha estado en su casa desde hace días y nadie le ha visto. —Derek entornó los ojos—. ¿Y cómo sabías que hablaba de Saomik Koperkuj?

—Intuición femenina.

—Edie, acabo de sacarte de un pozo de mierda que te llegaba al cuello, pero si es necesario puedo volver a meterte en él.

Se miraron el uno al otro —una mujer extenuada y un hombre agotado—, y entonces él dijo:

—Tengo que marcharme. He de organizar la búsqueda.

Edie fue directamente a la tienda al salir de allí y se alegró al ver que Mike estaba solo en la caja. Compró un sobre y un sello para Groenlandia.

—Me he enterado por los guardacostas, Edie —dijo Mike, tocándose la cara para indicar que había reparado en su herida—. Espero que sepas lo que haces.

—Igual que siempre —dijo ella.

Mike le sonrió preocupado.

Edie metió en el sobre la tarjeta de la cámara de los rusos y escribió las señas de Qila. Tal vez ella podría hacer algo, enviar las fotos a algún periódico extranjero para ver si les interesaba.

En ese momento entró Minnie Inukpuk y fue derecha a la sección de licores. Etok salió de detrás del mostrador de correos con unos ejemplares de la última edición del *Arctic Circular* y se apresuró hacia ella, seguido de cerca por Mike. Edie se imaginó lo que pasaba: Minnie había empezado a robar, Etok se disponía a echarle un rapapolvo y Mike iba a ver si podía impedir una discusión acalorada. Se oyeron voces y, momentos después, Minnie salió de uno de los pasillos y fue hacia la puerta perseguida por Etok, que según corría iba esparciendo periódicos sin querer. Mientras Etok veía a Minnie alejarse por la calle, Edie se agachó para recoger los periódicos que habían caído al suelo, y al hacerlo se fijó en la foto de un ave marina negra que salía en primera plana. Al pie de la misma se leía la palabra Zemmer. Edie se metió un ejemplar en el bolsillo, devolvió el resto a Etok y se marchó a su casa casi corriendo.

Estaba todo como ella lo había dejado, el interior demasiado caldeado y con un aire de soledad. Sacó el *Circular* y lo desplegó. La primera plana estaba ocupada casi totalmente por la noticia de un gran incendio en una de las plataformas petrolíferas de Zemmer en el mar de Ojotsk, frente a la costa oriental de Rusia. Se había producido dos días atrás y el ave de la foto era sólo la última víctima del percance. Cuarenta y tres trabajadores habían perecido a causa de la explosión inicial, y se desconocía la suerte de otros veintisiete. Alrededor de la plataforma había empezado a formarse una enorme marea negra; los expertos calculaban que podía extenderse hasta cubrir un área del tamaño de Delaware. Un portavoz de Zemmer aseguraba que el sistema de seguridad de la plataforma había sido quebrantado y que alguien había manipulado piezas del equipo de bombeo. A pesar de que en el lugar de los hechos había aparecido un detonador de fabricación rusa, el portavoz se negaba a especular sobre posibles responsables. A pie de página aparecía el titular del editorial en páginas interiores: «¿Estamos ante un nuevo tipo de terrorismo?»

El artículo apuntaba a la posibilidad de que la explosión hubiera sido obra de separatistas chechenos.

Edie dejó el periódico. ¿Era demasiado imaginar que Beloil había intentado matar dos pájaros de un tiro, desviar la atención de lo que fuera que estuviesen haciendo en el Ártico y al mismo tiempo cargarse a la competencia, a sabiendas de que nadie iba a señalar con el dedo a la empresa misma? ¿Cómo decía aquel dicho? Sí: la guerra es la continuación de la política por otros medios. ¿Y si en este caso la guerra era la continuación del *negocio* por otros medios?

Sacó las pocas pertenencias que había podido rescatar de la Zodiac, preparó té y después metió en el microondas un recipiente con estofado de foca congelado. Mientras se calentaba, tomó una ducha, se engrasó el pelo y se arregló las trenzas. De pronto pensó en el viejo Koperkuj, pero se lo quitó de la cabeza: cada cosa a su debido tiempo.

Al oír la puerta de fuera, el corazón le dio un vuelco. De un salto, corrió al cuarto donde guardaba los rifles. Momentos después Sammy irrumpía por la puerta del porche con una gran sonrisa.

—¡Qué bien huele!

Era justo la persona a quien Edie tenía ganas de ver.

—La cena —dijo—. Para uno solo. No me digas que tú y Nancy ya no estáis juntos. —Le indicó que tomara asiento—. Me has asustado —añadió. Era la primera vez en su vida que le entraba miedo porque llegara alguien.

—¿Asustarte? ¿A ti? —Sammy estaba perplejo. Le tomó la mano y le dio unas palmaditas fraternales—. No sé en qué andas metida, Edie, entiendo que tienes que hacerlo, pero ¿tú te has visto?

Le acarició la mejilla con cuidado. La hinchazón había empezado a bajar, pero Edie tenía toda la mandíbula amoratada. Y, aunque se había tomado la molestia de arreglarse el pelo, era consciente de que no tenía buen aspecto.

—No te arriesgues tanto. Joe no lo hubiera querido, y yo tampoco lo deseo.

Edie meditó esas palabras. Habría dado cualquier cosa por poder confiarse a Sammy, el bueno de Sammy, pero no quería meterle en algo que era responsabilidad de ella.

—Si tienes hambre, puedo meter un poco más de estofado en el micro —le dijo.

Él negó con la cabeza.

—Nancy está preparando una pizza.

—Ah —dijo ella, tragándose su desilusión. Se quedaron allí sentados un momento, asimilando lo que era necesario asimilar.

—Será mejor que vuelva a casa —dijo Sammy. Ya en la puerta del porche, se volvió y dijo—: Mientras estabas fuera, he dado de comer a tus perros. A *Bonehead* y a los otros también, como tú me dijiste.

—Muchas gracias. —Sammy aún tenía la capacidad de emocionarla.

—Por cierto, me fijé que en la parte de atrás el hielo ha hecho de las suyas. Nada serio, pero quizá convendría que hicieras mirar los pilotes de esa parte de la casa.

Edie le dio las gracias de nuevo. Sus miradas se encontraron y, por un momento, ella sintió una intensa presión. Luego él dio media vuelta y salió.

Aquella noche, por primera vez en su vida, Edie durmió con las puertas bien cerradas.

15

Mientras Edie se dirigía a la Northern Store para llamar a las hermanas Rasmussen, se puso a nevar por primera vez desde la primavera y, aunque los últimos vestigios de sol derretían el aguanieve a medida que caía sobre la playa, los peñascos quedaron espolvoreados de blanco como recordatorio de lo que iba a venir. Encontró a Etok en el despacho de la tienda y a Mike ocupado con una remesa recién llegada en el avión de suministros. Edie esperó a que nadie la estuviera mirando y levantó el auricular. Como se había quedado sin trabajo, y luego sin su cartera, no tenía más dinero que el poco que le había prestado Sammy.

—*Ai?*

—¿Eres Qila?

—¡Hola, Edie! —Qila rio de contenta—. Hemos enviado las fotos de tus amigos rusos a *Sermitsiaq*, el periódico en groenlandés, y han publicado el reportaje. La policía ha tomado cartas en el asunto, ¡no me lo puedo ni creer! A esos dos los deportan a Rusia la semana que viene.

Edie se notó sonreír. Eran buenas noticias. Su instinto le decía que Beloil no iba a detenerse hasta que Belovsky consiguiera lo que deseaba, pero al menos esto servía para ganar un poco de tiempo.

—¿Dijeron algo de por qué estaban allí?

—¿Quiénes, la policía?

—No, no, los rusos.

—Lo de siempre. Que sólo les interesaba cavar alrededor de los cimientos de las chozas. Y que no eran conscientes de haber tocado ninguna tumba. Pero las fotos hablaban por sí solas, claro...

—Me alegro de que ya no estén por ahí —dijo. Si habían encontrado la cartera, los rusos sabrían que Maggie Kiglatuk no era quien había dicho ser.

—¿Miraste esos diarios que te mencionaba en la nota?

—Sí —dijo Qila—. Encontré un ejemplar en la biblioteca. Tenías tú razón sobre Karlovsky. Efectivamente tuvo un encuentro con Welatok. —Soltó una risita irónica—. Hay que ver lo que escribía ese *qalunaat*, no paraba. Menudo periquito, como decís vosotros en inglés...

—Cotorra.

—Eso, pues vaya cotorra, el hombre. Pero, sí, conoció a tu tatara-tatarabuelo. En Etah. Welatok le hizo de guía temporalmente, pero luego decidió no repetir.

—¿Menciona Karlovsky por qué cambió Welatok de parecer?

—Te lo puedes imaginar, Edie. Primero se queja de que no hay modo de entender a los indígenas, y después dice que son tontos como focas. Karlovsky habla de que Welatok tenía una piedra que él, el *qalunaat*, no había visto nunca antes. —Qila hizo una pausa—. ¿Te sirve eso de algo?

—Sí, sí —dijo Edie, animándola a continuar. ¿No había dicho Mike Nungaq que el fragmento que ella le había mostrado procedía de una piedra más grande?

—Vale, pues hay más.

—Soy todo oídos.

—¿Cómo dices?

—Nada, que te escucho, te escucho.

—Ah —dijo Qila—. Bueno, a ver, la piedra. Karlovsky quería esa piedra, pero Welatok no quiso hacer trueque con él. El otro le ofreció dos escopetas, pero tu pariente insistió en no dársela. Le dijo que otro *qalunaat* le había engañado y que ya no quería hacer trueque con ninguno más.

—Fairfax. —Edie se tranquilizó. Por fin empezaba a encajar todo.

Qila preguntó:

—¿Quién?

—Déjalo, no importa.

—De acuerdo. Entonces Welatok decide no hacer más de guía y deja a Karlovsky en el campamento. Karlovsky intenta seguir sus pasos hacia el interior, pero no hay caza, sus perros están hambrientos, y al final da media vuelta. O eso dice él.

—¿Tú no te lo crees?

—Pues no. Yo juraría que le dio alcance, lo mató y se quedó con todo lo que llevaba Welatok encima, piedra incluida.

—¿Por qué lo crees así? —La versión que había corrido siempre entre la familia era que Welatok había muerto en la tundra, de inanición o de frío, o de ambas cosas.

Qila contestó casi enfadada.

—Todo esto no me lo acabo de inventar. Tengo pruebas.

De repente, Edie entendió por qué el *puikaktuq* parecía Joe y al mismo tiempo no lo parecía. La visión que había tenido repetidas veces era el espíritu de Joe y de Welatok, dos almas asesinadas que la llamaban desde el otro mundo.

—Karlovsky escribe que mató a uno de los perros más débiles y que lo dio a comer a los otros durante el trayecto de regreso, pero él había salido con un tiro de doce animales, o sea que tuvo que sacar más perros de alguna parte, de lo contrario no habría tenido suficientes para volver a Etah.

—Y tú supones que se llevó los perros de Welatok.

—Los perros, la piedra y todo lo demás. El diario termina no mucho después de que intentara comprarle la piedra a Welatok, pero en el prólogo dice que Karlovsky se extravió en una tempestad poco después de regresar y que nunca encontraron el cadáver. También pone que el cuaderno de Karlovsky apareció en poder de unos inuit, y que éstos lo vendieron al equipo de rescate que había ido en busca de Karlovsky. A mí, desde luego, no me cuadra.

—¿Por qué lo dices?

—Era junio, y en Etah no hay tormentas en junio. Yo creo que los inuit descubrieron lo que Karlovsky le había hecho a Welatok y lo mataron.

Edie escuchaba tratando de pensar. En la cultura inuit el hurto, el robo a baja escala, casi nunca era un móvil para el asesinato como ocurría en la cultura occidental, pero la venganza sí. A los inuit les movía mucho la venganza.

—Entonces, esos rusos no estaban buscando la tumba de Welatok...

—Claro que no, buscaban la de Karlovsky.

—Pero ¿por qué no lo dijeron?

—Porque de ese modo habrían atraído aún más la atención —respondió Qila.

Edie lo meditó un momento y se dio cuenta de que su amiga estaba en lo cierto. Felix Wagner, Andy Taylor y los dos rusos querían todos la misma cosa, sólo que los rusos habían sido más listos. Taylor tal vez pensó que era una estupenda coartada llevar a Bill Fairfax al Ártico, pero con todo el revuelo que debió de provocar en la prensa occidental, fue casi un suicidio. No bien los rusos se enteraron de ello, Taylor quedó sentenciado a muerte. En cambio, profanar unas cuantas tumbas podía crear cierta mala fama a los rusos a nivel local, pero como noticia no iba a ir mucho más allá de Groenlandia.

Lo que la desconcertaba todavía era el hecho mismo de que los rusos hubieran tenido que recurrir a esas medidas. Si ellos habían matado a Taylor y descuartizado después el cadáver, ¿cómo no habían encontrado la piedra que llevaba colgada del cuello?

Edie estaba ya por despedirse cuando Mike salió de la trastienda.

—Preferiría que me pidieras permiso, si has de telefonear. —Parecía enfadado.

—Lo siento, Mike, he visto que tenías trabajo. Pagaré la llamada, aunque quizá tendrás que esperar un poquito a cobrar.

Mike le lanzó una mirada de desaprobación.

—Te la debo, Mike.

—Y que lo digas.

Cuando llegó a casa, Edie se preparó una infusión extra dulce e intentó retroceder mentalmente en el tiempo hasta la muerte de Felix Wagner. Todo cuanto había descubierto hasta ahora apuntaba a que los rusos, el flacucho y el rubio, viajaban a bordo del avión verde que Joe había visto pasar. Ellos sabían que Andy Taylor tenía la piedra y el diario. Cómo lo habían averiguado, era algo de lo que no estaba segura. Quizá Taylor también estaba jugando a dos bandas, como había hecho su jefe. En cualquier caso, persiguiendo a Taylor, ¿habían visto los rusos a Joe? Quizás habían intentado matarlo también a él pero lo habían perdido en la ventisca. Conscientes de que alguien los había visto, puede que contactaran con el topo que tenían en Autisaq, y esa persona había ido en la enfermería y aprovechando que no había nadie, había cogido una aguja hipodérmica y suficiente Vicodin como para matar a un hombre, había localizado a Joe y hecho lo necesario para que no volviera a despertar nunca más.

Frustrados en sus intentos de recuperar la piedra sin levantar sospechas, los rusos, imaginaba Edie, se vieron obligados a buscar en otra parte. Por los diarios de Karlovsky, dedujeron que Welatok tenía una piedra igual y que Karlovsky se había apoderado de ella. Lo único que tenían que hacer era localizar su tumba entre las muchas diseminadas por la tundra cerca del viejo asentamiento de Etah y confiar en que lo hubieran enterrado con la piedra.

En cuanto al agente local, al ejecutor, todo apuntaba a Simeonie Inukpuk: su resistencia a investigar las muertes, los pagos regulares a una espuria fundación para niños, el súbito aumento de gastos en asesores y en carteles electorales y el historial del explorador de Internet evidenciando que estaba al corriente (como mínimo) de la existencia de Zemmer. Pero ¿cómo podía ella demostrarlo? Y, aunque pudiera, ¿quién iba a hacerle caso?

Frio unos salvelinos, puso *La fiebre del oro* en el lector de DVD y se sentó a cenar. Acababa de dar el primer bocado cuando se vio interrumpida por unos sonidos inexplicables de alguien que estaba en el porche. De repente, no pudo oír más que su propia acelerada respiración. Estaba ya a punto de abrir el cuartito donde había dejado el rifle, cuando una voz dijo: «¿Edie?», y la puerta interior del porche se abrió.

Era Martie. Por un momento, tía y sobrina se quedaron allí de pie, mirándose la una a la otra, y luego Martie se echó a reír.

—¡Ni que hubieras visto un fantasma!

Se le acercó con paso vacilante y le dio uno de aquellos largos abrazos.

—¿Cómo estás, osito mío?

—A veces bien —dijo Edie con una sonrisa. Le indicó que se sentara y le llevó un tazón y un poco de pescado frito.

Martie miró el té y dijo:

—¿Te has pasado al otro bando otra vez?

—Hará un par de meses.

Su tía le dio unas palmaditas en la rodilla.

—Has hecho bien —dijo. Tomó un bocado y levantó el pulgar en señal de aprobación. Cuando hubo terminado de masticar, continuó—: ¿Te has enterado de lo del viejo? Estaba más loco que una morsa, pero yo le tenía afecto. Supongo que sabrás que hace muchos años Koperkuj y yo, en fin...

Dejó el plato del pescado en el suelo. Martie tenía un aspecto horrible, pensó Edie, y encima no comía. Qué raro en ella; siempre tenía muy buen apetito.

—Oye, no tendrás por ahí un poco de Mist, ¿verdad?

Edie negó con la cabeza.

—¿Y una cerveza?

—Tampoco.

—Bueno, hablando del viejo. Tú ya sabrás que Koperkuj... —Dudó un momento, buscando la expresión adecuada—. Quiero decir que él tenía sus chanchullos.

Esto era nuevo. Edie aguzó los oídos.

—¿Sabes lo del invernadero? —dijo Martie.

—¿Koperkuj estaba metido en eso? —Era la primera noticia. Willa también le había ocultado ese detalle.

—Verás —dijo Martie—, el jefe de la estación lo hizo desmantelar todo, pero resulta que el viejo decidió empezar de cero, montárselo por su cuenta. Me explicó que podía conseguir el capital porque tenía un diamante que vender.

—Ah. —Eso cambiaba las cosas—. ¿Tú crees que es por eso que ha desaparecido?

Martie estaba intentando ir a alguna parte, pero no había llegado todavía.

Edie dijo:

—¿Por qué me cuentas esto?

—No sé —dijo Martie—, supongo que porque me he acordado.

Edie comprendió que ahora le tocaba a ella sincerarse.

—Ese diamante, tía Martie, se lo cambié yo al viejo.

—¿De veras? ¿Y de dónde sacaste una cosa así?

—No creo que sea auténtico, por lo menos a mí no me consta. Él tenía un colgante, una piedra, que yo quería.

—¿Una piedra? —Su tía pareció extrañada—. ¿Cambiaste un diamante por una piedra?

Edie fue a decir algo pero comprendió que no iba a ser capaz de explicarlo. Estaba yendo ya hacia el porche cuando Martie le dijo:

—Eh, pero ¿se puede saber adónde vas tan deprisa?

—Espérame aquí, Martie, por favor.

—¡Dime ahora mismo adónde vas!

—A hablar con Willa.

Martie se encogió de hombros. Edie estaba ya en la calle cuando la oyó rezongar:

—¡Su puta madre! Está más loca que una morsa.

Encontró a Minnie en el sofá, como siempre, rodeada de botellas.

—Fuera de aquí, furcia —le gritó a Edie.

—Yo también te deseo un buen día. —Pasó por su lado sin detenerse y fue hacia el cuarto de Willa.

Minnie trató de ponerse en pie, pero era demasiado esfuerzo y al final se limitó a blandir los puños desconsolada.

Edie comprobó aliviada que su hijastro estaba todavía sentado en su cama, entretenido con un videojuego.

—Vete a tomar por culo —le espetó Willa al verla plantada en el umbral.

Fue como un alfilerazo en el corazón. Edie tuvo que reprimirse las ganas de ir a abrazarlo.

—¿Qué pintaba Koperkuj en ese montaje vuestro del invernadero?

Él levantó un momento la vista, pensando en negarlo.

—No sé nada de su desaparición, si lo dices por eso. —Continuó jugando. Su tono de voz era extrañamente sereno—. Además, si alguien me busca, que venga aquí y punto.

—¿Quién querría hacerlo, Willa? ¿De qué me estás hablando? —Edie inspiró hondo. ¡Hacía sólo unos meses Autisaq era un remanso de paz!

Willa se encogió de hombros y dijo:

—Esos de Kuujuaq, ya sabes, Toolik y Silliq.

A Edie no le sorprendió que los mentara. La mala fama de Toolik y Silliq había llegado hasta Autisaq.

—Y digo yo —continuó Willa—, ¿cómo es que de repente te preocupo tanto?

Edie levantó las manos en un gesto de frustración y rendición a la vez.

—Creía que lo del invernadero era agua pasada.

—Era y es. —Willa suspiró—. ¿Qué quieres que te diga?

—No vendría mal que dijeras la verdad. —Edie se tiró de las coletas—. Bueno, si no es mucho pedir...

Willa puso los ojos en blanco pero decidió continuar.

—El viejo hacía un poco de jardinero a cambio de un porcentaje. Así nos ahorrábamos tener que subir hasta allí cada dos por tres, eso podía llamar la atención. Toolik y Silliq movieron lo que él había cultivado. No sé, quizá se mosquearon cuando todo terminó, pensando que Koperkuj les había estafado parte de los ingresos. A mí me parece que el viejales se ha largado por las buenas. Y ahora, ¿podrías dejarme tranquilo un rato?

Edie se quedó un momento callada, pensando en una manera de acercarse a él.

Willa volvió a su Xbox.

—Traducido: que te largues de un puta vez, Edie.

Salió de allí y se encaminó al destacamento de policía. Alguien tenía que decirle a Derek Palliser que fuera a ver a Toolik y Silliq tan pronto como volviera a Kuujuaq. Se había quedado en el poblado para dirigir la búsqueda de Koperkuj. Había que hacerle justicia al viejo y, además, era preciso advertir a aquellos dos que dejasen a Willa en paz. Edie no quería despertarse una mañana sabiendo que también a él le había ocurrido algo.

Derek estaba hablando por el teléfono vía satélite. Cuando terminó la llamada, hizo una anotación en un mapa y se volvió hacia ella con una expresión de cautela.

—Derek, tengo una pista sobre el viejo. Deberías arrestar a Willa Inukpuk.

Derek meneó la cabeza, pasmado.

—Caray, Edie, ahora sí que me parece que te has chiflado.

Ella le contó lo que Willa le había dicho.

—¿Entiendes? Necesito que esté fuera de peligro.

Derek Palliser puso los ojos en blanco, abrió un cajón y sacó la pistola y unas esposas.

—A veces, Edie, me pregunto qué cosas horribles pude hacerte en una vida pasada. Te lo juro.

—¿Crees que Toolik y Silliq pueden haber agredido al viejo?

—Si me lo hubieras preguntado hace un mes o dos, te habría dicho que no, seguro. Ahora ya no lo sé. En esta isla corren malos vientos últimamente, pero no sé qué es lo que pasa.

Edie abrió la puerta del porche para entrar en su casa y oyó un silbido. Un cuchillo de caza se incrustó con un golpe sordo en la jamba, a unos centímetros de su cabeza.

—Ese cuchillo se lo regalé yo misma a Koperkuj cuando estuvimos liados. Lo reconocería en cualquier parte. —Martie se acercó a la puerta, arrancó el cuchillo y, tras examinarlo, añadió—: Tiene un defecto en el filo, entre el primer y el segundo dientes. Mike me lo dejó en cincuenta pavos. —Frunció el ceño—. ¿Cómo es que lo tienes tú?

Edie comprendió que debía capitular.

—Fui a verle su cabaña hace semanas —dijo—, visita de cortesía. El viejo me recibió con la escopeta del 22. Pensé que a lo mejor tendría que defenderme.

—¿Le robaste el cuchillo?

—Ahora no me salgas con eso, tía Martie, lo recuperará.

—Oh. —Cambiando de tema—. ¿Has ido a ver a Palliser?

—Sí. —Una idea estremeció a Edie como un viento huracanado—. Martie, ¿te importa esperar un momento?

—Está bien —dijo su tía, poniendo los ojos blancos—. No tengo otra cosa que hacer.

Edie fue a donde guardaba la carne, bajó del estante la lata con los huesos de Andy Taylor y los esparció sobre la mesa de la salita. Se puso a buscar el trozo de fémur con las muescas de cuchillo y lo sostuvo en alto comparándolo con el cuchillo de Koperkuj. Las señales concordaban.

—Aquí tenemos algo.

Martie se rio:

—Esa vieja morsa siempre ha odiado a los *qalunaat* —dijo. Se puso seria una vez más—. ¿No pensarás...?

—No, no. A Andy Taylor lo mataron de un tiro en la cabeza. Pero eso explica que no hubiera huellas de ningún avión con patines de esquí. —Y también por qué los rusos habían vuelto con la excusa de cazar patos, pero Edie decidió guardarse ese detalle.

Martie se encogió de hombros y dijo:

—No entiendo nada, en serio.

—Una mira telescópica térmica —dijo Edie.

—Estamos en las mismas.

—Andy Taylor pudo morir de un disparo hecho desde el aire con una mira térmica. —Así no era necesario tener el blanco a la vista. La mira telescópica térmica podía captar el calor corporal. Pero el hecho de que hubiera mala visibilidad impidió aterrizar a los rusos. Una vez muerto Taylor, el viejo Koperkuj debió de encontrar el cadáver y descuartizarlo.

—¿Y qué tiene eso que ver con lo que estamos hablando? —preguntó Martie. Estaba verdaderamente perpleja.

Edie se encogió de hombros. Ella, de momento, no tenía la respuesta.

No mucho más tarde, Derek Palliser compareció para comunicarle que Willa estaba a salvo y encerrado en una celda de la policía. Derek se disponía a volver a Kuujuaq para interrogar a Toolik y Silliq. Su ayudante, Stevie, cuidaría del detenido. En cuanto Pol lo dejara en el aeródromo de Kuujuaq, reanudaría la búsqueda de Koperkuj.

Estaba a punto de marcharse cuando Edie le pidió que esperara dos minutos mientras ella calentaba una cosa en el microondas. Pasado ese tiempo, sacó un termo y vertió el contenido del recipiente.

—Es para Willa —dijo—. Su plato favorito. Caldo de sangre.

A la mañana siguiente Edie se despertó temprano y preparó pan de bannock y té caliente para desayunar. Mientras untaba sirope en el pan, recordó que era el día de la charla de Simeonie Inukpuk sobre el futuro de Autisaq. Hacía mucho tiempo que Simeonie hablaba de transformar el pequeño asentamiento en una especie de centro comercial del Ártico superior que habría de rivalizar con Resolute, donde actualmente se concentraba todo el negocio de la exploración del círculo polar. La gente de Autisaq, en su mayoría, consideraba la idea del alcalde poco menos que un disparate, aunque Edie había notado un cierto cambio últimamente. Los autisaqmiut empezaban a asimilar que el Ártico tenía una esperanza de vida limitada. Querían asegurarse un sitio en la balsa salvavidas para cuando el hielo se derritiera y las aguas subieran de nivel. No sólo eso, sino que la gente estaba empezando a buscar un timonel para esa balsa, y algunos, entre ellos el propio alcalde, habían decidido que Simeonie podía ser el líder idóneo. Hacía apenas un día, John Tisdale se había presentado en su casa para comunicarle que Simeonie consideraría la presencia de Edie en el acto una «señal positiva»; en otras palabras, que tal vez no descartaba la posibilidad de permitir que volviera a dar unas cuantas clases en la escuela.

Por descontado, Edie no tenía la menor intención de asistir. Dedicó las primeras horas de la mañana a limpiar, a cargar los rifles y a esconderlos en lugares secretos de la casa. Podía ser que los rusos estuvieran por ahora fuera de la circulación, pero no así su brazo ejecutor. Edie cogió la piedra de la mesita de noche, vació la lata del azúcar, metió la piedra en el fondo y volvió a echar el azúcar en la lata.

A media mañana se puso las prendas exteriores y salió. La calle estaba desierta. De camino hacia la tienda se encontró a Mike Nungaq medio encorvado en la entrada. Sostenía el guante de la mano derecha entre los dientes mientras trataba de abrir la puerta con esa mano.

—¿Cómo ha ido la charla? —le preguntó Edie.

Mike se encogió de hombros.

—Nada nuevo. —Se incorporó y empujó la puerta—. No todos somos como tú, Edie —dijo, con un deje de irritación en la voz.

Zapateó para desprender de sus botas la nieve recién caída y le sonrió un poco para recordarle que todavía era su amigo.

—Tengo que abrir la tienda —dijo—. ¿Estarás en casa más tarde?

—Bueno, tenía pensado ir a la ópera, pero si dices que vas a venir...

Mike captó el chiste pero no le siguió la corriente.

—Tengo algo que podría interesarte —dijo.

—De acuerdo. ¿Te importa traer un frasco grande de sirope para crepes? Se me ha terminado. Te lo pago cuando vengas.

Mike le dio un codazo en broma y dijo:

—El bueno de Mikey no está muy dulce que digamos estos días, ¿eh?

Edie necesitaba espacio para pensar, de modo que cogió una escopeta de caza, bajó hasta la playa, montó en su kayak y puso rumbo al fiordo Jakeman. Gansos azules, salteadores y mérgulos habían partido ya todos hacia el sur. Las pocas semanas de sol, de flores y vida nueva habían quedado atrás. Edie, sin embargo, apenas se había enterado de nada.

Estaba subiendo el kayak a la playa tras la excursión cuando vio acercarse a Mike Nungaq. Al llegar a casa de Edie, él dejó los víveres dentro del porche pero se quedó en la puerta.

—¿Sabes, mi amigo, el forofo de las piedras, el que identificó tu meteorito? —Metió la mano en la mochila, sacó unos papeles impresos y se los tendió—. Me ha enviado todo esto. Pensé que te gustaría echar un vistazo.

Edie cogió los papeles y los miró por encima.

—Que haya suerte —dijo Mike.

Edie le vio partir casi corriendo, como si tuviera prisa por perderla de vista. ¿Tan difícil se había vuelto ser amigo de ella?

Lo que Mike le había traído era un artículo de la revista *Geologist*. Se titulaba «Enriquecimiento de iridio en astroblemas» y lo habían escrito varios profesores o investigadores de algunas de las más prestigiosas universidades estadounidenses. Empezó a leer la primera frase, llegó a la segunda, y ya no pudo seguir.

Varios tés más tarde Edie empezaba a entender algo del resumen, aunque no se había atrevido todavía a meterse de lleno en el artículo, y mucho menos a mirar ninguna de las complicadísimas gráficas y tablas con que lo acompañaban. El meollo de la cuestión, le pareció entender, era que los meteoritos ricos en iridio empotrados en un sustrato de cloruro sódico actuaban a modo de enorme tapón geológico, impidiendo que escaparan las reservas de gas del subsuelo. Quitabas el tapón, y allí estaba el gas, esperando a que alguien lo aprovechara.

Su esperanza era que el artículo confirmara lo acertado de su presentimiento. La piedra que tanto Zemmer como Beloil habían estado buscando en el Ártico tenía trazas de sal. Quien la poseyera no tenía más que localizar el punto exacto de donde Welatok la había cogido y allí debajo habría importantes reservas de gas. Se imaginó la isla de Craig descansando sobre una enorme cisterna de gas natural. ¿Cuánto podía valer eso? ¿La vida de tres hombres? ¿Docenas de ellas, centenares? ¿Qué más habría que cargarse? ¿Un estilo de vida ancestral? ¿El propio Ártico, quizá?

Bajó la lata del azúcar, sacó la piedra del fondo y la estuvo sopesando un rato y explorando su relieve hasta que empezaron a dolerle las yemas de los dedos. Por eso a Felix Wagner le interesaba tan poco la caza, por eso él y Andy Taylor eran tan malos cazadores. Wagner tenía una idea bastante aproximada del lugar donde Welatok había encontrado el meteorito e intentaba dar con él sin despertar la curiosidad de los que estaban en el mismo barco. Había cubierto todas las posibilidades enfrentando a Zemmer contra Belovsky. Y ése fue el motivo de que lo mataran.

Fue hasta el cuarto que ya para siempre sería el de Joe, temerosa de lo que pudiera ver allí dentro pero sin poder evitarlo. Empujó la puerta; ésta cedió un poco y luego se atoró. Edie empujó con más fuerza, primero con la palma de una mano y luego, viendo que no cedía, apoyándose en ella. La hoja parecía atascada a sólo un palmo del marco. Entonces recordó lo que Sammy le había dicho. El hielo podía haber levantado las tablas del suelo. Tendría que sacar toda la puerta y cepillarla un poco. Naturalmente, lo más fácil era dejarlo correr. No necesitaba el cuarto ni tenía dinero para meterse en reparaciones. De todos modos, y aunque no había entrado allí desde el mes de mayo anterior, dejar la puerta así le pareció intolerable, un insulto para la persona que no hacía tanto tiempo había ocupado la habitación.

Edie fue a buscar su cuchillo de caza más robusto, el que empleaba para destripar morsas. Le costó un poco; los goznes no habían sido engrasados nunca y estaban apegotados de pintura, o bien, donde la pintura había saltado, herrumbrosos, pero en contrapartida la madera era blanda y cedió con facilidad. Era la primera vez, que ella recordara, que se alegraba de que los objetos fueran tan transitorios. Una vez que hubo retirado los goznes, sólo tuvo que hacer un poco de fuerza para separar la puerta del marco y dejarla apoyada de cualquier manera contra la pared.

Pulsó el interruptor de la luz, entró en la habitación, y lo que vio fue una imagen surreal. En algunos puntos las tablas del suelo estaban tan levantadas que parecían laderas de montaña en miniatura. En otros, parecían haberse precipitado hacia las vigas que soportaban el suelo, a no ser que fuesen las vigas las que habían subido. El hielo había levantado los pilares de apoyo y éstos a su vez habían empujado las vigas hacia arriba, incrustándolas en el suelo de madera. Entre las grietas asomaban puñados de aislante amarillo, lo que daba al suelo un aspecto repugnante, como si hubiera sido víctima de un ataque de hongos muy virulentos. Sin duda había sido ése el origen de los ruidos que durante muchos meses ella había atribuido al *puikaktuq*, sólo que entonces estaba demasiado borracha (o con resaca) para asociar ambas cosas.

Aparte del suelo, que, desde luego, estaba en muy mal estado, el resto de la habitación no parecía haber cambiado de como Joe la dejó; sus libros de texto seguían en los estantes, también estaba su estetoscopio, al lado del termómetro electrónico que Edie le había comprado por Navidad. La ropa de cama la habían retirado y quemado hacía tiempo, pero seguían allí el colchón y el somier. Edie no había tocado la cama desde la muerte de Joe. Fue a sentarse en ella. Debido al tumultuoso combate entre madera y hielo, el somier se había movido de sitio y quedado medio bailando sobre el suelo irregular. Era la primera vez que Edie contemplaba la habitación desde la perspectiva de Joe.

Se puso de pie y empujó la cama hacia el rincón, pero la pata delantera más cercana a la esquina topó con alguna deformidad de la madera. Edie se arrodilló y miró bajo la cama, con la idea de levantar un poco la pata sobre la madera alabeada. Se disponía a hacer fuerza para alzar el somier cuando notó un leve crujido debajo del dedo meñique, un envoltorio, probablemente de un paquete de galletas o chocolatinas. Quiso mirarlo, pero parecía incrustado en la grieta entre las tablas del suelo.

Retiró el brazo maldiciéndose por cuidar tan mal la casa. Apartó la cama del rincón y, tal como ella pensaba, había un trozo de celofán, un envoltorio de alguna clase, asomando de la madera. Debía de haberse colado en la grieta al moverse las tablas. Se inclinó para sacarlo, pero estaba tan pegado como antes. «Habrá que emplear la fuerza», pensó Edie. Acercó la cara para verlo mejor y reparó en que la madera, justo donde sobresalía el envoltorio, se había alabeado formando un montículo como una taza de té. El envoltorio debía de haber caído allí antes de que el hielo levantara el suelo y luego había vuelto a subir. Edie estiró el brazo y pellizcó la esquina del envoltorio con el índice y el pulgar. Pensó en ir a por el cuchillo y sencillamente cortarlo, pero algo se lo impidió. De todos modos, parecía que empezaba a soltarse, la esquina iba haciéndose más grande cada vez, hasta que Edie pudo ver que se trataba de un trocito de plástico transparente, tal vez film adherente, muy bien doblado varias veces formando un cuadrado dentro del cual había un resto de alguna cosa. Por simple curiosidad se lo acercó a los ojos. Había unas manchas que parecían de chocolate y, entre la suciedad, unas escamas de color marrón oscuro. Sostuvo el envoltorio al trasluz de la ventana y distinguió varios cabellos de un tono negro azulado; tan evidente fue que estaba mirando cabellos de Joe, que el plástico se le cayó de la mano. Se agachó para recogerlo, se lo guardó en el bolsillo y puso bien la cama. Contemplando otra vez la habitación, le pareció que las propias paredes estaban distorsionadas, como si las estuviera mirando a través de un espejo deformante.

Una idea empezó a cobrar forma en su cabeza, una idea imparable y de gran envergadura, que se volvía menos frágil cada vez, como un vasto campo de hielo un momento antes de endurecerse del todo. Otra persona lo habría llamado corazonada, pero Edie no lo consideraba de cosecha propia, por decirlo así, sino algo que le había metido en la cabeza quienquiera que fuese que la hubiera visitado estando en el cuarto de Joe.

Fue a la despensa a buscar la mira telescópica, la que había utilizado para leer los diarios. En parte le habría gustado tener allí a Derek Palliser, pero al mismo tiempo sabía que tenía que hacerlo ella sola. Temblando, encendió la lámpara de escritorio y sostuvo la película a la luz, pero la mano le temblaba tanto que era imposible enfocar bien.

Después de intentarlo un rato, se impacientó y fue a encender el DVD. Pocos momentos después ya se había calmado. Sacó un sujetapapeles de pinza del cajón del escritorio, prendió la película a la lámpara y utilizó ambas manos para estabilizar la lente. Los copos marrones, vistos a través de ella, se concretaron en una serie de fragmentos apergaminados, no tanto marrones como de un violeta jaspeado, fragmentos que a su vez estaban entrecruzados por toda una serie de líneas finas, una celosía en miniatura de dibujos geométricos irregulares.

Piel humana, pensó para sus adentros, pero de un color raro, poco habitual; no tanto un fragmento piel que alguien se hubiera rascado hacía mucho, sino más bien de piel sometida a la intemperie en la tundra. Acercó la mira. Pelos humanos, de la cabeza, completamente rectos y de un negro azulado, y hacia la mitad del envoltorio dos de otro tipo, más cortos y con folículos blancos en las puntas; demasiado cortos para ser vello púbico, demasiado finos para ser de las cejas. Más bien pelos de la nariz.

Rebuscó en el armarito del fregadero, sacó un par de guantes de lavar platos y se los puso. Sabía que en fecha futura, un abogado defensor de algún tribunal del sur podría argumentar que ella había manipulado las pruebas después de lo que se disponía a hacer, pero Edie tenía la sensación de estar al borde de algo irreversible, de una irrefutable evidencia escrita en piel y pelos humanos, y, en comparación, toda la ampulosidad de un sistema legal abstracto se le antojó de repente muy remota.

Volvió al escritorio, sacó una hoja de papel y la extendió sobre la superficie de la mesa. Después colocó encima el pequeño cuadrado de plástico y procedió a desdoblarlo con muchísimo cuidado. Le sorprendió la pulcritud con que lo habían hecho, hasta el punto de que le recordó a un origami en su precisión. Joe nunca habría sido capaz de algo tan meticuloso. A excepción de sus libros de enfermería, que siempre había tratado con un esmero especial, como si estuvieran hechos de un delicada tela membranosa, el resto de sus escasas posesiones siempre estaba amontonado de cualquier manera, formando montañas en las que a veces, como un lemming, él practicaba túneles.

Enfocó la mira telescópica una vez más sobre las escamas marronáceas. A su regreso del largo trayecto desde Craig, Joe tenía la piel de la nariz y dos de los dedos de la mano ligeramente congelados. Normalmente la congelación moteaba primero la piel y luego la oscurecía hasta pelarla. Edie tocó el plástico con un dedo enguantado y vio que una escama se quedaba adherida; abrió un poquito más el envoltorio, cuidando de no derramar lo que había dentro, hasta que tuvo ante ella un rectángulo grande, una de cuyas bandas presentaba un perfil dentado, correspondiente al lugar en que el film adherente había sido arrancado del rollo.

Lo mismo que el plegado, el acto mismo de separar el trozo necesario había sido hecho casi a la perfección. Quienquiera que lo hubiese arrancado del rollo había sido muy meticuloso al hacerlo. Tampoco esto cuadraba con Joe. Edie extendió la lámina, y fue entonces cuando reparó en el agujero. Era muy pequeño, su circunferencia menor que la de una moneda de un centavo, y los bordes eran relativamente lisos, como si lo hubieran aspirado. Aproximadamente a un centímetro del agujero, había una marca de tamaño y forma similares, pero allí la película estaba todavía presente, como si al estirarla se hubiera deformado. Entre las dos marcas, o, más bien, ligeramente debajo de las mismas, apreció otra impresión algo más grande e irregular. Era en este punto donde más concentradas estaban las escamas de piel, adheridas a algo que parecía brillantina. Lo inspeccionó acercando más la mira y vio que de lado a lado, tapando el agujero así como las marcas casi gemelas, había una franja de película. Observó durante un rato las líneas formadas por la película tensa sobre el agujero hasta que advirtió un dolor sordo en la nuca, y se dio cuenta de que tenía la cabeza torcida unos cuarenta y cinco grados respecto a la horizontal de la mesa. Se enderezó y, una vez remitido el dolor, giró lentamente el plástico unos ciento ochenta grados y pudo verlo con meridiana claridad. No había duda posible: era una cara, impresa en la película de plástico, y el agujero correspondía al lugar donde habría estado el orificio nasal izquierdo.

En ese momento oyó un sonido extraño, a medio camino entre llanto de bebé y aullido de lobo, y sólo un instante después comprendió que no era sino su propia voz, que dejaba ir la pena acumulada meses enteros. Por fin, la prueba incontrovertible: alguien había asesinado a Joe Inukpuk, y el arma homicida la tenía ella pegada a la mano.

16

Tan pronto como la alarma del panel de instrumentos empezó a pitar, Derek Palliser supo que el avión estaba bajando en picado. No se podía hacer nada porque no había modo de saber en qué andaba metido el maldito piloto y Derek no sabía manejar un avión. Desde donde se encontraba, en el asiento del copiloto, el interior del aparato parecía estar hundiéndose en las tinieblas. Los pitidos de advertencia continuaban sonando y, de repente, Derek se vio transportado a una habitación a oscuras. Tardó unos instantes en comprender que acababa de despertarse.

Se pasó la mano por la cara, estiró el brazo hasta el despertador, pulsó el botón de repetición de alarma y por los destellos en la pantalla dedujo que debía de haberse ido la luz durante la noche. Al tantear en busca de su reloj, éste cayó de la mesita al suelo. Derek intentó tirar del cordel para abrir la cortina, pero entonces recordó que era el mes de septiembre y que, la mayor parte del tiempo era de noche. La última puesta de sol del año estaba ya al caer.

Los pitidos seguían sonando; alguien trataba de comunicarse por la radio. Derek se levantó, encendió la luz, se calzó los mukluks y se puso la parka de plumas. Recogió el reloj del suelo, miró la hora y soltó una maldición. Sólo había una persona que pudiera llamarle por radio a las cuatro y media de la mañana.

La brutal diferencia de temperatura le impactó de lleno. Tomó mentalmente nota de subir el termostato y luego recordó que era Misha la que quería tener la vivienda muy caldeada, mientras que él prefería el fresco. Otro de los motivos por los que Derek no la echaba de menos. Aunque le dolía reconocerlo, la «oportunidad» de la llegada de Misha —sólo un día o dos después de que él mantuviera aquella indiscreta conversación con los científicos rusos en Eureka— había levantado sus sospechas. Aquella mujer lo había sacado completamente de órbita. ¿Era muy exagerado pensar que se trataba de una especie de espía? Sonrió tristemente para sí, pensando, ¿y quién me ha contagiado a mí la paranoia?

Entró en la sala de comunicaciones, se inclinó hacia el micrófono y saludó a Edie Kiglatuk.

—¿Cómo has sabido que era yo?

—Intuición masculina. —Todavía estaba molesto con ella por haberlo tratado como si fuera una especie de ayudante personal a quien podía reclutar cuando le viniera en gana—. ¿Se trata de Saomik Koperkuj? He hablado con Toolik y Silliq. Nada nuevo.

—Aquel par de tunantes le caían mal, pero no tenía ninguna prueba que pudiera relacionarlos con la desaparición del viejo.

—Derek, tendrías que venir.

Él percibió que estaba tensa.

—Acabo de llegar, Edie. Stevie sigue ahí en Autisaq. Él se ocupará, sea lo que sea. —Estaba harto de que le dijese lo que tenía que hacer. Se portaba como una mandona.

—Te necesito a ti.

¿No era eso lo que tantísimos hombres deseaban, que los necesitara una mujer? ¿Por qué entonces sentía él un repentino deseo de estar en cualquier otra parte? Metió la mano en un bolsillo buscando el tabaco y recordó que iba en pijama.

—A estas alturas —dijo—, te habrás dado cuenta de que estás como una regadera. —Alargó el brazo hasta uno de los escondites de emergencia que tenía en la mesa, sacó un Lucky Strike y lo encendió. Aguardó un momento a que la nicotina hiciera efecto.

—Bueno —dijo Edie. Una pausa—. Si no quieres ayudarme, de acuerdo. Me apañaré yo sola.

—Sí, ya.

—Sí, ya ¿qué?

—Que eso es lo que has venido haciendo desde la primavera,

¿o ya no te acuerdas? Y me temo que pronto voy a tener que intervenir. —Del otro lado le llegó un «no me digas» que le dolió en el alma—. Y, extraoficialmente, te ayudaré. De todas formas voy a tener que ir a Austisaq por lo de las elecciones. —Miró la hora—. Estaré ahí mañana y el siguiente. Ya me contarás entonces qué te traes entre manos. Bueno, quiero decir si todavía no te ha dado ese ataque de paranoia en toda regla que parece estar cociéndose desde hace tiempo.

Se oyeron unas interferencias. La voz de Edie llegó un poco después, a media frase: «... tendrá que ser hoy mismo».

Aquella mujer podía sacar de quicio a cualquiera. Era como un alud. Derek se retrepó en su asiento y se puso a pensar. ¿Qué importaba un día más o menos? Podía mantenerse en sus trece, pero ella no lo dejaría en paz. El trabajo que tenía que hacer en Kuujuaq estaba terminado e igualmente tenía que ir a Autisaq. Presentarse unas horas antes no representaba ningún problema. Podía establecer campamento en el destacamento de policía, pasar allí la noche, y estar listo para supervisar el colegio electoral a primera hora del miércoles. Cuanto más pensaba en ello, más le parecía que incluso sería mejor así.

—¿Qué tienes para mí? —dijo.

—Pruebas

—¿De qué?

—Asesinato, homicidio, atentado contra la vida humana. No sé cómo lo llamáis, pero tengo pruebas.

Derek iba a pedirle que se explicara un poco más, pero decidió que era mejor no hablar de ello por radio.

—De acuerdo, Edie, me rindo. Si el tiempo lo permite, te veré mañana a eso de media tarde. —Y en tono de policía—: Más te vale que merezca la pena.

El vuelo hasta Autisaq fue relativamente tranquilo para lo normal en el Ártico. Derek prefería que no se viera nada allá abajo, pese a que en esa ocasión había suficiente luna como para poner en evidencia el frágil estado del hielo y su relativa escasez para esa época del año.

El avión coronó las montañas y dio algunos bandazos al enfrentarse al viento de cara. Cuando estaban cerca ya de la pista, Derek vio que habían adornado la terminal con banderitas. En las veinticuatro horas que él había estado ausente del poblado, Autisaq se había convertido en el feudo de una especie de líder totalitario de mala muerte. Allí estaba la jeta de Simeonie Inukpuk, sonriendo desde todas las ventanas y todos los tablones de anuncios. El mismo Elijah Nungak, que a esa hora trabajaba como estibador en el aeródromo, lucía una camiseta con la leyenda «Vota a Simeonie».

—Oye, ¿me he vuelto yo loco o ese tipo no era el candidato opositor? —dijo Pol, el piloto, cuando avanzaban ya por la pista de aterrizaje camino del edificio de la terminal.

Derek respondió:

—Yo diría que, quien más quien menos, nos estamos volviendo todos locos.

El alcalde en funciones los esperaba frente a la terminal en compañía de Stevie.

—Me dijeron que vendría un día antes. —Simeonie le dio una palmada a Derek en la espalda y esgrimió un dedo al añadir—: Espiando, ¿eh?

Del edificio del ayuntamiento llegaba un olor a alcohol y barbacoa así como música a todo volumen. Mientras Derek entraba en la oficina de policía, Stevie fue a aparcar el todoterreno. El plan de Derek era ir a ver cómo estaba Willa, hablar con su ayudante sobre la búsqueda del viejo y luego ir a casa de Edie. Encendió un pitillo. Desde el porche podía ver a dos individuos ligeros de ropa dentro del despacho del alcalde, trabados en algo que parecía ser un combate de lucha libre inuit. La imagen era casi surrealista.

—A mí no me preguntes, jefe —dijo Stevie—. Yo sólo soy un mandado.

Willa estaba durmiendo en el catre de la celda y Derek no quiso despertarlo. Volvió a la oficina y dio instrucciones a Stevie de que lo pusiera en libertad tan pronto se despertara. Tenerlo encerrado más tiempo no habiendo cargos iba contra las normas. Ese repentino prurito de meticulosidad profesional sorprendió al propio Derek. Los últimos meses los había pasado echando por la borda una a una las normativas del departamento de policía. Sin embargo, incluso para Derek Palliser había ciertas cosas intocables. No podía retener al chaval si no había acusaciones contra él, y no estaba dispuesto a empapelarlo porque a Edie le hubiera dado por ahí.

Stevie le pasó un tazón humeante.

—¿Qué tal la operación de búsqueda?

—Cero. —Stevie había pasado por la cabaña de Koperkuj y allí no estaban ni su rifle ni su barca. Aparte de eso, nada—. No me extrañaría que simplemente se hubiera marchado por las buenas. Es de los que hacen esas cosas. Yo creo que no se puede hacer otra cosa que esperar. Por cierto, la cabaña estaba que no veas.

—Explícate.

—Patas arriba, mierda por todas partes.

—¿Indicios de robo?

—Qué va. Sólo la típica vivienda de soltero y nada más. —No bien lo hubo dicho, Stevie se puso colorado, miró a su jefe contrito y dijo—: Perdona, no lo decía por ti.

Derek fue al cuarto de las literas con la intención de cerrar un poco los ojos, tomarse un respiro antes de ir a casa de Edie, pero no bien había apoyado la cabeza en la almohada, estaba de nuevo a bordo del avión sin piloto. Y esta vez sin lucecitas de advertencia. Despertó con un sobresalto e inmediatamente detectó la presencia de alguien.

—¿Una pesadilla? —Edie estaba sentada en el suelo con las piernas cruzadas, al lado de la puerta. Había en su mirada un brillo de dureza que la hacía muy hermosa, y Derek se sorprendió de sentirse incómodo por que alguien le hubiera pillado en circunstancias íntimas. Nunca se había considerado un hombre escrupuloso.

—¿Cuánto rato llevas ahí?

—Stevie me ha dejado entrar.

Derek bajó las piernas al suelo y dijo:

—¿Hemos de hablarlo en la oficina?

Ella dudó.

—No sé si Stevie debería oír esto. Mira, Derek, resulta que tenemos que desenterrar a Joe.

Tan absurda era la idea que por un momento Derek pensó que le tomaba el pelo. Hasta Edie Kiglatuk sabía que uno no podía dedicarse a exhumar cadáveres así como así. Soltó una desagradable carcajada.

—Te das cuenta de la tontería que acabas de decir, ¿no? —le preguntó. Pero por la expresión imperturbable de Edie, vio que ella había superado el punto en que le importaran las consecuencias de sus actos—. Oye, Edie... —No sabía cómo decírselo sin herir sus sentimientos—, tú no habrás..., bueno, ya sabes, no será que con la bebida...

—A mí hijo lo asesinaron. Además, ya no bebo.

«Hijastro —pensó Derek—, no "hijo".» Pero le pareció que era mejor no corregirla.

Ella siguió hablando mientras sacaba del bolsillo una especie de bolsa de plástico y empezaba a explicarle cómo había topado con aquel trocito de celofán y lo que había descubierto dentro tras inspeccionarlo con detenimiento. Derek la escuchó hasta el final. Era todo muy raro; más que raro, siniestro. Por otro lado, nada más duro de admitir para la familia que un suicidio. La descabellada idea de que a Joe le había ocurrido algo estando en Craig parecía tener obsesionada a Edie. Se le ocurrió incluso que podía tratarse de un montaje, que Edie podía haber puesto ella misma los pelos, hecho las muescas y el agujerito por el que, según sus palabras, Joe habría intentado aspirar aire por última vez. Y todo con el fin de ganarlo a él, a Derek, para su causa. A la luz de cómo andaban sus ánimos y su estado mental, la veía capaz de ello.

Por otra parte, ¿y si lo que Edie denominaba «prueba» era real? Cuando todo el mundo se empeñó en que Samwillie Brown había muerto por accidente, ella no cejó hasta descubrir la verdad. Había muchas cosas que desconocían sobre las muertes de Andy Taylor y Felix Wagner, cosas que Simeonie en concreto parecía no desear que averiguaran. ¿Podía permitirse Derek el lujo de no tomar en serio sus palabras?

—Los resultados del laboratorio eran concluyentes —dijo

con escasa convicción—. El chico tomó suficiente Vicodin como para tumbar a una morsa adulta.

—Sí, eso ya lo sé, pero el cadáver no fue sometido a una autopsia completa. Supongo que todo el mundo estaba muy convencido de que fue un suicidio. Derek, en cuanto vimos aquellos blísters tan bien amontonados en el cajón de su mesita de noche, supe que algo no encajaba. Joe se había tomado un Xanax, tenía que estar tan atontado que cualquiera podría haber hecho con él lo que le diera la gana.

Tenía toda la razón. Si Derek hubiera seguido el procedimiento correcto, habría ordenado que se le practicara una autopsia en toda regla. Había hecho algunas pesquisas, pero ningún forense estaba disponible para trasladarse a Autisaq y, como todo el mundo, Derek supuso que las pruebas hablaban por sí mismas y no insistió en investigar más a fondo. Para completar el panorama, los padres de Joe, como tantos inuit, eran contrarios a todo tipo de manipulación del cadáver. Así y todo, debería haber insistido más.

—¿Cómo se lo administraron? —preguntó.

—Fácil. —Edie tenía todas las piezas del rompecabezas—. Inyectándole. Chafas los comprimidos, los diluyes en agua, le pinchas la solución y ya tienes un caso de suicidio.

—Entonces, ¿para qué el plástico?

—Las pastillas no son del todo fiables. Uno puede vomitar, entrar en coma, no te mueres enseguida. Qué sé yo. Puede que quien lo hizo necesitara asegurarse de que Joe moría de verdad.

—Pero ¿y el móvil? Lo único que había en su contra era ese asuntillo de la plantación de maría y una tontería de deudas de juego.

Edie meneó la cabeza.

—Olvídate de las deudas. En eso nos equivocamos. Para disponer de una cuenta *online* hace falta una tarjeta de crédito, y Joe no tenía. Nos equivocamos en muchas cosas.

—La pregunta sigue en pie.

Edie inspiró hondo.

—Te cuento mi teoría. Hay una parte de la que estoy totalmente segura, el resto es conjetura.

Derek recordó de inmediato el caso Brown.

—Sé lo que estás pensando —dijo ella—. Pero que esté paranoica no significa que me equivoque.

Él no pudo evitar reírse. ¡Menuda mujer! Tenía respuesta para todo.

—Felix Wagner trataba de localizar el emplazamiento exacto de una reserva de gas —continuó ella—, probablemente una de las grandes. Consiguió que Bill Fairfax le vendiera un fragmento de meteorito, una piedra que sir James Fairfax había canjeado con mi tatara-tatarabuelo Welatok junto con tres páginas del diario del explorador, en las que se describía dónde había encontrado Welatok la piedra en cuestión. Fairfax tenía problemas de dinero, necesitaba fondos, e imagino que desconocía la importancia del meteorito. Era de un tipo muy poco habitual, con una gran concentración de iridio, rasgo característico de las rocas que actúan a modo de tapón en un astroblema, léase el cráter producido por el impacto de un meteorito. Sacas la piedra y empieza a salir el gas, tal cual.

Derek la miró largo y tendido y le supo mal haber pensado de ella que era como un alud. En absoluto, era un chorro de luz, de sol.

—Normalmente, el campo magnético creado por los fragmentos esparcidos alrededor permite localizar un astroblema con exactitud —prosiguió ella—. Lo que pasa es que aquí en el Ártico...

—... el campo magnético se vuelve loco —la interrumpió Derek—. Y existen muy pocos datos sobre la geología de la región.

—Ni más ni menos. Es decir, Wagner sólo contaba con la piedra, las páginas del diario y la probabilidad de encontrar sal cerca de ese tapón del gas.

—¿Sal?

—Bueno, lo llaman halita. Sal gema. Por lo que he podido entender, es como el lubricante del tapón, ayuda a que sea más hermético.

—¿Y cómo enlaza todo eso con Andy Taylor? Bueno, o con Joe.

—Verás, Wagner estaba metido en una cosa que llaman Club

de Cazadores del Ártico. Taylor me contó que su jefe era un forofo de los exploradores antiguos. Wagner conoció a Bill Fairfax a través de ese club. Yo supongo que Wagner se aprovechó de que Fairfax empezaba a tener serios problemas económicos y le propuso comprarle la piedra y esa parte del diario que le interesaba, de modo que Fairfax pudiera sacar dinero del resto vendiéndolo en una casa de subastas. A pesar de todo el rollo del club, Wagner no tenía mucha idea del Ártico y necesitaba alguien que le acompañase. Andy Taylor había estado en Alaska una temporada e imagino que debió de impresionar a Wagner, aunque todavía me pregunto cómo lo consiguió, teniendo en cuenta que era un capullo integral.

—Continúa —dijo Derek.

—Tal como yo creo que ocurrió, Wagner seguramente quiso abarcar demasiado. Se lio con dos empresas energéticas rivales: Zemmer, con base en Houston (Tejas), y...

Derek la interrumpió:

—¿Ésos no son los del vertido frente a la costa de Rusia?

Edie hizo caso omiso.

—Y una firma llamada Beloil, propiedad de un oligarca de nombre Belovsky, a quien Wagner había conocido a través del Club de Cazadores del Ártico.

En la cabeza de Derek encajaron de pronto dos informaciones aparentemente independientes la una de la otra.

—¿Crees que Beloil podría haber provocado el vertido de Zemmer? —Estaba pensando en aquellos rusos de la estación meteorológica y en el interés especial que habían mostrado hacia él—. Esos dos rusos, los de Groenlandia, ¿qué aspecto tenían?

La descripción de Edie no encajaba con lo que él podía recordar de Eureka, pero eso no quería decir que no pudieran trabajar para la misma organización. Entonces pensó en Misha. ¿Era una exageración imaginar que, de hecho, hubiera sido reclutada para tenerlo a él ocupado en otras cosas?

—Una estupenda manera de cargarse a la competencia.

—Ya, pero ¿por qué iba Zemmer a cargarles las culpas a unos islamistas chechenos?

—Quizá de ese modo consiguen que el Gobierno de Estados Unidos envíe tropas a regiones ricas en petróleo y así les pueden robar el crudo. Basta con mencionar la palabra «islamista» para que en Washington amplíen un poquito el presupuesto de Defensa y nadie proteste. Sea como sea, Zemmer (o el ruso ese) descubrió que los estaban engañando y decidió eliminar a Wagner. Y para ello contrataron a alguien de aquí.

—¿Cómo has llegado a esa conclusión?

—Si hubiera venido alguien de fuera, habríamos oído el avión, habríamos visto algo. La huella que encontré en Craig, ¿te acuerdas? Tenía que ser alguien que conocía la tundra, por lo menos un poco. Mira, yo tengo la sensación de que...

—¿La sensación? —Derek se echó atrás, presintiendo que Edie estaba a punto de embarcarse en una de sus fantasías.

—Sí, Derek, sí, una sensación. No es necesario que te diga lo que mueve a la gente, ¿verdad? Cosas como el amor, el odio, la codicia, la ambición...

En ese preciso momento, Derek tenía sus propias sensaciones. Empezaba a ver que lo de ahora era meterse de lleno en el terreno de la conjetura. No había sensaciones que valieran si no estaban respaldadas por pruebas.

—Estás diciéndome que tienes la sensación de que en Autisaq hay un asesino.

—Lo que digo es que alguien de aquí sabe de qué va.

Derek encendió un cigarrillo y dijo:

—Antes has dicho que Taylor le quitó la piedra y el diario a Wagner, ¿verdad?

—Lo vi, Derek, sólo que entonces no supe entenderlo. Cuando fui hacia allí después de oír el disparo, vi que Taylor estaba hurgando en la parka de su jefe. Pensé que se la estaba aflojando, ¿sabes?, para que Wagner estuviera menos incómodo. Después encontré las páginas del diario escondidas en el hielo, cerca de la motonieve de Taylor. Puede que las escondiera porque oyó el avión y se asustó, no lo sé.

—¿Estás diciendo que alguien más... poderoso quería esa piedra y el diario, y que por eso se cargaron a Taylor?

—Claro. Joe me dijo que ese día vio un avión verde. Seguí esa pista hasta Groenlandia y di con un tal Johannes Moller. Resulta que el día en que Andy Taylor desapareció, Moller alquiló ese avión a dos rusos, los mismos que llegaron aquí poco tiempo después, presuntamente para cazar patos, e insistieron en ir a Craig. Tienen vínculos con Beloil.

—¿Crees que esos rusos mataron a Taylor? —Derek se quedó mirando las evoluciones del humo del cigarrillo, ensimismado en alguna cosa. Entonces se acordó—: Ese día el cielo parecía un inmenso plato de gachas.

Edie iba un par de pasos por delante de él.

—Moller tiene un piloto inuk, se llama Hans. Es capaz de volar aunque se caiga el mundo, y los rusos podían muy bien haber utilizado un mira térmica. Pero ni siquiera Hans fue capaz de aterrizar ese día, de modo que se quedaron sin la piedra.

—Lo cual les obligó a volver.

—Exacto.

Derek notaba la energía que emanaba de Edie.

—Yo diría que Joe y Koperkuj, los dos, oyeron el disparo —continuó ella—. Mientras Joe se ataba los esquís e iba en busca de ayuda, el viejo encontró a Taylor muerto, le quitó la piedra que llevaba al cuello y lo cortó en pedazos. Encontré el cuchillo. Las marcas de los cortes eran idénticas.

—¿Y por qué iba a hacer semejante cosa?

Edie se encogió de hombros.

—Al viejo nunca le han gustado los *qalunaat*. No sé, quizá fue para despistar porque había cogido la piedra.

Derek se dio cuenta de que había empezado a toquetearse la uña del índice de la mano izquierda, un tic asociado a la sensación de no tener las cosas bajo control. Ya había tomado la decisión de investigar por su cuenta. Si el caso llegaba a juicio, tendría que aportar pruebas. Por el momento, no había visto gran cosa en ese sentido; sólo unos huesos cortados, el cuchillo que supuestamente se utilizó para ello, el testimonio de una mujer complicada y un pedazo de film adherente que podía proceder de cualquier parte y que, mientras el laboratorio no lo analizase, era casi como no tener nada.

—Esos dos rusos, los de Beloil, se fijaron en una segunda

piedra, o, mejor dicho, en parte de la piedra original, que ellos sabían que estaba en el noroeste de Groenlandia.

—¿Hay dos?

—Hice investigar la que encontró el viejo. La habían cortado de una pieza más grande. Probablemente fue Welatok quien la dividió. Quizá sabía que de ese modo podía sacar más por ella, o simplemente quería una que fuera del tamaño adecuado para colgársela del cuello. Quién sabe. El caso es que al menos otro fragmento llegó a Etah.

—¿Y cómo?

—Welatok lo llevó personalmente. —Un tono de impaciencia adornó la voz de Edie, como si lo que decía fuera tan evidente que sólo un tonto como él necesitara mayor explicación—. Se lo enseñó a un explorador ruso, un tal Karlovsky, allá en Groenlandia. Karlovsky quería ese fragmento, pero al final parece que Welatok se negó a vender. Yo creo que Fairfax trató de engañarlo y que se asustó pensado que Karlovsky haría lo mismo. Pero el ruso fue más allá: mató a Welatok. En fin, lo que cuenta ahora es que esos tipos de Beloil intentaban encontrar la segunda piedra.

—¿Y la encontraron?

—Ni idea. Tuve que marcharme antes del último acto. —Se mordió el labio—. Pero lo dudo. Aún estaban allí cuando Qila envió mis fotos al periódico.

—Vale —dijo Derek—, ahora sí que me he perdido.

—Esa parte de la historia no hace al caso.

Una idea cruzó por la mente de Derek.

—¿Y Koperkuj sabía lo importante que es esa piedra?

Edie negó con la cabeza.

—¿Sabe alguien que Koperkuj tenía la piedra, o que la tienes tú ahora?

—¿Aparte de ti y de Mike Nungaq? No. —Esto al menos era una buena noticia—. Bueno... —prosiguió Edie—, me dejé la cartera en el campamento, en Etah. Si los rusos han dado con ella, entonces adiós a mi coartada.

Derek encendió otro cigarrillo. Tenía la sensación de que iba a necesitar todo el resto del paquete.

—A ver, ¿para qué necesitaban ellos el meteorito?

Edie soltó un bufido de impaciencia.

—Para confirmar que era del tipo enriquecido con iridio, y luego como plantilla para otras piedras que pudieran encontrar en la zona. Cuando un meteorito impacta en la Tierra, se produce una especie de explosión. A partir de los fragmentos, es posible determinar una pauta de dispersión que a su vez puede conducir al epicentro del cráter del impacto.

—¿El cráter del impacto?

—Sí, el astroblema.

—Donde estaría esa reserva de gas. En algún punto de la isla de Craig.

—Correcto.

—Pues qué oportuno —dijo Derek. Las cosas le empezaban a encajar.

Edie le miró extrañada. Derek intentó disimular su placer por haberla sorprendido finalmente.

—Craig es una de las pocas islas del Ártico superior que no han sido designadas parque nacional. Caprichos de la historia. En cualquier otra parte, para obtener un permiso de exploración te puedes tirar años de batallas legales. Por lo que a la ley concierne, Craig es territorio libre.

Se quedaron los dos callados un rato, meditando lo que había dicho cada cual.

Fue Derek quien rompió el silencio:

—¿Cómo se enteraron los rusos de que Andy Taylor estaba en Craig? —Al momento lamentó haberlo preguntado. La respuesta era evidente—. Ya entiendo —dijo—. O existe ese soplón aquí en Autisaq, o Taylor los utilizaba también a ellos.

—Exacto. —Los ojos de Edie no habían perdido aquel brillo peculiar, como si estuviera al acecho y tuviera a un animal en el punto de mira, lista para hacer fuego—. Y ahí es donde entra en juego Simeonie Inukpuk.

A Derek se le escapó un bufido.

—Venga, hombre —dijo Edie—. Todo ese montaje electoral, los carteles, los pins, el márketing o como lo llamen. ¿A ti no te parece un poco raro? He visto el estado de las cuentas del alcalde. Simeonie tiene dinero metido en no sé qué fundación; son pagos regulares.

—A eso se le llama sueldo, ¿ya no te acuerdas? Es lo que cobrabas tú antes de que empezaras a interferir en todo esto. —Una vez más, lamentó sus palabras no bien las hubo dicho—. Perdona, estoy cansado.

—Se aceptan las disculpas.

—Mira, es que no sé. Eso del alcalde...

—¿Sabes lo que te digo? —De repente, Edie parecía completamente extenuada—. Que ya me da igual. Yo sólo quiero saber quién mató a Joe. —Se mordió el labio con fuerza.

Derek le tomó la mano. Qué pequeña era. De golpe se sintió casi abrumado por aquella diminuta mujer y su ilimitada lealtad a un fantasma.

—No te pediría ayuda si no la necesitara. —La cara de Edie adoptó una expresión desquiciada. Luego, le tomó la cara entre las manos y se la sacudió—. ¿Has olvidado quiénes somos, Derek? *Inuttigut*. Somos inuit. Vivimos en un lugar sembrado de osamentas, de espíritus, de vestigios del pasado. Aquí nada muere ni nada se pudre, ya sean huesos, plásticos o recuerdos. Especialmente los recuerdos. Vivimos rodeados de historia. Es uno de nuestros dones. A diferencia de gran parte del mundo, nosotros no podemos escapar de nuestras propias historias, Derek. —Le cogió la mano—. Es preciso saber cómo fue el final de Joe. Es por eso que debemos desenterrarlo.

Derek se retrepó y guardó silencio. Sabía que lo que se disponía a decir podía acarrearle todo tipo de problemas, pero sabía también que eso había dejado de preocuparle.

—Esta noche todo el mundo estará durmiendo la borrachera, y por lo que parece habrá buena luna.

—Entonces ¿vendrás conmigo?

Derek asintió.

Sonriente, Edie se inclinó hacia él y le dio un beso inuk.

—Otra cosa —dijo ella.

Derek se desanimó un poco, pero le hizo un gesto para que continuara.

—Quiero que Willa esté presente.

17

Horas antes de ponerse en camino, Edie dio de comer a los perros la carne de foca que tenía en reserva y metió en su mochila cecina, dos termos con té dulce bien caliente, un hornillo de campaña, su cuchillo con cachas de marfil, una linterna y un cuchillo de caza, y luego preparó una bolsa hermética con la tienda de campaña, la Remington, una linterna de repuesto con su batería, pico, arpón, cuerda, generador portátil, saco de dormir de caribú, luz para pescar, repuesto de prendas exteriores de piel de foca, bombona de recambio y munición. Hecho esto, preparó un estofado con una buena dosis de grasa de ballena y se puso a mirar *El hombre mosca* como preparativo para el viaje.

Aparte de su deseo personal de averiguar la verdad, había buenas razones para partir cuanto antes. La temperatura estaba cayendo en picado, una espesa capa de rocío ártico lo cubría todo, y el viento racheado levantaba humo de escarcha a cada momento. Muy pronto se formarían chispas de hielo y quien quisiera viajar tendría que esperar a que el hielo se hiciera más espeso y solidificara. Una vez que el invierno estuviera asentado, la tierra se helaría del todo y las rocas que cubrían los restos de Joe Inukpuk se congelarían y sería imposible recuperar sus huesos. Tendrían que esperar hasta la primavera para exhumarlo y para entonces quizá sería demasiado tarde.

La película había terminado hacía rato cuando el ruido de la puerta despertó a Edie. Restos de un sueño en el que salía el *puikaktuq* poblaban su mente, y notó en el ojo derecho una vibración de ansiedad.

—¿Traes a Willa? —le preguntó a Derek.

—Le he dicho que fuese a mirar la lancha —dijo él, e indicó con un gesto que la esperaba fuera.

Edie se levantó del sofá, se desperezó y fue al porche para ponerse la parka, los mitones y los kamiks. Derek aguardaba de pie en los escalones y su aliento formaba sólidas nubecillas en el aire.

Para cuando llegaron a la barca, Willa estaba ya en cubierta, atando el material. La miró a ella un momento y enseguida apartó la vista.

Zarparon despacio, serpenteando entre las madejas de hielo cercanas a la playa. Cuando llegaron a aguas más despejadas, Derek le pasó el timón a Willa, y éste aceleró poniendo rumbo al sur. Las pequeñas luces de Autisaq quedaban ya muy atrás.

El viento arreció; soplaba estable del oeste-noroeste, y su silbido grave se imponía sobre el murmullo del motor. Una vez en aguas abiertas, la lancha empezó a cabecear menos. Edie estaba de pie al lado de Willa, confiando en que dejara de oponerle resistencia. En un momento dado ella apoyó la mano en el codo de él. Willa apartó brevemente la vista de la ruta.

—Lo siento —dijo Edie.

Llegaron a las proximidades de Craig cuando despuntaba el alba. Una mancha de sol asomó roja como la sangre sobre el horizonte meridional y pareció florecer después sobre las aguas, perdiendo color a medida que ascendía y tiñendo de un amarillo pálido las nubes altas. Cuando se percataron de que se habían desviado ligeramente, Willa enderezó el rumbo navegando paralelo a la costa en dirección a Ulli. Echaron el ancla a escasa distancia de la playa, echaron pie al agua y formaron una cadena para ir pasándose las cosas, que fueron amontonando en la playa. Hecho esto, descansaron un poco, prepararon té y volvieron a llenar los termos.

Con el cuerpo ya más caliente, recogieron las cosas y dejaron en la playa el teléfono vía satélite, el hornillo, una camilla portátil de poco peso y algunas otras cosas. Mientras Derek y Willa se cargaban palas, linternas, tiendas y rifles a la espalda, Edie recogió los termos, la videocámara de Derek, una barra para hacer palanca y su Remington, y echaron a andar los tres por el guijarral.

El camino que llevaba a la tumba de Joe quedaba al otro lado de la playa, seguía el meandro de una morrena cuesta arriba y bordeaba después los riscos. Iban los tres en silencio, pensando en lo que les esperaba. El mojón funerario estaba cubierto de escarcha, pero el sol había empezado a calentar un poco las piedras de debajo y las delicadas filigranas de hielo relucían húmedas.

Se arrodillaron sobre el hielo y Willa dijo una oración. Después, mientras Derek montaba la cámara en el trípode, Edie y Willa desplegaron los focos, pusieron el generador en marcha y prepararon la tienda. El plan era retirar las piedras del mojón hasta que aparecieran las pieles de animales que cubrían el cadáver. Luego instalarían la tienda encima de la tumba a fin de proteger el cuerpo de los elementos y trabajar con focos bajo la lona. La cámara registraría todos sus pasos como testigo ocular. Derek ya había insistido en que lo que había que hacer dentro de la tienda era trabajo de hombres, y Edie no se lo quiso discutir.

Una vez que todo el equipo estuvo a punto, Derek conectó la cámara y pusieron manos a la obra, despacio, para no sudar y no alterar la posición del cadáver. Retiraron una a una todas las piedras empezando por las de arriba, las más pequeñas. A medida que el tamaño aumentaba, trabajaron en equipo; Derek hacía palanca con la barra mientras Edie y Willa movían cada piedra hasta un trozo de lona y luego la hacían rodar o la arrastraban a un lado, apilándola encima de las otras. Trabajaron en silencio y sin descanso; la pila de piedras que cubría los restos de Joe Inukpuk fue haciéndose más pequeña mientras la otra crecía y crecía, hasta que, poco a poco, empezaron a aparecer las pieles de caribú que hacían las veces de mortaja. Despejaron la zona y montaron la tienda de Edie sobre la excavación. Luego, Derek y Willa se metieron dentro e iniciaron la lúgubre tarea de retirar las últimas piedras y levantar el cuerpo de Joe Inukpuk.

Edie, por su parte, dedicó un rato a reordenar las piedras encima de la lona, pero cuando el cansancio empezó a hacer mella, se sentó a esperar encima del montón que había hecho. Oía a Derek dar instrucciones en voz baja dentro de la tienda. El viento redobló su ímpetu, barriendo la tundra a medida que bajaba de los riscos con silbidos cortantes. Una de las ráfagas levantó por momentos la lona de la tienda, y Edie pudo verlos a los dos encorvados sobre la mortaja de pieles. A un lado de la misma, distinguió un brazo y una mano petrificados, encogidos, de un tono marrón, la piel tan escamosa como una pezuña. Derek alargó el brazo para bajar la cremallera de la tienda y Edie apartó la vista. Imbuida de una poderosa fuerza interior, empezó a susurrar *isumagijunnaipaa, isumagijunnaipaa*, «perdóname», por todas las veces que le había fallado a aquel muchacho que la consideraba una madre.

Pasado mucho rato, aunque Edie no habría sabido decir cuánto, oyó que Derek la llamaba. Fue él quien se acercó a donde ella estaba en cuclillas y la envolvió entre sus brazos. Sonreía, y el calor de su aliento se extendió por el rostro de Edie. Derek lo había visto, un diminuto fragmento de plástico atrapado casi en el puente de la nariz de Joe. Habría que trasladar el cuerpo a Autisaq para que un patólogo forense lo examinara, pero, al margen de su dictamen, eso era lo que estaban buscando y todo el procedimiento había sido registrado en imágenes por la cámara, de manera que ningún abogado podría aducir que habían manipulado las pruebas.

Habían amortajado de nuevo el cadáver en sus pieles de caribú. Willa estaba rezando al lado de su hermano, no se había movido de allí. Derek bajaría hasta la playa, llamaría al forense de Iqaluit por el teléfono vía satélite y volvería con la camilla. Luego transportarían a Joe envuelto en sus pieles mortuorias. Le sugirió a Edie que no se moviera de donde estaba. Cuando Willa hubiera acabado de rezar, la necesitaría. La experiencia le había impactado.

Edie vio alejarse a Derek hasta que su gorro de piel de lobo desapareció tras la morrena. Durante un rato pudo oír el suave chasquido de sus botas sobre las piedras. Después solamente se oyó el viento. Allí de pie, junto a la tienda, pensó en lo que le había dicho, aquello de buscar un final para Joe, y se dio cuenta de que estaba en un error. Joe era inuit, y los inuit tenían una vida, no lineal sino circular, como los halos solares o los arco iris árticos. En aquel preciso momento, mientras exhumaban su cuerpo, el espíritu de Joe estaba presente en el cielo como estrella, esperando el momento de volver a nacer. Era ella, Edie, o su parte *qalunaat*, la que exigía una resolución, un final. Y su propio camino a una verdad singular no podía encontrarlo más que ella misma.

Las nubes habían descendido y el viento no soplaba con tanta fuerza. Willa salió del interior de la tienda empuñando el rifle, alerta, con la concentración muscular del cazador que ha avistado su presa. Comprobó que había cartuchos en la recámara y soltó el seguro. Había en sus ojos una expresión anhelante.

El verano había sido muy cálido y las aves habían engendrado una segunda camada. Debían de ser las crías de esos huevos de propina. Edie nunca había visto que se quedaran tanto tiempo. Mientras la bandada subía y bajaba, surcando una ráfaga de viento y sacando el máximo provecho a las débiles corrientes termales, le chocó a Edie darse cuenta de hasta qué punto se conducía como un ente, como una enorme, fluida y cinética esencia.

El ruido era ahora ensordecedor, un tremendo alboroto que ascendía en el aire y bajaba después hasta rebotar en el agua. Y, según se iba acercando la bandada, dio la impresión de que caía nieve de lo que parecía una gran nube de patos. Willa se había fijado y bajó el rifle. Empujados por el viento, jirones de plumas volaban hacia ellos cual nieve de algodón.

La nube de la bandada pronto llegó a su altura y el aire se llenó de muda hasta tal punto que Edie apenas podía ver a Willa entre el torbellino de plumas en descenso. El suelo era ya una alfombra plumosa cuando, de repente, todo se oscureció debido a la enorme sombra voladora. Los chillidos de las aves y el olor a guano eran tan potentes que Edie y Willa no pudieron sino quedarse allí parados, atónitos ante el espectáculo. Sólo después, cuando acababan de pasar algunas aves rezagadas, Willa reaccionó, agachándose para recoger un buen puñado de plumas y lanzarlas al aire. Edie hizo otro tanto, y al poco rato estaban los dos riendo y jugando como niños en una nevada. Tan absortos estaban en ello que Edie tardó uno o dos segundos en registrar del todo el chasquido seco de un disparo, al que siguió otro más y luego un tercero, desde otra dirección. Su cuerpo se irguió muy deprisa y llegó a pensar que la habían herido a ella.

Comprobó que su rifle estaba cargado y que la mira de infrarrojos funcionaba, le dijo a Willa que permaneciera agazapado y no se moviera de allí, y luego agarró la mochila y avanzó por la morrena en dirección a la playa sin apenas levantar el cuerpo. Al llegar a los peñascos, bajó hasta el muskeg y escrutó la tundra. Allá abajo, en la playa, vio el material que habían dejado apilado, pero no había rastro de Derek ni de quienquiera que hubiese hecho el disparo. Edie avanzó sobre los codos por el peñasco en dirección al sendero que bajaba a la playa. Una vez allí, se enderezó un poco y, en cuclillas, caminó por la morrena zigzagueando entre las rocas enormes. A mitad de camino, donde el sendero desaparecía detrás de un saliente de roca, se arriesgó a detenerse para echar un vistazo.

El saliente terminaba en una repisa sobre la playa misma, y Edie, tumbándose boca abajo otra vez, avanzó poco a poco hasta que tuvo la cabeza y los hombros más allá de la perpendicular de la roca. Desde allí miró hacia abajo y pudo ver el pie del acantilado. Derek Palliser estaba pegado a la pared de roca y escrutaba las lomas que había al noreste de la playa, el rifle sujeto con ambas manos y una de las piernas tiesa a un lado. Sin duda le habían herido. Edie recordó de pronto el cuerpo ensangrentado de Felix Wagner sobre la nieve, y comprendió de repente lo mucho que necesitaba a Derek vivo.

Estiró el brazo, agarró un puñado de plumas y las lanzó peñasco abajo. Derek se percató de la cascada y alzó la vista. Su cuerpo pareció relajarse un poco. Edie señaló la pierna herida e hizo un gesto de interrogación. Él meneó la cabeza para indicar que no podía moverla pero que se encontraba bien. Ella señaló el propio rifle y levantó las manos pero Derek sacudió vehementemente la cabeza, no quería que ella fuera detrás del tirador. Edie volvió a señalar el rifle e hizo ademán de echar a andar y él accedió, señalando hacia el otro extremo del esquisto y valiéndose de ademanes para indicarle que el tirador había subido a las lomas que había al fondo de la playa.

Los dos primeros disparos habían sido hechos desde el otro lado del esquisto, el último había sido la respuesta de Derek. El tirador, aparentemente, había huido hacia las rocas bajas y el terreno ondulado, en dirección noreste, la contraria de donde estaba la tumba de Joe. Lo más probable era que estuviese solo, aunque, en una situación así, toda suposición estaba de más.

Tras sopesar las alternativas, Edie decidió bajar a la playa, atravesarla hasta el otro extremo y luego subir hacia las lomas protegida por un pequeño peñasco. Si el hombre estaba herido, habría un reguero de sangre que seguir. Ese reguero podía incluso proporcionarle ciertas pistas sobre la gravedad de la herida, y sobre el tiempo que el hombre podría aguantar caminando antes de caer.

Avanzando muy despacio, medio agachada, recorrió el sendero de la morrena hasta quedar al socaire del risco. Dondequiera que estuviese, el tirador no podía verla, o bien no había disparado ya fuese por la herida o por estrategia. Edie se detuvo y aguzó los oídos, pero el ulular del viento era constante y camuflaba cualquier otro sonido. Siguió avanzando por la playa, silenciosa sobre la alfombra de muda de eider. Hacia el noreste, donde la playa terminaba en un risco de poca altura, vio una serie de cuentas rojas que destacaban en la nieve reciente. Musitando unas palabras en honor de los espíritus de los pájaros por su intervención, se inclinó para examinar el rastro. A juzgar por el dibujo que las pisadas habían dejado en el lecho plumoso, dedujo que el hombre sangraba profusamente del brazo derecho; probablemente la bala le había cercenado una arteria. No iba a poder seguir andando mucho tiempo. El movimiento empeoraría la hemorragia y cada vez se sentiría más débil. Probablemente intentaría esconderse hasta que juzgara seguro salir a descubierto otra vez. A Edie le pareció que aquel rastro de sangre no tardaría en llevarla hasta el escondite.

Caminó hacia un saliente de roca plana y de escasa altura a sólo unos metros del borde del risco, el rifle sujeto con ambas manos, el cuerpo ligeramente inclinado, la pierna derecha separada del cuerpo de forma que pudiera tocar la roca con el pie antes de tropezar y hacerse daño. Al llegar al borde, se acuclilló para observar. No quería tener que abrir fuego, pero si el tirador la amenazaba, estaba dispuesta a disparar.

Una vez que se hubo convencido de que no corría un peligro inmediato, siguió el rastro hacia el noreste. Allí no había tantas plumas y las manchas eran más dispersas. El hombre había intentado correr, pero los pasos eran demasiado cortos; eso quería decir, pensó Edie, que estaba muy débil y seguramente también aturdido.

Tomó aire para serenarse, agarró un trozo de esquisto, lo lanzó confiando en que el tirador disparara y se parapetó detrás de la roca a la espera de su reacción. Nada. O no la había visto o no estaba en situación de entablar combate. Edie avanzó con el rifle pegado a la cara, rodeó muy despacio la roca y salió a descubierto.

El tirador seguía sangrando mucho, pues sus pisadas dejaban marcas de sangre en el sendero arbustivo. Edie reparó en que eran huellas grandes y no de kamik sino, casi con seguridad, de botas de nieve compradas en una tienda; el hombre se inclinaba además hacia la izquierda, para compensar la flojera en el brazo derecho. Viendo que la sangre se había coagulado ya, Edie dedujo que había abandonado la escena inmediatamente después de los disparos. Un cazador profesional, pensó, alguien cuyo principal objetivo fuese matar, sin duda habría intentado dar de nuevo en el blanco. Fuera quien fuese, se trataba de un asesino aficionado.

A medida que avanzaba, notó que la sangre era más abundante y reciente; así como antes el rastro mostraba puntos sueltos de un tono óxido, ahora era como una cuerda roja tendida en el suelo. Un poco más adelante había un esker alargado; Joe y ella siempre lo llamaban *uvingiajuq akivingaq* porque parecía una enorme morsa macho. En lugar de pasar por encima, que era el camino más rápido, el rastro se detenía. Se apreciaban marcas apretujadas y mayor cantidad de sangre allí donde el tirador había dudado.

Edie comprendió que en aquel momento el hombre podía estar al otro lado, a no más de unos metros de distancia. Siguió avanzando, protegida por la cuesta pedregosa. El rastro se arrimaba al contorno de la pila de grava y luego desaparecía. Se disponía ya a rodear el borde más oriental del montículo cuando lo pensó mejor y se detuvo.

Volvió sobre sus pasos, llegó al sitio donde el tirador se había parado y reptó cuesta arriba. Era la pendiente que daba al norte y allí la nieve impulsada por el viento había cuajado, facilitando su avance. El cielo era un tapiz de nubes grises. El viento había amainado bastante y caía una lluvia fina. Se movió con cautela, procurando no perder pie ni acalorarse mucho. En el otro lado el viento silbaría menos, y no quería alertar al herido de su presencia. Al llegar casi a la cresta permaneció inmóvil, fuera de la vista y con la capucha puesta a fin de oscurecer su rostro. Miró hacia el cielo e invocó mentalmente a los espíritus. Muy lentamente, siguió reptando hasta asomar parte de la cabeza por el borde del esker y entonces esperó, encogiendo los dedos de manos y pies para combatir el frío. Se hallaba en una posición vulnerable, no sólo por el tirador —si es que estaba allí—, sino por el viento que batía la cresta y hacía rodar grava pendiente abajo.

La llovizna impedía ver lo que había abajo. Esperó. Al cabo de un buen rato oyó como un crujido, y al mirar entre la niebla vio una luz tenue que se encendía y se apagaba. El hombre estaba allí y parecía mirarse el reloj. Edie pensó en hacer fuego sobre la posición de la luz, pero era demasiado arriesgado. Ahora, sin embargo, disponía de una información muy valiosa. Si aquello era un reloj de pulsera, entonces el tirador sólo podía ser *qalunaat*. Ningún inuk salía a cazar con un reloj en la muñeca. Se apartó del borde y asimiló este dato. Era una buena noticia porque todo *qalunaat*, en el círculo polar ártico, tenía su talón de Aquiles.

Avanzó con sumo cuidado a lo largo de la cresta observando el esquisto en la pendiente meridional. Las piedras estaban más sueltas y no había ninguna tipo de vegetación; un buen puntapié en el lugar adecuado y podía provocar un alud de piedras. Probablemente eso no acabaría con el tirador (no eran piedras puntiagudas ni muy grandes), pero sin duda le impediría moverse de allí. Pensó en los posibles contratiempos, que la grava no se moviera al patearla o, peor aún, que cayera ella también, y decidió rápidamente que merecía la pena correr el riesgo.

Levantó los dos pies a la vez y se dejó caer con fuerza sobre el esquisto. Al principio no pasó gran cosa; unas cuantas piedras del tamaño de un puño empezaron a moverse, pero luego la pendiente se volvió fluida, moviéndose toda ella hasta alcanzar una masa crítica, momento en que las piedras empezaron a precipitarse esker abajo cayendo sobre el tirador entre una gran nube de polvo. Edie oyó un grito y luego silencio. La niebla hacía imposible ver lo que pasaba abajo.

Esperó un rato, dejando que el esquisto se aposentara, y luego, con paciencia y cuidado, empezó a descender hasta que pudo distinguir el contorno de un cuerpo humano. Parecía que el hombre hubiera adoptado una postura defensiva, de rodillas con una mano sobre la cabeza y la otra sujetando el rifle. La lluvia de piedras le había arrebatado el arma, que ahora descansaba a varios palmos de su brazo derecho estirado. El hombre había quedado sepultado hasta los hombros.

Edie dio una voz pero no obtuvo respuesta. Lentamente, paso a paso, los pies paralelos al suelo y con el rifle a punto de disparo, Edie se acercó al hombre. Éste siguió sin moverse. Al llegar abajo, se aproximó con cautela al rifle y, sin dejar de apuntar al hombre con el suyo propio, se acuclilló, le quitó el cargador y se lo guardó en un bolsillo de la parka. Luego se echó el rifle al hombro y caminó hacia el hombre inmovilizado por las piedras. Comprendió de repente que podía estar muerto. Del montón de esquisto salía un hilo de sangre.

Edie empezó a retirar las piedras a marchas forzadas. Al poco rato apareció entre los escombros la parka del hombre. Edie estiró el brazo y lo tocó, pero él no hizo el menor esfuerzo por salir. Un pasamontañas le tapaba casi todo el rostro, y estaba aún demasiado hundido en la avalancha como para que Edie pudiese izarlo por sí sola. Rápidamente, se puso a escarbar en los costados de lo que podía acabar siendo un mojón funerario, lanzando pedazos de esquisto a la oscuridad.

Cuando por fin el cuerpo quedó lo bastante a la vista, Edie se inclinó para hacerlo rodar sobre sí mismo. El hombre era alto y corpulento, y por su anatomía y las prendas que llevaba no había duda de que era un *qalunaat*. La bala de Derek le había cercenado la arteria radial y amputado parcialmente la mano derecha. En la superficie de la parka se habían formado cristales rojos. Edie lo palpó en busca de otras armas y no encontró ninguna. En cualquier caso, el hombre no constituía ninguna amenaza: había perdido el conocimiento, tal vez a consecuencia del deslizamiento. Tenía el pulso muy débil. Edie sabía que no iba a poder cargar con él, aunque podía ir a buscar a Willa y entre los dos subirlo a la camilla que habían traído para transportar los restos de Joe. Se despojó de la bufanda e hizo un improvisado torniquete por encima de la muñeca destrozada del hombre. Después, con sumo cuidado, Edie le levantó el pasamontañas.

La sorpresa fue mayúscula. El misterioso tirador era Robert Patma. Por un momento pensó que había cometido un error, pero enseguida se le ocurrió que el que había cometido un error había sido él, Patma, que todo el incidente no era sino una acumulación de errores, que Robert había disparado creyendo que el blanco era un animal y que luego, al darse cuenta de que no, le había entrado el pánico. Pero, mientras pensaba esto, su corazón le estaba diciendo que no podía ser. Se sintió como mareada, confusa, los pensamientos se agolpaban caóticos en su cabeza. Se tironeó las coletas para volver en sí. Luego, echándose el rifle de Patma al hombro, rodeó el esker y desandó el camino lo más rápido que fue capaz, dando voces al llegar a la playa para que supieran que estaba bien. Encontró a Willa al lado de Derek, le estaba presionando la herida de la pierna a fin de cortar la hemorragia. El chico estaba pálido y Edie pensó que probablemente le tenía más afecto al policía del que había demostrado.

—¿Has dado con él? —preguntó Derek, y al ver que ella no respondía, dijo—: Parece grave pero no lo es. No estoy para la tumba. —Sonrió débilmente—. Al menos, de momento.

—Willa y yo tendremos que llevarlo hasta la lancha en la camilla —dijo Edie—. Está vivo pero por los pelos.

—¿Y bien? —dijo Derek con un rictus de dolor.

—¿Cómo que «y bien»?

—¡Que quién demonios es el que ha querido matarme!

Edie estaba casi sin aliento, los efectos secundarios de la adrenalina empezaban a dejarse notar.

—Pues parece Robert Patma.

—¿El enfermero? —Derek quedó anonadado por la noticia, lo mismo que ella al retirarle al hombre el pasamontañas.

Se miraron el uno al otro, pensando ambos lo mismo.

—¿Iba solo?

—Eso creo. —Edie no había visto más huellas.

—Habrá que buscar un médico.

—¿Te has vuelto loco? —dijo Willa.

Derek guardó silencio un instante, como si estuviera barajando la posibilidad de estar efectivamente loco. Luego, con tono de resignación, dijo:

—Mira, loco o no, sigo siendo un policía.

Edie y Willa fueron a pie hasta el esker y se aproximaron con cautela al lugar donde Robert Patma había quedado atrapado. Allí estaba todavía. Cuando Willa se le acercó y le levantó la cabeza, ésta cayó hacia atrás. Edie le tomó el pulso en la muñeca ilesa. No estaba muerto pero le faltaba muy poco.

—Pongámonos a cavar —dijo.

Tardaron casi dos horas en sacar a Patma de su prisión de piedras. Después lo subieron a la camilla y, muy despacio, lo transportaron hasta la lancha y le ataron la mano buena a la regala.

Volvieron en busca del cadáver de Joe y, una vez de regreso, los colocaron entre los dos heridos. Willa se hizo cargo del timón mientras Edie buscaba analgésicos en el botiquín de primeros auxilios. Robert Patma no había recobrado el conocimiento. Después, Edie hizo una llamada a Stevie vía satélite y le resumió brevemente lo ocurrido.

—¿Patma? ¿El de la enfermería? Pero ¿por qué?

—Adivina —dijo Edie.

Stevie se ocupó de llamar a Iqaluit pidiendo ayuda médica. Iban a enviar a alguien por vía aérea a Autisaq. Dentro de unas horas estarían allí. Se ofreció a conectarle directamente con ellos, pero a Derek no le entusiasmó la idea. A fin de cuentas sólo tenía una herida superficial, dijo, dolorosa pero nada más. Ya no sangraba, y en cuanto le hiciera efecto el Vicodin, se encontraría mucho mejor. Edie protestó, pero estaba visto que, herido o ileso, Derek sabía cerrarse en banda.

Cuando llegaron era ya casi de noche. Stevie los esperaba en el muelle junto con Sammy Inukpuk y Mike e Elijah Nungaq. Los hombres llevaron a Joe Inukpuk y a Robert Patma, Edie los siguió con Derek en un todoterreno, y Willa fue a informar a Simeonie de todo lo ocurrido. Después, mientras Stevie iba al destacamento de policía para ver si había llegado ya el avión con los sanitarios, Edie le limpió la herida a Derek y se la vendó.

Habían metido a Robert Patma en uno de los cuartos de la enfermería. La puerta estaba cerrada con llave por fuera, y Sammy al lado montando guardia con una escopeta cargada.

—Esto sí que no me lo esperaba —dijo.

Stevie le comunicó que el avión no había podido despegar debido al mal tiempo y que los sanitarios llegarían el día siguiente. Habían dejado instrucciones precisas sobre cómo atender a los dos pacientes, y cada hora llamaría alguien para ver cómo seguían. Mientras tanto, había que mantener a Patma bajo vigilancia.

Pasaron a la sala de estar.

—Deberíamos echar un vistazo en el apartamento de Patma —dijo Edie.

—Le he pedido a Stevie que solicite una orden de registro. —Derek dio un respingo. El dolor volvía a despertar—. Lo haremos según el procedimiento oficial, Edie. Es decir, a mi manera. Si Patma muere, no quiero verme metido en un proceso judicial.

Edie leyó las instrucciones médicas y luego le dio unas palmaditas en el brazo.

—Voy a buscarte más Vicodin.

Sobre el asunto de Robert Patma, ella tenía sus propias ideas.

La llave de la caja de seguridad estaba en el despacho de Robert Patma. Edie abrió la caja y sacó la llave del botiquín. Paseó la vista por las hileras de medicamentos y encontró una caja de

Vicodin en un estante alto. Tuvo que dar un salto para cazar un paquete de dentro, y al hacerlo volcó una caja que había al lado. Por fortuna, no rompió nada.

En una esquina había un taburete con escalón. Fue a buscarlo y se subió a él. Se disponía a devolver la caja caída a su sitio en el estante cuando algo que había al fondo de todo le llamó la atención. El envoltorio no tenía nada de especial, salvo que estaba escrito en ruso. Lo sacó para abrirlo. Dentro había láminas de papel de plata, y cada una contenía doce tabletas.

Cuando le dio el Vicodin a Derek no mencionó lo que había encontrado.

—¿Quieres pasar la noche en mi casa?

Derek no supo qué responder, le sabía mal molestar.

—Puedes elegir entre mi cama y esa incómoda litera de la oficina, con acompañamiento de ronquidos a cargo de Stevie. Bueno, también puedes tumbarte al lado del tipo que ha intentado matarte, estarás muy cómodo.

—Si me lo planteas así... —dijo Derek. Se le veía en un aprieto—. Pero Edie...

Sus miradas se encontraron. Edie esbozó una sonrisa.

—Cuando digo mi cama me refiero a dormir, señor policía. ¿Queda claro?

Le ayudó a entrar en casa y luego preparó una sopa para los dos. No hacía ni un momento que Derek Palliser había apoyado la cabeza en la almohada, y ya estaba profundamente dormido. Edie esperó un poco hasta estar segura de que no se despertaría y luego salió con sigilo de la casa.

Había dejado la puerta de la enfermería cerrada pero sin llave. Sammy continuaba sentado junto al cuarto de Patma, durmiendo a pierna suelta con la escopeta sobre el regazo. Edie volvió a la caja de seguridad, buscó la llave del depósito de cadáveres y entró. Permaneció allí un buen rato, al lado de Joe, rememorando mentalmente los momentos felices compartidos.

Finalmente dijo: «Te echo de menos.» Salió del depósito, volvió a la caja de seguridad y rebuscó entre las otras llaves. Las probó todas, pero ninguna encajaba en la cerradura del apartamento de Robert Patma, así que metió la mano en el bolsillo y sacó su navaja multiusos.

Dentro, las cortinas estaban echadas. Encendió una lámpara que había sobre el velador al lado del sofá.

Lo primero que le chocó fue que todo estuviera tan limpio y ordenado. La sala de estar tenía una disposición simétrica, con mesas a juego y lámparas idénticas. La cocina sin tabiques parecía no haber sido usada nunca. Loza blanca de buena calidad ocupaba en perfecta formación los estantes de los armarios con puerta de cristal, e inmaculados utensilios de acero inoxidable colgaban de sus respectivos ganchos en las paredes. Todo lo que tenía que ver con el alegre desorden de cocinar —sartenes usadas, botellas de aceite grasientas, paños y trapos— estaba escondido o simplemente no existía.

El aspecto de la sala de estar también era de revista de decoración. Los dos sofás de cuero negro estaban vírgenes, como si nadie se hubiera sentado jamás en ellos, y las mesitas negras que los flanqueaban servían de apoyo a idénticas lámparas con pantalla de color crema. En la pared del fondo había una serie de fotos en blanco y negro en sendos marcos cromados con escenas árticas, según la visión higienizada e idealizada (y sin gente de por medio) tan apreciada por los fotógrafos y artistas del sur. En el rincón descansaba un telescopio que miraba hacia el Jones Sound.

Un pasillo conducía a otras dos habitaciones con un cuarto de baño en medio. Una era el dormitorio; la segunda servía de estudio. Dos rincones de éste estaban ocupados por archivadores de madera a juego. Encima del escritorio había un sobre con matasellos de Tallahassee (Florida) y fecha de hacía una semana. Dentro había una carta escrita a mano dirigida a «Bobby» y firmada «mamá y papá», junto con una foto de dos personas mayores cogidas del brazo al lado de una piscina. Miró el reverso: alguien había escrito a lápiz «Jerry y June Patma» y la fecha de la foto.

Pero ¿no le había dicho Robert que su madre había muerto? La cosa no estaba muy clara, y Edie había pasado un pequeño apuro al confundirse respecto a cuál de los dos padres había perdido Robert. Pero ahora parecía que él se lo había inventado.

Los archivadores estaban cerrados con llave, pero cedieron con sorprendente facilidad al accesorio lima de su navaja multiusos. En el primer archivador, Edie no encontró nada de interés; el segundo lo tenía reservado Patma para sus asuntos financieros. Las carpetas no llevaban otra identificación en la cubierta que una larga serie de números. Edie sacó una al azar y se sentó a leerla. Dentro había un par de diplomas certificando la terminación de ciertos cursos de enfermería, algunas facturas de artículos del hogar y unas cartas del banco. No parecía haber un orden interno de clasificación, cosa rara habida cuenta de lo puntilloso que Patma parecía ser en otros aspectos. Edie sacó otra carpeta, pero era más de lo mismo: facturas antiguas, extractos de cuentas y garantías de electrodomésticos.

Entonces se dio cuenta de que estaba en un error: lo que a alguien de fuera podía parecerle archivado al azar respondía sin duda a un orden que Robert Patma conocía a la perfección. Las transferencias eran por sumas relativamente pequeñas pero no parecían guardar ninguna relación entre sí, salvo que venían todas de la misma fuente, un nombre escrito en alfabeto cirílico. Edie se puso a buscar y encontró dos extractos más recientes: los pagos parecían haberse interrumpido. Dobló tres o cuatro recibos, se los metió por dentro del cinturón, guardó las carpetas en el archivador y salió del estudio.

Su siguiente parada fue en el armarito de los medicamentos que había en el cuarto de baño. Tylenol, crema de afeitar, bastones para los oídos, cosas habituales. A continuación miró en la alcoba, pero ni en las mesitas de noche ni debajo de la cama había nada de interés.

De la media docena de botas para exterior alineadas en el departamento para zapatos del armario, ninguna ostentaba la huella con el oso polar que Edie había encontrado el día que mataron a Felix Wagner.

Volvió al estudio, convencida todavía de que había pasado algo por alto, y abrió con fuerza uno de los cajones del segundo archivador. El tirón hizo bascular todo el mueble sobre sus ruedecillas giratorias, y al rodar hacia delante una tabla del suelo se movió. Edie retiró el archivador un poco más y pudo comprobar que la tabla había quedado floja. Se agachó y la levantó metiendo un dedo de la mano derecha, primero con timidez y luego más rápido a medida que el dedo penetraba en el interior. Lo que había dentro le produjo una punzada de dolor electrizante. Intentó asimilarlo. La cabeza le daba vueltas y llegó a pensar que se desmayaría.

Apilados en pulcras hileras de diez por diez, había docenas de blísters de uso farmacéutico, todos vacíos, puestos de través, un papel de plata mirando hacia un lado, la solapa rasgada tan bien puesta sobre el hueco de la cápsula que cualquiera habría dicho que estaba intacta, y el siguiente papel de plata, manipulado de la misma manera, puesto encima del anterior mirando hacia el lado opuesto.

Nadie guardaría así unos blísters usados, pero no era la primera vez que Edie veía semejante disposición y pulcritud. No cabía la menor duda. La persona que había guardado aquello era la misma que había ordenado los envoltorios de Vicodin en el cajón de la mesita de noche de Joe Inukpuk.

Robert Patma.

Miró el reverso de los blísters. Había unas palabras escritas en el mismo alfabeto cirílico que la caja del botiquín. Alcanzó un papel de la impresora y anotó lo que ponía. Luego, volvió a meter los blísters en el escondite y colocó de nuevo la tabla del suelo.

Del despacho pasó a la cocina, empezó a abrir cajones y armarios y al final encontró lo que estaba buscando. En un estante tan alto que hubo de subirse a la encimera para alcanzarlo, había un rollo industrial de film adherente. Al bajarlo, volcó un salero sin querer. Dejó el salero donde estaba y examinó el adhesivo. Faltaba la etiqueta y una parte del plástico había sido arrancada de la tira, empleando para ello la pequeña hilera de dientes metálicos del rollo. El perfil del borde cortado era casi perfecto, apenas si mostraba irregularidades: no podía haberlo hecho más que una persona sumamente cuidadosa. Edie ya sabía dónde iba a encontrar la pareja de ese corte.

Encontró a Sammy dormido todavía en la silla junto a la habitación. Si iba con cuidado, no lo despertaría.

Sigilosa como un cazador al acecho, Edie cogió la caja de tabletas rusas del estante del botiquín, sacó quince envoltorios, pasó de puntillas por delante de Sammy, giró el picaporte hasta que éste cedió, empujó la puerta y entró en el cuarto.

18

Edie vio cómo respiraba Robert Patma, con la aguja hipodérmica encima de la mesita, y su mente empezó a barajar pensamientos e imágenes como líquenes entre las ramas de un sauce arbustivo: densas manchas lívidas compitiendo por un poco de oxígeno. Rememoró los acontecimientos de los últimos meses, pensó en Wagner y Taylor, pensó en Derek y en el *puikaktuq*. Pero, sobre todo, pensó en Joe.

Se sentía habitada por un yo diferente, como si toda ella hubiera cambiado desde el momento de descubrir el film adherente en la cocina de Robert Patma. Y esa otra persona era la que había bajado la caja de Hydal de la estantería, la que había pasado de puntillas por delante de Sammy para no despertarlo y se había colado en el cuarto de Patma y luego aplastado las tabletas una por una, formando una montañita de polvo blanco que había introducido después en una solución salina. Esa otra Edie estaba ahora con ella, viendo respirar a Robert Patma, mientras la Edie real evocaba momentos felices pasados con Joe.

Sus pensamientos se vieron interrumpidos por la aparición de una cabeza asomada a la puerta. Era Sammy.

—¿Qué haces aquí? —preguntó él, parpadeando de sueño.

—No lo sé. —Fue entonces cuando, de repente, con la fuerza del agua al desbordar una presa en época de deshielo, comprendió que estaba pensando en asesinar a alguien.

—¿Sales ya? —preguntó Sammy, que no había visto el Hydal.

—Enseguida.

Sammy enarcó las cejas para hacerle ver que consideraba su conducta un tanto extraña y luego dijo:

—Te doy un minuto.

No bien hubo salido él, Edie cogió la jeringuilla y corrió a tirarla al cubo de los desperdicios. Luego arrojó también los blísters, alcanzó un paquete de vendas, abrió el envoltorio y cubrió con él lo que había tirado primero.

El paciente continuaba durmiendo. Edie sintió una oleada de náuseas. Apretó el torniquete que ella misma le había puesto en el brazo y luego, por última vez, dio la espalda a Robert Patma y salió del cuarto sin hacer ruido.

Sammy estaba sentado en su silla de guardián y parecía inquieto.

—Oye —le dijo Edie—, no le cuentes a nadie que he entrado, ¿eh? —Le puso una mano en el hombro y luego se alejó de allí.

Cuando llegó a casa preparó té y se tumbó en el sofá, aturdida por una linterna mágica de pensamientos. Intentó respirar hondo para serenarse, pero al cabo de unos minutos se incorporó, incapaz de estarse quieta. Encima de la mesa había un DVD. Sin mirar qué era, lo introdujo en el lector. La pantalla parpadeó unos instantes y luego apareció el rostro de Harold Lloyd. Fue sólo entonces cuando las lágrimas brotaron de sus ojos.

Martie la encontró en el sofá unas horas más tarde.

—Robert Patma, ¿eh? ¿Quién lo iba a decir? —Su tía meneó la cabeza. Luego, en un áspero susurro conspiratorio, añadió—: Aquí en Autisaq hay un espíritu oscuro, Edie. Lo he visto, es malo y oscuro.

—Pensaba que tú no creías en espíritus malos, tía Martie —dijo Edie, entre bostezos—. Sólo en malas personas.

—Ya no sé qué decirte, osito mío. Ya no lo sé.

Continuaron charlando mientras desayunaban té y pan de bannock con sirope. Martie quedó anonadada con todo lo que le iba contando Edie. Luego, cuando hubo terminado de desayunar, se levantó.

—Procura que toda esta historia no te complique más la vida, osito —dijo—. Me temo que está fuera de tu alcance.

—Demasiado tarde, tía Martie —dijo Edie.

Estaba en la ducha cuando el avión-ambulancia se hizo notar con el gemido de su motor. Los sanitarios no tardarían en llegar a la enfermería, y Edie confió en que encontraran a Robert Patma con vida. Ahora no quería que se muriera. Estaba plenamente convencida de que Patma había matado a Joe Inukpuk cumpliendo órdenes de los rusos, quienes por su parte le proporcionaban lo necesario para satisfacer su adicción. Tal vez había empezado como informador a sueldo. ¿Y si resultaba que las deudas de juego que él atribuía a Joe eran en realidad del propio Patma? Tal vez fue sólo una temporada, pero las cosas cambiaron al engancharse a los sedantes. Edie suponía que al principio Robert Patma había conseguido el material de la propia farmacia de la enfermería, y que, cuando no pudo continuar por esta vía, aparecieron los rusos y ellos se encargaron del suministro. Podía ser que Robert Patma estuviera también relacionado con Zemmer, aunque nada apuntaba a ello. Los rusos le exigieron un precio, y ese precio fue Joe.

Estuvo largo rato bajo la ducha y finalmente se frotó todo el cuerpo, se secó y se engrasó el pelo. Derek ya no estaba cuando ella salió del baño. Junto al hervidor, en la cocina, había una nota diciendo que había ido con Stevie a que le miraran la herida de la pierna.

Fue al volver del hospital con Derek varias horas después cuando Edie se olió que alguien había entrado en su casa. Había sutiles diferencias en la colocación de ciertos objetos. Por ejemplo, se dio cuenta de inmediato de que la pila de DVD no estaba exactamente igual que antes y que varios libros de la estantería habían sido sacados y vueltos a poner. Otro tanto en el dormitorio y en la cocina, leves indicios de que alguien había abierto armarios, registrado cajas, inspeccionado rincones.

Pensó que no valía la pena mencionárselo a Derek o a Stevie. Probablemente no pasaba nada. Quizás había entrado Willa, o tal vez Minnie esperando encontrar algo de alcohol. Le vino a la cabeza el viejo Koperkuj, que seguía sin aparecer. Le preocupaba tanta coincidencia.

Esperó hasta que Stevie se hubo marchado y Derek estuviera dormido y fue a comprobar si la piedra seguía en el tarro del azúcar. Así era. Volvió a dejar el tarro en su sitio, se lamió un resto de azúcar en los dedos y se regañó mentalmente por ser tan paranoica.

El hombre que había asesinado a su querido Joe a cambio de unas cuantas pastillas estaba siendo trasladado a la ambulancia aérea. Un forense de la policía estaba examinando el cadáver de Joe en el depósito, en busca de señales de jeringuilla. Dentro de una hora o dos, las pruebas que acusaban a Robert Patma del asesinato de Joe Inukpuk estarían camino de Iqaluit y Edie no tendría que ver nunca más al enfermero. La noche anterior, mientras le miraba respirar y barajaba la posibilidad de matarle, se le había ocurrido que aquel hombre no era nada, un simple drogadicto, pero al entrar Sammy se había puesto a pensar en sí misma, en su ex, en Willa. ¿No habían sido todos, en algún momento de sus respectivas vidas, igual que Robert Patma? Al margen de lo que hubiera hecho o dejado de hacer, Robert Patma no era tan diferente de las personas a las que ella amaba; no podía poner fin a su vida como tampoco era capaz de matar a Sammy o a Willa.

No obstante, saber como sabía ahora que Patma había sido responsable de la muerte de Joe Inukpuk no resolvía del todo el enigma. Su ausencia de Autisaq durante aquella ventisca, cuando mataron a Felix Wagner, había sido real, por más que él hubiera inventado un pretexto para justificarla. Robert Patma no podía haber matado a Wagner porque no estaba en las inmediaciones cuando ocurrió. Y si no fue Patma, entonces ¿quién? No había apenas pistas: una huella, que tenía grabada en la memoria. Pensó otra vez en la piedra y en los problemas que había originado. El que había matado a Wagner codiciaba sin duda la piedra, y no había motivo para pensar que esa persona estuviera todavía en la región. Su intranquilidad se hizo extensible a la clara sensación de que alguien había entrado en su casa y, más atrás aún, a la advertencia de Martie en el sentido de que todo aquel asunto podía estar «fuera de su alcance». ¿Acaso su tía le estaba ocultando algo respecto a la desaparición de Koperkuj?

Edie fue a comprobar que Derek estuviera respirando bien y profundamente en la oscuridad de la alcoba, luego se puso la parka y el gorro, se calzó las botas de trabajo y salió de la casa. Fue directamente al pequeño bar que había al fondo de la Northern Store, donde era fácil encontrar a Martie cuando estaba en el poblado, pero ese día no había ido por allí. Cuando estaba ya por salir, Mike surgió de detrás del puesto de Doritos.

—¡Edie! Menos mal. Y yo que siempre pensé que ese enfermero era un buen tipo... Me han llegado rumores de que era drogadicto.

—Caramba, con qué rapidez corren las noticias. —Edie sonrió forzada. Conocía lo bastante bien a Mike como para saber cuándo estaba tratando de sacarle algún chisme, y ella no tenía la menor intención de pararse a charlar.

—Nicky, la enfermera de la ambulancia aérea, ha entrado a tomar café y me ha contado que el doctor Urquhart le ha dicho que Patma conseguía la droga de Rusia. ¿Qué es todo este lío?

Edie no tenía el menor deseo de aportar su granito de arena a las habladurías.

—Mira, Mike —dijo—. Es que tengo un poco de prisa. ¿Has visto a Martie?

El brusco cambio de tema pareció desconcertar momentáneamente a Mike.

—Antes estaba por aquí —dijo—, pero creo que ya se ha ido.

Edie le dio las gracias, volvió a su casa, metió unas cuantas cosas en la mochila, dejó una nota diciendo adónde iba y salió. En el plazo de dos o tres días se podría viajar por los témpanos, pero aún no había nieve suficiente como para tomar la motonieve, así que por el momento tendría que usar el todoterreno de Derek. Dentro de unas tres semanas la oscuridad duraría ya las veinticuatro horas. Si había algún espíritu oscuro y malo en Autisaq, más valía ponerse a buscarlo mientras hubiera un poco de luz.

Condujo hasta la toba pedregosa cercana a la cabaña de Martie, se apeó del todoterreno y llamó a su tía. Al no obtener respuesta, se acercó a la cabaña y pegó la oreja a la puerta: dentro no se oía nada. Probó el tirador. La puerta estaba abierta, pero en vez de entrar fue hacia la parte de atrás, donde había un grupito de pequeños anexos: un cobertizo que servía tanto de almacén como para secar pieles, una perrera abandonada y una especie de soportal donde Martie guardaba sus vehículos. El todoterreno no estaba donde lo tenía siempre.

Dos años atrás, en verano, una brigada de obras públicas había construido una pista desde Autisaq hasta la cabaña, confiando en que Martie pudiera llegar así al aeródromo a tiempo (y no quedarse sin empleo) ya que muy a menudo llegaba tarde. Pero la primera escarcha había reventado el pavimento, y ahora la pista era impracticable a excepción del kilómetro más próximo a la cabaña. A menudo, Martie iba en el todoterreno hasta donde terminaba el camino y desde allí seguía a pie hasta las lomas para cazar liebres o coger las minúsculas moras de los pantanos que solían aparecer en la vertiente meridional tras un verano bueno. Como estaban en época de moras, lo más probable era que su tía estuviese allí.

Edie se despojó de las prendas exteriores dentro de la cabaña y se preparó un té con la idea de esperar a Martie. Alcanzó automáticamente una cuchara que había encima de la vieja y desvencijada mesa a fin de remover el azúcar del té, mientras pensaba en qué le diría a su tía cuando llegara, y el acto mismo de remover suscitó en ella toda suerte de preguntas. Empezó a dudar de si había hecho bien viniendo, si no estaba demasiado sensible —por no decir paranoica— debido a lo sucedido en los últimos días. Sacó la cuchara del tazón, observó que el reverso estaba manchado como de hollín y la apartó sobre la mesa. La higiene nunca había sido el punto fuerte de Martie.

Mientras bebía el té, se fue convenciendo de que habría sido mejor quedarse en Autisaq y tratar de averiguar quién había entrado en su casa. Le sabía mal, además, dejar que abrieran el cadáver de Joe Inukpuk sin estar ella delante. Era casi como si lo hubiera abandonado otra vez. Y por último estaba el policía. Cayó en la cuenta de que se preocupaba por Derek Palliser más de lo estrictamente necesario. En fin, pensó, otro motivo para volver a Autisaq.

Agarró la parka y la mochila. Estaba ya a punto de cerrar la puerta cuando reparó en un gancho clavado en el marco. Del gancho colgaba la llave de un candado. Le picó la curiosidad, en parte porque no la había visto nunca y en parte porque desde que conocía a Martie no la había visto jamás cerrar nada con llave. Que ella recordara, ninguno de los anexos tenía cerradura, y puesto que su tía no se molestaba siquiera en echar el candado a su avión, le pareció raro que quisiera poner uno a alguna de sus pertenencias. Sin pensarlo más, Edie descolgó la llave.

Buscó algún tipo de candado entre el desorden de latas, pieles de animales y equipo de pesca y de caza, y luego fue a comprobar las puertas de los anexos. La motonieve de Martie estaba en el soportal con la llave colgando del encendido. Edie se asomó al cobertizo. Dentro había el barullo habitual de latas de creosota, antioxidante y aceite para motor, además de varios arpones, deflectores, señuelos, *ulus* y otro material para exterior. En un rincón descansaban unas pieles de foca, pero no vio ningún candado ni nada a lo que se pudiera instalar uno. Mientras cerraba la puerta del cobertizo, se dijo a sí misma que no tenía ningún derecho a husmear en los asuntos de Martie; lo mejor sería dejar otra vez la llave colgada del gancho, so pena de verse obligada a dar explicaciones si llegaba su tía.

Mientras rodeaba el cobertizo con la idea de no darle más vueltas al asunto, se fijó en que habían movido la perrera de sitio recientemente; los líquenes que habían crecido alrededor del perímetro no encajaban con la nueva posición. Se acercó un poco más. Por las marcas que había en la roca, daba la impresión de que habían girado la perrera varias veces. La empujó, a modo de prueba, y al hacerlo reparó en una especie de trampilla en la pared del cobertizo, a la altura del espacio donde estaban apiladas las pieles en la parte de dentro. Y justo allí, muy bien empotrado de manera que quedara a ras de la pared, fue donde Edie encontró el candado. Introdujo la llave y lo abrió con un solo movimiento de la muñeca. Detrás de la trampilla había una especie de pequeña caja fuerte. Estaba vacía. Al cerrar la puerta le llegó un olor agrio que le resultó vagamente familiar, aunque no fue capaz de identificarlo. Volvió a cerrar el candado. Era la segunda vez en unas horas que se sentía sucia, contaminada; no tenía por qué meterse ni curiosear en los asuntos de su tía. Empujó la perrera hasta su emplazamiento original, fue a colgar la llave en su sitio y se marchó.

Iba ya por el Jones Sound cuando le vino a la cabeza la vieja cuchara tiznada que había utilizado para remover el té. Y fue al pensar en la cuchara cuando recordó que se había dejado el tazón encima de la mesa.

Cuando llegó a casa encontró a Derek sentado en el sofá, visiblemente nervioso. Tenía en la mano el recorte de los integrantes del Club de Cazadores del Ártico que Qila Rasmussen le había dado a ella en agosto.

—¿Por qué no me habías enseñado esto? —inquirió. Estaba dolido, pero como si hiciera esfuerzos por reprimir su ira.

—No sé —dijo ella, perpleja—. Bueno, recuerda que te conté lo de Felix Wagner y ese tal Belovsky.

—Tenemos que irnos —dijo Derek. Le lanzó la foto—. Ahora mismo.

—¿Irnos? —Edie estaba muy confusa—. ¿Por qué? —Nunca le había visto tan excitado; por el tono de voz, parecía al borde de un ataque de histeria. Se preguntó si sería por las pastillas que estaba tomando—. Mira, Derek, en serio, no sé de qué va todo esto. Además, tú no puedes ir a ninguna parte con esa pierna.

Derek cogió otra vez la foto y le espetó:

—¿A cuáles de éstos has visto anteriormente?

Después de fijarse bien, Edie señaló a Felix Wagner y luego a Belovsky.

—¿Ninguno más? —La invitó a mirar otra vez. Edie repitió la operación, pero como no veía ninguna otra cara conocida, negó con la cabeza.

Derek señaló a un hombre alto de aspecto distinguido, con barba y nariz aguileña, en la fila de atrás.

—¿No le conoces?

—Pues no.

Derek inspiró hondo y soltó una exclamación.

—¡Ahora lo entiendo! Eso explica muchas cosas —dijo, menos agresivo ahora—. Yo pensaba que habrías topado con él.

—¿Por qué lo dices?

—Edie, ese hombre es el profesor Jim DeSouza.

Ella tardó un poco en registrar el nombre. DeSouza, claro, el jefe de la estación científica de la isla de Devon.

—¿Tú crees que sabe lo que le pasó a Wagner?

—Sería mucha coincidencia que no estuviera enterado, ¿no te parece? Fairfax, Wagner, Belovsky, los tres metidos en este lío, ¿y DeSouza una ovejita inocente? No, las dos últimas veces que le vi me pareció muy nervioso. En fin, creo que deberíamos hacerle una visita inesperada.

—Iré yo —dijo Edie, señalando la pierna herida del policía.

Derek soltó una carcajada amarga.

—Ah, no, Edie Kiglatuk, no me vas a descartar tan fácilmente. —La miró de tal manera que el pulso se le aceleró de golpe.

Mientras la esperaba, Derek había estado preparando un plan. Tendrían que abordar a DeSouza cuando él menos lo esperase, sin darle tiempo a inventar una coartada. Si no estaba implicado en la muerte de Wagner, nada tendría que ocultar. No podían ir en avión pues necesitarían un permiso anticipado para aterrizar en la estación científica, y todo el mundo se enteraría. Tendrían que ir por mar. El Jones Sound se había helado hacía muy poco, no era fiable (la capa de hielo era fina y porosa en algunos puntos) y sí en cambio turbulento, pues las corrientes arrastraban fragmentos de hielo nuevo a la deriva. En estas circunstancias, el trineo de perros aportaba mayor seguridad gracias a una más proporcionada distribución del peso, pero en motonieve irían más rápido. Y tenían prisa.

Derek lo había calculado todo. En la costa norte de Devon, relativamente cerca de la estación pero no visible desde allí, al este de cabo Vera, había un fiordo muy angosto protegido por un islote de los vientos de levante dominantes. El hielo solía estabilizarse pronto en aquel punto. Pernoctarían allí, fuera del alcance de la vista, y al amanecer se pondrían en camino hacia la estación. Con un poco de suerte, pillarían a DeSouza desayunando.

—¿Cuándo partimos? —dijo Edie.

Derek se puso de pie.

—¿Qué tal ahora?

Fue una ardua travesía. Sobre el hielo apelmazado, las motonieves botaban como sacos de arena tras el puñetazo de un púgil, y a cada momento tenían que detenerse para rodear canales de agua abiertos en los témpanos. Pasada la franja de hielo costero permanente, el viento arreció y durante un rato oyeron el alarmante sonido que producía el hielo nuevo al elevarse debido a la presión del subsuelo. Derek se había negado a tomar calmantes para la herida diciendo que necesitaba tener la mente lo más despejada posible, pero Edie se dio cuenta de que estaba agotado y que recurría a sus cigarrillos para pasar el mal trago. Con todo, consiguieron dejar atrás la isla de Craig llegado el crepúsculo. Un débil sol rojo quedó flotando brevemente sobre el horizonte como un ojo ensangrentado y fue sustituido por una luna amarillenta.

Siguieron adelante en dirección suroeste rumbo a Devon, serpenteando por entre pequeños bloques de hielo nuevo a la altura de Bear Bay. Transcurridas otras tres horas, divisaron la isla de Sukause al claro de luna. El fiordo estaba ya muy cerca. Amainó el viento y el aire empezó a cortarse con humo de escarcha.

Decidieron montar el campamento, comer algo y descansar un poco. Si alguien veía sus luces u oía las motonieves, supondría que eran cazadores.

Sin cruzar palabra trasladaron el material hasta la playa. Al poco rato habían montado la tienda y estaban dentro comiendo cecina de caribú y bebiendo té caliente. Fuera, empezaba a formarse neblina. Derek comió muy poco y habló menos todavía, aunque por el modo de estar sentado —con la pierna mala extendida y tiesa— y la expresión tensa de su rostro, Edie dedujo que lo estaba pasando mal. Urquhart, el doctor, le había recetado Vicodin y un relajante muscular. Ella le sugirió que se tomara las dos cosas, así podría dormir un poco. De controlar el tiempo ya se encargaría ella. Si veía que mejoraba la visibilidad, le despertaría enseguida. La cara de alivio y gratitud que puso él no pudo ser más elocuente.

Edie permaneció unos minutos a la escucha, tranquilizándose al oír que Derek respiraba con regularidad, y luego salió a dar una vuelta por el guijarral. El crepúsculo había quedado muy atrás y el cielo era ahora de un negro enfurruñado. Aunque no había tanta niebla, pendían aún en el aire los restos del humo de escarcha blanca. Dejaría que durmiera un poco más. Unas cuantas horas no iban a cambiar nada. Era de noche. A menos que DeSouza tuviese noticia de su presencia en Devon, no se iba a mover de donde estaba.

Se metió otra vez en la tienda. Derek seguía durmiendo. El viento arreció. Se lo oía silbar desde lo alto del peñasco antes de precipitarse hacia la playa. Luego le llegó otro sonido, más pesado y rítmico, ajeno al viento. Lo oyó otra vez y no le cupo duda de que era un ser vivo en movimiento, probablemente un zorro. Luego, pensándolo mejor y por la contundencia de las pisadas en el esquisto, descartó que fuera un zorro, o incluso un lobo o un caribú. Instintivamente se puso tensa y, con un nudo en la garganta, aguzó los oídos mientras el crujir iba acercándose a la tienda, hasta que, finalmente, empezó a retroceder hacia los peñascos.

Debía de ser un oso o un buey almizclero, pero, al acordarse de Koperkuj y de su misteriosa desaparición, Edie decidió ir a investigar. Rápidamente alcanzó dos bufandas de pelo de liebre, se las ató alrededor de los kamiks, agarró el rifle y la cartuchera, ajustó la mira nocturna, apartó la lona, salió cerrando la cremallera de la tienda y se puso en camino.

19

La mira nocturna iluminó la profunda y estéril oscuridad del guijarral y captó algunas marcas en la superficie de esquisto, marcas que se alejaban hacia las cuestas de más al oeste. No era tan fácil ver como Edie había imaginado. A su alrededor, todo parecía estar en movimiento. Las huellas eran difusas, el viento empezaba a borrarlas, pero le pareció que correspondían a un animal de dos patas, no de cuatro.

Solamente Stevie sabía adónde habían ido, así pues, quienquiera que fuese, no podía tratarse de DeSouza. Y Stevie era incapaz de contárselo a nadie. Debía de ser un cazador, quizás el propio Koperkuj, aunque era poco probable.

Tomó aire y vació su mente de pensamientos y palabras. A partir de ahora, se regiría únicamente por lo que captaran sus sentidos: el viento, las marcas en el esquisto, el penetrante olor del liquen bajo sus pies. Había empezado a nevar, y Edie, avanzando despacio y con gran sigilo mientras se preparaba mentalmente para un encuentro, fue siguiendo las huellas hacia la oscuridad. Atravesó la playa, siempre alerta, con el corazón a cien, hasta llegar a las rocas resbaladizas al pie del peñasco. Una vez allí se detuvo, agachada, a la espera. Extremando las precauciones, puesto que estaba siguiendo a un ser humano. Al poco rato oyó un gemido sordo y avanzó unos pasos, con las rodillas dobladas, utilizando la mira nocturna para ver por dónde iba. Su dedo índice acariciaba ya el gatillo.

En un saliente escalonado donde la roca descendía, se agachó hasta quedar sentada con los pies colgando sobre la superficie de debajo, tanteó con la punta del pie, encontró un punto de apoyo y se deslizó hasta la roca. El gemido era cada vez más fuerte. No había la menor duda, era humano, y parecía venir de detrás de un gran canto rodado. Sin enderezarse, Edie dio una voz, pero no obtuvo respuesta. El viento, sin embargo, le trajo un olor; era un olor tan familiar que casi lo consideraba ya un amigo. Olor a sangre.

Avanzó muy lentamente con el rifle en ristre y dijo: «*Kinauvit?*» («¿Quién eres?»). Silencio. Al llegar al canto rodado descansó unos segundos, cogió una piedra, la lanzó para provocar que el desconocido abriera fuego y, armándose de valor y en vista de que no había reacción, se echó el rifle a la cara, ajustó las miras y salió a descubierto.

Por la mira nocturna vio una especie de bulto tendido de forma extraña: era un ser humano, muerto o inconsciente. Alargó el brazo y empujó el cuerpo con el cañón de la Remington. Nada. Al encender la luz frontal que llevaba prendida del gorro de pieles, vio lo que no podía ser sino la víctima del ataque de un oso. El cuerpo parecía intacto, pero la cara estaba destrozada, era un amasijo de jirones de piel y sangre coagulada, las facciones casi borradas por completo. Se colgó el rifle al hombro y aplicó dos dedos a la carótida del hombre. Había pulso. Al retirar la mano, sus dedos tocaron una cosa metálica. Un momento después, la luz frontal le permitió ver una cadena de oro que le resultaba familiar. Era Koperkuj el viejo, y estaba aún con vida. Por poco tiempo.

Lo agarró de los hombros, le dio vuelta, se quitó el gorro y se lo puso a él bajo la cabeza. Al hacerlo, los brazos resbalaron por su propio peso y Edie vio que había sido torturado: sus manos eran dos simples muñones de carne y le habían arrancado las uñas.

El viejo yacía completamente inmóvil. Las manos, o lo que quedaba de ellas, habían ido a juntarse sobre su cara. El alma inuk de Edie se solidarizó con Koperkuj. Agredir de esta manera a un anciano era tan obsceno como violar a un niño.

—Tranquilo —le dijo, acariciándole la cabeza.

Koperkuj no estaba en condiciones de moverse; las pisadas que había oído en el guijarral no podían ser suyas. Rápidamente apagó la luz frontal, y estaba alargando el brazo para coger el rifle cuando quedó cegada por un fuerte resplandor. Los destellos rojos tardaron un segundo en desaparecer de sus retinas, pero cuando pudo ver bien otra vez, se encontró ante las marcadas facciones y la nariz aguileña del hombre que aparecía en la foto de Qila: el profesor Jim DeSouza. DeSouza la tenía encañonada.

Su instinto le advirtió de que se enfrentaba a un ser mentalmente perturbado.

—Este pobre hombre es un anciano —dijo.

—Yo no tengo la culpa. —DeSouza se acercó un poco más, dio un puntapié al rifle de Edie y lo recogió del suelo. Su voz adquirió un tono conspiratorio y sereno—: Ya sabes lo que quiero, si no se lo hubieras quitado tú, nada de esto habría sucedido. —El hombre debió de percibir el asco que inspiraba en ella, pues se apartó ligeramente—. El viejo te protegió mucho más de lo que yo pensé que haría. Me ha costado mucho sacárselo. —Sacudió el cuerpo inerte de Koperkuj con la punta de la bota.

—Nunca le han caído bien los *qalunaat* —dijo Edie.

—Motivos no le faltan. —La cara de DeSouza parecía tan retorcida y quebradiza como las ramas de un sauce viejísimo batido por el viento—. La gente debería mezclarse sólo con los de su propia raza. Nos evitaríamos muchos disgustos.

—Yo puedo decirte dónde está la piedra.

—Sí, ya lo sé.

—Por favor —imploró Edie—. Tenemos que llevar al viejo a que lo miren. —Le resultó extraño haber dicho «por favor». No era una fórmula inuit. Pero tampoco el profesor era un inuk.

DeSouza chasqueó desagradablemente la lengua.

—Olvídate de él, no hay nada que hacer. —Estaba más flaco que en la foto y tenía la cara chupada—. Antes, por un momento he llegado a pensar que podías ser interesante, incluso inteligente, pero ya veo que eres tan necia como los demás.

—¿Los demás...?

—Indígenas —dijo él.

Edie percibió su profundo desdén. No había nada que hacer; DeSouza no se ablandaría.

El profesor cogió el rifle de Edie y con una mano lo abrió y retiró el cargador. Luego, adelantando el mentón, indicó un sitio detrás de Edie. Mientras ella se volvía, él le levantó la trenza del lado izquierdo con el cañón. Fue una cosa íntima, un preámbulo a la violación, y la intención del hombre había sido precisamente ésa.

—Tú delante.

Empezaron a bajar hacia la playa. Los primeros indicios de amanecer —un paso del negro al marrón en el horizonte meridional— habían resaltado los contornos de la tienda de campaña. No había luz encendida dentro y nadie salió a recibirlos. Derek Palliser seguía durmiendo.

DeSouza sacudió de nuevo la coleta de Edie con la punta del rifle y le dijo:

—Despierta a Palliser.

Ella lo llamó. Nada.

—Está herido. Se tomó un Xanax y unos calmantes.

El rostro de DeSouza se ensombreció.

—Átalo —dijo, empujándola con el cañón y pasándole una cuerda—, y procura hacerlo bien. Si intentas escapar, le haré lo mismo que le hice al viejo. Y luego iré por ti. Deja abierta la tienda para que pueda ver lo que haces.

—Te llevamos más ventaja de la que piensas —dijo Edie mientras le ataba las muñecas a Derek—. Sabemos exactamente dónde encontraron la piedra. Podemos conducirte hasta allí.

A su espalda, percibió que el cuerpo del profesor se ponía tenso.

—Para ti todos somos iguales, ¿no? —dijo él—. Simples *qalunaat.* —Escupió la palabra como si fuese una flema—. Sólo buscamos el dinero. Eso aplícaselo a Wagner y a Fairfax, dos individuos mezquinos y cortos de miras. A mí el dinero no puede interesarme menos.

Por un momento, Derek pareció despertar, pero enseguida cayó de nuevo en una especie de estupor. Edie no dijo nada y continuó con los nudos.

—Crees que he perdido el juicio, ¿verdad? —dijo DeSouza. Entró para inspeccionar las ataduras, tirando aquí y allá de un nudo—. Podría ser.

Volvieron a la playa dejando a Derek maniatado en la tienda. DeSouza obligó a Edie a arrodillarse en los guijarros y poner las manos sobre la cabeza, como si fuera a ejecutarla, mientras permanecía a escasa distancia y escrutaba el cielo sin dejar de apuntarla. Edie barajó la posibilidad de agarrar un puñado de piedras y lanzárselas a la cara, pero presentía que él no le iba a dar tiempo a agacharse siquiera y que la mataría allí mismo. Esperaron.

De todos modos, mientras no le diera la piedra, DeSouza no la liquidaría. Después, probablemente la llevaría a la tundra y se desharía de ella. Aparte de Derek, ¿quién se iba a molestar en averiguar qué le había pasado? ¿Mike? ¿Stevie? ¿Martie? Ni Mike ni Stevie iban a plantar cara a Simeonie. Y en cuanto a su tía Martie, Edie ya no sabía qué pensar.

La fina cutícula de sol había asomado un poco más sobre el horizonte, demasiado débil como para encaramarse al cielo. Edie cayó en un estado de profundo pesimismo. Intentó luchar contra él, pero era como los largos meses de oscuridad ártica: ubicuo, ineludible. Así no vas a ninguna parte, se dijo a sí misma; Edie puede flaquear, pero Kigga no se rinde nunca. Miró una vez más hacia el horizonte. El sol se estaba oxidando, engullido poco a poco por la oscuridad, pero algo quedaba.

Algo quedaba.

Se le ocurrió que su única oportunidad pasaba por engañar a DeSouza, hacerle pensar que simpatizaba con su causa. Esperó un rato hasta que se sintió más serena y el fuerte olor de la adrenalina se hubo evaporado, y entonces dijo:

—Conozco sitios donde podría haber otras piedras. Hablo de meteoritos.

DeSouza no abrió la boca. Edie lo intentó otra vez.

—Si supiera exactamente lo que estás buscando, quizá te podría ayudar. Conozco el terreno.

Un resoplido de burla, y después:

—¿Cómo ibas a saber tú lo que estoy buscando? —Giró para que ella pudiese verle la cara—. ¿Cómo ibas a entender nada?

Ella asintió, sumisa.

—Ya lo sé, soy tonta. —Él la miró—. Pero sirvo para algunas

cosas. Si nos quedamos sin comida, puedo abatir un caribú a mil metros.

DeSouza se rio.

—No nos quedaremos sin comida —dijo, sacudiéndole las coletas con la punta del rifle—. ¿Y para qué otras cosas sirves?

Edie cerró los ojos y tragó saliva.

—Tienes razón, no sirvo para nada. Y encima soy mujer. Claro que, si no soy de ninguna utilidad, quizá podría bajar los brazos, ¿no?

DeSouza soltó un leve suspiro de impaciencia pero no protestó. A Edie le pareció agotado, casi vencido.

—Los científicos de ahí —dijo él, señalando al noreste, hacia la estación científica más allá de los peñascos— hacen un buen trabajo, ¿sabes?, sobre todo cosas de tipo mecánico; desarrollan vehículos y tomamuestras... —No estaba hablando con ella sino, a todas luces, consigo mismo, en todo caso con la parte no perturbada de sí mismo.

Se quedó callado. Entonces Edie lo comprendió. Estaba fatalmente solo. Era un fenómeno que había presenciado desde pequeña. Hombres como DeSouza llegaban al Ártico con sus fantasías de autosuficiencia y su arrogante individualismo y, al cabo de un tiempo, descubrían que no eran tan fuertes como pensaban, descubrían tarde o temprano que necesitaban a la gente. Y a aquellos que no perdían la cabeza. DeSouza estaba en una encrucijada, pensó Edie. ¿Qué camino tomaría?

Él se quedó mirando el cielo durante un rato y luego volvió la cabeza hacia ella. Tras una eternidad, dijo:

—¿Tú sabes por qué los meteoritos son especiales? Quiero decir, aparte del gas. —Trató de dar un énfasis airado a sus palabras, pero lo que le salió fue más bien un tono de agotamiento.

Edie sintió un profundo alivio. Aquel hombre quería entablar contacto.

—Imagino que me dirás que los meteoros proceden del mundo del espíritu, o cualquier otra memez.

—No, qué va —dijo Edie, haciendo una mueca—. Del mundo del espíritu vienen los espíritus; los meteoros vienen del espacio exterior.

—ALH 84001, ¿sabes qué es eso? —preguntó él. Por lo visto la respuesta de Edie le había gustado lo suficiente como para empujarlo a averiguar cuánto sabía. Esto era una buena noticia.

Ella negó con la cabeza.

—Claro, cómo lo vas a saber —dijo él, satisfecho.

—Podrías explicármelo, así pasamos el rato. Pero si no tienes ganas, yo puedo contar muchas anécdotas.

—No, por Dios —dijo él—. Hombres-ganso, espíritus de morsa, uf, ya me he hartado de ese rollo. Sonreír, interactuar con los indígenas, ¡al carajo!

—Vale, entonces explícamelo —replicó Edie.

Él la miró con gesto inquisitivo, a lo que ella respondió con una tenue sonrisa. Le había ofrecido una válvula de escape a su soledad y él la había aceptado.

—ALH 84001 es el curioso nombre que le pusieron a un meteorito encontrado en la Antártida. Hace diez años un tal David McKay, que trabajaba en el Johnson Space Center de Houston, aseguró que el meteorito contenía vida fosilizada.

Había empezado a nevar, copos pequeños y fríos. DeSouza se puso de pie. Era evidente que estaban esperando a alguien, o a algo.

—¡Mierda! —exclamó.

Ella estiró el cuello en dirección a la tienda de campaña.

—Dentro se está caliente —dijo.

DeSouza le hizo señas para que fuera delante. Al llegar a la tienda, le dijo que se detuviera y que apartara la lona para que él pudiese ver el interior. Luego entró de espaldas, sacó el rifle de Palliser, lo abrió y lo arrojó sobre la nieve. Mientras él hacía todo esto, Edie aprovechó para escrutar las tinieblas pensando algún ardid para desarmar a DeSouza. Sus ojos se posaron en las huellas que él acababa de dejar en la nieve reciente. Era el mismo dibujo que había visto en la loma justo después de que Wagner cayera abatido: el zigzag con el sello de la marca y el logo del oso polar en medio.

DeSouza salió de la tienda con un carrete de sedal en la mano. Empujando a Edie con la culata del rifle, la hizo entrar y sentarse, y le ató los tobillos y las muñecas. Luego se sentó él también y encendió un Lucky del paquete de Derek. Se hizo el silencio, solamente interrumpido por los suaves ronquidos del policía. Daba la impresión de que DeSouza había decidido no hablar más. Edie tendría que ir con mucha cautela. Ahora sabía con toda certeza que estaba ante un asesino: había matado a Felix Wagner. Quería hacerle saber que ella lo sabía, que alguien más conocía su secreto. Esperó a que hubiera casi terminado de fumar y entonces dijo:

—¿Fue así como os conocisteis tú y Felix Wagner? ¿Trabajabais los dos en el centro espacial?

DeSouza se encogió de hombros.

—Bah, ese tipo era un capullo, un inútil. —Hizo una mueca de desdén. Se habían conocido, explicó, en el Arctic Club de la Universidad de Washington cuando ambos eran estudiantes de primer curso. Al cabo de un tiempo, aprovechando Wagner que había ganado mucho dinero con negocios inmobiliarios, se valió de su relación con DeSouza para entrar en el Club de Cazadores del Ártico.

»Felix era un individuo muy tenaz, pero no tenía nada de cazador. Enseguida procuró cultivar la amistad de Fairfax por sus contactos, y la de Belovsky por su dinero. Tendrías que haberle visto, ¡cómo los untaba! Que si una cacería de osos en el Cáucaso, que si cazar faisanes en un castillo inglés... Era grotesco.

—Y entonces fue cuando se enteró de lo de la piedra y el diario, ¿verdad? —Edie evaluó las facciones del profesor en busca de una reacción negativa, pero no vio tal cosa. DeSouza parecía haberse olvidado de que era su prisionera. Decidió insistir—: Supongo que no fue muy listo al vender la misma información a Zemmer y a Belovsky pensando que ni los unos ni el otro se darían cuenta.

DeSouza la miró ahora con renuente admiración. Había vuelto en sí.

—Vaya, no eres tan tonta como dices, ¿eh? Pues más te valdría haberlo sido.

—Wagner era tonto y mira lo que le pasó —replicó Edie—. Y lo mismo Andy Taylor.

Otra vez la mueca de desdén.

—Wagner siempre iba rodeado de su séquito, y siempre eran tipejos como Taylor. —Inspiró para sosegarse un poco—. Yo no tuve nada que ver en ese asunto. No hizo falta. Los rusos se me adelantaron —concluyó, riendo.

Edie aprovechó para ahondar:

—Me intriga el ALH 84001.

Él la miró como si estuviera decidiendo si merecía la pena gastar saliva con ella. Finalmente capituló: la soledad había podido con él otra vez.

—El año pasado —dijo—, McKay volvió a la piedra y la analizó utilizando... —La miró con cautela y optó por no dar más detalles.

Edie hizo un esfuerzo de memoria para encontrar la respuesta entre los términos de tipo técnico que recordaba del informe que le había pasado Mike Nungaq.

—¿Microscopía electrónica?

DeSouza sonrió apenas. La recompensa por haber ella acertado fue continuar hablando. Estaba visto que lo que más necesitaba DeSouza (más aún de lo que creía necesitar la piedra) era alguien que comprendiera sus obsesiones.

—Hasta ahora todo el trabajo se ha centrado en la magnetita. Hablo a nivel oficial, claro está.

—Culo de morsa, vaya —dijo ella con desdén.

—Empieza a gustarme tu estilo. —DeSouza parecía más relajado.

—No tienen dos dedos de frente —dijo Edie. ¡Qué fácil estaba siendo todo!

—¿Sabes qué son los nanobes?

Ella negó con la cabeza. Ahí la había pillado en falta.

—Son filamentos fosilizados, pequeñísimos, su diámetro es de una milmillonésima de metro. Aquí en la Tierra se han encontrado en magnetita, en halita y en el ALH 84001. Hay quien afirma que son una forma de vida extraterrestre, pero no ha sido posible demostrarlo.

Edie percibió la energía que emanaba otra vez de él.

—Yo creo poder demostrar que, en efecto, son formas de vida. Es más, que provienen de Marte.

Edie contuvo el aliento. Se acercaba un avión; pudo notar el rumor antes de que éste se hiciera audible. Pero DeSouza no lo había detectado aún.

—¿Sabes lo que significa eso? Por mucho menos a algunos les dan el Nobel.

Ahí estaba el motivo, entonces. Como tantas otras personas inteligentes movidas por la ambición, DeSouza había ido renunciando a su condición de humano. Edie se horrorizó ante lo prosaico de todo ello.

—Pero para eso necesitas la piedra —dijo, un poco demasiado fuerte, con la idea de distraerle mientras trataba de determinar la procedencia del avión.

Él inclinó la cabeza hacia un lado.

—Y horas de investigación —dijo.

—Lo cual cuesta dinero.

El motor era ya audible. DeSouza lo había oído también. Indicó a Edie que se pusiera de pie, sacó el cuchillo y cortó el sedal con que le había sujetado los tobillos.

—Te voy a dar una sorpresa —dijo.

Estaba nevando y el mar aparecía cubierto de nubes bajas. El sonido del avión se hizo más patente. Mientras permanecían a la espera, el aire empezó a vibrar e, instintivamente, Edie comprobó la dirección y fuerza del viento. *Tarramiliivuq*: estaba virando al norte. Una idea terrible fue abriéndose paso en su mente.

Johannes Moller. Claro, aquel maldito culo de morsa estaba más metido en eso de lo que ella pensaba.

Una mancha apareció entre las nubes hasta concretarse en la conocida forma de un Twin Otter. Pero no era la avioneta de Moller.

Era la de tía Martie.

Edie se aferró a aquel inesperado rayo de esperanza. Sintió ganas de gritar. Martie los había visto.

—Es tía tuya, ¿verdad? —dijo DeSouza, meneando la cabeza—. Y vosotros los inuit diciendo que la familia siempre es lo primero...

Edie le miró, nerviosa, dudando de qué había querido decir.

El aparato había efectuado un rápido descenso y se disponía ya a enfilar la playa. Edie esperaba que su tía hiciese un picado ascendente y se ladeara como preámbulo a aterrizar en el agua junto a la playa, pero el Otter continuó derecho hacia tierra firme, tan bajo que casi parecía peinar las olas. DeSouza torció el gesto.

—Pero ¿qué coño...? —dijo, alarmado.

El Otter estaba ya a menos de cien metros de ellos, volaba tan a ras de suelo que notaron cómo las alas sorbían el aire que los rodeaba, y tan cerca que Edie pudo casi ver la expresión de su tía a los mandos del aparato. Cuando ya lo tenían casi encima, DeSouza no pudo aguantar más. Lanzando un grito, se tiró rápidamente al suelo y su cubrió las manos con la cabeza, dejando el rifle a un costado. El avión pasó rugiendo sobre sus cabezas y luego ascendió bruscamente. Sin pensarlo dos veces, Edie se lanzó a por el rifle tratando al mismo tiempo de desatarse las muñecas. El avión viró de nuevo. DeSouza se levantó de un salto y agarró el arma antes que ella. No había conseguido encañonarla todavía cuando el aparato se dispuso a hacer otra pasada.

Edie miró cómo se acercaba y, al ver que descendía de nuevo, dio media vuelta y echó a correr hacia la tienda. Distraído momentáneamente por el sonido de sus pasos sobre el esquisto, DeSouza se tambaleó y acto seguido hizo fuego. La bala pasó rozando a Edie yendo a rebotar en las rocas. El avión estaba casi encima de DeSouza. Ella vio cómo se lanzaba de nuevo al suelo tapándose la cabeza con los brazos. Corrió hacia la tienda buscando con la mirada el rifle de Derek; confiaba en tener el tiempo justo de cogerlo, meterse en la tienda, cortar el sedal con que DeSouza le había atado las muñecas y meter el cargador antes de que la alcanzara. El avión había completado ya su pasada, a juzgar por el rugido del motor en su esfuerzo por ascender de nuevo. DeSouza estaría levantándose del suelo. A Edie le zumbaban los oídos y tenía todos los músculos en tensión. Al volver la cabeza, vio que DeSouza se disponía a disparar y se echó instintivamente al suelo.

El avión estaba ladeándose sobre el hielo marino para hacer

otra pasada. DeSouza caminaba ahora rifle en ristre hacia ella gritándole obscenidades. Edie notó que se quedaba sin respiración. De repente, el profesor se detuvo, se encajó el rifle en el hombro e inclinó la cabeza para apuntar. Sonó una detonación e inmediatamente todo pareció detenerse. Edie notó en la cara un lametón de sangre y se quedó inmóvil, sin comprender nada. DeSouza cayó hacia delante.

Estaba arrodillado en el esquisto, la cara hacia abajo como si lo hubieran sorprendido bebiendo en un arroyo. De su pecho salía un misterioso borboteo. Un instante después, la boca empezó a expulsar sangre. Edie se puso de pie, y al volverse vio que Derek Palliser bajaba el rifle y le sonreía.

—Nudos marineros. —Derek se acercó cojeando—. Estás en todo, Edie.

Mientras el avión se alejaba hacia el mar y viraba para finalmente tomar tierra, ella le explicó lo ocurrido, ampliándole los detalles mientras iban camino de donde estaba Saomik Koperkuj, al que transportaron sobre una lona de vuelta a la playa. Era tan frágil, tan liviano, que casi parecía imposible que siguiera con vida. Sin embargo, y a pesar de que su pulso era muy débil y acelerado, así era.

Martie los estaba esperando. No había tiempo para explicaciones. Subieron al anciano al remolque de la motonieve y de allí al avión.

Para cuando regresaron a la playa, DeSouza ya estaba muerto.

—Ve tú con el viejo —dijo Derek—. Yo llamaré a la estación científica y diré que manden a alguien a buscar al profesor.

Se miraron a los ojos. Algo, un sentimiento, transitó entre los dos.

Llevaban unos minutos volando cuando Koperkuj pareció recobrar el conocimiento y empezó a gemir. Edie alcanzó el botiquín sujeto a la parte de atrás del mamparo. En ese momento el avión dio un pequeño bandazo sobre unas nubes e hizo caer una cajita empaquetada justo a su lado. Edie la apartó, sacó del botiquín una tira de tabletas de Vicodin, aplastó un par de ellas, le bajó el pantalón al viejo y, después de ponerse unos guantes de vinilo, le introdujo el polvo en el ano. A los pocos segundos, Koperkuj dejó de gemir.

Edie se quitó los guantes y los tiró a un lado. Luego se llevó la cajita a la nariz y notó el mismo olor avinagrado y como a verdura que había percibido en la cabaña de Martie. Su tía estaba absorta en el panel de instrumentos. Edie sacó el cuchillo, hizo un pequeño corte en el envoltorio y luego otro en el cartón, abrió la cajita e introdujo dos dedos. Un polvillo blanco se le adhirió al pulgar. Aplicó la punta de la lengua al dedo y el amargor la hizo estremecerse.

Recordó que su tía siempre se estaba rascando y entonces pensó en el tizne que había observado en aquella cuchara al remover el azúcar. Y recordó, de repente, la meticulosidad con que habían registrado su casa, como si supieran dónde podía Edie guardar las cosas, y el cuidado que habían puesto en dejarlo todo igual. Era por eso que DeSouza había dicho «te vas a llevar una sorpresa» ironizando sobre la preponderancia de la familia en la cultura inuit. Él estaba esperando a Martie; y era Martie quien le había advertido de que Derek y ella iban camino de la estación científica.

Fue como si hubiera recibido una violenta sacudida; tuvo que hacer un esfuerzo sobrehumano para sobreponerse. Después, una vez más calmada, alcanzó la Remington con gran sigilo y fue hacia la cabina de mando. Martie notó la punta del cañón en la nuca y soltó un chillido como haría un cachorro abandonado por su madre.

—¡Edie, no!

El grito hizo que Edie presionara con más fuerza. Toda su piel escocía de adrenalina.

—Si no te mato ahora mismo es sólo porque alguien tiene que pilotar. Pero ándate con ojo; sin intentas algo, dispararé y nos iremos todos al infierno. —Miró por la ventanilla las grises e hipnóticas aguas del Jones Sound. Pasado el primer momento, otra vez serena, añadió—: ¿Cuánto falta?

—Veinte minutos. —La voz de su tía sonó como si la tuviera metida en la cabeza.

—Pues tienes veinte minutos para explicarte —dijo Edie—. Ni uno más.

Todo había empezado como un pequeño sobresueldo. La droga —metanfetamina— llegaba en el barco de la Arctic Patrol con la etiqueta «instrumentos científicos» y DeSouza se encargaba personalmente de recogerla. Jonson, el capitán del navío, estaba metido en la operación. Martie hacía de intermediario. De vez en cuando volaba hasta la estación científica, recogía una caja y la llevaba a Iqaluit.

—DeSouza me dijo que gracias al dinero de la droga estaban llevando a cabo una importante investigación.

—Tú sabes que él mató a Felix Wagner, ¿verdad?

Martie asintió de mala gana.

Lo había averiguado mucho después de que ocurriera. DeSouza siguió a la expedición buscando el momento propicio para neutralizar a Wagner y quitarle la piedra. Le pegó un tiro, pero entonces apareció Andy Taylor. DeSouza no pretendía matar a Felix Wagner, aunque tampoco lamentaba haberlo hecho. Dijo que Wagner sabía lo mucho que él, DeSouza, necesitaba aquella piedra, que se la debía. Y Wagner, en cambio, la había vendido.

—Yo qué sé, Edie, DeSouza siempre estaba diciendo que su investigación cambiaría el mundo. Cuando todo el Ártico estuviera agotado, decía, la gente iría a vivir a las estrellas, con los espíritus. Yo de ciencia no tengo ni idea; sólo sé pilotar aviones. ¿Qué daño puede hacer?, pensé. Además, la droga no llegaba a Autisaq.

—Ya, pero entonces empezaste a consumir.

—No me di ni cuenta —se defendió Martie, angustiada—. Supongo que empecé a esnifar de vez en cuando, para mantener la concentración durante los vuelos, ¿sabes? Y entonces el viejo me descubrió y se apuntó también. Nadie llegó a notar que en los pedidos faltaba algo. Pero un día DeSouza se presentó en la cabaña cuando Koperkuj y yo estábamos probando la mercancía. Fue entonces cuando supe que él también la consumía.

—Y cuando DeSouza se enteró de lo de la piedra.

—Así es.

—Koperkuj no se la quiso dar, ¿eh?

—Ya sabes cómo era... cómo es el viejo. A un *qalunaat* no le vendería ni su propia caca. La siguiente vez que se presentó el profesor, Koperkuj le dijo que había perdido la piedra. El otro no le creyó, pero el viejo no dio su brazo a torcer. Por eso permitió que tú la cogieras, para que DeSouza no se la robara.

Volvió la cabeza hacia Koperkuj.

—¿Crees que vivirá?

Edie se encogió de hombros.

—Tienes que entender una cosa, Edie —continuó su tía—. Al principio, DeSouza era una buena persona. Las cosas cambiaron a partir de que vio la piedra. Y luego la metanfetamina... De golpe se volvió, no sé... siniestro.

—Un espíritu oscuro.

Martie asintió con la cabeza.

—Y luego va y desaparece Koperkuj... —añadió Edie.

—Te digo la verdad, yo no sabía lo que había pasado. Pensaba que DeSouza se había creído lo de que el viejo había perdido la piedra. Ninguno de los dos sabía lo que yo sabía: que la tenías tú. Por eso pensé que no corría peligro. Pero luego, un día, DeSouza me soltó que había visto al viejo poco antes de que desapareciera y me imaginé lo que tramaba hacer con él. Lo de Koperkuj y la marihuana, ¿te acuerdas? Yo sabía que se lo contarías a Palliser y supuse que él lo relacionaría con la estación científica e iría a investigar a DeSouza.

—Y entonces pensaste ir a mi casa, coger la piedra y dársela a él, calculando que DeSouza dejaría ir a Koperkuj y al final todos contentos.

—Más o menos, sí. Mierda, osito, qué quieres que te diga, al final se jodió todo. Busqué por todas partes pero no encontré la piedra, y entonces vi la foto en tu sofá y empecé a preocuparme. Después, cuando volví a tu casa y vi que te habías ido, me entró el pánico. Me figuré que habías atado cabos.

—Y llamaste a DeSouza.

Martie se quedó un momento sin voz, como si sus sentimientos le impidieran hablar. Autisaq era ya visible, una cosa minúscula y frágil ante la enorme y aplastante extensión de Ellesmere.

—Lo que hice estuvo muy mal, pero he procurado ponerle remedio.

Edie apartó el rifle, cerró los ojos e inspiró hondo.

—Tú aterriza, Martie, y luego aléjate de mi vista. No quiero verte más.

20

Diandra Smitty, la nueva jefa de la enfermería, encontró a Edie junto al expendedor de té de la sala de espera. Era una mujer grande y con pinta de ordinaria, el «polo opuesto» de Robert Patma, como a ella le gustaba decir, y el único blanco de raza negra que la mayoría de los pobladores de Autisaq había visto en carne y hueso. Diandra llevaba tres meses y medio a cargo de la enfermería, tiempo suficiente como para haberse empapado de sabiduría popular y viejos remedios por boca de los ancianos. Poco a poco había ido incorporando prácticas tradicionales a los tratamientos, con lo cual se había ganado el cariño de los habitantes de Autisaq. El expendedor de té había sido también idea de Diandra.

—Hola, Edie —dijo—. ¿Vienes a ver al viejo?

Edie empezó a verter azúcar en su té. Diandra, como siempre, no dijo nada pese a que era obvio que ya se había fijado en la gran cantidad de azúcar que solía ponerse. Un motivo más para que a Edie le cayera muy bien.

—¿Cómo se porta el nuevo voluntario? —Desde hacía dos meses Willa Inukpuk trabajaba algunas horas en la enfermería, ayudando a Diandra en tareas administrativas.

—De maravilla —respondió la enfermera—. Es curioso, hay gente que sencillamente ha nacido para curar a los demás. Willa es así, sólo que no se había enterado hasta ahora.

En ese preciso momento Willa salió de una de las consultas. Al ver a Edie, sonrió tímidamente. A medida que avanzaba el invierno, las relaciones entre el joven y su ex madrastra se habían hecho bastante más cordiales. Willa había cambiado considerablemente desde que trabajaba con Diandra; Edie jamás le había visto tan responsable y tan a gusto consigo mismo.

Diandra volvió a meterse en su despacho y Edie fue hacia la habitación donde estaba Saomik Koperkuj. Al principio, cuando tenía un pie en el otro mundo, habían pensado trasladarlo en ambulancia aérea hasta un hospital de Iqaluit, pero el viejo se había negado en redondo aduciendo que, si no podía quedarse en Umingmak Nuna, le daba igual morirse. Lo ocurrido no había amansado al viejo; seguía siendo tan malhumorado e insolente como siempre pero, por suerte para ambos, Edie nunca había esperado que fuera a cambiar.

Sus dos visitas semanales habían empezado a formar parte del entramado de la relación entre los dos. Cada cual conocía su papel. Ella tenía que hacer como que ir a verle era un fastidio, una carga, y él por su parte fingir que la consideraba una maldita entrometida. Ambos lo pasaban bomba. Koperkuj sabía muchas más cosas sobre la vida tradicional de lo que Edie pensaba y siempre estaba dispuesto a transmitir sus conocimientos. Al paso de las semanas, Edie había aprendido a hacer pelotas de fútbol con vejigas de morsa y a curar la ceguera temporal en los perros haciendo pasar una pulga por uno de los pelos de sus ojos. Koperkuj le había enseñado también a acechar a las perdices blancas de manera que éstas la tomaran por una foca, así como un sistema infalible para pescar charrascos gruñones. Edie no recordaba otra época de su vida en que hubiera madurado más, como cazadora y como inuk. Ahora bien, lógicamente, eso no se lo decía nunca al viejo.

Se disponía a abrir la puerta del cuarto de Koperkuj cuando fue Martie quien lo hizo para salir de él. Edie sabía por Willa que su tía iba a menudo a visitar al viejo aprovechando que acudía a la enfermería para curarse su adicción. El resto del tiempo, sin embargo, Martie lo pasaba encerrada en su cabaña y Edie había conseguido no cruzarse con ella. Desde aquel último trayecto en Twin Otter no habían vuelto a hablar.

—Hola, Edie. —La voz de Martie sonó compungida.

No atreviéndose a preguntar por su salud, Edie probó la segunda vía.

—¿Cómo está hoy el viejo?

—De fábula. —Martie soltó una pequeña carcajada y sus ojos volvieron a tener el brillo de otros tiempos—. Dice que quiere hacer de mí una mujer honrada. Imagínate, con los años que han pasado...

—¿Le dirás que sí?

—¿Te has vuelto loca?

Edie sonrió. Se cruzaron, y fue un poco violento por las muchas cosas que quedaban en el tintero. Edie se quedó en el umbral y vio alejarse a su tía por el pasillo en dirección a la sala de estar. Cuando ya casi había llegado, Martie dudó y miró hacia atrás.

—Oye, osito, ¿te ha dicho Willa que estoy limpia?

Edie asintió con la cabeza. Martie esbozó una sonrisa, pero luego, con un tono que revelaba sorpresa, añadió:

—En este pueblo no hay forma de guardar un secreto.

—Eso me temo —dijo Edie. Finalmente, tomó aire y entró en la habitación del viejo.

Saomik Koperkuj estaba acostado mirando un DVD. A lo largo de los meses de su convalecencia, Edie le había ido introduciendo a los grandes maestros del cine mudo, y el protocolo consistía en que Koperkuj le contaba un par de anécdotas de los viejos tiempos y después se ponían a mirar una película corta. Al viejo le gustaba especialmente Buster Keaton, decía que el cómico le recordaba a sí mismo de joven. Le había cambiado el nombre a Kituq, porque decía que así le sonaba inuk y le gustaba más.

—¿Has visto a Martie? —preguntó.

—Sí —dijo Edie. Agarró la mano sin uñas de Koperkuj y le dio un suave apretón. El viejo mantuvo la vista fija en la pantalla y gruñó. Luego le devolvió el apretón.

—Hoy no puedo quedarme mucho. Tengo que ir al aeródromo. —Edie quería alcanzar a Derek Palliser antes de que estuviera demasiado absorto en sus labores de policía—. No sé si habrá tiempo para anécdotas.

El viejo se incorporó en la cama. Su cara era todavía un mapa de cicatrices; él las llamaba sus heridas de guerra, y no parecía que le importaran gran cosa.

—Saomik, ¿puedo preguntarte una cosa?

Él nunca le había hablado de Andy Taylor ni de lo que había hecho con su cadáver, salvo que aquel día estaba cazando y oyó un disparo, y que al ver que Taylor estaba muerto le quitó la piedra que llevaba al cuello.

—Me lo vas a preguntar tanto si digo que puedes como si no.

—¿Por qué descuartizaste a Taylor?

La boca de Koperkuj adoptó un rictus desdeñoso. Ya había dicho todo lo que tenía que decir sobre ese asunto.

—El tipo estaba muerto —murmuró—, y los perros tenían hambre. —Miró de reojo a Edie y, al ver que ella no se sorprendía, pareció serenarse—. Bueno, ya está. Lo he dicho una vez y no pienso repetirlo. —Se cruzó de brazos como para dar énfasis a su decisión—. Oye, ¿qué tal está hoy ese muchacho, Pauloosie?

Pocos días después de la muerte de DeSouza, Edie y Derek preguntaron a Simeonie Inukpuk por el dinero de la Fundación para los Niños de Autisaq. El reelegido alcalde no intentó siquiera negar el hecho de que había aceptado sobornos de las compañías petrolíferas a favor de la urbanización del poblado. No sólo eso, sino que había malversado también fondos del Gobierno. Hicieron un trato y unas semanas más tarde la Fundación para los Niños de Autisaq nombró presidente a Mike Nungaq. Poco tiempo después el Club Infantil de Autisaq llevaba a cabo su primer campamento dedicado a la búsqueda de minerales. Casi a renglón seguido se creó un club de informática, y el plan era recaudar dinero para construir una piscina cubierta. Edie recuperó su puesto de trabajo como profesora. En más de una ocasión había llevado a toda su clase al hospital para que Saomik Koperkuj les diera una lección sobre conocimientos tradicionales inuit. Los chavales estaban encantados con el viejo, y éste, a su huraña manera, correspondía a su entusiasmo. Sentía especial debilidad por Pauloosie Allakarialak, decía que le recordaba a sí mismo de chaval. Bajo la tutela del anciano, aquel niño perplejo y tan susceptible había cambiado por completo. El nuevo Pauloosie había empezado a escribir letras de canciones en inuktitut, y hablaba ya de convertirse en el primer rapero inuit de la zona.

—Tiene talento —dijo Edie.

—Dile que venga algún día. Prefiero su compañía a la tuya —dijo el viejo.

—Menos mal. Hace tiempo que busco una excusa para no venir más.

—Yo nunca te he pedido que vinieras.

—No, si sólo lo hago para que el reverendo como se llame no me dé la paliza porque no voy a la iglesia.

—De nada te serviría —dijo Koperkuj—. Tú vas a ir derecha al infierno.

Le dejó a Koperkuj una sopa casera de sangre y partió hacia el aeródromo a toda prisa. En la terminal había un grupo de personas vestidas con traje y parka tratando de meter diversos artículos de artesanía local en sus bolsas y maletas antes de que llegara el avión. Simeonie Inukpuk, que estaba en medio del grupo intentando poner un poco de orden, saludó desde lejos a Edie con la cabeza. No podía decirse que estuvieran en muy buenas relaciones, pero desde la última vez que habían hablado, el alcalde se mostraba sorprendentemente cortés, temiendo, suponía ella, que Edie pudiera delatarlo en público.

Derek Palliser estaba hablando con Pol Tilluq junto a la báscula del equipaje. Al ver a Edie, señaló con el brazo hacia los que iban de traje y formó la palabra «asesores» con los labios. Edie se encogió de hombros y respondió, por el mismo sistema, *Ayunqnak*, qué se le va a hacer.

Desde los hechos de hacía más de cuatro meses, Edie apenas había podido ver al sargento de policía. Derek había estado convaleciente en Iqaluit y luego había sido enviado a Ottawa para recibir una condecoración. Después había regresado a Iqaluit para trabajar durante unas semanas con el fiscal con miras al juicio de Robert Patma, previsto para el verano. El *Ottawa Citizen* había publicado su fotografía en la página 7, y el *Arctic Circle* un artículo largo sobre su investigación con los lemmings, nombrándole Policía del Año de las Comunidades Boreales. Misha le llamó poco después. Derek se había equivocado al sospechar que ella tenía algo que ver con Beloil, dijo, pero no la invitó a volver a Kuujuaq.

Edie se abrió paso entre la muchedumbre. Cuando la tuvo delante, Derek la recibió con una gran sonrisa, a lo que ella respondió con un estúpido remedo de lo mismo.

—Hola, poli —le dijo—. ¿Tendrás un momento más tarde? He de pedirte un favor.

Él le lanzó una mirada de fingida desesperación.

—Ah, por cierto, estoy loca por ti, sargento Palliser —dijo ella.

Después de las clases, Edie se fue a casa, preparó una cena caliente de lengua de caribú y metió todo lo necesario en el remolque. A eso de las cinco se presentó en la oficina de la policía. Derek estaba retirando los últimos papeles que tenía sobre la mesa.

—¿Listo?

—Todo lo que puedo estarlo sin saber adónde vamos ni qué estamos haciendo.

Ella le guiñó un ojo.

—Confía en mí.

Él se rio y dijo:

—Vale.

Montaron en las motonieves y partieron por las crestas de presión paralelas a la costa y luego enfilaron la franja de hielo de Jones Sound. Hacía un frío muy intenso, acrecentado por el viento, pero el hielo estaba mejor que nunca para viajar: quieto, firme y bien asentado. La luna estaba alta y brillaba con fuerza, y las estrellas en el cielo eran como copos de nieve de una copiosa nevada. Viajaron tres horas y media en dirección sur. Finalmente, con el perfil de la isla de Craig asomando delante de ellos en la oscuridad, Edie se detuvo junto a un iceberg cuyo flanco noroccidental había acumulado gran cantidad de nieve, que el viento se había ocupado de hacer compacta. Se bajó del vehículo y fue a mirar.

—Nieve de tres capas —le gritó a Derek.

El policía se acercó en su motonieve y apagó el motor.

—¿Es que quieres hacer un iglú? —preguntó.

—¿Y qué, si no, con nieve como ésta? —dijo ella.

Tras meditarlo un momento, él meneó la cabeza sin saber qué contestar.

Era la última noche del período de gran oscuridad, una noche que la mayoría de los inuit se pasaba el invierno deseando que llegara, el final de cuatro meses y veinticuatro horas de oscuridad. Al mediodía siguiente el sol saldría por primera vez, si bien sólo un momento. Sería el primer sol que veían desde hacía más de un centenar de días.

Buscaron un buen emplazamiento, lo bastante lejos del iceberg como para no correr peligro si se hacía pedazos, pero lo bastante cerca como para que los protegiera un poco del viento dominante. Luego cargaron en el remolque los bloques de nieve que ella iba cortando. Tardaron tres horas en construir el iglú. Una vez terminado, Edie se metió dentro, pisoteó el suelo para allanarlo, extendió pieles de caribú, puso unas lámparas e improvisó una ventana cuya luna, en lugar de tripa de foca, era un trozo de plástico. Bebieron té caliente y descansaron un poco sentados en las pieles, Derek fumando un cigarrillo. No hablaron gran cosa.

Edie salió al exterior llevándose el cuchillo de morsa y le hizo señas a Derek para que la siguiera. Practicó un agujero redondo en el hielo y se acuclilló al lado. Durante un rato permaneció en silencio, rememorando mentalmente lo sucedido en los meses previos. Luego, se desató el trozo de cuero de foca que llevaba alrededor del cuello y se lo dio a él. Derek se lo puso sobre la palma de la mano. Era la primera vez que veía la famosa piedra.

—No parece gran cosa, ¿verdad? —dijo sin más.

—Quiero que la tires al mar.

Él estiró el brazo sobre el agujero en el hielo, suspendió el collar sobre el mismo, y dejó caer la piedra. Oyeron un tenue chapoteo y luego nada. Empezó a nevar. Gruesos discos de infinita y microscópica complejidad caían de unas nubes altas y disparejas.

—Estoy cansada —dijo ella de pronto.

Él asintió.

—Vayamos a dormir.

Regresaron al iglú y durmieron un buen rato. Al despertarse, Edie preparó té con hielo de iceberg y calentó el estofado de foca que había traído de su casa.

El *Arctic Circle* había publicado aquella semana la noticia de que la marea negra del mar de Ojotsk era más grave de lo que había predicho Zemmer. Las acciones de la empresa estaban por los suelos y grupos ecologistas abogaban por llevar a los directivos a juicio por incumplimiento de sus deberes fiduciarios respecto de los afectados por el vertido. Zemmer había reducido drásticamente sus prospecciones. Era dudoso que la compañía volviera a aparecer por el Ártico durante un tiempo. También Beloil había tenido muy mala prensa a raíz de las imágenes de dos de sus empleados profanando tumbas que alguien había colgado en YouTube. Belovsky, el director general, había declarado su firme intención de llegar al fondo del asunto. Mientras tanto, Beloil estaba fuera de combate.

—Supongo que vendrán otras compañías petrolíferas —dijo Edie mientras removía el estofado—, con maquinaria más grande, con más dinero...

Derek dijo que sí, que a la larga no habría forma de pararlo.

—¿Y a la corta?

—He estado pensando en eso.

El policía le contó su plan. Al aprobarse la ley de Parques Nacionales, allá por los años veinte del siglo anterior, cuando buena parte de Ellesmere y de las islas adyacentes fue declarada parque nacional, Craig había quedado al margen, convirtiéndose así en un lugar muy vulnerable. Pero Derek había pensado que si lograba convencer a la junta de parques naturales de que había motivos suficientes para recalificar Craig, tal vez la junta dictaría una orden provisional, aunque fuera sólo para el futuro inmediato. Caso de ser así, nadie podría autorizar prospecciones en la isla (ni el ayuntamiento ni la asamblea legislativa de Nunavut y ni siquiera el gobierno federal), mientras no se solucionara el tema de la recalificación. Por más pruebas que hubiera de la existencia de una reserva de gas en Craig, nadie podría ponerse a perforar. Con o sin sobornos.

—Y lo que pienso —continuó Derek— es que las expediciones de verano de Fauna y Parques suelen hacer informes de auditoría sobre las poblaciones de animales en peligro de extinción, pero para especies más comunes echan mano de mis datos.

—¡Salvo en el caso de los lemmings! —rio Edie.

Él le sonrió a su vez.

—Oh, sí, los lemmings. Por cierto, recordarás que soy una especie de experto en la materia.

—Pues mira, creo que lo había olvidado —dijo ella, haciéndole un guiño.

Él le explicó que había dos especies diferentes de lemming, el común o lemming de collar, *Dicrostonyx torquatus*, y el marrón norteamericano, *Lemmus trimucronatus*.

—Hay muchísimas variantes y subespecies, pero para lo que nos interesa digamos que son sólo dos.

—¿Y qué es lo que nos interesa?

Derek levantó una mano pidiendo calma.

—A eso iba. En esta región *D. torquatus* es una especie muy común, mientras que *L. trimucronatus* es rara en cualquier parte. De hecho, tan rara es que está en la lista de especies en peligro de la UICN. —Derek sonrió—. Hasta el día de hoy, no se ha avistado ni un ejemplar de *L. trimucronatus* al norte de la isla de Baffin.

Edie asimiló la información y luego mostró las palmas de las manos como diciendo: «Bueno, ¿y qué?»

—Como responsable de protección de la naturaleza para Ellesmere, mi obligación sería informar debidamente al departamento federal de Fauna y Parques sobre cualquier avistamiento de un *L. trimucronatus* en la isla de Craig, aunque no hubiera confirmación del mismo.

Edie comprendió adónde quería ir a parar.

Derek levantó de nuevo la mano; no había terminado aún.

—Serían necesarios estudios demográficos, medioambientales, etcétera. Y, habida cuenta de que el período de investigación está limitado a un par de meses en verano, a saber el tiempo que podría llevarles completar todo eso.

Edie no pudo reprimir la risa.

—Eres casi tan astuto como esa gente del petróleo —dijo, admirada.

—Bueno, tener un cerebro de lemming no viene nada mal.

Se miraron, radiantes, el uno al otro. Luego, Edie se puso de pie y le buscó la mano.

—Vamos, poli —dijo—. Salgamos a esperar que nazca el sol.

Agradecimientos

En la primera fase de la redacción de este libro conté con la inestimable ayuda de una beca del Arts Council England. Estoy en deuda con Simon Booker y Tai Bridgeman, que leyeron varios borradores y me hicieron muchas y muy útiles sugerencias. Debo dar las gracias a mi agente, Peter Robinson, a Stephen Edwards, Margaret Halton, Kim Witherspoon, al equipo de Rogers, Coleridge & White y a Inkwell Management. Muchísimas gracias también a Maria Rejt, Sophie Orme y la gente de Mantle, así como a Kathryn Court, Alexis Washman y al equipo de Penguin USA. Si hay algún error, es sólo mío.

Un poco de geografía y nota sobre el inuktitut

Muchos de los lugares citados en este libro, entre ellos las islas de Ellesmere y Devon, parte del Archipiélago Ártico canadiense, así como Qaanaaq, en el noreste de Groenlandia, son reales. No así otros como Autisaq, Kuujuaq y la isla de Craig, que son inventados. Existe, en efecto, una estación meteorológica en Eureka (Ellesmere) y una de investigaciones científicas en la isla de Devon, pero cualquier semejanza de dichas instalaciones y el personal que trabaja en ellas con los descritos en el libro es pura coincidencia.

El inuktitut es una lengua altamente sofisticada y polisintética de raíz esquimo-aleutiana. Lo hablan los inuit a lo largo y ancho de las regiones árticas; eso sí, en alguno de los diversos dialectos que conforman una verdadera cadena lingüística. Cada dialecto es inteligible para la comunidad vecina pero no para las muy distantes; eso explica que un inuk de Groenlandia pueda tener serias dificultades para comunicarse con otro de, por ejemplo, Alaska. Varios de estos dialectos se escriben en alfabeto romano, otros en un alfabeto silábico inventado por misioneros a principios del siglo XVIII.

El inuktitut consiste en morfemas, la unidad de significado más pequeña, que forman palabras compuestas al relacionarse unos con otros. Estas palabras compuestas serían el equivalente de una frase entera en las lenguas indoeuropeas. Por ejemplo, *pariliarumaniralauqsimanngittunga* significa «Yo nunca he dicho que quiera ir a París». Para modificar la naturaleza del morfema-raíz se puede hacer uso de morfemas adicionales: *qinmiq* significa «perro», y *qinmiqtuqtuq* «ir en trineo de perros».

El inuktitut es a la vez vehículo y reflejo de la visión que del mundo tienen los inuit, una manera de ver las cosas que tiende a lo concreto más que a lo abstracto, huyendo de todo sustantivo genérico. Tradicionalmente, a un inuit le importaba menos saber si en un río había peces que saber exactamente qué especies y el lugar exacto donde se hallaban. También los topónimos suelen ser específicos y funcionales. Los inuit llaman a la isla de Ellesmere Umingmak Nuna, o «Tierra de Bueyes Almizcleros», para informarse a sí mismos y a futuras generaciones de que dicha isla es un lugar donde puede cazarse ese mamífero. Incluso hoy en día, con tantas palabras nuevas que concretar, éstas siempre adquieren una cualidad descriptiva pasadas por el tamiz inuit. El término utilizado para ordenador, *qarasaujaq*, significa «algo que trabaja como un cerebro». No obstante, es un mito que los inuit tengan cientos de palabras para describir la nieve. De hecho, el número de términos básicos para «nieve» es más o menos el mismo que en las lenguas indoeuropeas, pero su especial idiosincrasia hace que en inuktitut baste una palabra polisintética como *patuqun* para designar algo como «helada nieve resplandeciente».

El inuktitut hablado suena un poco como el agua de un arroyo fluyendo sobre los guijarros. Un inuit casi nunca levanta la voz, y formular preguntas directas se considera una grosería. La excepción a esta norma es Edie Kiglatuk, lo que en parte explica por qué es casi un bicho raro en su propio entorno.

Por desgracia, algunos dialectos de inuktitut están actualmente al borde de la desaparición. Hasta donde me ha sido posible, he procurado utilizar las versiones Baffin septentrional o *Qikiqtaalukuannangani* de los términos inuktitut que aparecen en el libro, pero cabe perfectamente la posibilidad de que se hayan colado incorrecciones. Pido disculpas por ello.

OTROS TÍTULOS
DE LA COLECCIÓN

EL ÚLTIMO GOLPE

Robert Crais

Tres años después de que, gracias al programa de protección de testigos, su familia abandonara Seattle y se salvara por minutos de ser asesinada, Clark Hewitt se encuentra huyendo de nuevo. Pero esta vez sin los suyos consigo. Su hija mayor, Teri, que a sus quince años tiene la experiencia de una mujer de cuarenta, conduce a sus hermanos a la oficina del detective Elvis Cole, a quien le entrega un grueso fajo de billetes y contrata para que encuentre a su padre.

Al principio parece un caso sencillo. A Cole no le toma mucho tiempo descubrir que Clark ha regresado a Seattle, y para cuando se lo diga a sus hijos, probablemente ya se habrá puesto en contacto con ellos. Pero todo lo que Cole encuentra son pistas que indican problemas: Clark es un drogadicto y un falsificador que ha entregado a las autoridades pruebas contra la mafia rusa, que ahora está decidida a matarlo. Pero no puede buscar la ayuda del FBI porque Clark ha vuelto a las andadas y de nuevo está imprimiendo billetes falsos.

Las cosas no marchan mucho mejor en la vida de Cole. Su novia, Lucy Chenier, fiscal de Baton Rouge, está buscando un trabajo que la mantenga tan cerca de él como le sea posible, pero su ex marido ha resuelto ponérselo difícil. Cole tendrá que mantenerlo a raya, y no sólo a él sino a los federales y a la mafia rusa, en un intento por poner un poco de orden en su vida.

SIN RETORNO

George Pelecanos

En una calurosa tarde del verano de 1972, tres adolescentes blancos —Alex Pappas y sus amigos Billy Cachoris y Pete Whitten— deciden conducir hacia un barrio marginal de Washington. La incursión supone que seis vidas se vean alteradas para siempre. A causa del enfrentamiento con tres chicos negros, Billy resulta muerto y Alex seriamente herido.

En 2007, Alex regenta la cafetería de su familia y llora la muerte de su hijo, caído en Irak. Entonces, uno de los hombres negros que sobrevivieron al incidente del 72 contacta con él, abriendo la puerta a la reconciliación. Pero a la vez, otro superviviente, el hombre que hirió a Alex, sale de prisión con intención de extorsionarlo.